GENE WOLFE

A SOMBRA DO TORTURADOR

O LIVRO DO NOVO SOL VOLUME 1

GENE WOLFE

A SOMBRA DO TORTURADOR

O LIVRO DO NOVO SOL VOLUME 1

Tradução
Fábio Fernandes

MORROBRANCO
EDITORA

A Sombra do Torturador

MORRO BRANCO é uma editora do Grupo Editorial Alta Books (Starlin Alta Editora e Consultoria Ltda.)

ISBN: 978-65-6099-026-5

Impresso no Brasil — 1ª Edição, 2025 — Edição revisada conforme o Acordo Ortográfico da Língua Portuguesa de 2009.

Dados Internacionais de Catalogação na Publicação (CIP)
(BENITEZ Catalogação Ass. Editorial, MS, Brasil)

W836s
1.ed. Wolfe, Gene, 1931-2019
A sombra do torturador / Gene Wolfe ; tradução Fabio Fernandes. - 1.ed. - Rio de Janeiro : Morro Branco, 2025.
352 p.; 13,5 x 21 cm.

ISBN 978-65-6099-026-5

1. Ficção científica norte-americana. I. Fernandes, Fabio. II. Título.

12-2024/89 CDD 813.0876

Índice para catálogo sistemático:
1. Ficção científica : Literatura norte-americana 813.0876

Aline Graziele Benitez - Bibliotecária - CRB-1/3129

Produção Editorial: Grupo Editorial Alta Books
Diretor Editorial: Anderson Vieira
Vendas Governamentais: Cristiane Mutüs
Gerência Comercial: Claudio Lima

Coordenadora Editorial: Illysabelle Trajano
Produtora Editorial: Luana Maura
Tradução & Paratexto: Fábio Fernandes
Copidesque: Bonie Santos
Revisão: Ana Clara Mattoso
Diagramação: Diego Santos

ALTA BOOKS
GRUPO EDITORIAL

Rua Viúva Cláudio, 291 — Bairro Industrial do Jacaré
CEP: 20.970-031 — Rio de Janeiro (RJ)
Tels.: (21) 3278-8069 / 3278-8419
www.altabooks.com.br — altabooks@altabooks.com.br
Ouvidoria: ouvidoria@altabooks.com.br

Editora **afiliada à:**

ASSOCIADO CBL Câmara Brasileira do Livro

I

Ressurreição e morte

É possível que eu já tivesse algum pressentimento do meu futuro. O portão trancado e enferrujado que se erguia diante de nós, com fiapos de neblina do rio entrelaçando as pontas de suas grades, como se fossem os tortuosos caminhos da montanha, permanece agora, em minha mente, como o símbolo do meu exílio. Foi por isso que comecei este relato com o que aconteceu depois que fomos nadar, ocasião em que eu, Severian, o aprendiz de torturador, por um triz não me afoguei.

— O guarda foi embora. — Assim disse meu amigo Roche para Drotte, que já havia constatado o mesmo por conta própria.

Inseguro, o menino Eata sugeriu que contornássemos. Seu braço magro e sardento levantado apontava para os milhares de passos de muralha que se estendiam ao longo do cortiço, e que subiam a colina até finalmente encontrarem a muralha-cortina que cercava a Cidadela. Era uma caminhada que eu faria, muito mais tarde.

— Tentar atravessar a barbacã sem salvo-conduto? Eles mandariam chamar o Mestre Gurloes.

— Mas por que o guarda iria embora?

— Não importa. — Drotte sacudiu o portão. — Eata, veja se você consegue deslizar por entre as barras.

Drotte era nosso capitão. Eata enfiou um braço e uma perna por entre as estacas de ferro, mas logo ficou óbvio que seria impossível fazer com que seu corpo fosse junto.

— Alguém está vindo — sussurrou Roche. Drotte puxou Eata para fora.

Olhei para a rua. Ali, lanternas balançavam entre os sons de pés e vozes abafados pela neblina. Eu teria me escondido, mas Roche me segurou, dizendo:

— Espere, estou vendo lanças.

— Você acha que é o guarda voltando?

Ele balançou a cabeça.

— São muitas.

— Pelo menos uma dúzia de homens — disse Drotte.

Ainda molhados do mergulho no Gyoll, esperamos. Nos recônditos da minha mente ainda estamos ali, parados, tremendo. Tal como tudo o que parece imperecível tende à sua própria destruição, aqueles momentos que, na época, parecem os mais fugazes, recriam-se — não apenas na minha memória (que na contabilidade final, nada perde), mas no latejar do meu coração e no arrepiar dos meus cabelos, fazendo-se novos, assim como nossa Comunidade se reconstitui todas as manhãs nos tons estridentes de seus próprios clarins.

Os homens não vestiam armaduras, como logo pude perceber pela luz amarelada e doentia dos lampiões; mas tinham lanças, como Drotte havia dito, e bordunas e machadinhas. O líder deles trazia uma faca longa de dois gumes no cinto. O que mais me interessou foi a enorme chave presa a um cordão em volta de seu pescoço; pelo jeito, parecia se encaixar na fechadura do portão.

Nervoso, o pequeno Eata não parava de se mexer; logo o líder notou nossa presença, erguendo o lampião ao alto.

— Estamos esperando para entrar, bom homem — gritou Drotte. Ele era o mais alto, mas assumiu uma expressão humilde e respeitosa no rosto negro.

— Não antes do amanhecer — disse o líder rispidamente. — É melhor vocês, jovens, irem para casa.

— Bom homem, o guarda deveria nos deixar entrar, mas ele não está aqui.

A SOMBRA DO TORTURADOR

Mil eras aos teus olhos
São como uma tarde que passou;
Da vigília da noite, os restos
Antes do sol que nasce.

Sumário

Gene Wolfe:
uma sombra passou por aqui

Fábio Fernandes

Conta Josué Montello em seu *Pequeno Anedotário da Academia Brasileira* que, certo dia do século XIX, sentado a um canto da redação da *Revista Brasileira*, o Visconde de Taunay, autor de *Inocência*, lia absorto um livro (cujo título não se sabe) quando Machado de Assis, que havia acabado de chegar, foi cumprimentá-lo. "Que está lendo?", perguntou Machado. Taunay lhe mostrou o livro, ao que Machado franziu a testa em sinal de desaprovação. "Não gosta?", perguntou o Visconde. E Machado respondeu: "Detesto o escritor que me diz tudo."

Machado teria gostado dos livros de Gene Wolfe. Apesar da grande distância no tempo que separa os dois escritores — Machado faleceu em 1908 e Wolfe só nasceria em 1931 — ambos gostavam do estudo da história da humanidade e da mitologia, que figuram ao longo de suas obras, e escreveram narrativas que não diziam tudo ao leitor.

Ambos escreveram literatura fantástica: o brasileiro Machado, com diversos contos como *Uma Visita de Alcibíades*, em que o protagonista recebe o fantasma do velho general ateniense, e o clássico *Memórias Póstumas de Brás Cubas*, romance cujo protagonista-narrador está morto. Já o estadunidense Gene Wolfe é um especialista em escrever narrativas de memórias, embora não exatamente póstumas. Em *Peace*, um de seus primeiros romances, o protagonista conta sua biografia, cercado de fantasmas do passado, a tal ponto que não sabemos direito se ele (assim como o defunto autor de Machado) está morto ou não. Em *The Fifth Head of Cerberus*, um livro composto por três novelas interligadas, a coisa é ainda mais complexa: um dos personagens conta a história dos nativos de um planeta colonizado por humanos que têm a estranha habilidade de assumir a forma que quiserem. Na terceira história, já não sabemos se o narrador é um colono da Terra, ou se ele é um nativo que assumiu a forma de um humano há tanto tempo que já se esqueceu de quem realmente era, e acredita ser um terráqueo.

O livro que você tem em mãos, *A Sombra do Torturador*, apresenta outro narrador não confiável: Severian, um jovem órfão adotado pela Guilda dos Buscadores da Verdade e da Penitência e treinado para ser um torturador. Não sabemos em que ano a história se passa, mas somos informados de que, apesar do cenário de aparência medieval, estamos num futuro distante, provavelmente um milhão de anos à nossa frente. A Terra é um mundo que, social e politicamente, se reverteu a uma condição mais "primitiva", embora os soldados possuam armas de raios e alienígenas (ou melhor dizendo, cacogênios; depois você entenderá o porquê dessa palavra) caminhem entre os humanos. Nosso planeta teria sido o centro de um grandioso império galáctico e se deteriorado a ponto de mal conseguir reger a si próprio, através da figura misteriosa do Autarca, líder supremo da Terra, ele próprio aparentemente subordinado a forças extraterrestres além da nossa compreensão.

Nesse cenário quase surreal, acompanhamos Severian, desde um episódio de sua adolescência, quando ele salva da morte o rebelde Vodalus, uma espécie de Robin Hood do futuro a quem ele admira e acaba por prestar obediência, até algum tempo mais tarde, quando se envolve com a cortesã Thecla, presa não se sabe por que motivo e que deve ser torturada por ele. É depois de se apaixonar por ela e cometer um ato proibido para os membros de sua guilda (calma, não darei spoilers aqui) que Severian é mandado para fora da Cidadela a fim de se tornar um carrasco na cidade de Thrax.

Começam então as aventuras do jovem torturador nesse mundo fantástico, onde ele encontrará saltimbancos charlatães, mutantes, belas e estranhas mulheres e um artefato de enorme poder, a Garra do Conciliador.

Mas o maior poder de Severian é a sua memória prodigiosa. Segundo o próprio aprendiz de torturador, ele carrega o fardo de se lembrar de absolutamente tudo em sua vida — o que rapidamente se prova não ser verdade, pois em poucas páginas ele já deixa claro que sua memória pode até ser muito boa, mas ele não se lembra de tudo. Severian, portanto, é o que na literatura chamamos de *narrador não confiável.*

O começo do livro já nos diz que ele não sabe tanto quanto dá a entender. A primeira frase do romance é tão agourenta quanto o início de outras grandes histórias sobre memória e nostalgia, como *Cem Anos de Solidão* e *Crônica de uma Morte Anunciada*, ambas de Gabriel García Márquez:

> **"É possível que eu já tivesse algum pressentimento do meu futuro."**

Parece uma frase simples, boba, quem sabe, mas rapidamente percebemos que ela contém até mesmo um pouco de ironia, pois quem nos escreve é um Severian já velho e cansado, recordando suas muitas aventuras.

Não é fácil classificar a obra de Wolfe. Talvez seja mais importante ressaltar que seus livros têm como tema geral a memória — e seu oposto, o esquecimento. Em *Soldier of the Mist*, o personagem Latro, um soldado grego da Antiguidade, é o oposto exato de Severian, um homem que perdeu a memória e não se lembra de absolutamente nada que lhe aconteceu antes, durante sua vida inteira. Memória e esquecimento andam de mãos dadas nos livros de Wolfe. A Sombra do Torturador trata, o tempo todo, desses dois polos.

E, no entanto, o livro não tem nada de cansativo ou chato. A escrita de Wolfe é tão envolvente que nos sentimos compelidos a continuar lendo, nem que seja para tentar pegar o protagonista na mentira.

O que também se prova muito difícil: afinal, se é uma história ambientada no futuro, como saber o que é ou não verdade em tudo o que ele nos conta? Primeiro, o futuro no qual se passa o livro é tão longínquo que aparentemente nada se sabe a respeito de nossa época. Existem referências a dois santos da Igreja Católica, Santa Catarina e Santo Amândio. A primeira é a padroeira da guilda de Severian, e em sua festa, descrita no capítulo XI, o leitor é apresentado a uma parte da história real da santa, nascida em Alexandria em 287 d.C. e executada em 305, depois de sofrer torturas após tentar converter o imperador romano Maximino, que perseguia os cristãos.

Mas a descrição da história de Catarina no livro só abarca sua tortura e morte: curiosamente, não há nenhuma referência a Jesus Cristo. Nem nessa passagem, como, aliás, em momento nenhum do livro, nem direta, nem indiretamente. O poder superior mencionado é o Incriado. Aparentemente (e neste livro, tudo é aparência), a figura cristã foi esquecida na poeira do tempo, bem como as viagens espaciais, embora Severian e seus amigos saibam muito bem o que é uma nave espacial, além de alguns artefatos de alta tecnologia, e também conheçam o conceito de viagem entre as estrelas.

Gene Wolfe teve uma vida que, pelo menos no começo, foi quase tão atribulada (e talvez estranha para nós, brasileiros do século 21) quanto a de seu personagem mais famoso. Nascido em Nova York no começo da Grande Depressão, se mudou com a família para o Texas aos seis anos. Enquanto cursava a universidade, publicou seu primeiro conto de ficção especulativa numa revista literária estudantil, e nesse período chegou a trocar cartas com ninguém menos que J. R. R. Tolkien, autor de *O Senhor dos Anéis*. Interrompeu a faculdade e se alistou voluntariamente para lutar na Guerra da Coreia. Ao retornar, terminou o curso de engenharia industrial e se casou com Rosemary, amor da sua vida, com quem teve quatro filhos. Foi editor sênior da revista *Plant Engineering* por anos, mas ficou mais famoso por uma coisa que nada tem a ver com literatura: é graças a uma máquina desenvolvida por ele que a empresa Pringles conseguiu fazer suas famosas batatas chips onduladas.

Nada disso afetou o ego de Wolfe. Assim que começou a ganhar dinheiro com a literatura, largou a engenharia sem pensar duas vezes para se dedicar de corpo e alma à escrita de ficção.

E compensou: numa carreira de seis décadas, Gene Wolfe escreveu nada menos que trinta e três romances e dezesseis coletâneas de contos, pelos quais ganhou uma série de prêmios. Todos os livros da série do *Novo Sol* foram agraciados com algum louro. *A Sombra do Torturador*, publicado originalmente em 1980, ganhou o *British Science Fiction Award* e o *World Fantasy Award*, dois dos mais importantes prêmios do gênero. O crítico John Clute, criador e editor da *Encyclopedia of Science Fiction*, disse o seguinte a respeito de Wolfe, em 2021: "Embora não seja o autor mais popular nem o mais influente no campo da FC, Gene Wolfe é hoje, possivelmente, o mais importante. A estatura inerente ao seu trabalho é profundamente impressionante e ele veste os mundos ficcionais da ficção científica como um casaco de muitas cores."

Uma dessas cores era a religião. Uma curiosidade é que Wolfe era um católico praticante, e muitas de suas obras contêm elementos místicos cristãos. Mas se engana quem pensa que ele era um proselitista: Wolfe não queria converter ninguém. Sua escrita trazia elementos mais mitológicos, e no sentido dos grandes místicos católicos, como Santa Teresa D'Ávila ou São João da Cruz, e também elementos literários, como no conto *The Detective of Dreams*, inspirado no detetive C. Auguste Dupin, de Edgar Allan Poe, com o adicional de conter uma forte carga visual cristã e um final surpreendente, ainda que anticlimático. Contudo, o cristianismo aí age mais como inspiração literária do que como forma de convencimento do leitor.

O Livro do Novo Sol também está repleto dessas imagens. A própria expressão Novo Sol se refere a Jesus Cristo na Bíblia, em passagens do Evangelho de João e de Malaquias. Entretanto, nesse estranho mundo do futuro muito distante vislumbrado por Wolfe, não é mais a figura de Cristo que é lembrada — e sim o que ele representa. Mais ou menos como o leão Aslan nas crônicas de Nárnia, que C. S. Lewis, outro católico praticante, insere na narrativa como uma representação crística, quase uma reencarnação.

Mas Wolfe é muito mais críptico do que crístico: o que se vê nos livros da série do *Novo Sol* são alusões a uma figura potente que trará a ressurreição não às almas, mas a todo um planeta moribundo, fazendo com que o sol da Terra (que, nesse momento, um milhão de anos distante no futuro, é uma gigante vermelha, logo, uma estrela com menos potência do que sua versão amarela de nossa época) volte a ser o que era antes, ou seja, um sol amarelo, fonte de luz e energia, e, portanto, de renovação. Essa figura, que Severian relata de modo meio velado ao longo do livro, seria o próprio Autarca, que seria julgado por um tribunal alienígena e, se considerado digno, ganharia o poder de despertar o sol novamente.

É preciso explicar ainda que Severian nos conta essa história de um futuro mais distante ainda, no qual — ao que tudo indica, embora não com certeza — o jovem torturador cresceu e se tornou, ele próprio, o Autarca. Isso tudo vai sendo explicado de modo explícito ao longo dos cinco volumes da série: os quatro propriamente ditos e um volume extra que fornece explicações finais e serve como um encerramento adequado à saga, *The Urth of the New Sun*.

Portanto, *A Sombra do Torturador* não vai explicar toda a jornada, mas apenas o suficiente para atrair você, leitora, leitor, a seguir junto com Severian em suas aventuras. O que não é explicitado pode muito bem ser imaginado, mas não é fundamental para se entender a ação. Até porque, como mencionado mais acima, Severian não é um narrador confiável, e não sabemos até que ponto tudo o que ele nos conta é verdade.

Contudo, em várias entrevistas ao longo da vida, Wolfe fez questão de explicar algumas coisas que lhe pareciam mais importantes. Por exemplo, numa entrevista concedida ao escritor Lawrence Person, em 2009, ele deixa muito claro que Severian não é uma representação de Cristo: "Ele é uma figura cristã, o que é diferente. Ele está tentando se tornar semelhante a Cristo. Ele é, basicamente, o que quase todos nós, que somos homens, somos; ele é um homem mau tentando ser bom. Ele progride à medida que os livros progridem. Ele se torna uma pessoa melhor e uma pessoa maior no sentido espiritual. Mas não, ele não é uma figura de Cristo. Pelo menos ele nunca foi para mim."

Com relação ao grande panorama da literatura fantástica, a série *O Livro do Novo Sol* pertence a uma subcategoria muito específica, pouco comentada no Brasil, chamada *Dying*

Earth — literalmente, Terra Moribunda. Esse subgênero, que trata justamente de histórias num futuro muito distante onde o sol está morrendo e com ele também a Terra, nasceu ainda no começo da ficção científica, em contos como The World of the Red Sun, de Clifford D. Simak, publicado em dezembro de 1931 na revista *Wonder Stories*. Mas também poderíamos dizer, sem muito problema, que uma possível origem estaria ainda mais longe, no final de *A Máquina do Tempo*, de H. G. Wells, publicado em 1895. Quando o Viajante de Wells deixa o futuro do ano de 802.701 dos Eloi e Morlock para avançar milhões de anos e descobrir uma Terra quase morta sob um sol vermelho. Para os fãs de gênero, as histórias de *Dying Earth* são mais conhecidas pelas obras de Jack Vance, escritas entre as décadas de 1950 e 1980.

Nessa série, a lua desapareceu e o sol corre o risco de se apagar a qualquer momento, muitas vezes piscando como se estivesse prestes a apagar-se, antes de voltar a brilhar. As várias civilizações da Terra entraram em colapso, sendo dominadas pelo fanatismo religioso, e o planeta é quase todo árido e frio, infestado por monstros predadores que teriam sido criados por um mago em uma época anterior. Na mesma entrevista a Lawrence Person, Wolfe confirma que Vance e suas histórias da Terra moribunda foram uma grande inspiração para a saga do torturador Severian. A série de Vance, entretanto, apresenta mais elementos de magia do que de ficção científica, e isso inexiste na série de Wolfe.

O mais interessante em *A Sombra do Torturador* e nos demais livros da série talvez seja o estranhamento que o texto de Wolfe provoca. Como o narrador é um homem do futuro distante, é natural que o leitor espere neologismos, ou seja, palavras novas, termos inventados para dar conta de um cenário inteiramente diferente do nosso. Mas aí é que está a genialidade de Wolfe: não existe uma só palavra inventada em toda a série do *Novo Sol*. Ao invés disso, ele optou por *arcaísmos*, ou seja, o oposto exato de neologismos: como a sociedade dos tempos de Severian reverteu a um ponto que poderíamos chamar de medieval (como, além de Jack Vance, outros autores mais recentes por ele inspirados, como Brandon Sanderson em *Mistborni*), nada mais lógico do que usar palavras de tempos idos.

Mas Wolfe fez questão de não deixar nenhum glossário explicativo: seu desejo era que os leitores experimentassem um certo estranhamento, como se estivessem realmente percorrendo um mundo estranho ao lado do protagonista — mas a personagem não se sentiria obrigada a explicar nada para o viajante, como se ele ou ela pertencessem ao mesmo mundo. É este estranhamento, que talvez o nosso Machado de Assis apreciaria, que constitui uma das principais características do que chamamos ficção científica. *O Livro do Novo Sol*, portanto, é uma série de FC (ou *scifi*, como preferirem), com uma capa de fantasia medieval.

O mundo criado por Gene Wolfe não se parece com o nosso em nada, e pelo menos duas imagens nos ganham logo no começo da narrativa pelo seu impacto de estranhamento: a torre dos torturadores, que fica dentro de uma antiquíssima nave espacial sem que a maioria de seus habitantes se dê conta disso (Severian parece saber que a torre teria sido outrora uma nave, mas não se interessa por isso porque já faz muito tempo desde que ela foi usada, pela última vez, como tal), e a lua, que é verde: Severian menciona até mesmo que ela tem ar respirável e que pessoas moram lá como quem mora na Terra. Isso poderia parecer magia, mas para todo fã atento de ficção científica significa outra coisa: que o satélite natural do nosso planeta foi terraformado, isto é, transformado num ecossistema adequado para os seres humanos da Terra. Mas isso nunca é explicado. Wolfe nunca dá aos leitores algo fácil.

O que não quer dizer que ele não seja generoso para com os leitores. No final deste volume, vocês vão ter a oportunidade de ler um pequeno apêndice onde ele explica o motivo de usar arcaísmos, e a explicação por si só é um primor de narrativa metaficcional.

A tradução de *A Sombra do Torturador* também não foi fácil, mas foi bastante prazerosa. Entrei em contato com a obra de

Gene Wolfe no final da década de 1980, através de um amigo, Pedro Ribeiro. Nós dois estávamos começando no ofício da tradução, e ele, que já era um leitor ávido de fantasia (e que hoje é tradutor, entre outros, de Brandon Sanderson), me apresentou a Wolfe dizendo o seguinte: "Eu sei que você é fã de ficção científica e não lê muita fantasia, mas este livro aqui se passa num futuro muito distante, então acredito que você vá gostar." Eu já conhecia Jack Vance e a série *Dying Earth*, mas nada me preparou para o impacto que foi ler *A Sombra do Torturador*. Pedro tinha razão: a história se assemelhava em termos de cenário aos livros de fantasia, mas só o fato de se passar no futuro me atraiu imensamente. E as cenas que já descrevi acima, como a da torre-nave e a lua verde, além de muitas outras que você, leitora, leitor, vai descobrir agora, me marcaram para sempre, como leitor, escritor, e agora como tradutor dessa série fantástica.

Para terminar este prefácio, uma dica de outro escritor, D.H. Lawrence, que se aplica muito bem a este livro e a seu narrador, Severian: "Não confie em quem conta a história. Confie na história." E esta história vai abrir, literalmente, todo um mundo novo para você.

Fábio Fernandes é jornalista, escritor e pesquisador. Traduziu mais de 120 livros e HQs, entre os quais Salmo Para um Robô Peregrino e Herdeiros do Tempo, ambos pela Morro Branco. É líder do grupo de pesquisa Observatório do Futuro, da PUC-SP, onde investiga narrativas de ficção científica e seu impacto no mundo real. Seu livro mais recente é o romance steampunk O Torneio de Sombras (AVEC Editora).

— Esta noite vocês não entram. — O líder levou a mão ao punho da faca antes de dar um passo mais para perto. Por um momento, tive medo de que ele soubesse quem nós éramos.

Drotte se afastou, e o resto de nós permaneceu atrás dele.

— Quem é você, bom homem? Vocês não são soldados.

— Somos os voluntários — disse um dos outros. — Viemos para proteger os nossos mortos.

— Então, vocês podem nos deixar entrar.

O líder havia nos dado as costas.

— Não deixamos ninguém entrar além de nós mesmos. — A chave dele rangeu na fechadura e o portão se abriu, rangendo de volta. Antes que alguém pudesse impedir, Eata disparou para dentro. Alguém praguejou, e o líder e outros dois correram atrás de Eata, mas ele era ligeiro demais para eles. Vimos seu cabelo ruço e sua camisa remendada ziguezaguearem por entre os túmulos afundados de indigentes, depois desaparecerem no matagal de estátuas mais acima. Drotte tentou persegui-lo, mas dois homens o agarraram pelos braços.

— Temos que encontrá-lo. Não vamos roubar seus mortos.

— Então por que querem entrar? — perguntou um dos voluntários.

— Para colher ervas — disse-lhe Drotte. — Nós as coletamos para os médicos. Você não quer que os enfermos sejam curados?

O voluntário o encarou. O homem que estava com a chave havia deixado o lampião cair quando saiu correndo atrás de Eata, restando apenas dois deles. Naquela penumbra, o voluntário parecia estúpido e inocente; suponho que fosse algum tipo de trabalhador braçal.

Drotte continuou:

— Você deve saber que, para certas ervas medicinais obterem suas virtudes mais elevadas, elas precisam ser arrancadas do solo do túmulo ao luar. Logo vai congelar e não restará mais nada, mas nossos mestres precisam de suprimentos para o inverno. Os três providenciaram para que entrássemos esta noite, e eu peguei aquele rapaz emprestado de seu pai para me ajudar.

— Você não tem nenhum recipiente para guardar as ervas.

Ainda admiro Drotte pelo que fez a seguir. Ele disse:

— Precisamos amarrá-las em molhos para secarem. — E, sem a menor hesitação, puxou um pedaço de corda do bolso.

— Entendi — disse o voluntário. Estava nítido que ele não tinha entendido. Roche e eu nos aproximamos de mansinho do portão.

Mas Drotte, ao contrário, recuou.

— Se você não for nos deixar colher as ervas, é melhor partirmos. Acho que nunca conseguiríamos encontrar aquele garoto lá dentro agora.

— Vocês não vão embora, não. Temos que tirá-lo de lá.

— Está certo — disse Drotte com relutância, e nós entramos, os voluntários seguindo nossos passos. Certos *mystes* asseveram que o mundo real foi construído pela mente humana, uma vez que nossos caminhos são governados pelas categorias artificiais nas quais colocamos coisas essencialmente indiferenciadas, coisas mais fracas que as palavras que usamos para elas. Entendi esse princípio intuitivamente naquela noite, quando ouvi o último voluntário fechar o portão atrás de nós.

Um homem, que até então não havia falado, disse:

— Vou montar guarda para minha mãe. Já perdemos tempo demais. Eles podem estar com ela a uma légua daqui a esta altura.

Vários dos outros murmuraram em concordância, e o grupo começou a se dispersar, uma lanterna se movendo para a esquerda e a outra para a direita. Nós seguimos pelo caminho do meio (aquele que sempre tomávamos ao retornar à seção caída da muralha da Cidadela) com os voluntários restantes.

Lembrar de tudo é minha natureza, minha alegria e minha maldição. Cada corrente que chacoalha e vento que assobia, cada visão, cheiro e sabor permanecem imutáveis em minha mente, e embora eu saiba que nem todas as pessoas funcionam assim, não consigo imaginar como seria viver de outra forma, como se algo estivesse adormecido, quando, na verdade, é apenas uma experiência distante. Aqueles poucos passos que demos no caminho embranquecido surgem diante de mim agora: estava frio e ficava cada vez mais frio; não tínhamos luz, e a neblina havia começado a vir do Gyoll para valer. Alguns pássaros tinham pousado para ciscar nos pinheiros e ciprestes e voejavam inquietos de árvore em árvore. Lembro-me da sensação das minhas próprias mãos enquanto esfregava os braços, e do lampião balançando entre as estruturas monolíticas a certa distância, e de como a neblina destacava o cheiro da água do rio na minha camisa e a pungência da terra recém-revirada. Eu havia quase morrido naquele dia, me engasgando com as raízes reticuladas; a noite marcaria o início da minha vida de homem adulto.

Houve um disparo, uma coisa que eu nunca tinha visto antes, o raio de energia violeta cindindo a escuridão como uma cunha, de modo tal que ela se fechou com um som de trovão. Em algum lugar, um monumento caiu com um estrondo. Depois, um silêncio... nele, tudo ao meu redor pareceu se dissolver. Começamos a correr. Ao longe, os homens gritavam. Ouvi o retinir do aço na pedra, como se alguém tivesse golpeado uma das lápides com uma espada *badelaire*. Disparei por um caminho que era (ou pelo menos assim me pareceu na hora) completamente desconhecido, uma faixa de ossos quebrados larga o suficiente para duas pessoas caminharem lado a lado, que descia serpenteando até um pequeno vale. Na neblina, eu não podia ver nada além da massa escura dos memoriais de ambos os lados. Então, tão subitamente quanto se tivesse sido arrancado dali, o caminho não estava mais sob meus pés — suponho que eu tenha ignorado alguma curva. Virei-me para desviar de um obelisco que apareceu diante de mim de repente e colidi a toda velocidade com um homem de casaco preto.

Era rígido como uma árvore; o impacto me levantou do chão e tirou meu fôlego. Eu o ouvi murmurando maldições, depois, no momento em que balançou algum tipo de arma, um sussurro. Outra voz gritou:

— O que foi isso?

— Alguém deu de cara comigo. Já foi embora, quem quer que fosse.

Fiquei imóvel.

Uma mulher disse:

— Abra o lampião. — Sua voz era como o arrulhar de uma pomba, mas com uma certa urgência.

O homem com quem eu havia trombado respondeu:

— Eles cairiam em cima de nós como um bando de dholes, Madame.

— Em breve cairão, de qualquer maneira: Vodalus disparou. Você deve ter ouvido.

— É mais provável que isso os mantenha afastados.

Com um sotaque que, naquele momento, eu era muito inexperiente para reconhecer como o de um exultante, o homem que havia falado primeiro disse:

— Seria melhor não ter trazido nada. Não deveríamos precisar usá-la contra esse tipo de gente. — Ele estava muito mais perto agora, e por um instante pude vê-lo entre a névoa, muito alto, esbelto e sem chapéu, parado perto do homem mais robusto, ao qual eu havia dado o encontrão. Envolta em preto, uma terceira figura, aparentemente, era a mulher. Ao perder o fôlego, também perdi a força dos meus membros, mas consegui rolar para trás da base de uma estátua e, uma vez protegido ali, dei uma espiada neles novamente.

Meus olhos se acostumaram com a escuridão. Pude distinguir o rosto em forma de coração da mulher e reparei que era quase tão alta quanto o homem esguio que ela havia chamado de Vodalus. O homem robusto havia desaparecido, mas eu o ouvi dizer:

— Mais corda. — Sua voz indicava que ele não estava a mais de um ou dois passos de distância do local onde eu estava agachado, mas ele parecia ter sumido, tal qual água jogada num poço. Então vi algo escuro (devia ser a coroa de seu chapéu) se aproximar dos pés do homem esguio e entendi que, muito provavelmente, isso era o que tinha acontecido: havia um buraco ali, e ele estava dentro.

A mulher perguntou:

— Como ela está?

— Fresca como uma flor, Madame. Praticamente não fede, e não há nada com que se preocupar. — Mais ágil do que eu teria pensado ser possível, ele saltou para fora. — Agora me dê uma ponta e o senhor pega a outra, Suserano, e nós a arrancamos dali feito uma cenoura.

A mulher disse algo que não consegui ouvir, e o homem esguio respondeu:

— Você não precisava vir, Thea. O que os outros vão pensar se eu não correr nenhum risco? — Ele e o homem robusto grunhiram enquanto puxavam, então vi algo branco surgir aos pés deles. Eles se curvaram para levantá-lo. Como se um *amschaspand* os tivesse tocado com sua varinha radiante, a neblina rodopiou num turbilhão e se afastou para deixar cair um raio de luar verde. Eles estavam com o cadáver de uma mulher. Os cabelos dela, que antes haviam sido escuros, estavam agora um pouco desgrenhados em torno de seu rosto lívido; ela usava um vestido longo feito de tecido claro.

— Vejam — disse o homem robusto —, exatamente como lhes falei, Suserano, Madame, em dezenove a cada vinte casos, não é nada de mais. Só precisamos agora levá-la para o outro lado da muralha.

Assim que as palavras saíram de sua boca, ouvi alguém gritar. Três dos voluntários vinham descendo o caminho que margeava o vale.

— Mantenha-os longe, Suserano — rosnou o homem robusto, colocando o cadáver sobre os ombros. — Eu cuido disto aqui e levo a Madame para um local seguro.

— Leve com você — disse Vodalus. A pistola que ele entregou capturava o brilho da lua como se fosse um espelho.

O homem robusto ficou boquiaberto.

— Eu nunca usei uma, Suserano...

— Pegue, você pode precisar. — Vodalus se deteve, depois se levantou segurando o que parecia ser um bastão escuro. Houve um chacoalhar de metal na madeira, e no lugar do bastão havia uma lâmina brilhante e estreita. Ele gritou:

— *Protejam-se!*

Como se uma pomba tivesse comandado momentaneamente um arctótero, a mulher pegou a pistola brilhante da mão do homem robusto e juntos recuaram na neblina.

Os três voluntários hesitaram. Agora, um se movia para a direita e outro para a esquerda, de modo a atacar por três lados. O homem no centro (ainda no caminho branco de ossos quebrados) tinha uma lança e um dos outros um machado.

O terceiro era o líder com quem Drotte havia conversado do lado de fora do portão.

— Quem é você? — gritou para Vodalus. — E, que poder de Érebo lhe dá o direito de vir aqui e fazer algo assim?

Vodalus não respondeu, mas a ponta de sua espada relanceou, como um olho, de um para o outro.

O líder rosnou:

— Agora, todos juntos e o pegaremos. — Mas eles avançaram com hesitação e, antes que pudessem se aproximar, Vodalus atacou. Vi sua lâmina brilhar sob a luz fraca e a ouvi raspar a ponta da lança — um deslizamento metálico, como se uma serpente de aço deslizasse sobre um tronco de ferro. O lanceiro gritou e pulou para trás; Vodalus também saltou, afastando-se (acho que por medo de que os outros dois ficassem nas suas costas), então pareceu perder o equilíbrio e caiu.

Tudo isso aconteceu na escuridão e na neblina. Eu vi, mas, na maior parte do tempo, os homens não passavam de sombras na paisagem — como a mulher com o rosto em forma de coração havia sido. No entanto, algo me comoveu. Talvez tenha sido a disposição de Vodalus em morrer para protegê-la que fez a mulher parecer preciosa para mim; certamente foi essa disposição que despertou minha admiração por ele. Muitas vezes desde então, sempre que me encontrei sobre uma plataforma balouçante, em uma praça qualquer, com *Terminus Est* repousando diante de mim e um vagabundo miserável ajoelhado aos meus pés... quando ouvia em sussurros sibilantes o ódio da multidão e sentia neles algo que me era ainda mais desagradável — a admiração de quem encontra uma alegria impura em dores e mortes que não são suas —, eu me lembrava de Vodalus ao lado do túmulo e levantava minha própria espada, meio fingindo que, quando ela caísse, eu estaria fazendo aquilo por ele.

Ele tropeçou, como eu disse. Naquele instante, acredito que toda a minha vida oscilou na balança junto à dele.

Os voluntários dos flancos correram em sua direção, mas ele continuava segurando firme a arma. Vi a lâmina reluzente faiscar, embora seu dono ainda estivesse no chão. Lembro-me de pensar que teria sido maravilhoso ter uma espada como essa no dia em que Drotte se tornou capitão dos aprendizes, e então, com ela, poder me comparar a Vodalus.

O homem do machado, contra quem ele havia investido, recuou; o outro avançou com sua faca longa. Eu já estava de pé, observando a luta por sobre o ombro de um anjo de calcedônia, quando vi a faca descer, errando Vodalus pela largura de um polegar. Ele se contorceu para desviar e a arma foi enfiada até o cabo no chão. Então, Vodalus atacou o líder, mas ele estava perto demais para o comprimento de sua lâmina. O líder, em vez de recuar, soltou a arma e o agarrou como um lutador. Os dois estavam bem na beira da sepultura aberta — imagino que Vodalus tenha tropeçado na terra retirada dela.

O segundo voluntário ergueu o machado, mas hesitou. Seu líder estava mais próximo de Voladus; ele ficou circulando para conseguir desferir um golpe direto, até parar, a menos de um passo de onde eu me escondia. Enquanto mudava de posição, vi Vodalus arrancar a faca e enfiá-la na garganta do líder. O machado se ergueu para o golpe; eu agarrei a haste logo abaixo da cabeça quase por reflexo, e quando dei por mim, entrei imediatamente na peleja, chutando e depois golpeando.

De repente, tudo acabou. O voluntário, cuja arma ensanguentada eu segurava, estava morto. O líder dos voluntários se contorcia aos nossos pés. O lanceiro havia desaparecido; sua lança estava caída inofensiva no meio do caminho. Vodalus recuperou uma varinha preta da grama próxima e embainhou sua espada nela.

— Quem é você?

— Severian. Sou torturador. Ou melhor, sou aprendiz dos torturadores, Suserano. Da Ordem dos Buscadores da Verdade e da Penitência. — Inspirei fundo. — Sou um Vodalarius. Um dos milhares de Vodalarii de cuja existência o senhor nem desconfia. — Era um termo que mesmo eu mal tinha ouvido falar.

— Aqui. — Ele colocou algo na palma da minha mão: uma moeda pequena, tão lisa que parecia untada com graxa. Fiquei ali, segurando a moeda, ao lado do túmulo violado e o vi se afastar. A neblina o engoliu muito antes que chegasse à margem, e, alguns momentos depois, um voador prateado, afiado como um dardo, passou gritando sobre nossas cabeças.

De algum jeito, a faca havia caído do pescoço do morto. Talvez, em sua agonia, ele a tivesse puxado. Quando me abaixei para pegá-la, descobri que a moeda ainda estava na minha mão e a meti no bolso.

Nós acreditamos que inventamos símbolos. A verdade é que eles nos inventam; nós somos criaturas deles, moldadas por suas arestas duras e definidoras. Quando soldados prestam juramento, eles recebem uma moeda, um *asimi* com o perfil do Autarca estampado. A aceitação dessa moeda é a aceitação dos deveres e fardos especiais da vida militar — a partir daquele momento eles passam a ser soldados, embora possam nada saber sobre o uso de armas. Eu não sabia disso naquela época, mas é um erro profundo acreditar que devemos saber de tais coisas para sermos influenciados por elas, e de fato acreditar nisso é acreditar no tipo mais degradado e supersticioso de magia. Somente o pretenso feiticeiro tem fé na eficácia do conhecimento puro; pessoas racionais sabem que as coisas agem por si mesmas ou então não agem.

Portanto, eu nada sabia, quando a moeda caiu no meu bolso, sobre os dogmas do movimento que Vodalus liderava, mas logo aprendi todos eles, pois estavam no ar. Com ele, eu odiei a Autarquia, embora não tivesse ideia do que poderia substituí-la. Com ele, eu desprezei os exultantes que não conseguiam se insurgir contra o Autarca e uniam as mais belas de suas filhas a ele, em concubinato cerimonial. Com ele, eu detestei o povo pela sua falta de disciplina e de um propósito comum. Daqueles valores que Mestre Malrubius (que havia sido mestre de aprendizes quando eu era menino) tentara me ensinar, e que Mestre Palaemon ainda tentava me transmitir, eu aceitava apenas um: lealdade à guilda. Nisso eu estava bastante correto — era, para mim, como eu sentia, perfeitamente viável servir Vodalus e permanecer sendo torturador. Foi assim, com esse pensamento, que dei início à longa jornada pela qual acabei chegando ao trono.

II

Severian

A memória me oprime. Tendo sido criado entre os torturadores, nunca conheci meu pai ou minha mãe. Tampouco meus irmãos aprendizes conheceram os seus. De tempos em tempos, particularmente quando o inverno se aproxima, os pobres miseráveis vêm clamando à Porta do Cadáver, na esperança de serem admitidos em nossa guilda ancestral. Com frequência, regalam o Irmão Porteiro com relatos dos tormentos que infligirão voluntariamente, em troca de calor e comida; ocasionalmente, trazem animais como amostras de seu trabalho.

Todos são rejeitados. Tradições dos nossos dias de glória, anteriores à presente era degenerada, e a que veio antes dela, e a que veio antes ainda, uma era cujo nome os estudiosos de hoje mal conseguem lembrar, proíbem o recrutamento de pessoas como eles. Mesmo na época sobre a qual escrevo, quando a guilda havia encolhido para dois mestres e menos de vinte oficiais, essas tradições eram honradas.

Desde a minha memória mais antiga, lembro-me de tudo. Essa primeira lembrança é a de empilhar seixos no Pátio Velho, que fica a sudoeste do Fortim das Bruxas e separado da Grande Quadra. Mesmo naquela época, a muralha-cortina que nossa guilda deveria ajudar a defender já estava em ruínas, com uma grande lacuna entre a Torre Vermelha e a do Urso, onde eu costumava escalar as lajes caídas de metal cinza indestrutível para olhar a necrópole que desce por aquele lado da Colina da Cidadela.

Quando fiquei mais velho, aquele lugar se tornou meu território de brincar. Os caminhos sinuosos eram patrulhados durante o dia, mas as sentinelas estavam muito preocupadas com os túmulos mais recentes no terreno mais baixo, e sabendo que pertencíamos aos torturadores, raramente tinham estômago para nos expulsar de nossos esconderijos nos bosques de ciprestes.

Dizem que nossa necrópole é a mais antiga de Nessus. Isso certamente é falso, mas a própria existência do erro atesta uma antiguidade legítima, embora os autarcas não fossem enterrados ali, nem mesmo quando a Cidadela era o reduto deles, e as grandes famílias — naquela época, como agora — preferissem enterrar seus mortos esticados em criptas em suas próprias propriedades. Os armígeros e optimates da cidade, no entanto, favoreciam as encostas mais altas, perto da muralha da Cidadela; e o povo, os mais pobres, ficavam abaixo delas até os confins das terras baixas, fazendo pressão contra os cortiços que se alinhavam ao longo do Gyoll, abrigando campos de oleiros. Quando menino, eu raramente ia sozinho assim tão longe, não percorria sequer metade do caminho.

Éramos sempre nós três: Drotte, Roche e eu. E mais tarde Eata, o segundo mais velho entre os aprendizes. Nenhum de nós nasceu entre os torturadores, pois ninguém nasce assim. Diz-se que nos tempos de outrora havia tanto mulheres quanto homens na guilda, e que filhos e filhas nasciam deles e eram criados nos mistérios, como acontece hoje entre os fabricantes de lampiões, os ourives e muitas outras guildas. Mas Ymar, o Quase Justo, observando quão cruéis eram as mulheres e com que frequência excediam as punições que ele havia decretado, ordenou que não deveria mais haver mulheres entre os torturadores.

Desde aquela época, nossos números têm sido restaurados apenas pelos filhos daqueles que caem em nossas mãos. Na nossa Torre Matachin, uma espécie de barra de ferro se projeta de um anteparo na altura da virilha de um homem. Crianças do sexo masculino, pequenas o suficiente para ficar de pé embaixo dela, são criadas como se fossem nossas; e quando nos é enviada uma mulher com criança no bucho, nós a abrimos e, se o bebê respirar e for um menino, mandamos trazer uma ama de leite. Se o sexo for feminino, são entregues às bruxas. Assim tem sido desde os dias de Ymar, e esses dias estão agora há muitos séculos esquecidos.

Portanto, nenhum de nós conhece sua descendência. Todos seríamos exultantes, se pudéssemos, e é fato que muitas pessoas de alta linhagem nos são entregues. Quando meninos, cada um de nós formou suas próprias conjecturas, e cada qual tentou questionar os irmãos mais velhos entre os oficiais, embora estes, trancafiados em sua amargura, pouco nos contassem. No ano de que falo, Eata, acreditando ser descendente de tal família, desenhou as armas de um dos grandes clãs do norte no teto acima de seu catre.

De minha parte, eu já havia adotado os desenhos gravados em bronze acima da porta de um certo mausoléu. Neles via-se uma fonte se elevando acima das águas, um navio *volant*, e abaixo destes, uma rosa. A porta em si havia sido arrombada muito tempo antes; dois caixões vazios jaziam no chão. Mais três, pesados demais para que eu pudesse mover, ainda intactos, aguardavam nas prateleiras ao longo de uma das paredes. Nem os caixões fechados, nem os abertos, constituíam a atração do lugar, embora eu, às vezes, repousasse sobre o que restava do estofamento macio e desbotado destes últimos. Em vez deles, era a pequenez da sala, as grossas paredes de alvenaria e a janela estreita com sua única tranca, junto com a porta infiel (tão maciçamente pesada), eternamente entreaberta, que fascinavam.

Através da janela e da porta, eu podia ver, sem ser visto, toda a vida esfuziante das árvores, arbustos e grama lá fora. Ali, os pintarroxos e coelhos que fugiram quando me aproximei, não podiam me ouvir, tampouco sentir meu cheiro. Eu assisti à papa-lagarta-de-asa-vermelha construir seu ninho e criar seus filhotes a dois côvados de minha face. Vi a raposa trotar com a cauda de pincel levantada; e um dia essa raposa gigante, mais alta que todos, exceto os mais altos cães de caça, que os homens chamam de lobos-guarás, veio galopando ao entardecer em alguma missão inimaginável dos bairros em ruínas do sul. O carcará perseguiu víboras para mim, e o falcão ergueu as asas ao vento no topo de um pinheiro.

Um momento é o que basta para descrever essas coisas, às quais dediquei tanto tempo observando. As décadas de um saros não seriam longas o suficiente para que eu pudesse escrever tudo o que elas significavam para o menino aprendiz esfarrapado que eu era. Dois pensamentos (que eram quase sonhos) me deixavam obcecado e as tornavam infinitamente preciosas. O primeiro era que, em algum tempo não distante, o próprio tempo pararia... os dias coloridos que tanto duraram, estendidos infinitamente como uma fileira de lenços de mágico, chegariam ao fim, o sol taciturno finalmente se apagaria. O segundo era que existia, em algum lugar, uma luz miraculosa — que às vezes eu concebia como uma vela, outras como um *flambeau* — que engendrava vida em quaisquer objetos sobre os quais recaísse, de modo que, em uma folha arrancada de um arbusto cresceriam pernas delgadas e antenas ondulantes, e um arbusto áspero e marrom abriria os olhos pretos para subir correndo em uma árvore.

E, no entanto, algumas vezes, especialmente nas horas de sonolência por volta do meio-dia, havia pouca coisa a que assistir. Então, eu me voltava novamente para o brasão acima da porta e me perguntava o que um navio, uma rosa e uma fonte tinham a ver comigo, e fiquei olhando para o bronze funerário que eu havia encontrado, limpado e colocado em um canto. O morto jazia inteiramente estendido, seus olhos de pálpebras pesadas fechados. Na luz que atravessava a janelinha, examinei seu rosto e meditei sozinho enquanto o via refletido no metal polido. Meu nariz reto, olhos profundos e bochechas encovadas eram muito parecidos com os dele, e ansiei por saber se ele também tinha cabelos escuros.

No inverno, eu raramente ia à necrópole, mas, no verão, aquele mausoléu violado e outros similares me proporcionavam locais de observação, repouso e frescor. Drotte, Roche e

Eata também vinham, embora eu nunca os tivesse guiado até meu refúgio favorito, e eles, eu sabia, também tivessem seus próprios lugares secretos. Quando estávamos juntos, raramente entrávamos em tumbas. Em vez disso, forjávamos espadas com pedaços de pau e travávamos batalhas, ou jogávamos pinhas nos soldados, ou arranhávamos tábuas no solo de novas sepulturas e jogávamos damas com pedras, cordas e caracóis e jogo dos bugalhos.

Nós também nos divertíamos no labirinto que era a Cidadela e nadávamos na grande cisterna sob a Torre do Sino. Lá era frio e úmido mesmo no verão, sob seu teto abobadado ao lado da piscina circular de águas infinitamente profundas e escuras. Mas não era muito pior no inverno, e ainda tinha a vantagem incontestável de ser proibida, de modo que podíamos mergulhar nela com deliciosa discrição quando se supunha que estivéssemos em outra parte, e não acendíamos nossas tochas até depois de fechar a escotilha gradeada atrás de nós. E então, quando as chamas subiam do piche incendiado, era incrível como nossas sombras dançavam naquelas paredes pegajosas!

Como já mencionei, nosso outro local de nadar era o Gyoll, que serpenteia por Nessus como uma enorme cobra cansada. Quando chegava o tempo quente, nós marchávamos pela necrópole a caminho de lá — primeiro passando pelos velhos sepulcros exaltados mais próximos da muralha da Cidadela, depois por entre as vangloriosas casas da morte dos optimates, depois pela floresta pedregosa dos monumentos dos comuns (tentávamos parecer altamente respeitáveis quando tínhamos que passar pelos guardas corpulentos apoiados nas hastes de suas armas). E finalmente, através da planície, montes nus que marcavam os enterros dos pobres, montes que afundavam em poças depois da primeira chuva.

Na margem mais baixa da necrópole ficava o portão de ferro que já descrevi. Por ele eram transportados os corpos destinados ao campo do oleiro. Quando passávamos por aqueles portais enferrujados, sentíamos que estávamos pela primeira vez verdadeiramente fora da Cidadela e, portanto, em inegável desobediência às regras que deveriam governar nossas idas e vindas. Acreditávamos (ou fingíamos acreditar) que seríamos torturados se nossos irmãos mais velhos descobrissem a violação; na verdade, não teríamos sofrido nada pior que uma surra: tal era a bondade dos torturadores, os quais eu posteriormente trairia.

Quem nos oferecia maior perigo eram os habitantes dos cortiços de muitos andares que margeavam a rua imunda por onde caminhávamos. Às vezes, penso que a razão pela qual a guilda durou tanto tempo é que ela serve como foco para o ódio do povo, deslocando-o do Autarca, dos exultantes e do exército, e, até mesmo, em certa medida, dos pálidos cacogênios que, às vezes, visitam Urth vindos das estrelas mais distantes.

O mesmo pressentimento que revelou aos guardas a nossa identidade, muitas vezes parecia também informar os moradores dos cortiços; de tempos em tempos, resíduos eram jogados em nós das janelas de cima, e um murmúrio furioso nos acompanhava. Mas o medo que gerava esse ódio também nos protegia. Nenhuma violência real era cometida contra nós, e uma ou duas vezes, quando souberam que algum tirânico vildgraf ou burguês venal havia sido entregue à mercê da guilda, recebemos aos gritos sugestões de como deveríamos tratá-los — a maioria delas obscenas e muitas, impossíveis.

Centenas de anos antes, o local onde nadávamos, o Gyoll, havia perdido suas margens naturais. Ali, o que restava era uma extensão de nenúfares azuis com duas correntes de largura, cercada por paredes de pedra. Degraus destinados ao desembarque de barcos desciam até o rio em vários pontos; em um dia quente, cada lance seria controlado por uma gangue de dez ou quinze jovens baderneiros. Nós quatro não tínhamos forças para afastar esses grupos, mas eles não podiam nos negar a admissão (ou, pelo menos, não o fariam), embora qualquer um deles a quem decidíssemos nos juntar nos ameaçasse à medida que nos aproximávamos, e nos provocasse quando estávamos entre seus pares. Logo, porém, todos acabavam se dispersando, nos deixando com a posse exclusiva até o próximo dia de natação.

Optei por descrever tudo isso agora porque, depois do dia em que salvei Vodalus, nunca mais voltei lá. Drotte e Roche acreditavam que era porque eu tinha medo de ficarmos trancados do lado de fora. Eata adivinhou, eu acho: antes de chegarem perto demais de se tornar homens, meninos muitas vezes têm alcançam uma revelação quase feminina. Foi por causa dos nenúfares.

A mim, a necrópole nunca me pareceu uma cidade de morte; sei que suas rosas roxas (que outras pessoas acham tão horríveis) abrigam centenas de pequenos animais e pássaros. As execuções que vi serem realizadas, e que eu mesmo realizei, muitas vezes não passam de um comércio, uma carnificina de seres humanos que são, em sua maior parte, menos inocentes e menos valiosos que gado. Quando penso na minha própria morte, ou na morte de alguém que foi gentil comigo, ou mesmo na morte do sol, a imagem que me vem à mente é a do nenúfar, com suas folhas claras e brilhosas e sua flor azul-celeste. Sob flores e folhas se encontram raízes pretas, finas e fortes como cabelo, descendo até as águas escuras.

Quando jovens, não nos importávamos nenhum pouco com essas plantas. Nadávamos com estrépito e flutuávamos entre elas, as empurrávamos de lado e as ignorávamos. O perfume delas anulava, até certo ponto, o mau cheiro da água. No dia em que eu salvaria Vodalus, mergulhei sob suas almofadas lotadas, como já havia feito mil vezes.

Não voltei à superfície. De alguma forma, havia entrado numa região onde as raízes pareciam bem mais espessas do que as que eu já havia encontrado antes. Cem redes, de uma só vez, me capturaram. Meus olhos estavam abertos, mas eu não conseguia ver nada — apenas a teia negra das raízes. Nadei e pude sentir que, embora meus braços e pernas se movessem entre seus milhões de finos tentáculos, meu corpo não acompanhava. Eu as agarrei aos punhados e as despedacei, mas mesmo depois de tê-las destruído, eu continuava imobilizado. Meus pulmões pareciam subir pela minha garganta para me sufocar, como se fossem irromper e explodir na água. A vontade de respirar, de sugar o fluido escuro e frio ao meu redor, era esmagadora.

Eu não sabia mais em que direção estava a superfície e havia perdido a consciência da água enquanto água. A força abandonou meus membros. Eu não tinha mais medo, embora soubesse que estava morrendo, ou, talvez, até já estivesse morto. Escutava um zumbido alto e muito desagradável em meus ouvidos, e comecei a ter visões.

Mestre Malrubius, falecido vários anos antes, nos acordava tamborilando no anteparo com uma colher: era esse o barulho metálico que eu tinha ouvido. Eu estava deitado na minha cama, incapaz de me levantar, embora Drotte, Roche e os meninos mais novos estivessem todos de pé, bocejando e procurando suas roupas. O manto do Mestre Malrubius estava jogado para trás; eu podia ver a pele solta de seu peito e barriga, onde músculo e gordura tinham sido destruídos pelo tempo. Havia um triângulo de pelo ali, cinza como mofo. Tentei chamá-lo para dizer que eu estava acordado, mas não conseguia emitir nenhum som. Ele começou a andar ao longo do anteparo, ainda batendo nele com sua colher. Depois do que pareceu um tempo muito longo, ele chegou ao porto, parou e se inclinou para fora. Eu sabia que ele estava lá embaixo, me procurando no Pátio Velho.

No entanto, ele não conseguia ver longe o suficiente. Eu estava em uma das celas abaixo da sala de exame. Fiquei ali, deitado de costas, olhando para o teto cinza. Uma mulher chorava, mas eu não conseguia vê-la e estava menos consciente de seus soluços que do timtim-timtim-timtim da colher. A escuridão se fechou sobre mim, mas da escuridão surgiu o rosto de uma mulher, imenso como a face verde da lua. Não era ela quem chorava — eu ainda conseguia ouvir os soluços, e esse rosto permanecia imperturbável e, na verdade, repleto daquele tipo de beleza que dificilmente admite expressão. Suas mãos se estenderam em minha direção e me tornei, imediatamente, o filhote de pássaro que eu havia tirado do ninho no ano anterior, na esperança de domesticá-lo para pousar em meu dedo, isso porque as mãos da mulher eram tão compridas quanto os caixões nos quais, às vezes, eu repousava em meu mausoléu secreto. Elas me agarraram, me puxaram e me jogaram para baixo, para longe de seu rosto e do som de soluços, para dentro da escuridão, até que finalmente atingi o que considerei ser a lama do fundo e explodi através dela para um mundo de luz cercado de preto.

Ainda assim, eu não conseguia respirar. Já nem desejava mais isso; meu peito já não se movia por conta própria. Eu estava deslizando pela água, embora não soubesse como (mais tarde soube que Drotte tinha me agarrado pelos cabelos). Na mesma hora, deitei-me nas pedras frias e viscosas do chão com Roche, depois Drotte, depois Roche novamente, respirando em minha boca. Eu estava envolvido em olhos como alguém se envolve em padrões repetitivos de um caleidoscópio, e pensei que algum defeito em minha própria visão multiplicava os olhos de Eata.

Então, por fim, me afastei de Roche e vomitei grandes quantidades de água preta. Depois disso, melhorei. Consegui me sentar e respirar novamente de um jeito entrecortado, e embora eu não tivesse forças e minhas mãos tremessem, conseguia mover os braços. Os olhos ao meu redor pertenciam a pessoas reais, os habitantes dos cortiços às margens do rio. Uma mulher trouxe uma tigela com alguma bebida quente — eu não tinha certeza se era sopa ou chá, só sabia que estava escaldante e um tanto salgado, e tinha cheiro de fumaça. Fingi beber e depois descobri que tinha leves queimaduras nos lábios e na língua.

— Você estava tentando fazer aquilo? — Drotte perguntou. — Como você subiu?

Eu balancei a cabeça.

Alguém na multidão disse:

— Ele saiu disparado para fora da água!

Roche me ajudou a firmar a mão.

— Achamos que você iria aparecer em outro lugar. Que estava pregando uma peça na gente.

Eu disse:

— Eu vi Malrubius.

Um velho, provavelmente um barqueiro, a julgar pelas roupas manchadas de alcatrão, agarrou Roche pelo ombro.

— Quem é esse?

— Costumava ser Mestre de Aprendizes. Morreu.

— Não é uma mulher? — O velho agarrava Roche, mas olhava para mim.

— Não, não — Roche disse a ele. — Não existem mulheres em nossa guilda.

Apesar da bebida quente e do calor do dia, eu estava com frio. Um dos jovens com quem às vezes brigávamos trouxe um cobertor empoeirado e eu me enrolei nele; mas demorou tanto até eu me sentir forte o bastante para andar novamente que, quando chegamos ao portão da necrópole, a estátua da Noite no topo do *khan*, na margem oposta, era um minúsculo arranhão preto contra o campo de chamas do sol, e o próprio portão estava fechado e trancado.

III

A face do Autarca

A manhã do dia seguinte já ia pela metade quando pensei em olhar a moeda que Vodalus havia me dado. Depois de servir os oficiais no refeitório, fizemos o nosso desjejum como de costume, encontramos Mestre Palaemon na sala de aula, e depois de uma breve palestra preparatória, o seguimos até os níveis inferiores, para ver o trabalho da noite anterior.

Mas, talvez, antes de continuar escrevendo, eu deva explicar algumas outras coisas sobre a natureza da nossa Torre Matachin. Ela está situada na parte dos fundos da Cidadela, no lado ocidental. No térreo ficam os estúdios dos nossos mestres, onde consultas com os oficiais de justiça e os chefes de outras guildas são realizadas. Nossa sala comum fica acima deles, de costas para a cozinha. Acima dela fica o refeitório, que nos serve de salão de reuniões, bem como de lugar para nos alimentarmos. No andar superior ficam as cabines privadas dos mestres, que, em dias melhores, já foram muito mais numerosas. Acima destas se encontram as cabines dos oficiais, e logo acima delas o dormitório e a sala de aula dos aprendizes, e uma série de sótãos e cubículos abandonados. Perto do topo fica a sala de armas, cujas peças remanescentes nós, da guilda, somos encarregados de disponibilizar caso a Cidadela sofra um ataque.

O verdadeiro trabalho da nossa guilda é executado abaixo de tudo isso. Logo no subsolo fica a sala de exames; abaixo dela e, portanto, fora da torre propriamente dita (pois a sala de exame era a câmara de propulsão da estrutura original), se estende o labirinto do ergástulo. Existem três níveis utilizáveis, alcançados por uma escadaria central. As celas são simples, secas e limpas, equipadas com mesinha, cadeira e cama estreita fixadas no centro do piso.

As luzes do ergástulo são daquele tipo antigo que dizem queimar para sempre, embora algumas já tenham se apagado. Na sombra desses corredores, naquela manhã, meus sentimentos não eram sombrios, mas alegres — era ali que eu iria trabalhar quando me tornasse um oficial, era ali que eu praticaria a arte antiga e me elevaria ao posto de mestre, era ali que eu estabeleceria as bases para a restauração de nossa guilda à sua antiga glória. O próprio ar do lugar parecia me envolver como um cobertor que havia sido aquecido próximo a algum fogo de cheiro agradável.

Paramos diante da porta de uma cela e, com um chacoalhar, o oficial de plantão meteu a chave na fechadura. Lá dentro, a cliente ergueu a cabeça, arregalando bastante os olhos escuros. Mestre Palaemon usava o manto debruado em zibelina e a máscara de veludo de sua posição; suponho que esses trajes, ou o dispositivo ótico saliente que lhe permitia enxergar, devam tê-la assustado. A mulher não falou nada e, claro, nenhum de nós falou com ela.

— Aqui — Mestre Palaemon começou a dizer em seu tom mais seco — temos algo fora da rotina da punição judicial e bem ilustrativo da técnica moderna. A cliente foi interrogada ontem à noite; talvez alguns de vocês a tenham ouvido. Vinte minims de tintura foram dados antes da excruciação, e dez depois. A dose foi apenas parcialmente eficaz na prevenção do choque e da perda de consciência, então o processo foi encerrado após o esfolamento da perna direita, como vocês verão. — Ele gesticulou para Drotte, que começou a desembrulhar as bandagens.

— Meia bota? — Roche perguntou.

— Não, bota inteira. Ela era uma criada, e Mestre Gurloes diz ter percebido que a pele deles é dura. Neste caso, ele provou estar correto. Uma simples incisão circular foi feita abaixo do joelho, e sua borda afastada com oito pinças. O trabalho cuidadoso de Mestre Gurloes, Odo, Mennas e Eigil permitiu a remoção de tudo entre o joelho e os dedos dos pés, sem que a faca fosse mais necessária.

Nós nos agrupamos em torno de Drotte, os garotos mais novos avançando aos empurrões enquanto fingiam saber quais pontos procurar. As artérias e veias principais estavam todas intactas, mas havia um afloramento lento e generalizado de sangue. Ajudei Drotte a aplicar bandagens novas.

Justo quando estávamos prestes a sair, a mulher disse:

— Não sei. Só que, ah, vocês não conseguem acreditar que eu não contaria se soubesse? Ela fugiu com Vodalus do Bosque, não sei para onde. — Lá fora, fingindo ignorância, perguntei ao Mestre Palaemon quem era Vodalus do Bosque.

— Quantas vezes já expliquei que nada do que é dito por um cliente sob interrogatório é ouvido por vocês?

— Muitas vezes, Mestre.

— Mas sem nenhum efeito. Em breve, será o dia do mascaramento, e Drotte e Roche serão oficiais, e você, capitão dos aprendizes. É este o exemplo que dará aos meninos?

— Não, Mestre.

Pelas costas do velho, Drotte me lançou um olhar que significava que ele sabia muito a respeito de Vodalus e me contaria em um momento conveniente.

— Antigamente, retirávamos a audição dos oficiais de nossa guilda. Você gostaria que esses tempos voltassem? Tire as mãos dos bolsos quando eu estiver falando com você, Severian.

Eu as havia enfiado lá porque sabia que isso distrairia sua raiva, mas, ao retirá-las, percebi que brincava com a moeda que Vodalus havia me dado na noite anterior. No terror relembrado da luta, tinha me esquecido de sua existência; agora fiquei em agonia para contemplá-la — mas não podia, com as lentes brilhantes do Mestre Palaemon fixadas em mim.

— Quando um cliente fala, Severian, você não ouve nada. Absolutamente nada. Pense nos ratos, cujos guinchos não transmitem nenhum significado aos homens.

Apertei bem os olhos para indicar que estava pensando em ratos.

Durante todo o longo e cansado caminho, escadaria acima, até a nossa sala de aula, eu ansiava por olhar para o fino disco de metal que agarrava; mas sabia que, se fizesse isso, o garoto atrás de mim (por acaso, um dos aprendizes mais jovens, Eusignius) veria. Na sala de aula, onde Mestre Palaemon murmurava sem parar sobre um cadáver de dez dias, a moeda era como um carvão em brasa, e, ainda assim, não ousei olhar.

Já corria a tarde quando encontrei privacidade, escondendo-me nas ruínas da muralha-cortina entre os musgos brilhantes. Depois, com o punho fechado posicionado em um raio de sol, hesitei, porque tive medo de que, quando finalmente a visse, a decepção fosse maior do que poderia suportar.

Não porque eu me importasse com seu valor. Mesmo que já fosse um homem, tinha tão pouco dinheiro que qualquer moeda me teria parecido uma fortuna. Pelo contrário: a moeda (tão misteriosa naquele momento, mas que, provavelmente, não continuaria assim) era meu único elo com a noite anterior, minha única conexão com Vodalus e a bela mulher encapuzada, e com o homem corpulento que me bateu com sua pá, meu único saque da luta na sepultura aberta. Minha vida na guilda era a única que eu conhecia, e parecia tão sem graça quanto minha camisa esfarrapada em comparação com o brilho súbito da lâmina da espada do exultante, e o som do tiro ecoando entre as pedras. Tudo isso poderia ter desaparecido quando abrisse a palma da minha mão.

No fim das contas, olhei, depois de já ter sorvido até a borra daquele pavor agradável. A moeda era um criso dourado, e fechei a mão mais uma vez, por medo de tê-la apenas confundido com um oricalco de latão, e esperei até encontrar coragem novamente.

Era a primeira vez que eu tocava numa peça de ouro. Já tinha visto oricalcos aos montes e até possuía alguns. Asimis de prata, havia vislumbrado uma ou duas vezes. Mas crisos conhecia apenas da mesma maneira vaga que sabia da existência de um mundo fora da nossa cidade de Nessus, e de outros continentes além do nosso, estivessem eles a norte, a leste ou a oeste.

Aquele ali tinha o que, a princípio, pensei ser um rosto de mulher: uma mulher coroada, nem jovem, nem velha, mas calada e perfeita no metal citrino. Por fim, virei meu tesouro e aí, de fato, foi que prendi a respiração; carimbado no verso, estava o mesmo navio voador que eu tinha visto no brasão acima da porta do meu mausoléu secreto. Isso parecia além de qualquer explicação: tanto que, naquele momento, nem me dei ao trabalho de especular a respeito, tão certo estava de que qualquer especulação seria infrutífera. Em vez disso, enfiei a moeda de volta no bolso e fui, numa espécie de transe, me juntar aos meus colegas aprendizes.

Carregar a moeda comigo estava fora de questão. Assim que tive oportunidade de fazê-lo, esgueirei-me sozinho necrópole adentro e procurei meu mausoléu. O tempo havia mudado naquele dia — abri caminho por entre arbustos encharcados e marchei pesadamente pela grama comprida e envelhecida que havia começado a se achatar por conta do inverno. Quando cheguei ao meu refúgio, ele não era mais a caverna fresca e convidativa do verão, mas uma armadilha gelada onde senti a proximidade de inimigos vagos demais para serem nomeados, oponentes de Vodalus que, àquela altura, certamente sabiam que eu era seu apoiador juramentado; assim que eu entrasse, eles avançariam e empurrariam a porta preta em suas dobradiças recentemente lubrificadas para fechá-la. Eu sabia que isso era um absurdo, claro. No entanto, também sabia que existia verdade naquilo, que o que eu sentia era apenas uma questão de tempo para acontecer. Em poucos meses ou alguns anos, eu poderia chegar ao ponto em que esses inimigos esperariam por mim; quando tivesse brandido o machado que escolhera para lutar, coisa que um torturador normalmente não faz.

Havia uma pedra solta no chão, quase ao pé do meu bronze fúnebre. Eu a levantei e coloquei o criso embaixo dela, depois murmurei um encantamento que tinha aprendido anos antes com Roche, alguns versos para proteger objetos escondidos:

"Onde eu te pus, permaneça,
Que um estranho nunca veja,
E que seu olho não cresça,
Que assim seja.

Aqui fique seguro, nunca saia,
Se uma mão vier, se proteja,
A um olho estranho não caia,
Até que eu veja."

Para que o encantamento fosse realmente eficaz, era preciso dar a volta no local à meia-noite carregando uma vela de cadáver, mas me peguei rindo ao pensar nisso — o que me fez lembrar aquela encenação de Drotte sobre ervas medicinais que cresciam de seus túmulos à meia-noite — e decidi confiar apenas nos versos, embora tenha ficado um pouco surpreso ao descobrir que já tinha idade suficiente para não me envergonhar disso.

Dias se passaram, e a lembrança da minha visita ao mausoléu permaneceu vívida o suficiente para me dissuadir de voltar lá, por mais que, às vezes, eu desejasse repeti-la para verificar se meu tesouro estava realmente seguro. Então, veio a primeira neve, transformando as ruínas da muralha-cortina em uma barreira escorregadia quase intransponível, e a necrópole familiar em uma estranha selva de montículos enganosos, na qual os monumentos subitamente ficavam grandes demais sob seus mantos de neve recente e as árvores e os arbustos eram esmagados até ficarem na metade de seu tamanho original.

É da natureza do aprendizado de nossa guilda que os fardos fiquem cada vez maiores à medida que os aprendizes cheguem à idade adulta, apesar de, no início, tudo ser mais fácil. Os meninos menores não trabalham. Aos seis anos, quando o trabalho começa, ele nada mais é do que subir e descer as escadas da Torre Matachin com mensagens, e o pequeno aprendiz, orgulhoso de ter sido encarregado delas, quase não sente o esforço. Com o passar do tempo, porém, sua tarefa se torna cada vez mais onerosa. Seus deveres o levam a outras partes da Cidadela — aos soldados na barbacã, onde ele descobre que os aprendizes militares têm tambores, trompetes, oficleides e botas e, às vezes, couraças douradas; à Torre do Urso, local em que vê garotos da mesma faixa de idade aprendendo a lidar com maravilhosos animais de combate de todos os tipos, cães mastins com cabeças grandes como as de leões, diatrymas mais altas que um homem, com bicos revestidos de aço; e a uma centena de outros lugares semelhantes nos quais ele descobre, pela primeira vez, que sua guilda é odiada e desprezada até por aqueles (na verdade, sobretudo por aqueles) que utilizam seus serviços. Pouco tempo depois, começam os trabalhos de limpeza e cozinha. O Irmão Cozinheiro cozinha coisas que podem ser muito interessantes ou prazerosas, e ao aprendiz cabe descascar legumes, servir os oficiais e descer as escadarias até o ergástulo carregando uma sucessão interminável de pilhas de bandejas.

Na época, eu ainda não sabia, mas em breve essa minha vida de aprendiz, que ficava cada vez mais dura desde que eu me entendia por gente, reverteria seu curso e se tornaria menos penosa e mais agradável. Um ano antes de se tornar um oficial, um aprendiz sênior faz pouco além de supervisionar o trabalho de seus juniores. Sua comida e até mesmo suas roupas melhoram de qualidade. Os oficiais mais jovens começam a tratá-lo quase como um igual, e ele tem, acima de tudo, o peso da responsabilidade pela elevação, e o prazer de emitir e fazer cumprir ordens.

Quando chega o momento de sua elevação, ele já é um adulto. Não faz nenhum trabalho a não ser aquele para o qual foi treinado; e é livre para deixar a Cidadela quando suas obrigações terminam, recebendo, ainda, fundos generosos para tal recreação. Se acabar por ascender à maestria (uma honra que requer os votos afirmativos de todos os mestres vivos), ele será capaz de escolher as tarefas que bem lhe interessarem ou divertirem, e dirigir os assuntos da própria guilda.

Mas você deve entender que, no ano sobre o qual estou escrevendo, o ano em que salvei a vida de Vodalus, eu não tinha consciência de tudo isso. O inverno (assim me disseram) havia encerrado a temporada de campanhas no norte, levando, em consequência, o Autarca e seus oficiais-chefes e conselheiros de volta às sedes da justiça.

— E por isso — explicou Roche — temos todos esses novos clientes. E ainda virão mais... dezenas, talvez centenas. Talvez tenhamos que reabrir o quarto nível. — Acenou com uma mão sardenta para mostrar que, pelo menos ele, sentia-se pronto para fazer o que fosse necessário.

— Ele está aqui? — perguntei. — O Autarca? Aqui na Cidadela? No Grande Fortim?

— Claro que não. Se ele viesse, você saberia, não saberia? Haveria desfiles, inspeções e toda sorte de acontecimentos. Há uma suíte para ele lá, mas a porta não é aberta há cem anos. Ele vai ficar no palácio oculto, a Casa Absoluta, em algum lugar ao norte da cidade.

— Você não sabe onde?

Roche ficou na defensiva.

— Não se pode dizer onde ela fica porque não há nada lá a não ser a própria Casa Absoluta. Ela fica onde fica. Ao norte, na outra margem.

— Além da Muralha?

Ele sorriu com a minha ignorância.

— Muito além dela. Semanas, se você fosse a pé. Naturalmente, o Autarca poderia chegar aqui de voador num instante, se quisesse. É ali, na Torre da Bandeira, que o voador pousaria.

Mas nossos novos clientes não chegavam em voadores. Os menos importantes chegavam em pelotões de dez a vinte homens e mulheres, acorrentados um atrás do outro pelo pescoço. Eram guardados por dimarchi, soldados cruéis em armaduras que pareciam ter sido feitas para uso, tendo sido, de fato, usadas. Cada cliente carregava um cilindro de cobre supostamente contendo seus documentos e, portanto, seu destino.

Todos haviam rompido os selos e lido aqueles documentos, é claro; e alguns os destruíram ou os trocaram pelos de outros. Aqueles que chegavam sem os papéis ficariam retidos até que alguma notícia adicional sobre sua disposição fosse recebida — provavelmente pelo resto de suas vidas. Aqueles que trocaram documentos com outra pessoa trocaram destinos; eles seriam mantidos ou libertos, torturados ou executados em lugar de outrem.

Os mais importantes chegavam em carruagens blindadas. As laterais de aço e as janelas gradeadas desses veículos não eram tanto para impedir a fuga, mas sim para impedir o resgate, e assim que a primeira delas chegou trovejando pelo lado leste da Torre das Bruxas e entrou no Pátio Velho, a guilda inteira se encheu de rumores de ataques ousados contemplados, ou tentados, por Vodalus. Pois todos os meus colegas aprendizes e a maioria dos oficiais acreditavam que muitos desses clientes eram seus capangas, confederados e aliados. Eu não os teria libertado por esse motivo — isso teria trazido desgraça para a guilda, o que, apesar de todo o meu apego a ele e seu movimento, não me sentia preparado para fazer, e, de qualquer modo, teria sido impossível. Mas esperava fornecer os pequenos confortos que estivessem em meu poder àqueles que considerava meus camaradas de armas: comida extra roubada das bandejas de clientes menos merecedores e, ocasionalmente, um pedaço de carne contrabandeado da cozinha.

Num dia tempestuoso, tive a oportunidade de saber quem eles eram. Eu estava esfregando o chão do escritório do Mestre Gurloes quando ele foi chamado para alguma tarefa, deixando sua mesa repleta de dossiês recém-chegados. Assim que a porta bateu atrás dele, eu corri e consegui passar os olhos rapidamente pela maioria deles antes de ouvir seus passos pesados na escada novamente. Nem um — *nem sequer um* — dos prisioneiros cujos documentos eu li era adepto de Vodalus. Havia comerciantes que tinham tentado obter grandes lucros com os suprimentos necessários para o exército, seguidores do acampamento que espionaram para os ascianos, e uma pitada de criminosos civis sórdidos. Nada mais.

Quando levei meu balde para esvaziá-lo na pia de pedra do Pátio Velho, vi uma das carruagens blindadas parada ali com sua parelha de crina longa fumegando e batendo os cascos, e os guardas com seus capacetes forrados de pele timidamente aceitando nossas taças fumegantes de vinho quente. Captei o nome Vodalus no ar; mas, naquele momento, parecia que eu era o único a tê-lo ouvido, e, de repente, senti como se Vodalus tivesse sido tão somente um eidolon criado pela minha imaginação a partir da neblina, e como se apenas o homem que eu havia matado com seu próprio machado fosse real. Os dossiês que eu havia folheado um momento antes pareciam soprados como folhas contra meu rosto.

Foi nesse instante de confusão que percebi, pela primeira vez, que estou, em algum grau, louco. Pode-se argumentar que esse foi o momento mais angustiante de minha vida. Menti muitas vezes para Mestre Gurloes e Mestre Palaemon, para Mestre Malrubius enquanto ele ainda vivia, para Drotte, porque ele era o capitão, para Roche, porque ele era mais velho e mais forte que eu, e para Eata e os outros aprendizes menores, porque esperava fazer com que me respeitassem. Agora, eu não podia mais ter certeza de que minha própria mente não estava mentindo para mim; todas as minhas falsidades me tomavam de assalto, e eu, que me lembrava de tudo, não podia ter certeza de que essas lembranças fossem mais do que meus próprios sonhos. Lembrei-me do rosto enluarado de Vodalus; mas era o que eu havia desejado ver então. Lembrei-me de sua voz enquanto ele falava comigo, mas era o que eu havia desejado ouvir, e a voz da mulher também.

Numa noite gelada, voltei me esgueirando ao mausoléu e tirei o criso novamente. O rosto desgastado, sereno e andrógino em seu anverso não era o rosto de Vodalus.

IV

Triskele

Eu estava enfiando um pedaço de madeira em um ralo congelado como punição por alguma infração mesquinha e o encontrei onde os guardiões da Torre do Urso jogam seu refugo, os corpos dos animais dilacerados mortos nos treinos. Nossa guilda enterra seus próprios mortos ao lado da muralha e os clientes nas partes mais baixas da necrópole, mas os guardiões da Torre do Urso deixam os seus serem levados por outros. Entre aqueles mortos, ele era o menor.

Há encontros que não mudam nada. Urth vira sua face envelhecida para o sol e ele brilha sobre as neves dela; elas cintilam e coruscam até que cada pontinha de gelo pendente nas laterais inchadas das torres se pareça com a Garra do Conciliador, a mais preciosa das joias. Então todos, exceto os mais sábios, acreditam que a neve deve derreter e dar lugar a um verão prolongado além do verão.

Nada disso ocorre. O paraíso dura uma vigília ou duas, e depois sombras azuis como leite aguado se alongam sobre a neve, que se move e dança sob o impulso de um vento leste. A noite chega, e tudo fica do mesmo jeito que estava antes.

Minha descoberta de Triskele aconteceu assim. Sentia que poderia, e deveria, ter mudado tudo, mas o episódio durou apenas alguns meses, e quando acabou, e ele partiu, foi só mais um inverno que havia passado. Então, já era a hora da Festa da Sagrada Catarina de novo, e nada mudou. Adoraria poder lhe contar o quão deplorável e o quão alegre ele parecia quando o toquei.

Ele estava deitado de lado, coberto de sangue. Duro como alcatrão naquele frio, e ainda vermelho vivo, porque o frio o havia preservado. Eu coloquei a mão na cabeça dele — não sei por quê. Parecia tão morto quanto os outros, até que abriu um olho e o revirou para mim, e nele havia uma confiança de que o pior havia passado — eu cumpri minha parte, ele parecia dizer, e suportei o fardo, e fiz tudo o que pude; agora é sua vez de cumprir seu dever para comigo.

Se fosse verão, acho que o teria deixado morrer. Mas naquele momento, já fazia um tempo desde a última vez que eu vira um animal vivo, não avistara sequer um tilacodonte comedor de lixo. Acariciei-o novamente e ele lambeu minha mão, e não consegui lhe dar as costas depois disso.

Eu o peguei (surpreso com o quão pesado era) e olhei em volta tentando decidir o que fazer com ele. Eu sabia que ele seria descoberto em nosso dormitório antes que a vela tivesse queimado a extensão de um dedo. A Cidadela é imensa e imensamente complicada, com salas e passagens pouco visitadas em suas torres, nos edifícios que foram erguidos entre as torres e nas galerias embaixo deles. No entanto, eu não conseguia pensar em nenhum lugar aonde pudesse chegar sem ter sido visto meia dúzia de vezes no caminho, e, no fim das contas, acabei carregando o coitado do brutamontes até os aposentos de nossa própria guilda.

Eu tinha então que o fazer passar pelo oficial que montava guarda à frente da escada que leva aos andares das celas. Minha primeira ideia foi colocá-lo na cesta que usamos para retirar a roupa de cama limpa dos clientes. Era dia de lavanderia, e teria sido fácil fazer uma viagem a mais do que era realmente necessário; a chance de que o guarda-oficial notasse algo errado parecia remota, mas teria envolvido esperar mais de uma vigília para a roupa lavada secar e arriscar as perguntas do irmão de plantão no terceiro nível, que me veria descendo para o quarto nível deserto.

Em vez disso, coloquei o cachorro na sala de exames — ele estava fraco demais para se mover — e me ofereci para ocupar o lugar do guarda no topo da rampa. Ele ficou muito feliz em aproveitar a oportunidade para se aliviar e entregou sua espada carnificial de lâmina larga (que eu, em teoria, não deveria tocar) e seu manto fuligem (que eu era proibido de vestir, embora já fosse mais alto que a maioria dos oficiais), de modo que, à distância, pareceria não ter havido nenhuma substituição. Vesti o manto e, assim que ele saiu, coloquei a espada em pé num canto e peguei meu cachorro. Todos os mantos de nossa guilda são volumosos, e esse era ainda mais do que a maioria, já que o irmão que substituí era bastante corpulento. Além disso, a tonalidade fuligem, que é mais escura que o preto, apaga admiravelmente todas as dobras, embolamentos e aglomerações no que diz respeito aos olhos, deixando ver apenas um escuro inexpressivo. Com o capuz levantado, devo ter parecido para os oficiais em suas mesas nos níveis (se eles olhassem para a escadaria e me vissem) um irmão um pouco mais corpulento que a maior parte daqueles que desciam aos níveis mais baixos. Nem mesmo o homem de guarda no terceiro, onde os clientes que haviam perdido toda a razão uivavam e sacudiam suas correntes, poderia ter visto nada de incomum em outro oficial descendo para o quarto quando havia rumores de que ele estava prestes a ser reformado — ou em um aprendiz descendo às pressas logo após o oficial ter subido novamente: sem dúvida ele havia esquecido alguma coisa ali e o aprendiz havia sido enviado para buscar.

Não era um lugar impressionante. Cerca de metade das luzes antigas ainda queimava, mas a lama se infiltrara pelos corredores até atingir a espessura de uma mão. Uma mesa de serviço estava onde fora deixada, talvez, duzentos anos antes; a madeira havia apodrecido e o móvel inteiro caíra com um toque.

No entanto, ali a água nunca foi alta, e a outra extremidade do corredor que eu havia escolhido estava livre até mesmo da lama. Coloquei meu cachorro na cama de um cliente e o limpei o melhor que pude com as esponjas que tinha trazido da sala de exames.

Sob a crosta de sangue, seu pelo era curto, duro e castanho-amarelado. Sua cauda havia sido cortada tão curta que o que restou era mais largo que longo. Suas orelhas haviam sido quase completamente cortadas, deixando apenas pontos rígidos mais curtos que a primeira junta do meu polegar. Em sua última luta, seu peitoral tinha sido aberto. Pude ver os músculos amplos como sonolentas jiboias de um vermelho pálido. Sua pata dianteira direita havia desaparecido — a metade superior foi esmagada até virar polpa. Cortei-a fora após suturar seu peito da melhor maneira que pude, e ela começou a sangrar novamente. Achei a artéria e a amarrei, depois dobrei a pele por baixo (como Mestre Palaemon nos ensinara) para fazer um coto bem-feito.

Triskele lambia minha mão de vez em quando enquanto eu trabalhava, e no momento em que dei o último ponto, ele começou a lambê-lo lentamente, como se fosse um urso e pudesse lamber até formar uma perna nova. Suas mandíbulas eram tão grandes quanto as de um arctótero e seus caninos eram compridos como meu dedo indicador, mas suas gengivas eram brancas; agora, elas tinham tão pouca força quanto as mãos de um esqueleto. Seus olhos eram amarelos e continham uma certa loucura límpida.

Naquela noite, troquei de tarefas com o garoto que deveria levar as refeições aos clientes. Sempre havia bandejas extras, porque alguns clientes não comiam, e, por isso, levei duas para Triskele, imaginando se ele ainda estaria vivo.

Estava. De algum modo, tinha saído da cama onde eu o colocara e rastejado — não conseguia ficar de pé — até a beira da lama, onde um pouco de água havia empoçado. Foi onde o encontrei. Eu tinha levado sopa, pão escuro e dois jarros com água. Ele bebeu uma tigela de sopa, mas quando tentei alimentá-lo com pão, descobri que ele não conseguia mastigar o suficiente para engolir; mergulhei o pão na outra tigela de sopa para ele, depois fui enchendo a tigela repetidas vezes com água até ambos os jarros estarem vazios.

Quando me deitei no meu catre, quase no topo da nossa torre, achei que conseguia ouvir sua respiração laboriosa. Várias vezes me sentei, apurando o ouvido; a cada uma dessas vezes, o som desaparecia, apenas para retornar quando eu me deitava novamente por um tempo. Talvez fossem apenas as batidas do meu coração. Se eu o tivesse encontrado um ano, dois anos antes, ele teria sido uma divindade para mim. Eu teria contado a Drotte e aos outros, e ele teria sido uma divindade para todos nós. Agora eu o conhecia como o pobre animal que era, e ainda assim não podia deixá-lo morrer, porque teria sido um ato de quebra de fé com alguma coisa em mim mesmo. Eu era um homem (se é que eu era realmente um homem) fazia muito pouco tempo; não suportava pensar que havia me tornado um homem tão diferente do menino que eu tinha sido. Conseguia me lembrar de cada momento do meu passado, de cada pensamento e visão ordinários que me atravessavam, de cada sonho. Como poderia destruir esse passado? Ergui minhas mãos e tentei olhar para elas — eu sabia que as veias se destacavam nas costas delas agora. É quando essas veias se destacam que a pessoa se torna um homem.

Em um sonho, passei pelo quarto nível novamente e encontrei um grande amigo lá, com mandíbulas pingando. Ele falou comigo.

Na manhã seguinte, servi novamente os clientes e roubei comida para levar ao cachorro, embora torcesse para que ele estivesse morto. Não estava. Ele ergueu o focinho e pareceu sorrir para mim com uma boca tão aberta que parecia que sua cabeça poderia cair dividida em duas metades, mas não tentou ficar de pé. Eu o alimentei e, quando estava prestes a sair, me impressionei com a miséria de sua condição. Ele dependia de mim. De mim! Ele tinha sido valorizado; os treinadores o haviam treinado como corredores são treinados para uma corrida; ele havia caminhado orgulhoso, seu peito enorme, tão largo quanto o de um homem, apoiado em duas pernas grossas como pilares. Agora vivia como um fantasma. Seu próprio nome havia sumido, lavado em seu próprio sangue.

Quando eu tinha tempo, visitava a Torre do Urso e fiz amizades, dentro do possível, com os treinadores de feras de lá. Eles têm sua própria guilda e, por mais que seja menor que a nossa, possui muitas tradições estranhas. Em um grau que me surpreendeu, descobri que eram as mesmas tradições, embora eu, claro, não tivesse penetrado em seus segredos arcanos. Na elevação de seus mestres, o candidato fica sob uma proteção metálica pisada por um touro sangrando; em algum momento da vida, cada irmão se casa com uma leoa ou uma ursa, logo depois passa a rejeitar mulheres humanas.

Tudo isso é apenas para dizer que, entre eles e os animais que levam para os poços, existe um vínculo muito parecido com aquele que há entre nossos clientes e nós mesmos. Hoje, já viajei para lugares muito mais distantes de nossa torre, mas percebo, toda vez, que o padrão de nossa guilda é repetido de modo irrefletido (como as repetições dos espelhos do Padre Inire, na Casa Absoluta) nas sociedades de todos os ofícios, dessa forma, todos eles acabam sendo torturadores, assim como nós. Sua presa está para o caçador, como nossos clientes estão para nós; aqueles que compram, para o comerciante; os inimigos da Comunidade, para o soldado; os governados, para os governadores; os homens, para as mulheres. Todos amam aquilo que destroem.

Uma semana depois de tê-lo carregado para baixo, encontrei apenas as pegadas mancas de Triskele na lama. O cão havia ido embora, mas fui atrás dele, certo de que um dos oficiais teria me dito se ele tivesse subido a rampa. Dali a pouco, as pegadas levaram a uma porta estreita que se abria para um emaranhado de corredores sem luz, cuja existência eu desconhecia totalmente. No escuro, eu não poderia mais o rastrear, mas continuei mesmo assim, pensando que ele poderia captar meu cheiro no ar abafado e vir até mim. Logo eu estava perdido e só segui em frente porque não sabia como voltar.

Não tenho como saber a idade desses túneis. Suspeito, embora dificilmente possa dizer o motivo, que são anteriores à Cidadela acima deles, por mais antiga que ela seja. Eles datam do fim da era em que o desejo intenso de fugir, o desejo intenso de escapar à procura de novos sóis que não os nossos, permanecia, embora os meios para alcançar essa fuga estivessem afundando como incêndios moribundos. Por mais remoto que seja esse tempo, cujo nome mal conseguimos lembrar, nós ainda nos recordamos dele. Antes disso, deve ter havido outro tempo, um tempo de escavação, de criação de galerias escuras, que agora foi totalmente esquecido.

Seja como for, fiquei assustado ali. Saí correndo — e várias vezes dei de cara com paredes — até que finalmente vi um ponto de pálida luz do dia e escalei para fora através de um buraco por onde mal passavam minha cabeça e meus ombros.

Dei por mim rastejando sobre o pedestal coberto de gelo de um daqueles velhos e multifacetados mostradores, cujas múltiplas faces dão a cada pessoa um tempo diferente. Sem dúvida porque a geada dessas últimas eras, entrando no túnel abaixo, havia soerguido sua fundação, ele havia escorregado lateralmente até ficar em um ângulo tal que poderia ter sido um de seus próprios gnômons, desenhando a passagem silenciosa do curto dia de inverno através da neve sem marcas.

O espaço ao redor tinha sido um jardim no verão, mas não como a nossa necrópole, com árvores semisselvagens e gramados ondulados e cuidados. Rosas tinham florescido ali em crateras colocadas sobre um pavimento com um mosaico. Estátuas de feras se erguiam de costas para as quatro paredes do pátio, os olhos voltados para observar o mostrador inclinado: barilambdas gigantescos; arctóteros, os monarcas dos ursos; gliptodontes; esmilodontes com presas do tamanho de gládios. Todas estavam polvilhadas de neve agora. Procurei rastros de Triskele, mas ele não tinha estado ali.

As paredes do pátio tinham janelas altas e estreitas. Eu não conseguia ver nenhuma luz através delas, e nenhum movimento. As torres em forma de lança da Cidadela se erguiam de cada lado, de tal modo que percebi que não a havia deixado — em vez disso, eu parecia estar em algum lugar próximo do seu coração, onde jamais havia estado. Tremendo de frio, atravessei o pátio até a porta mais próxima e bati nela. Tive a sensação de que poderia vagar para sempre nos túneis abaixo sem nunca encontrar outro caminho para a superfície, e estava decidido a quebrar uma das janelas se preciso fosse, em vez de voltar por ali. Nenhum som se ouvia lá dentro, por mais que eu batesse o punho contra os painéis da porta sem parar.

Realmente, não há como descrever a sensação de estar sendo observado. Ouvi dizer que chamam isso de formigamento na nuca, e até mesmo uma consciência de olhos que parecem flutuar na escuridão, mas não é nenhuma das duas coisas — pelo menos, não para mim. É algo semelhante a um constrangimento sem origem, junto com o sentimento de que não devo me virar, porque me virar será o mesmo que parecer um tolo, respondendo às sugestões de uma intuição infundada. Mas às vezes, é claro, isso acontece. Eu me virei com a vaga impressão de que alguém havia me seguido pelo buraco na base do mostrador.

Mas o que vi foi uma jovem envolta em peles parada diante de uma porta, no lado oposto do pátio. Acenei para ela e comecei a caminhar em sua direção (às pressas, porque sentia muito frio). Então, ela avançou em minha direção e nos encontramos no lado mais distante do mostrador. Ela perguntou quem eu era e o que estava fazendo ali, e lhe contei tudo da melhor maneira que pude. O rosto circundado pelo capuz de pele era primorosamente moldado, e o próprio capuz, e seu casaco e suas botas com acabamento em pele, eram de aparência suave e rica, de modo que fiquei miseravelmente consciente, enquanto falava com ela, da minha própria camisa e da minha calça, remendadas, e dos meus pés sujos de lama.

O nome dela era Valeria.

— Seu cachorro não está aqui conosco — disse ela. — Pode procurar, se não acredita em mim.

— Nunca achei que ele estivesse com vocês. Só quero voltar para meu lugar, para a Torre Matachin, sem ter que descer lá de novo.

— Você é muito corajoso. Eu vejo esse buraco desde que era uma garotinha, mas nunca ousei entrar nele.

— Eu gostaria de entrar — falei. — Quero dizer, lá dentro.

Ela abriu a porta por onde havia saído e me conduziu para uma sala forrada de tapeçarias, onde cadeiras antigas e rígidas pareciam tão fixas em seus lugares quanto as estátuas no pátio congelado. Um fogo diminuto fumegava numa grelha contra uma parede. Fomos até lá e ela tirou o casaco enquanto eu estendia as mãos para o calor.

— Não estava frio nos túneis?

— Não tão frio quanto lá fora. Além disso, eu estava correndo e não havia vento.

— Entendi. Que estranho que eles surjam no Átrio do Tempo. — Ela parecia mais jovem que eu, mas havia um toque antigo em seu vestido com detalhes de metal e na sombra de seu cabelo escuro, que a fazia parecer mais velha que Mestre Palaemon, uma habitante de ontens esquecidos.

— É assim que vocês o chamam? O Átrio do Tempo? Por causa dos mostradores, suponho.

— Não, os mostradores foram colocados lá porque o chamamos assim. Você gosta de línguas mortas? Eles têm lemas. "*Lux dei vitae viam monstrat*", ou seja, "O raio do Novo Sol ilumina o caminho da vida". "*Felicibus brevis, miseris hora longa.*" "Os homens esperam muito pela felicidade." "*Aspice ut aspiciar.*"

Tive que dizer a ela, com certa vergonha, que não conhecia outra língua além daquela em que falávamos, e, mesmo assim, pouco.

Antes de eu partir, conversamos por uma vigília de sentinela ou mais. A família dela ocupava aquelas torres. Eles haviam esperado, em princípio, para deixar Urth com o autarca de sua época, então passaram a esperar porque não havia mais nada para eles, além disso. Tinham dado muitos castelões à Cidadela, mas o último morrera havia gerações; agora, eram pobres e suas torres estavam em ruínas. Valeria nunca tinha ido além dos andares inferiores.

— Algumas das torres foram construídas de forma mais robusta que outras — falei. — A Fortaleza das Bruxas também está deteriorada por dentro.

— Existe realmente tal lugar? Minha ama-seca me contou isso quando eu era pequena, para me assustar, mas achei que fosse apenas uma história. Era para haver uma Torre do Tormento também, onde todos que entram morrem em agonia.

Eu disse a ela que isso, pelo menos, era uma fábula.

— Os grandes dias dessas torres são mais fabulosos para mim — disse ela. — Hoje, ninguém do meu sangue carrega uma espada contra os inimigos da Comunidade, nem ficam como reféns para nós no Poço das Orquídeas.

— Talvez uma de suas irmãs seja convocada em breve — eu disse, pois não queria, por algum motivo, pensar que ela mesma fosse ser.

— Eu sou todas as irmãs que criamos — respondeu ela. — E todos os filhos.

Um velho criado nos trouxe chá e bolos pequenos e duros. Não era chá de verdade, mas mate do norte, que às vezes damos aos nossos clientes porque é muito barato.

Valeria sorriu.

— Veja, você encontrou algum conforto aqui. Você está preocupado com o seu pobre cachorro porque ele é manco. Mas ele também pode ter encontrado hospitalidade. Você o ama, então outro pode amá-lo. Você o ama, então também pode amar outro.

Concordei, mas pensei, secretamente, que nunca mais teria outro cachorro, o que se provou ser verdade.

Não voltei a ver Triskele durante quase uma semana. Então, um dia, enquanto eu levava uma carta até a barbacã, ele veio correndo até mim. Tinha aprendido a correr com sua única perna dianteira, como um acrobata que faz parada de mão em cima de uma bola dourada.

Depois disso, eu o vi uma ou duas vezes por mês enquanto a neve durou. Nunca descobri quem ele havia encontrado, quem o alimentava e cuidava dele; mas gosto de pensar que foi alguém que o levou consigo na primavera, talvez para o norte, para as cidades de tendas e para as campanhas entre as montanhas.

V

O LIMPADOR DE QUADROS E OUTROS

A Festa da Sagrada Catarina é o dia mais esperado para nossa guilda, o festival através do qual nossa herança nos é lembrada, o momento em que os oficiais se tornam mestres (quando se tornam) e em que os aprendizes se tornam oficiais. Reservarei minha descrição das cerimônias daquele dia para quando tiver a oportunidade de contar sobre minha própria elevação; mas no ano que reconto aqui, o ano da luta à beira do túmulo, Drotte e Roche foram elevados, deixando-me como capitão dos aprendizes.

O peso total desse ofício não se impôs a mim até que o ritual estivesse quase concluído. Eu estava sentado na capela em ruínas apreciando a pompa e apenas levemente consciente (da mesma maneira agradável pela qual vinha ansiando o banquete) de que seria sênior em relação a todos os demais quando a cerimônia chegasse ao fim.

Aos poucos, porém, uma sensação de inquietação tomou conta de mim. Eu me sentia infeliz antes mesmo de saber que não estava mais feliz, e me curvei sob o peso da responsabilidade quando ainda não entendia completamente que o carregava. Lembrei-me da imensa dificuldade que Drotte havia encontrado para nos manter em ordem. Agora, eu teria que fazer isso sem a sua força, e sem ninguém que fosse para mim, o que Roche havia sido para ele — um tenente da sua idade.

Quando o último cântico chegou ao fim e o Mestre Gurloes e o Mestre Palaemon, em suas máscaras com contornos dourados, avançaram a passos lentos pela porta, e os velhos oficiais içaram Drotte e Roche, os novos oficiais, sobre seus ombros (já mexendo nos sabretaches em seus cintos para os fogos de artifício que lançariam lá fora), eu já tinha me preparado e até bolado um plano rudimentar.

Nós, aprendizes, deveríamos servir o banquete e, antes de fazê-lo, retirar as roupas relativamente novas e limpas que havíamos recebido para a cerimônia. Depois que a última bombinha havia estourado e os *matrosses*, em seu gesto anual de amizade, haviam rasgado o céu com a maior peça de artilharia do Grande Fortim, apressei meus pupilos — já, ou assim pensei, começando a olhar para mim com ressentimento — de volta ao nosso dormitório, fechei a porta e empurrei um catre contra ela.

Eata era o mais velho, sem contar comigo, e, para minha sorte, eu sempre fui amigável o suficiente no passado para não despertar nenhuma suspeita, até que fosse tarde demais para qualquer resistência efetiva. Eu o peguei pelo pescoço e bati sua cabeça meia dúzia de vezes contra o anteparo, depois lhe dei uma rasteira.

— Agora — falei —, você vai ser meu aliado? Responda!

Ele não conseguia falar, mas assentiu.

— Ótimo. Vou pegar Timon. Você pega o maior depois dele.

No espaço de cem respirações (e foram respirações muito rápidas), os meninos foram chutados até se submeterem. Passaram-se três semanas antes que qualquer um deles ousasse me desobedecer, e então não houve rebelião em massa, apenas um ou outro fingindo doença.

Como capitão de aprendizes, tive novas funções, bem como uma liberdade maior do que jamais havia desfrutado antes. Era eu quem cuidava para que os oficiais de plantão recebessem suas refeições quentes, e supervisionava os meninos que trabalhavam sob as pilhas de bandejas destinadas aos nossos clientes. Na cozinha, obrigava meus pupilos a fazerem suas tarefas, e na sala de aula os orientava nos estudos; fiquei encarregado, em um grau muito mais sério do que antes, no transporte de mensagens para partes distantes da Cidadela, e até mesmo, em pequena escala, na condução dos negócios da guilda. Assim, me familiarizei com todas as vias e com muitos cantos não frequentados — celeiros com silos imensos e gatos demoníacos; muralhas varridas pelo vento com vista para favelas gangrenadas; e as pinacotecas, com seu grande salão encimado por um teto abobadado de tijolos perfurados por janelas, com piso de lajes coberto por tapetes, e delimitado por paredes das quais se abriam arcos escuros para fileiras de câmaras revestidas — como o próprio salão — com inúmeros quadros.

Muitos deles eram tão velhos e sujos de fumaça que eu não conseguia discernir seus temas, e havia outros cujo significado não conseguia adivinhar — uma dançarina cujas asas pareciam sanguessugas, uma mulher de aparência silenciosa que segurava uma adaga de lâmina dupla sentada sob uma máscara mortuária. Certo dia, após ter caminhado pelo menos uma légua entre essas pinturas enigmáticas, deparei-me com um velho empoleirado em uma escada alta. Queria perguntar o caminho, mas ele parecia tão absorto em seu trabalho que hesitei em incomodá-lo.

O quadro que ele estava limpando mostrava uma figura de armadura parada em pé numa paisagem desolada. Não tinha arma, mas segurava um cajado com uma bandeira estranha e rígida. A viseira do capacete dessa figura era inteiramente dourada, sem fendas para os olhos, nem ventilação; em sua superfície polida, podia-se ver o deserto mortal no reflexo e nada mais.

Esse guerreiro de um mundo morto me afetou profundamente, embora eu não soubesse dizer por que, nem sequer que emoção senti. De alguma forma obscura, queria pegar aquele quadro e levá-lo comigo — não para nossa necrópole, mas para uma daquelas florestas montanhosas das quais ela era (como, mesmo naquela época, eu já entendia) uma imagem idealizada, porém, viciada. Era ali, entre as árvores, que o quadro deveria ficar, com a borda de sua moldura apoiada na grama nova.

— ... e então — disse uma voz atrás de mim —, todos escaparam. Vodalus recebeu aquilo que veio buscar, percebe?

— Você — retrucou o outro. — O que está fazendo aqui?

Eu me virei e vi dois armígeros vestidos com roupas de cores vivas que se assemelhavam, o máximo que se atreviam, a dos exultantes. Respondi:

— Tenho uma correspondência para o arquivista. — E ergui o envelope.

— Muito bem — falou o armígero que havia antes me dirigido a palavra. — Você sabe a localização dos arquivos?

— Estava prestes a perguntar, *sieur*.

— Então, você não é o mensageiro adequado para levar a carta, é? Dê-me isto e eu a entregarei a um pajem.

— Não posso, *sieur*. É minha tarefa entregá-la.

O outro armígero disse:

— Não precisa ser tão duro com esse jovem, Racho.

— Você não sabe o que ele é, sabe?

— E você, sabe?

O homem chamado Racho assentiu.

— De que parte desta Cidadela você é, mensageiro?

— Da Torre Matachin. Mestre Gurloes me mandou ao arquivista.

O rosto do outro armígero se contraiu.

— Você é um torturador, então.

— Apenas um aprendiz, *sieur*.

— Não me admira então que meu amigo queira você longe das vistas dele. Siga a galeria até a terceira porta, faça a curva e continue cerca de cem passos, suba a escada até o segundo patamar e siga pelo corredor sul até as portas duplas no final.

— Obrigado — respondi, e dei um passo na direção que ele havia indicado.

— Espere um pouco. Se você for agora, teremos que olhar para você.

Racho disse:

— Prefiro tê-lo logo à nossa frente a tê-lo atrás de nós.

Mesmo assim, esperei, com uma mão apoiada na perna da escada, que os dois fizessem uma curva.

Como um daqueles amigos quase espirituais que, em sonhos, se dirigem a nós das nuvens, o velho senhor disse:

— Então, você é um torturador, não é? Sabe, nunca estive na sua casa. — Ele tinha um olhar fraco, me lembrando das tartarugas que, às vezes, espantávamos nas margens do Gyoll, e um nariz e um queixo que quase se encontravam.

— Certamente, nunca o vi lá — falei com educação.

— Não há nada a temer agora. O que você poderia fazer com um homem como eu? Meu coração pararia assim! — Ele jogou a esponja no balde e tentou estalar os dedos molhados, embora nenhum som tenha sido emitido. — Mas eu sei onde ela fica. Atrás do Fortim das Bruxas. Não é isso?

— Sim — respondi, um pouco surpreso pelo fato de as bruxas serem mais conhecidas que nós.

— Imaginei. Mas ninguém nunca fala a respeito. Você está com raiva daqueles armígeros e eu não o culpo. Mas deveria saber o que se passa com eles. Eles deveriam ser como exultantes, só que não são. Têm medo de morrer, medo de se machucar e medo de agir como tais. É difícil para eles.

— Eles deveriam ser eliminados — eu disse. — Vodalus os colocaria para trabalhar carregando pedras. São apenas uma herança de alguma época passada… que ajuda possível eles podem dar ao mundo?

O velho inclinou a cabeça.

— Ora, de que ajuda eles seriam, para começar? Você sabe?

Quando admiti que não, ele desceu da escada como um macaco idoso, parecendo só braços e pernas e pescoço enrugado; suas mãos eram tão compridas quanto meus pés, os dedos tortos rendilhados de veias azuis.

— Eu sou Rudesind, o curador. Você conhece o velho Ultan, presumo? Não, claro que não. Se conhecesse, saberia o caminho para a biblioteca.

Eu disse:

— Nunca estive nesta parte da Cidadela antes.

— Nunca esteve aqui? Ora, esta é a melhor parte. Arte, música e livros. Temos um Fechin aqui que mostra três meninas vestindo uma quarta com flores, que é tão real que você fica esperando as abelhas saírem de dentro dele. Um Quartillosa também. Não é mais popular, Quartillosa, ou não o teríamos aqui. Mas, no dia em que ele nasceu, já era um desenhista melhor que os gotejadores e cuspidores pelos quais o pessoal é tão aficionado hoje em dia. Mas, ficamos com o que a Casa Absoluta não quer, sabe? Isso significa que ficamos com os antigos, e eles são os melhores, na maioria das vezes. Chegam aqui sujos por ficarem pendurados por tanto tempo, e eu os limpo. Às vezes os limpo novamente depois que ficam pendurados aqui por um tempo. Temos um Fechin aqui. Essa é a verdade! Ou você leva este aqui agora. Gosta?

Parecia seguro dizer que sim.

— É a *terceira* vez que limpo este. Quando eu era recém-chegado aqui, fui aprendiz do velho Branwallader e ele me ensinou a limpar. Este foi o que ele usou, porque disse que não valia nada. Ele começou aqui neste canto. Quando fez o máximo que podia com uma das mãos, passou-o para mim, e eu fiz o resto. Quando minha esposa ainda era viva, eu o limpei novamente. Isso deve ter sido depois que nossa segunda filha nasceu. Não estava tão escuro assim, mas eu estava com umas caraminholas e queria algo para fazer. Hoje, meti na cabeça que devia limpá-lo novamente. E ele está precisando — viu que beleza que está ficando, todo brilhoso? Aí está a sua Urth azul surgindo por cima do ombro dele novamente, fresca como o peixe do Autarca.

Durante todo esse tempo, o nome de Vodalus ecoava em minha mente. Eu tinha certeza de que o velho descera da escada só porque eu o havia mencionado, e queria perguntar a ele sobre isso. Mas, por mais que tentasse, não consegui encontrar nenhuma maneira de direcionar a conversa. Quando fiquei em silêncio por um momento a mais, e tive medo de que ele estivesse prestes a subir a escada para começar a limpar novamente, consegui dizer:

— Essa é a lua? Me disseram que ela é mais fértil.

— Agora é, sim. Isso foi feito antes da irrigação. Está vendo esse marrom acinzentado? Naquela época, era isso que você veria se levantasse a cabeça e olhasse para ela. Não verde, como ela é agora. Também não parecia tão grande, porque não estava tão perto: era o que o velho Branwallader costumava dizer. Agora, existem árvores suficientes para esconder Nilammon, como diz o ditado.

Aproveitei minha oportunidade.

— Ou Vodalus.

Rudesind gargalhou.

— Ou ele, isso é certo. Seu bando deve estar esfregando as mãos esperando para pegá-lo. Vocês têm algo especial planejado?

Se a guilda tinha torturas específicas reservadas para indivíduos específicos, eu não sabia nada a respeito; mas me esforcei para parecer sábio e disse:

— Vamos pensar em algo.

— Suponho que pensarão, sim. Há pouco, porém, pensei que você estivesse do lado dele. Ainda assim, você vai ter que esperar se ele estiver escondido nas Florestas de Lune. — Rudesind olhou para o quadro com apreciação óbvia antes de se voltar para mim. — Já ia me esquecendo. Você quer visitar nosso Mestre Ultan. Volte para aquele arco pelo qual acabou de passar...

— Eu sei o caminho — falei. — O armígero me explicou.

O velho curador soprou a orientação ao vento com uma lufada de hálito ácido.

— O que ele disse só levaria você até a Sala de Leitura. De lá, você levaria uma vigília para chegar a Ultan, se é que chegaria. Não, volte para aquele arco. Vá até o final da grande sala e desça a escada. Você chegará a uma porta trancada — bata com força até que alguém o deixe entrar. É no fundo das pilhas, e é ali que Ultan tem seu escritório.

Já que Rudesind estava olhando, segui suas instruções, embora não tivesse gostado da parte sobre a porta trancada, e descer sugeria que eu poderia estar me aproximando daqueles túneis antigos por onde eu vagara à procura de Triskele.

De modo geral, me sentia muito menos confiante do que quando estava nas partes da Cidadela que conhecia. Aprendi, desde então, que estranhos que a visitam ficam impressionados com seu tamanho; mas ela é apenas um cisco se comparada ao tamanho da cidade, e nós, que crescemos dentro da grande muralha cinza, e aprendemos os nomes e relações dos cerca de cem pontos de referência necessários para aqueles que querem se localizar dentro dela, ficamos, por dotarmos tal conhecimento, desconcertados quando nos encontramos distantes das regiões familiares.

Foi o que aconteceu comigo enquanto atravessava o arco que o velho havia indicado. Como o resto daquele salão abobadado, ele era de tijolos foscos e avermelhados, mas era sustentado por dois pilares cujos capitéis exibiam rostos de pessoas adormecidas, e achei os lábios mudos e os olhos pálidos e fechados, mais terríveis que as máscaras agonizantes pintadas no metal da nossa própria torre.

Cada quadro na sala adiante continha um livro. Às vezes, eles eram muitos ou proeminentes; outros, eu tive que estudar um pouco antes de ver a ponta de uma encadernação despontando para fora do bolso da saia de uma mulher, ou perceber que um carretel estranhamente trabalhado continha palavras que se desenrolavam como fios.

Os degraus eram estreitos e íngremes, e não havia corrimão; eles faziam curvas ao descer, de modo que eu não tinha descido mais de trinta deles antes que a luz da sala acima tivesse praticamente desaparecido. Por fim, fui forçado a colocar as mãos à frente do corpo e tatear o caminho, com medo de bater a cabeça na porta.

Meus dedos questionadores nunca a encontraram. Em vez disso, os degraus terminaram (e eu quase caí ao descer um degrau que não estava lá), e fiquei sozinho ali, tateando um chão irregular na escuridão total.

— Quem está aí? — uma voz chamou. Era uma voz estranhamente ressonante, como o som de um sino dobrando dentro de uma caverna.

VI

O MESTRE DOS CURADORES

— Quem está aí? — ecoou no escuro.

Com o máximo de ousadia que pude, respondi:

— Alguém que traz uma mensagem.

— Deixe-me ouvir então.

Meus olhos estavam finalmente se acostumando com a escuridão, e eu conseguia distinguir uma silhueta vaga e muito elevada, movendo-se entre formas escuras e irregulares ainda mais altas.

— É uma carta, *sieur* — falei. — O senhor é Mestre Ultan, o curador?

— Ele mesmo. — Ele estava diante de mim agora. O que eu pensei, a princípio, que fosse uma vestimenta esbranquiçada, agora parecia ser uma barba que chegava quase até a cintura dele. Eu já era tão alto quanto muitos homens que honram as calças, mas ele era uma cabeça e meia mais alto que eu, um verdadeiro exultante.

— Então aqui está, *sieur* — falei e estendi a carta.

Ele não a pegou.

— Você é aprendiz de quem? — Novamente achei ter ouvido o soar do bronze, e, de repente, senti que ele e eu estávamos mortos e que a escuridão que nos cercava era a terra de um túmulo pressionando nossos olhos, terra de um túmulo através da qual o sino nos chamava para a adoração em quaisquer santuários que pudessem existir no subsolo. A mulher lívida que eu tinha visto ser arrastada de seu túmulo apareceu diante de mim tão vividamente que foi como se eu visse o rosto dela na brancura quase luminosa da figura que falou. — De quem? — ele tornou a perguntar.

— De ninguém. Quero dizer, sou aprendiz da nossa guilda. Mestre Gurloes me enviou, *sieur*. Mestre Palaemon é quem costuma ensinar a nós, aprendizes.

— Mas não gramática. — Muito lentamente, a mão do homem alto tateou em direção à carta.

— Ah, sim, gramática também. — Eu me senti como uma criança conversando com aquele homem, que já era velho quando nasci. — Mestre Palaemon diz que precisamos ser capazes de ler, escrever e calcular, porque quando formos mestres em nosso tempo, teremos que enviar cartas e receber instruções dos tribunais, e manter registros e contas.

— Como esta — entoou a figura indistinta na minha frente. — Cartas como esta.

— Sim, *sieur*. Isso mesmo.

— E o que esta aqui diz?

— Não sei. Está selada, *sieur*.

— Se eu a abrir... — Ouvi a cera quebradiça estalar sob a pressão de seus dedos. — ... você lerá para mim?

— Está escuro aqui, *sieur* — respondi, em dúvida.

— Então teremos que ter Cyby. Com licença. — Na escuridão, mal consegui vê-lo se virar e levantar as mãos para formar uma trombeta. — *Cy-by! Cy-by!* — O nome ecoou pelos corredores escuros que eu sentia me espreitarem, enquanto a língua de ferro atingia o bronze ecoante de um lado, depois do outro.

Houve um chamado em resposta vindo de longe. Por algum tempo, esperamos em silêncio.

Logo depois, vi um ponto de luz num beco estreito, delimitado (era o que parecia) por paredes íngremes de pedra irregular. Ele se aproximou — um castiçal carregado por um homem atarracado e muito ereto, de cerca de quarenta anos, de rosto achatado e pálido. O homem barbudo ao meu lado disse:

— Aí está você finalmente, Cyby. Trouxe uma luz?

— Sim, Mestre. Quem é este?

— Um mensageiro com uma carta.

Num tom mais cerimonioso, Mestre Ultan disse para mim:

— Este é o meu próprio aprendiz, Cyby. Temos uma guilda também, nós, curadores, dos quais os bibliotecários são uma divisão. Sou o único bibliotecário mestre aqui, e é nosso costume atribuir aprendizes aos nossos membros seniores. Cyby é o meu já há alguns anos.

Eu disse a Cyby que estava honrado em conhecê-lo e perguntei, um tanto timidamente, qual era o dia da festa dos curadores — uma questão que provavelmente foi suscitada pelo pensamento de que muitas deles devem ter se passado sem que Cyby fosse elevado a oficial.

— Já passou — disse Mestre Ultan. Ele olhava para mim ao falar, e, à luz das velas, pude ver que seus olhos eram da cor de leite aguado. — Acontece no início da primavera. É um belo dia. O tempo em que, na maioria dos anos, as árvores já puseram suas folhas novas.

Não havia árvores na Grande Quadra, mas assenti; então, percebendo que ele não podia me ver, falei:

— Sim, belo com brisas suaves.

— Precisamente. Você é um jovem dos meus. — Ele pôs a mão no meu ombro: não pude deixar de notar que seus dedos estavam escuros de poeira. — Cyby também é um jovem dos meus. Ele será o bibliotecário-chefe aqui quando eu me for. Nós temos uma procissão, você sabe, nós, curadores. Descendo a rua Iubar. Ele caminha ao meu lado, então, nós dois trajando um manto cinza. Qual é a tonalidade da sua guilda?

— Fuligem — respondi. — A cor que é mais escura que o preto.

— Existem árvores, plátanos e carvalhos, bordos rochosos e pés de pato, que dizem ser as mais velhas de Urth. As árvores espalham sua sombra em ambos os lados da rua Iubar, e há mais delas nas esplanadas no centro. Os comerciantes vêm até suas portas para ver os curadores singulares, você sabe, e, claro, os livreiros e antiquários nos aplaudem. Suponho que sejamos uma das vistas primaveris de Nessus, à nossa modesta maneira.

— Deve ser muito impressionante — eu disse.

— É sim, é sim. A catedral também é muito bonita quando chegamos lá. Existem bancadas de pavios acesos, como se o sol brilhasse no mar noturno. E velas em vidros azuis para simbolizar a Garra. Envoltos em luz, conduzimos nossas cerimônias perante o maior dos altares. Diga-me, sua guilda também vai à catedral?

Expliquei que usávamos a capela ali na Cidadela e expressei surpresa de que os bibliotecários e outros curadores saíssem de seus muros.

— Temos direito, sabia? A própria biblioteca o tem, não é mesmo, Cyby?

— Tem mesmo, Mestre. — Cyby tinha uma testa alta e quadrada, da qual seus cabelos grisalhos batiam em retirada. Isso fazia seu rosto parecer pequeno e um pouco infantil; eu podia entender como Ultan, que ocasionalmente deve ter passado os dedos neles, como Mestre Palaemon às vezes passava nos meus, poderia pensar que ele ainda era quase um menino.

— Vocês estão em contato próximo, então, com suas contrapartes na cidade — eu disse.

O velho cofiou a barba.

— O mais próximo possível, pois nós somos eles. Esta biblioteca é a biblioteca da cidade e também a biblioteca da Casa Absoluta, por sinal. E muitas outras.

— O senhor quer dizer que a ralé que vive na cidade tem permissão para entrar na Cidadela e usar sua biblioteca?

— Não — disse Ultan. — Quero dizer que a própria biblioteca se estende além das paredes da Cidadela. E, penso eu, não é a única instituição aqui que o faz. É assim que o conteúdo da nossa fortaleza é muito maior que o seu contentor.

Ele me pegou pelo ombro enquanto falava e começamos a caminhar por uma das trilhas compridas e estreitas entre as imponentes estantes. Cyby nos seguiu segurando seu candelabro — suponho que fosse mais para o benefício dele, do que para o meu, mas isso me permitiu ver bem o suficiente para não colidir com as prateleiras de carvalho escuro pelas quais passamos.

— Seus olhos ainda não lhe falharam — disse Mestre Ultan depois de um tempo. — Você percebe algum fim neste corredor?

— Não, *sieur* — respondi, e, na verdade, não percebia mesmo. Até onde a luz das velas alcançava, havia apenas fileiras e mais fileiras de livros que se estendiam do chão até o teto alto. Algumas prateleiras eram desalinhadas, outras retas; uma ou duas vezes vi evidências de que ratos faziam ninhos entre os livros, reorganizando-os para fazer casas confortáveis de dois e três andares para eles próprios, e espalhando esterco nas capas para formar os caracteres rudes de seu discurso.

Ainda assim, sempre havia livros e mais livros: fileiras de lombadas em pelica, marroquim, tecido para encadernação, papel e uma centena de outras substâncias que não consegui identificar, uns reluzindo dourado, muitos escritos em preto, alguns com etiquetas de papel tão velhas e amareladas que estavam marrons como folhas mortas.

— "O rastro de tinta não tem fim" — disse Mestre Ultan. — Ou foi o que disse um sábio homem. Ele viveu há muito tempo: o que diria se pudesse nos ver agora? Outro disse: "Um homem dará a sua vida para escrever uma coleção de livros", mas eu gostaria de conhecer o homem que poderia escrever este, sobre qualquer tema.

— Eu estava olhando as encadernações — respondi, sentindo-me um tanto tolo.

— Que sorte você tem. No entanto, estou feliz. Não consigo mais os ver, mas me lembro do prazer que já senti em fazer isso. Isso foi logo depois que me tornei bibliotecário-mestre. Acredito que eu tinha cerca de cinquenta anos. Sabe, eu havia sido um aprendiz por muitos e muitos anos.

— É mesmo, *sieur*?

— Por certo que sim. Meu mestre era Gerbold, e durante décadas pareceu que ele nunca morreria. Os anos se seguiram arrastados para mim, e durante todo esse tempo eu li: suponho que poucos jamais leram tanto. Comecei, como a maioria dos jovens, lendo os livros de que gostava. Eventualmente, com o tempo, descobri que isso reduzia o meu prazer, até que passei a maior parte das minhas horas procurando por esses livros. Então, elaborei um plano de estudo para mim mesmo, rastreando ciências obscuras, uma após a outra, desde o amanhecer do conhecimento até o presente. Um dia, esgotei até mesmo isso e, começando pelo grande estojo de ébano que fica no centro da sala que nós, da biblioteca, guardamos há trezentos anos contra o retorno do Autarca Sulpicius (e na qual, em consequência, ninguém nunca entra), fui lendo de dentro para fora ao longo de um período de quinze anos, muitas vezes terminando dois livros em um dia.

Atrás de nós, Cyby murmurou:

— Maravilhoso, *sieur*. — Eu suspeitava que ele já tivesse ouvido a história muitas vezes.

— Então, o inesperado me agarrou pelo casaco. Mestre Gerbold morreu. Trinta anos antes, eu seria ideal por razões de predileção, educação, experiência, juventude, conexões familiares e ambição de sucedê-lo. Mas, no momento em que efetivamente o sucedi, ninguém poderia estar menos apto. Eu havia esperado tanto tempo que esperar era tudo o que entendia, e minha mente estava sufocada sob o peso dos fatos inúteis. Apesar disso, me forcei a assumir o controle e passei mais horas do que, agora, poderia querer que você acreditasse, tentando relembrar os planos e máximas que tinha estabelecido havia tantos anos para minha eventual sucessão.

Ele fez uma pausa, e eu sabia que estava mergulhando novamente em uma mente maior e mais sombria do que, até mesmo, sua grande biblioteca.

— No entanto, meu antigo hábito de ler ainda me perseguia. Eu gastava dias nos livros, e até semanas, durante os quais deveria estar considerando as operações do estabelecimento que recorria a mim como liderança. Então, de modo tão repentino quanto o soar das horas de um relógio, uma nova paixão tomou conta de mim, deslocando a antiga. Você já deve ter adivinhado o que foi.

Eu disse que não.

— Eu estava lendo, ou era o que pensava, no assento daquela janela em arco, no quadragésimo nono andar, com vista para... esqueci, Cyby. Ela tem vista para o quê?

— O jardim dos estofadores, *sieur*.

— Sim, lembro-me agora: aquele pequeno quadrado verde e marrom. Acredito que eles secam alecrim ali para colocar nos travesseiros. Eu estava sentado ali, como falei, e ali fiquei por várias vigílias, quando me dei conta de que não estava mais lendo. Por algum tempo, tive dificuldade de dizer o que estava fazendo. Quando tentava, só conseguia pensar em certos odores, texturas e cores que pareciam não ter conexão com qualquer coisa discutida no volume que eu segurava. Finalmente percebi que, em vez de lê-lo, eu o observava como um objeto físico. O vermelho de que me lembrava vinha da fita costurada na borda do cabeçalho, para que eu pudesse marcar onde tinha parado. A textura que fazia cócegas nos meus dedos ainda era a do papel no qual o livro havia sido impresso. O cheiro em minhas narinas era de couro velho, ainda com os vestígios de óleo de bétula. Foi somente então, quando vi os próprios livros, que comecei a entender seus cuidados.

Sua mão apertou meu ombro com mais força.

— Temos livros aqui encadernados em couro de equidnas, krakens e animais há tanto tempo extintos que aqueles que os estudam são, em sua maior parte, da opinião de que nenhum vestígio deles, que não seja fossilizado, tenha sobrevivido. Temos livros inteiramente encadernados em metais de liga desconhecida e livros cujas encadernações estão incrustadas de pedras preciosas enormes. Temos livros embalados em madeiras perfumadas, transportadas através do abismo inconcebível entre criações... livros duplamente preciosos, porque ninguém em Urth consegue lê-los.

"Temos livros cujos papéis são emaranhados de plantas das quais brotam curiosos alcaloides, de modo que o leitor, ao virar as páginas, é pego de surpresa por fantasias bizarras e sonhos quiméricos. Livros cujas páginas não são de papel, mas delicadas lâminas de jade branco, marfim e concha; livros também cujas páginas são as folhas desidratadas de plantas desconhecidas. Também temos livros que não são enxergados como tais: rolos de pergaminho, tabuinhas e gravações em cem substâncias diferentes. Há um cubo de cristal aqui, embora eu não consiga mais lhe dizer onde, que não é maior que a ponta do seu polegar, e que contém mais livros do que a própria biblioteca. Embora uma prostituta possa pendurá-lo em uma orelha à guisa de ornamento, não há volumes suficientes no mundo para contrabalançar a outra. Todos esses eu vim a conhecer e fiz da tarefa de protegê-los a devoção de minha vida.

"Durante sete anos, eu me ocupei disso; e então, justamente quando os problemas tanto superficiais quanto prementes de preservação foram resolvidos, e estávamos a ponto de iniciar o primeiro levantamento geral da biblioteca desde a sua fundação, meus olhos começaram a se apagar em suas órbitas. Aquele que concedeu a guarda de tantos livros me cegou a fim de que eu soubesse quem guarda os guardiões."

— Se não consegue ler a carta que eu trouxe, *sieur* — comentei —, terei prazer em lê-la para o senhor.

— Tem razão — Mestre Ultan murmurou. — Eu tinha esquecido. Cyby a lerá: ele lê bem. Aqui, Cyby.

Segurei o candelabro para ele, e Cyby desdobrou o pergaminho crepitante, ergueu-o como uma proclamação e começou a ler, nós três parados em um pequeno círculo de luz de velas enquanto todos os livros se aglomeravam ao redor.

— "Do Mestre Gurloes da Ordem dos Buscadores da Verdade e da Penitência..."

— O quê? — disse Mestre Ultan. — Você é um torturador, meu jovem?

Eu disse que sim, e houve um silêncio tão longo que Cyby começou a ler a carta uma segunda vez:

— "Do Mestre Gurloes da Ordem dos Buscadores..."

— Espere — disse Ultan. Cyby fez uma nova pausa; fiquei onde estava, segurando a luz e sentindo o sangue subindo às minhas bochechas. Finalmente, Mestre Ultan falou novamente, e sua voz era tão prosaica quanto ao me dizer que Cyby lia bem. — Eu mal consigo me lembrar de minha própria admissão em nossa guilda. Você está familiarizado, suponho, com o método pelo qual recrutamos nossos números?

Admiti que não.

— Em cada biblioteca, por preceito antigo, há uma sala reservada às crianças. Nela são mantidos livros ilustrados coloridos, do tipo que encanta as crianças, e alguns contos simples de maravilha e aventura. Muitas crianças frequentam essas salas, e enquanto permanecem dentro de seus limites, nenhum interesse por elas é demonstrado.

Ele hesitou e, por mais que eu não conseguisse discernir nenhuma expressão em seu rosto, tive a impressão de que temia que o que estava prestes a dizer pudesse causar dor a Cyby.

— De tempos em tempos, entretanto, um bibliotecário observa uma criança solitária, ainda de tenros anos, que sai da sala das crianças... e finalmente a abandona por completo. Tal criança eventualmente descobre, em alguma prateleira baixa, porém obscura, *O Livro de Ouro*. Você nunca viu esse livro e nunca o verá, pois já passou da idade na qual ele é encontrado.

— Deve ser muito bonito — comentei.

— De fato, é. A menos que minha memória me traia, a capa é de entretela preta, consideravelmente desbotada na lombada. Várias das palavras estão descascando, e algumas das placas com ilustrações foram roubadas. Mas é um livro extraordinariamente adorável. Gostaria de poder encontrá-lo novamente, embora todos os livros estejam fechados para mim agora.

"A criança, como eu disse, com o tempo descobre *O Livro de Ouro*. Então, os bibliotecários vêm, como vampiros, dizem uns, mas outros preferem dizer, como fadas madrinhas em um batizado. Eles falam com a criança, e a criança se junta a eles. Doravante, ela está na biblioteca onde quer que esteja, e em pouco tempo seus pais não o conhecem mais. Suponho que seja bem parecido entre os torturadores."

— Pegamos as crianças que caem em nossas mãos — falei — e são muito pequenas.

— Nós fazemos o mesmo — murmurou o velho Ultan. — Portanto, temos pouco direito de condenar vocês. Continue lendo, Cyby.

— "Do Mestre Gurloes da Ordem dos Buscadores da Verdade e da Penitência para o Arquivista da Cidadela: Saudações, Irmão.

"Pela vontade de um tribunal, temos sob nossa guarda a exultante pessoa da Castelã Thecla; e por sua vontade adicional forneceríamos à Castelã Thecla, em seu confinamento, confortos tais que não estejam além da razão e da prudência. Para poder passar os momentos até que chegue a sua hora conosco — ou melhor, como ela me instruiu a dizer, até que o coração do Autarca, cuja tolerância não conhece muros nem mares, se abrande em relação a ela, como ela reza —, ela pede que o senhor, de acordo com seu cargo, forneça certos livros, que são..."

— Pode omitir os títulos, Cyby — disse Ultan. — Quantos são?

— Quatro, *sieur*.

— Não há problema, então. Prossiga.

— "Por isso, Arquivista, lhe somos muito gratos. Assinado, Gurloes, Mestre da Honorável Ordem comumente chamada de Guilda dos Torturadores".

— Você conhece algum dos títulos da lista do Mestre Gurloes, Cyby?

— Conheço três, *sieur*.

— Muito bem. Vá buscá-los, por favor. Qual é o quarto?

— *O Livro das Maravilhas de Urth e do céu*, *sieur*.

— Cada vez melhor: existe um exemplar a menos de duas correntes daqui. Quando pegar seus volumes, pode nos encontrar na porta por onde este jovem, que temo que já tenhamos detido por muito tempo, penetrou nas estantes.

Tentei devolver o candelabro para Cyby, mas ele indicou com um gesto que eu deveria mantê-lo comigo, e desceu apressado por um corredor estreito. Ultan estava se afastando na direção oposta, movendo-se tão seguramente quanto se enxergasse.

— Eu me lembro bem dele — disse. — A encadernação é de cordovão marrom, todas as bordas são douradas e há gravuras de Gwinoc, pintadas à mão. Está na terceira prateleira debaixo para cima e apoiado em um fólio de tecido verde... acredito que seja o livro de Blaithmaic, *Vidas dos dezessete megatérios*.

Principalmente para que soubesse que eu não o havia abandonado (embora, sem dúvida, seus ouvidos aguçados tivessem percebido meus passos atrás dele), perguntei:

— O que é, sieur? O livro de Urth e do céu, quero dizer.

— Ora — disse ele —, você não sabe que é melhor não fazer essa pergunta a um bibliotecário? Nossa preocupação, meu jovem, é com os livros em si, não com seus conteúdos.

Percebi a diversão em seu tom de voz.

— Acho que o senhor conhece o conteúdo de cada livro aqui, sieur.

— Dificilmente. Mas *Maravilhas de Urth e do céu* era uma obra clássica, três ou quatro séculos atrás. Ele relata a maior parte das lendas familiares dos tempos antigos. Para mim, a mais interessante é a dos Historiadores, que fala de uma época em que toda lenda poderia ser atribuída a um fato meio esquecido. Você vê o paradoxo, presumo. Essa lenda existia naquela época? E, se não, como veio a existir?

— Não existem grandes serpentes, sieur, nem mulheres voadoras?

— Ah, sim — respondeu Mestre Ultan, curvando-se enquanto falava. — Mas não na lenda dos Historiadores. — Triunfante, ele ergueu um pequeno volume encadernado em couro esfarelento. — Dê uma olhada nisto, meu jovem, e veja se peguei o livro certo.

Tive que colocar o candelabro no chão e me agachar ao lado dele. O livro em minhas mãos era tão velho, rígido e bolorento que parecia impossível que tivesse sido aberto em um século, mas a página de título confirmou a afirmação orgulhosa do velho. Um subtítulo anunciava: "Sendo uma coleção de fontes impressas de segredos universais de uma era tão antiga que seu significado ficou obscurecido pelo tempo."

— Bem — perguntou Mestre Ultan —, eu estava certo ou não?

Abri o livro aleatoriamente e li:

— "... por cujo meio uma imagem pode ser gravada com tal habilidade que ela inteira, caso fosse destruída, poderia ser recriada a partir de uma pequena parte, e essa pequena parte poderia ser qualquer parte."

Suponho que foi a palavra *gravada* que me remeteu aos acontecimentos que eu havia testemunhado na noite em que recebi meu criso.

— Mestre — respondi —, o senhor é fenomenal.

— Não sou, mas raramente me engano.

— O senhor, dentre todos os homens, vai me desculpar quando lhe digo que demorei um momento para ler algumas linhas deste livro. Mestre, o senhor certamente conhece os comedores de cadáveres. Ouvi dizer que, devorando a carne dos mortos, junto com um certo pharmacon, eles são capazes de reviver as vidas de suas vítimas.

— Não é sensato saber muito sobre estas práticas — o arquivista murmurou —, ainda assim, quando penso em como seria compartilhar da mente de um historiador como Loman ou Hermas... — Em seus anos de cegueira, ele devia ter esquecido de quão abertamente nossos rostos podem trair nossos sentimentos mais profundos. À luz das velas, vi o dele retorcido em tal agonia de desejo que, por decência, lhe dei as costas; a voz dele permaneceu calma como um sino solene. — Mas, pelo que li um dia, você está correto, embora eu não me lembre agora de que o livro nas suas mãos trate disso.

— Mestre — falei —, eu lhe dou minha palavra de que jamais suspeitaria de que o senhor fizesse tal coisa. Mas me diga: suponha que duas pessoas colaborem no roubo de um túmulo e uma delas pegue a mão direita como a parte que lhe cabe, e a outra, a esquerda. Será que quem comeu a mão direita tem apenas metade da vida do morto, e a outra pessoa, o resto? E, se for assim, e se um terceiro vier e devorar um pé?

— É uma pena que você seja um torturador — disse Ultan. — Poderia ter sido um filósofo. Não, pelo que entendo desse assunto nocivo, cada um tem a vida inteira.

— Então, toda a vida de um homem está em sua mão direita e também em sua esquerda. Em cada dedo também?

— Acredito que cada participante deva consumir mais que um bocado para que a prática seja eficaz. Contudo, suponho que, pelo menos em teoria, o que você diz está correto. A vida inteira está em cada dedo.

Já estávamos voltando na direção pela qual havíamos chegado. Como o corredor era estreito demais para passarmos um pelo outro, agora eu carregava o candelabro diante dele, e um estranho, ao nos ver, certamente pensaria que eu iluminava seu caminho.

— Mas, Mestre — continuei —, como pode ser? Pelo mesmo argumento, a vida deve residir em cada junta de cada dedo, e certamente isso é impossível.

— Qual é o tamanho da vida de um homem? — perguntou Ultan.

— Não tenho como saber, mas não é maior que isso?

— Você a concebe a partir do início e a antecipa muito. Eu, rememorando-a a partir de seu fim, sei quão pouco se passou. Imagino que seja por isso que as criaturas depravadas que devoram os corpos dos mortos busquem mais. Deixe-me perguntar uma coisa: você está ciente de que um filho frequentemente se parece muito com o pai?

— Ouvi dizer, sim. E acredito — respondi. Não pude evitar pensar então nos pais que nunca conheceria.

— Então, é possível, você concordará, já que cada filho pode se parecer com seu pai, que um rosto perdure por muitas gerações. Isto é, se o filho se assemelhar ao pai, e o filho *dele* se parecer com ele, e o filho desse filho se parecer com ele, então o quarto na linhagem, o bisneto, se parecerá com o bisavô.

— Sim — concordei.

— No entanto, a semente de todos estava contida em uma dracma de fluido pegajoso. Se eles não vieram de lá, de onde vieram?

Não consegui responder a isso e fui caminhando perplexo até chegarmos à porta pela qual eu havia entrado naquele nível mais baixo da grande biblioteca. Ali encontramos Cyby carregando os outros livros mencionados na carta de Mestre Gurloes. Eu os peguei, me despedi de Mestre Ultan e foi com muita satisfação que deixei a atmosfera sufocante das estantes da biblioteca. Aos níveis superiores daquele lugar, voltei várias vezes; mas nunca mais entrei naquele porão tumular, nem jamais desejei fazê-lo.

Um dos três volumes que Cyby trouxera era tão grande quanto o tampo de uma mesa pequena, de um côvado de largura e uma escassa vara de altura; pelas armas impressas em sua capa de couro saffiano, imaginei que fosse a história de alguma antiga família nobre. Os outros eram muito menores. Um livro verde, pouco maior que a minha mão e não mais grosso que meu dedo indicador parecia ser uma coleção de devoções, cheia de imagens esmaltadas de pantocratores e hipóstases ascetas com halos pretos e vestes semelhantes a pedras preciosas. Parei um pouco para observá-los, compartilhando com uma fonte seca, um pequeno e esquecido jardim tomado pelo sol de inverno.

Antes de abrir qualquer um dos outros volumes, senti aquela pressão do tempo que, talvez, seja a indicação mais segura de que deixamos a infância para trás. Eu já havia gastado pelo menos duas vigílias em uma tarefa simples, e logo a luz desapareceria. Recolhi os livros e, apesar de ainda não saber, me apressei para encontrar meu destino e, finalmente, a mim mesmo, na Castelã Thecla.

VII

A traidora

Já era hora de levar as refeições aos oficiais de plantão no ergástulo. Drotte estava encarregado do primeiro nível, e, como queria falar com ele antes de subir novamente, deixei a sua por último. A verdade é que minha cabeça ainda nadava em pensamentos gerados pela visita ao arquivista, e eu queria conversar a respeito disso.

Ele não estava em lugar nenhum. Coloquei a bandeja e os quatro livros em cima de sua mesa e gritei, chamando pelo seu nome. Logo depois, ouvi um grito de resposta vindo de uma cela não muito distante. Corri até lá e espiei pela janela gradeada instalada na porta, na altura dos olhos; a cliente, uma mulher de meia-idade e aparência esgotada, estava esticada sobre o catre. Drotte estava inclinado sobre ela, e havia sangue no chão.

Ele estava ocupado demais para virar a cabeça.

— É você, Severian?

— Sim. Trouxe seu jantar e livros para a Castelã Thecla. Posso fazer algo para ajudar?

— Ela vai ficar bem. Arrancou os curativos e tentou sangrar até a morte, mas eu a peguei a tempo. Deixe minha bandeja na minha mesa, sim? E pode terminar de colocar a comida para o resto por mim, se tiver um momento livre.

Hesitei. Aprendizes não deveriam lidar com aqueles que estão sob os cuidados da guilda.

— Pode ir. Tudo o que você precisa fazer é enfiar as bandejas nas fendas.

— Eu trouxe os livros.

— Enfie-os na fenda também.

Por mais um momento, fiquei observando-o se curvar sobre a mulher lívida no catre; depois me virei, encontrei as bandejas que não tinham sido distribuídas e comecei a fazer o que ele havia pedido. A maioria dos clientes nas celas ainda tinha força o suficiente para se levantar e pegar a comida quando eu a passava pela porta. Alguns não, então deixei suas bandejas do lado de fora para que, mais tarde, Drotte pudesse entrar com elas. Havia várias mulheres de aparência aristocrática, mas nenhuma que parecesse ser a Castelã Thecla, uma exultante recém-chegada que — pelo menos por ora — deveria ser tratada com deferência.

Como eu poderia ter adivinhado, ela estava na última cela. O lugar era mobiliado com um tapete, além das habituais cama, cadeira e mesinha; no lugar dos trapos costumeiros, a mulher usava um vestido branco de mangas largas. As extremidades das mangas e a bainha da saia estavam agora muito sujas, mas o vestido ainda preservava um ar de elegância tão estranho para mim, quanto para a própria cela. Quando a vi pela primeira vez, ela bordava à luz de uma vela, cujo brilho era intensificado por um refletor prateado; mas deve ter sentido meus olhos sobre si. Hoje, eu ficaria feliz de dizer que não havia medo em seu rosto, mas não seria verdade. Havia terror ali, embora controlado até quase se tornar invisível.

— Está tudo bem — eu disse. — Trouxe sua comida.

Ela assentiu e me agradeceu, depois se levantou e foi até a porta. Era mais alta do que qualquer expectativa minha, quase alta demais para ficar de pé na cela. O rosto dela, embora fosse triangular e não em forma de coração, me lembrou o da mulher que estava com Vodalus na necrópole. Talvez fossem seus grandes olhos cor de violeta, com as pálpebras sombreadas de azul, e os cabelos pretos que, ao formar um V que se alongava por sua testa, assemelhavam-se ao capuz de um manto. Fosse qual fosse o motivo, eu a amei imediatamente — amei-a, pelo menos, na medida em que um garoto tolo pode amar. Mas, sendo justamente um garoto tolo, eu desconhecia essa parte.

Sua mão branca, fria, ligeiramente úmida e inacreditavelmente fina tocou a minha quando ela pegou a bandeja de mim.

— É uma comida comum — falei. — Acho que você consegue coisa melhor se pedir.

— Você não está usando máscara — disse ela. — Seu rosto é o primeiro rosto humano que vejo aqui.

— Sou apenas um aprendiz. Não vou usar máscara até o ano que vem.

Ela sorriu e eu me senti igual ao momento em que estive no Átrio do Tempo, e entrei numa sala quente e com comida. Seus dentes eram estreitos e muito brancos numa boca larga; os olhos, ambos tão profundos quanto a cisterna abaixo da Torre do Sino, brilharam quando sorriu.

— Desculpe — falei. — Não ouvi o que você disse.

O sorriso voltou aos seus lábios e ela inclinou a linda cabeça para o lado. — Eu estava falando como fiquei feliz em ver o seu rosto e perguntei se você traria minhas refeições no futuro, e o que é isso que me trouxe hoje.

— Não. Não, não vou trazer. Só hoje, porque Drotte está ocupado. — Tentei me lembrar o que era a refeição dela (ela havia colocado a bandeja em sua mesinha, onde eu não conseguia ver o conteúdo através da grade). Não consegui, por mais que meu cérebro tenha quase explodido com o esforço que fiz. Por fim, falei, sem muita convicção:

— Acho que é melhor você se alimentar. Mas é bem provável que você consiga uma comida melhor se pedir a Drotte.

— Ora, eu pretendo comer. As pessoas sempre me elogiaram pela minha figura esbelta, mas pode acreditar em mim, eu como que nem um lobo-terrível. — Ela pegou a bandeja e a estendeu para mim, como se soubesse que eu precisaria de toda ajuda para desvendar o mistério do seu conteúdo.

— Isso é alho-poró, Castelã — concluí. — As coisas verdes. As marrons são lentilhas. E isso é pão.

— "Castelã"? Não precisa ser tão formal. Você é meu carcereiro e pode me chamar do que quiser. — Havia divertimento nos olhos fundos agora.

— Não tenho nenhum desejo de insultá-la — respondi. — Prefere que eu a chame de outra coisa?

— Chame-me de Thecla, é o meu nome. Títulos são para ocasiões formais, nomes para as informais, e essa só pode ser isso. Mas suponho que, quando eu receber minha punição, haverá uma formalidade, não?

— Normalmente, para exultantes, sim.

— Haverá um exarca, eu acho, se vocês o deixarem entrar. Todo vestido de retalhos escarlates. Vários outros também… talvez o Starost Egino. Tem certeza de que isto aqui é pão? — Ela o cutucou com um dedo comprido, tão branco que, por um instante, pensei que o pão poderia sujá-lo.

— Sim — respondi. — Decerto, a Castelã já comeu pão antes?

— Como este aqui, não. — Ela pegou a magra fatia e rasgou-a com os dentes, de modo rápido e limpo. — Mas não é ruim. Você disse que, se eu pedir, eles vão me trazer uma comida melhor?

— Acho que sim, Castelã.

— Thecla. Eu pedi livros. Há dois dias, quando cheguei. Mas não os recebi.

— Estou com eles — falei. — Bem aqui. — Corri de volta para a mesa de Drotte, os peguei e passei o menor pela fenda.

— Ah, que maravilha! Há outros?

— Mais três. — O livro marrom também passou pela abertura, mas os outros dois, o livro verde e o fólio com armas na capa, eram grossos demais para isso. — Drotte vai abrir sua porta mais tarde e irá entregá-los a você.

— Você não pode? É terrível olhar daqui e conseguir vê-los, mas sem ser capaz de tocá-los.

— Eu nem deveria estar lhe dando sua refeição. Era Drotte quem deveria fazer isso.

— Mas você o fez. Além disso, trouxe os livros. Não deveria entregá-los a mim?

Não tive convicção para argumentar, sabendo que, em princípio, ela estava certa. A regra contra o trabalho de aprendizes na masmorra tinha como objetivo evitar fugas; e eu sabia que, por mais alta que ela fosse, essa mulher esbelta nunca poderia me dominar, e se o fizesse, não teria chance de sair sem ser contestada. Fui até a porta da cela onde Drotte ainda trabalhava com a cliente que tentara tirar a própria vida e voltei com as chaves dele.

De pé diante dela, com a porta da cela fechada e trancada atrás de mim, eu me vi incapaz de falar. Coloquei os livros na mesa ao lado do castiçal, da panela de comida e da jarra de água; mal havia espaço para eles. Quando terminei, fiquei esperando, sabendo que deveria ir embora, e, no entanto, incapaz de ir.

— Não quer se sentar?

Sentei-me na cama dela, deixando-lhe a cadeira.

— Se esta fosse minha suíte na Casa Absoluta, eu poderia lhe oferecer mais conforto. Infelizmente, você nunca apareceu enquanto eu estive lá.

Balancei a cabeça.

— Aqui não tenho nenhum refresco para lhe oferecer, exceto isto. Gosta de lentilhas?

— Não vou comer isso, Castelã. Em breve, comerei meu próprio jantar, e quase não há o suficiente para você.

— Verdade. — Ela pegou um alho-poró e, então, como se não soubesse mais o que fazer com aquilo, deixou-o escorrer pela garganta como se fosse um saltimbanco engolindo uma víbora. — O que você vai comer?

— Alho-poró e lentilha, pão e cordeiro.

— Ah, os torturadores ganham cordeiro: essa é a diferença. Qual o seu nome, Mestre Torturador?

— Severian. Não vai ajudar, Castelã. Não fará nenhuma diferença.

Ela sorriu.

— O que não vai ajudar?

— Fazer amizade comigo. Eu não poderia lhe dar sua liberdade. E não a daria, mesmo que não tivesse nenhum amigo além de você em todo o mundo.

— Não achei que pudesse, Severian.

— Então, por que se dá ao trabalho de falar comigo?

Ela suspirou e toda a alegria desapareceu de seu rosto, como a luz do sol que deixa a pedra onde um mendigo procura se aquecer.

— Quem mais eu tenho para conversar, Severian? Pode ser que eu converse com você por um tempo, por alguns dias ou por algumas semanas e depois morra. Eu sei o que você está pensando: que, se eu estivesse de volta na minha suíte, nunca daria sequer uma olhada em você. Mas você está errado. Não se pode conversar com todo tipo de gente porque existem muitos tipos de gente, mas, um dia antes de me levarem, conversei por algum tempo com o homem que segurava minha montaria. Falei com ele porque tinha que esperar, sabe, e então ele disse algo que me interessou.

— Você não vai me ver novamente. Drotte vai trazer sua comida.

— E você não? Pergunte a ele se ele deixaria você fazer isso. — Ela pegou minhas mãos, e as dela eram como gelo.

— Vou tentar — respondi.

— Sim. Tente. Diga a ele que quero refeições melhores do que esta e que também quero que você me sirva... espere, eu mesma peço a ele. A quem ele responde?

— Mestre Gurloes.

— Vou dizer ao outro... é Drotte? Vou dizer que quero falar com ele. Você tem razão, eles terão que fazer isso. O Autarca pode me libertar... eles não sabem. — Os olhos dela faiscaram.

— Vou dizer a Drotte que você deseja vê-lo quando ele não estiver ocupado — eu disse, e me levantei.

— Espere. Não vai me perguntar por que estou aqui?

— Eu sei por que você está aqui — falei ao abrir a porta. — Para ser torturada, em algum momento, como os outros. — Era uma coisa cruel de se dizer, e eu falei sem refletir, como os jovens costumam fazer, apenas porque era isso que estava em minha mente. Mas era verdade, e, de alguma forma, ao virar a fechadura, fiquei feliz por ter dito aquilo

Já havíamos recebido exultantes como clientes muitas vezes antes. A maioria, quando chegava, tinha alguma compreensão de sua situação, como a Castelã Thecla tinha agora. Mas depois que alguns dias se passavam e eles não sofriam tormentos, sua esperança tomava a frente da razão e logo começavam a falar de libertação: de como amigos e familiares fariam manobras para conceder-lhes sua liberdade e do que fariam quando estivessem livres.

Um deles afirmava que não incomodaria mais a corte do Autarca, recolhendo-se em suas propriedades. Outro se oferecia para liderar uma reunião de lansquenetes no norte. Então, no ergástulo, os oficiais de plantão ouviriam as mais diversas histórias de cães de caça e charnecas remotas, e jogos campestres, desconhecidos em outros lugares, disputados debaixo de árvores imemoriais. Entre os exultantes, as mulheres eram, em sua maioria, mais realistas, mas, com o tempo, mesmo elas falavam sobre amantes em altos cargos (deixados agora de lado por meses ou anos) que jamais as abandonariam, e depois que engravidariam ou adotariam crianças abandonadas. Todos sabiam que, quando esses filhos que nunca nasceriam ganhavam nomes, então seria a vez de pensar nas roupas: no guarda-roupa novo que teriam quando libertadas e nas roupas velhas que seriam queimadas; elas falavam de cores, de inventar novas modas e reviver antigas.

Finalmente chegava o momento, tanto para homens quanto para mulheres, em que, em vez de um oficial trazendo comida, Mestre Gurloes apareceria arrastando três ou quatro oficiais e, talvez, um examinador e um fulgurador. Se tivesse ao meu alcance, eu queria preservar a Castelã Thecla de tais esperanças. Pendurei as chaves de Drotte em seu prego habitual na parede, e quando passei pela cela em que ele agora limpava o sangue do chão, disse-lhe que a castelã desejava falar com ele.

Dois dias depois, fui convocado pelo Mestre Gurloes. Eu esperava ficar de pé, como nós, aprendizes, costumamos fazer, com as mãos atrás das costas diante de sua mesa; mas ele me mandou sentar e, removendo sua máscara com fios dourados, inclinou-se em minha direção de um jeito que implicava que tínhamos uma causa comum e uma base amigável.

— Há uma semana, ou pouco menos, mandei você ao arquivista — disse ele.

Assenti.

— Quando você trouxe os livros, presumo que os tenha entregado à cliente você mesmo. Isso está certo?

Expliquei o que havia acontecido.

— Nada de errado aí. Não quero que você pense que vou pedir fadigas extras pelo que você fez, muito menos mandar você se curvar sobre uma cadeira. Você já é quase um oficial: quando eu tinha a sua idade, eles me mandavam acionar a manivela do alternador. A questão é, Severian, que a cliente é de posição elevada. — Sua voz se transformou em um sussurro áspero. — E tem contatos muito elevados.

Eu disse que entendia.

— Não apenas uma família de armígeros. Sangue nobre. — Ele se virou e, depois de procurar algo nas prateleiras desordenadas atrás de sua cadeira, apanhou um livro grosso. — Você tem alguma noção de quantas famílias exultantes existem? Este tomo aqui lista apenas aquelas que ainda existem. Um compêndio das extintas tomaria uma enciclopédia, suponho. Eu mesmo extingui algumas delas.

Ele riu, e eu ri com ele.

— Neste volume há cerca de meia página para cada uma. Tem setecentas e quarenta e seis páginas.

Assenti para mostrar que entendia.

— A maioria delas não tem ninguém na corte: não têm dinheiro para isso ou têm medo. Essas são as pequenas. Já as famílias maiores precisam ter: o Autarca quer uma concubina em quem possa colocar as mãos caso elas comecem a se comportar mal. Agora, o Autarca não pode dançar quadrilha com quinhentas mulheres. Há, talvez, vinte. O resto conversa entre si, e dança, e não o vê mais perto do que uma corrente de distância uma vez por mês.

Perguntei (tentando manter a voz firme) se o Autarca realmente levava essas concubinas para a cama.

Mestre Gurloes revirou os olhos e puxou o queixo com a mão enorme.

— Bem, nos dias de hoje, pelo bem da decência, eles têm essas khaibits, que chamam de mulheres-sombra, que são garotas comuns que se parecem com as castelãs. Não sei onde as arrumam, mas a função delas seria ficar no lugar das outras. Claro que elas não são tão altas. — Ele riu. — Mas quando estão deitadas, a altura provavelmente não faz muita diferença. Dizem, porém, que muitas vezes a coisa funciona de maneira diferente do que deveria. Em vez dessas garotas-sombra cumprirem o dever no lugar de suas senhoras, as senhoras fazem isso para elas. Mas o atual Autarca, de quem cada ato, eu diria, é mais doce do que mel na boca desta honorável guilda, e não se esqueça disso... No caso dele, posso dizer, pelo que entendi, é mais que um tanto duvidoso se ele tem prazer com qualquer uma delas.

O alívio inundou meu coração.

— Eu nunca soube disso. É muito interessante, Mestre.

Mestre Gurloes inclinou a cabeça para reconhecer que de fato era mesmo e entrelaçou os dedos sobre a barriga.

— Um dia pode ser que você mesmo dê as ordens na guilda. Vai precisar saber essas coisas. Quando eu tinha a sua idade... ou era um pouco mais jovem, suponho... costumava imaginar que tinha sangue exultante. Alguns têm, sabia?

Ocorreu-me, e não pela primeira vez, que Mestre Gurloes e Mestre Palaemon também deviam saber de onde vinham todos os aprendizes e jovens oficiais, por terem aprovado suas admissões originalmente.

— Se tenho ou não, não sei dizer. Tenho o físico de um cavaleiro, acho, e estou um pouco acima da média em altura, apesar de ter tido uma infância difícil. Pois, há quarenta anos, vou lhe contar, era mais difícil, muito mais difícil.

— Foi o que me disseram, Mestre.

Ele suspirou, o tipo de chiado que uma almofada de couro às vezes faz quando alguém se senta em cima dela.

— Mas com o passar do tempo passei a entender que o Incriado, ao escolher para mim uma carreira em nossa guilda, estava agindo em meu benefício. Sem dúvida, eu adquiri mérito em uma vida anterior, como espero ter adquirido nesta.

Mestre Gurloes ficou em silêncio, olhando (me pareceu) para a confusão de papéis em sua mesa, as instruções dos juristas e os dossiês dos clientes. Finalmente, quando eu estava prestes a perguntar se ele tinha mais alguma coisa para me contar, ele disse:

— Em todos os meus anos, nunca soube de um membro da guilda que tivesse sido torturado. Entre os exultantes, várias centenas, suponho.

Arrisquei o lugar-comum, dizendo que era melhor ser um sapo escondido debaixo de uma pedra do que uma borboleta esmagada por ela.

— Nós, da guilda, somos mais que sapos, eu acho. Mas eu deveria ter acrescentado que, embora eu tenha visto quinhentos ou mais exultantes em nossas celas, nunca, até agora, estive encarregado de alguém desse círculo íntimo formado pelas concubinas mais próximas do Autarca.

— A Castelã Thecla pertencia a ele? O senhor deu a entender isso há pouco, Mestre.

Ele assentiu, lúgubre.

— Não seria tão ruim se ela fosse torturada de uma vez, mas não é assim que acontece. Pode levar anos. Pode ser que nunca aconteça.

— O senhor acredita que ela pode ser libertada, Mestre?

— No jogo do Autarca com Vodalus, ela é um peão: até eu sei disso. A irmã dela, a Castelã Thea, fugiu da Casa Absoluta para se tornar leman dele. Eles negociarão com Thecla pelo menos por um tempo, e, enquanto o fizerem, nós devemos alimentá-la bem. Mas não tão bem assim.

— Entendo — eu disse. Fiquei extremamente desconfortável por não saber o que a Castelã Thecla havia contado a Drotte, e o que Drotte contara ao Mestre Gurloes.

— Ela pediu uma comida melhor e eu tomei providências para fornecê-la. Também pediu companhia, e quando lhe dissemos que visitantes não seriam permitidos, ela insistiu que pelo menos um de nós deveria às vezes lhe fazer companhia.

Mestre Gurloes fez uma pausa para limpar o rosto reluzente com a ponta de seu manto. Eu disse:

— Entendo. — Tinha quase certeza de que realmente entendia o que viria em seguida.

— Como viu seu rosto, ela perguntou por você. Eu lhe disse que você se sentaria com ela durante as refeições. Não peço sua concordância, não só porque você está sujeito às minhas instruções, mas porque sei como você é leal. O que peço é que você tome cuidado para não desagradar e também não agradar demais.

— Darei o melhor de mim. — Fiquei surpreso ao ouvir minha própria voz firme.

Mestre Gurloes sorriu como se eu o tivesse acalmado.

— Você tem uma boa cabeça, Severian, embora ainda seja jovem. Já esteve com uma mulher?

Quando nós, aprendizes, conversávamos, era costume inventar fábulas sobre esse assunto, mas eu não estava entre os aprendizes agora, e balancei a cabeça em negativa.

— Você nunca foi às bruxas? Pode ser melhor assim. Elas forneceram minha própria instrução no comércio da carne, mas não tenho certeza se enviaria a elas algum rapaz parecido comigo mesmo, naquela época. É provável, porém, que a Castelã queira sua cama aquecida. Você não deve fazer isso por ela. Uma possível gravidez não seria algo banal: poderia forçar um atraso em seu tormento e trazer desgraça para a guilda. Você me entende?

Assenti.

— Os rapazes da sua idade são problemáticos. Vou mandar alguém levá-lo onde tais males são rapidamente curados.

— Como desejar, Mestre.

— O quê? Você não me agradece?

— Obrigado, Mestre — respondi.

Gurloes foi um dos homens mais complexos que já conheci, porque era um homem complexo tentando ser simples. Não apenas simples, mas a ideia que um homem complexo tem da simplicidade. Assim como um cortesão vai se transformando em algo brilhante e complexo, a meio caminho entre um mestre de dança e um diplomata, com um toque de assassino se necessário, Mestre Gurloes se moldou para ser a criatura tediosa que um passavante ou meirinho esperava ver quando convocasse o chefe da nossa guilda, e essa é a única coisa que um verdadeiro torturador não pode ser. A tensão era visível; embora cada parte de Gurloes estivesse em seu devido lugar, nenhuma das peças se encaixava. Ele bebia muito e sofria com pesadelos, mas os tinha quando bebia, como se o vinho, em vez de trancar as portas de sua mente, as escancarasse e o deixasse cambaleante nas últimas horas da noite, tentando vislumbrar um sol que ainda não havia aparecido, um sol que baniria os fantasmas de sua grande cabine e permitiria que ele se vestisse e logo mandasse os oficiais trabalharem. Às vezes ele ia até o alto da nossa torre, acima dos canhões, e ficava ali, esperando e falando sozinho, espiando por um vidro considerado mais duro que a pederneira, para ver os primeiros raios de sol. Ele era o único em nossa guilda — contando com Mestre Palaemon — que não tinha medo das energias daquele espaço e das bocas invisíveis que às vezes falavam aos seres humanos e, ocasionalmente, a outras bocas em outras torres e fortalezas. Ele adorava música, mas batucava no braço de sua cadeira e batia com o pé, e fazia isso de forma um tanto vigorosa com o tipo de que mais gostava, cujos ritmos eram sutis demais para qualquer cadência regular. Comia muito e muito raramente, lia quando pensava que ninguém sabia disso e visitava alguns de nossos clientes, inclusive um do terceiro nível, para falar de coisas que nenhum de nós, escutando no corredor lá fora, conseguia entender. Seus olhos eram refulgentes, mais brilhantes que os de qualquer mulher. Pronunciava incorretamente palavras bastante comuns: *urticar*, *salpinx*, *bordereau*. Não consigo dizer ao certo o quão mal ele aparentava estar recentemente, quando voltei para a Cidadela; o quão mal ele aparenta estar agora.

VIII

O CONVERSADOR

No dia seguinte, pela primeira vez, levei o jantar para Thecla. Por uma vigília, permaneci com ela, sendo frequentemente observado por Drotte, pela fresta da porta da cela. Jogamos jogos de palavras, nos quais ela era muito melhor do que eu, e depois de um tempo começamos a falar das coisas que, dizem, aqueles que retornaram afirmam existir além da morte, ela recontando o que havia lido no menor dos livros que eu lhe trouxera — não apenas as opiniões aceitas dos hierofantes, mas várias teorias excêntricas e heréticas.

— Quando estiver livre — disse ela —, vou fundar minha própria seita. Vou contar a todos que sua sabedoria me foi revelada durante minha estada entre os torturadores. Isso eles hão de ouvir.

Perguntei quais seriam seus ensinamentos.

— Que não existe agathodaemon ou pós-vida. Que a mente se extingue na morte, como no sono, porém ainda mais.

— Mas você dirá que quem lhe revelou isso?

Ela balançou a cabeça em negativa, então apoiou o queixo pontudo em uma das mãos, numa pose que exibia admiravelmente a linha graciosa de seu pescoço.

— Ainda não decidi. Um anjo de gelo, talvez. Ou um fantasma. Qual você acha melhor?

— Não há uma contradição nisso?

— Precisamente. — Sua voz estava repleta do prazer que a pergunta lhe proporcionava. — Em tal contradição residirá o apelo dessa nova crença. Não se pode fundar uma nova teologia sobre o Nada, e nada é um fundamento tão seguro quanto uma contradição. Veja os grandes sucessos do passado: eles dizem que suas divindades são os mestres de todos os universos, e ainda assim exigem que suas avós os defendam, como se fossem crianças que se assustam com galinhas. Ou então que a autoridade que não pune ninguém, enquanto ainda existe uma chance de reforma, punirá a todos quando não houver possibilidade de alguém se tornar melhor.

Eu disse:

— Essas coisas são complexas demais para mim.

— Não são, não. Acho que você é tão inteligente quanto a maioria dos jovens. Mas suponho que vocês, torturadores, não tenham religião. Eles fazem você jurar abandoná-la?

— De jeito nenhum. Temos uma padroeira celestial e rituais, como qualquer outra guilda.

— Nós não — disse ela. Por um momento, pareceu refletir sobre isso. — Apenas as guildas têm, sabe, e o exército, que é uma espécie de guilda. Estaríamos melhor, acho, se tivéssemos uma. Mesmo assim, todos os dias de festa e as noites de vigília se tornaram espetáculos, oportunidades de usar vestidos novos. Gosta deste? — Ela se levantou e esticou os braços para mostrar o vestido sujo.

— É muito bonito — arrisquei. — O bordado e a forma como as pequenas pérolas estão costuradas.

— É a única coisa que tenho aqui: o que eu vestia quando fui levada. Isso é para jantar, na verdade. Depois do final da tarde e antes do início da noite.

Eu disse que tinha certeza de que, se ela pedisse, Mestre Gurloes mandaria buscar outros.

— Já pedi, e ele disse que mandou algumas pessoas à Casa Absoluta a fim de buscá-los para mim, mas não conseguiram encontrá-la, o que significa que a Casa Absoluta está tentando fingir que eu não existo. De qualquer forma, é possível que todas as minhas roupas tenham sido enviadas para o nosso castelo no norte ou para uma das mansões. Ele vai mandar o secretário escrevê-los em meu nome.

— Você sabe quem ele enviou? — perguntei. — A Casa Absoluta deve ser quase tão grande quanto a nossa Cidadela, e acho que seria impossível alguém não conseguir encontrá-la.

— Pelo contrário, é muito fácil. Já que ela não pode ser vista, você pode estar lá e nunca saber, se não tiver sorte. Além disso, com as estradas fechadas, tudo o que eles têm que fazer é alertar os espiões para dar instruções incorretas a um grupo específico, e eles têm espiões por toda parte.

Comecei a perguntar como era possível que a Casa Absoluta (que eu sempre imaginei ser um vasto palácio de torres reluzentes e salões abobadados) fosse invisível; mas Thecla já estava pensando em outra coisa, acariciando um bracelete em forma de kraken, um kraken cujos tentáculos envolviam a carne branca de seu braço; os olhos da criatura eram esmeraldas cabochões.

— Eles me deixaram ficar com isto, e é muito valioso. Platina, não prata. Fiquei surpresa.

— Não há ninguém aqui que possa ser subornado.

— Ele poderia ser vendido em Nessus para comprar roupas. Algum dos meus amigos tentou me visitar? Você sabe, Severian?

Balancei a cabeça em negativa.

— Eles não seriam recebidos aqui.

— Entendo, mas alguém poderia tentar. Você sabia que a maioria das pessoas da Casa Absoluta não sabe que este lugar existe? Vejo que você não acredita em mim.

— Você quer dizer que eles não conhecem a Cidadela?

— Eles estão cientes de que ela existe, claro. Partes dela estão abertas a todos, e de qualquer forma, não há como não ver as torres se a pessoa descer até o extremo sul da cidade viva, não importa de qual lado de Gyoll esteja. — Ela deu um tapa na parede de metal de sua cela com uma das mãos. — Eles não sabem é *disto* — ou, pelo menos, muitos negariam que ainda existe.

Ela era uma grande, grande castelã, e eu era algo pior do que um escravo (quero dizer, aos olhos das pessoas comuns, que não entendem realmente as funções da nossa guilda). No entanto, quando o tempo passou e Drotte bateu na porta que retiniu, fui eu que me levantei, saí da cela e logo subi para o ar límpido da noite, e foi Thecla quem ficou para trás, ouvindo os gemidos e gritos dos outros. (Embora a cela dela estivesse a uma certa distância da escada, a risada do terceiro nível ainda era audível quando não havia ninguém lá para falar com ela.)

Naquela noite, em nosso dormitório, perguntei se alguém sabia os nomes dos oficiais que Mestre Gurloes havia mandado em busca da Casa Absoluta. Ninguém sabia, mas minha pergunta provocou uma discussão animada. Embora nenhum dos meninos tivesse visto o lugar ou sequer conversado com alguém que tivesse, todos tinham ouvido histórias. A maioria era de riquezas lendárias: placas de ouro, mantas de sela de seda, coisas assim. Mais interessantes eram as descrições do Autarca, que teria de ser uma espécie de monstro para caber em todas elas; ele era considerado alto quando em pé, de tamanho comum quando sentado, idoso, jovem, uma mulher vestida de homem, e assim por diante. Mais fantásticas ainda eram as histórias de seu vizir, o famoso Padre Inire, que parecia um macaco e era o homem mais velho do mundo.

Mal tínhamos começado a compartilhar todas essas maravilhas quando ouvimos uma batida na porta. O mais novo a abriu e vi Roche, vestido não com o calção e o manto fuligem que os regulamentos da guilda decretam, mas com calça, camisa e casaco comuns, ainda que novos e elegantes. Ele fez um gesto para mim e quando cheguei à porta para falar com ele, indicou que eu deveria segui-lo.

Depois de termos descido um pouco a escada, ele disse:

— Receio ter assustado o garotinho. Ele não sabe quem eu sou.

— Não com essas roupas — respondi. — Ele se lembraria de você se o tivesse visto vestido do jeito que você costuma se vestir.

Isso o agradou, e ele riu.

— Sabe, foi tão estranho ter que bater naquela porta. Hoje é o quê? Dia dezoito... menos de três semanas se passaram. Como vão as coisas para você?

— Até que boas.

— Você parece ter a gangue sob controle. Eata é seu padrinho, não é? Ele ainda vai levar quatro anos para se tornar um oficial, então será capitão por três anos depois de você. É bom para ele ter a experiência, e sinto muito que você não tenha podido ter mais dela antes de ter que aceitar o trabalho. Eu fiquei no seu caminho, mas nunca pensei sobre isso na época.

— Roche, para onde estamos indo?

— Bem, primeiro vamos até minha cabine para você se vestir. Está ansioso para se tornar um oficial, Severian?

Essas últimas palavras foram jogadas por cima de seu ombro enquanto descia os degraus à minha frente, e ele não esperou por uma resposta.

Meu traje era muito parecido com o dele, embora de cores diferentes. Havia sobretudos e bonés para nós também.

— Você me agradecerá por isso — disse ele enquanto eu colocava o meu. — Está frio e começando a nevar. — Ele me entregou um lenço para o pescoço e me disse para tirar meus sapatos gastos e calçar um par de botas.

— São botas de oficial — protestei. — Não posso usar isso.

— Pode colocar. Todo mundo usa botas pretas. Ninguém vai notar. Elas servem?

Eram muito grandes, então ele me fez colocar um par de meias dele por cima das minhas próprias.

— Agora, eu deveria ficar com a bolsa, mas como sempre há uma chance de nos separarmos, seria melhor se você tivesse alguns *asimi*. — Ele deixou cair moedas na palma da minha mão. — Pronto? Vamos. Eu gostaria de voltar no tempo para dormir um pouco mais se pudéssemos.

Saímos da torre e, envoltos em nossas roupas estranhas, demos a volta na Fortaleza das Bruxas para pegar o caminho coberto que passava pelo Martello até a quadra chamada Quebrada. Roche estava certo: começava a nevar, flocos fofos do tamanho da ponta do meu polegar peneirando o ar tão lentamente que parecia que vinham caindo fazia anos. Não havia vento, e podíamos ouvir o ranger das nossas botas rompendo o novo e fino disfarce do mundo que nos era familiar.

— Você está com sorte — Roche comentou. — Não sei como você conseguiu isso, mas obrigado.

— Consegui o quê?

— Uma viagem à Ecopraxia e uma mulher para cada um. Eu sei que você sabe: Mestre Gurloes me disse que já havia lhe notificado.

— Eu tinha esquecido e, de qualquer forma, não tinha certeza se ele estava falando sério. Nós vamos andar? Deve ser um longo caminho.

— Não tanto quanto você provavelmente está pensando, mas eu disse que temos fundos. Haverá fiacres no Portão Amargo. Sempre há: as pessoas estão continuamente indo e vindo, embora lá no nosso cantinho, nem dê para imaginar isso.

Para puxar conversa, contei-lhe o que a Castelã Thecla havia dito: que muita gente na Casa Absoluta não sabia de nossa existência.

— É isso mesmo, tenho certeza. Quando você é criado na guilda, parece que ela é o centro do mundo. Mas quando você fica um pouco mais velho... foi isso que eu mesmo descobri, e sei que posso confiar em você para não ficar por aí contando histórias... algo estala na sua cabeça e você descobre que, afinal, a guilda não é o eixo deste universo, mas só um negócio bem pago e impopular no qual, por acaso, você caiu.

Como Roche previra, havia coches à espera na Quadra Quebrada, três deles. Um era de um exultante, com brasões pintados nas portas e palafreneiros em librés extravagantes, mas os outros dois eram fiacres, pequenos e simples. Os condutores, com seus bonés achatados de pele, curvavam-se sobre uma fogueira que haviam acendido nas pedras do calçamento. Vista à distância através da neve que caía, ela não parecia maior que uma faísca.

Roche acenou com o braço e gritou, e um condutor saltou para o banco, estalou o chicote e veio ao nosso encontro, sacolejando. Quando estávamos lá dentro, perguntei a Roche se aquele homem sabia quem éramos, e ele respondeu:

— Somos dois optimates que tinham negócios na Cidadela e agora estão indo para a Ecopraxia em busca de uma noite de prazer. Isso é tudo que ele sabe e tudo que precisa saber.

Perguntei-me se Roche teria muito mais experiência em tais prazeres do que eu mesmo. Parecia improvável. Na esperança de descobrir se ele tinha visitado nosso destino antes, perguntei onde ficava a Ecopraxia.

— No Bairro Algedônico. Já ouviu falar?

Assenti e disse que Mestre Palaemon havia mencionado uma vez que ele era uma das partes mais antigas da cidade.

— Não exatamente. Há partes mais ao sul que são ainda mais antigas, uma vastidão desolada de pedra onde vivem apenas omófagos. A Cidadela costumava ficar a alguma distância ao norte de Nessus, sabia?

Balancei a cabeça em negativa.

— A cidade continua subindo o rio. Os armígeros e optimates querem água mais pura: não que eles a bebam, mas a querem para seus viveiros de peixes, e para tomar banho e fazer passeios de barco. Além disso, qualquer pessoa que viva perto demais do mar é sempre um tanto suspeita. Assim, as partes mais baixas, onde a água é pior, são gradualmente abandonadas. No fim, a lei vai embora e quem fica para trás tem medo de acender fogo por medo do que a fumaça pode atrair para eles.

Eu estava olhando pela janela. Já havíamos passado por um portão desconhecido para mim, passando em disparada por guardas com capacetes; mas ainda estávamos dentro da Cidadela, descendo por um estreito entre duas fileiras de janelas fechadas.

— Quando você é um oficial, pode ir à cidade a qualquer hora que quiser, desde que não esteja em serviço.

Eu já sabia disso, é claro; mas perguntei a Roche se ele achava isso agradável.

— Não agradável, exatamente... só fui duas vezes, para falar a verdade. Agradável, não, mas interessante. Eles sabem quem você é, naturalmente.

— Você disse que o condutor não sabia.

— Bem, ele provavelmente não sabe. Esses condutores trafegam por toda Nessus. Ele pode viver em qualquer lugar, e não ir à Cidadela mais de uma vez por ano. Mas os habitantes locais sabem. Os soldados contam. Eles sempre sabem, e sempre contam, é isso que todo mundo diz. Eles podem usar seus uniformes quando saem.

— Essas janelas estão todas escuras. Acho que não há ninguém nesta parte da Cidadela.

— Tudo está ficando menor. Não há muito o que alguém possa fazer sobre isso. Menos comida significa menos pessoas até que o Novo Sol chegue.

Apesar do frio, eu me sentia sufocado no fiacre.

— Ainda está muito longe? — perguntei.

Roche riu.

— É normal ficar nervoso.

— Eu não estou.

— Certamente está. Só não deixe que isso o incomode. É natural. Não fique nervoso por estar nervoso, se é que você me entende.

— Estou bastante calmo.

— Pode ser rápido, se for esse o seu desejo. Não precisa falar com a mulher, se não quiser. Ela não se importa. Claro, ela vai falar, se for disso que você gostar. Você está pagando: neste caso, eu estou pagando, mas o princípio é o mesmo. Ela vai fazer o que você quiser, dentro do razoável. Se você bater nela ou agarrá-la com força, ela vai cobrar mais.

— As pessoas fazem isso?

— Você sabe, amadores. Não achei que você fosse querer, e acho que ninguém na guilda faz isso, a menos, talvez, que esteja bêbado. — Ele fez uma pausa. — As mulheres estão violando a lei, então não podem reclamar.

Com o fiacre deslizando de forma alarmante, saímos da área fechada e entramos em uma ainda mais estreita que corria tortuosamente para o leste.

IX

A Casa Azul-Celeste

Nosso destino era uma daquelas estruturas de acumulação vistas nas partes mais antigas da cidade (mas até onde sei, apenas lá), em que a sobreposição e a interconexão do que originalmente eram edifícios independentes produz uma confusão de alas protuberantes e estilos arquitetônicos, com picos e torres onde os primeiros construtores haviam apenas pretendido fazer telhados. Ali, a neve havia caído mais pesadamente — ou, talvez, tivesse caído somente durante o nosso percurso. Ela cercava o alto pórtico com montes disformes de cor branca, suavizava e borrava os contornos da entrada, fazia travesseiros nos parapeitos das janelas e, mascarando e vestindo as cariátides de madeira que sustentavam o telhado, parecia prometer silêncio, segurança e sigilo.

Havia fracas luzes amareladas nas janelas de baixo. Os andares superiores permaneciam às escuras. Apesar da neve acumulada, alguém lá dentro deve ter ouvido nossos pés do lado de fora. A porta grande, velha e já não meio deteriorada, se abriu antes que Roche pudesse bater. Entramos e nos encontramos em uma salinha estreita parecida com uma caixinha de joias, porque as paredes e o teto eram cobertos com colchas de cetim azul. A pessoa que abriu a porta para nós usava sapatos de sola grossa e um manto amarelo; seu cabelo curto e branco estava penteado para trás, mostrando uma testa larga, porém arredondada, acima de um rosto sem barba e sem rugas. Quando passei por ele, descobri que olhava em seus olhos como quem olha por uma janela. Aqueles olhos poderiam realmente ser de vidro, de tão sem veios e polidos que pareciam ser... um céu de seca de verão.

— Vocês estão com sorte — disse ele, e entregou uma taça a cada um de nós. — Não há ninguém aqui além de vocês.

Roche respondeu:

— Tenho certeza de que as meninas estão se sentindo sozinhas.

— Estão. Você sorri... Vejo que não acredita em mim, mas é verdade. Elas reclamam quando muitos comparecem à corte delas, mas também ficam tristes quando ninguém aparece. Cada uma vai tentar encantá-los esta noite. Vocês vão ver. Quando vocês forem embora, as escolhidas vão querer se gabar pela conquista. Além disso, vocês dois são moços bonitos. — Ele fez uma pausa e, embora não encarasse, pareceu olhar Roche mais de perto. — Você já esteve aqui, não esteve? Eu me lembro de seus cabelos ruivos e de sua cor intensa. Muito ao sul, nas terras estreitas, os selvagens pintam um espírito do fogo muito parecido com você. E seu amigo tem cara de exultante... é disso que minhas jovens mais gostam. Entendi por que você o trouxe aqui. — A voz dele poderia ter sido o tenor de um homem ou o contralto de uma mulher.

Outra porta se abriu. Tinha um vitral embutido mostrando a Tentação. Entramos numa sala que parecia mais espaçosa do que seria possível caber ali dentro (em parte, sem dúvida, por causa da constrição daquela que acabávamos de deixar). O teto alto estava enfeitado com o que parecia ser seda branca, dando-lhe o ar de um pavilhão. Duas paredes eram revestidas com colunatas: estas eram falsas, as pretensas colunas sendo apenas pilastras semicirculares pressionadas contra suas superfícies pintadas de azul, e a arquitrave nada além de uma moldura; mas, desde que permanecêssemos perto do centro, o efeito era impressionante e quase perfeito.

No outro extremo da câmara, em frente às janelas, havia uma cadeira de espaldar alto que parecia um trono. Nosso anfitrião sentou-se nela e quase imediatamente ouvi um soar de carrilhão em algum lugar no interior da casa. Em duas cadeiras menores, Roche e eu esperamos em silêncio enquanto os ecos límpidos morriam. Não havia som vindo lá de fora, e, no entanto, eu podia sentir a neve caindo. Meu vinho prometia manter o frio longe, e, em alguns goles, vi o fundo da taça. Era como se eu estivesse aguardando o início de alguma cerimônia na capela em ruínas, mas, ao mesmo tempo, menos real e mais séria.

— A Castelã Barbea — anunciou nosso anfitrião.

Uma mulher alta entrou. Era tão altiva, tão linda e atrevidamente vestida, que levei vários minutos até perceber que ela não poderia ter mais do que dezessete anos. Seu rosto era oval e perfeito, com olhos límpidos, um narizinho reto e uma boca minúscula pintada para parecer ainda menor. O cabelo chegava tão perto da cor de ouro polido que poderia ter facilmente sido uma peruca de fios dourados.

Ela se posicionou um ou dois passos diante de nós e lentamente começou a girar, fazendo uma centena de poses graciosas. Até então, eu nunca tinha visto uma dançarina profissional; ainda hoje, não creio ter visto uma pessoa tão bonita quanto ela. Não consigo transmitir, então, o que senti ao observá-la naquela sala estranha.

— Todas as beldades da corte estão aqui para vocês — disse nosso anfitrião. — Aqui na Casa Azul-Celeste, à noite, trazidas das paredes de ouro para encontrar a dissipação no prazer de vocês.

Meio hipnotizado como estava, pensei que essa afirmação fantástica tivesse sido feita a sério. E disse:

— Isso certamente não é verdade.

— Você veio em busca de prazer, não foi? Se um sonho aumenta sua diversão, por que contestá-lo? — Durante todo esse tempo, a garota de cabelos dourados continuava sua dança lenta e desacompanhada.

Um momento fluía para outro.

— Gosta dela? — nosso anfitrião perguntou. — É a sua escolhida?

Eu estava prestes a dizer — ou melhor, a gritar, sentindo, naquele momento, tudo o que em mim já havia ansiado por uma mulher, retornando em sua ânsia — que sim. Antes que eu pudesse recuperar o fôlego, Roche disse:

— Vamos ver algumas das outras. — A garota terminou a dança imediatamente, fez uma reverência e saiu da sala.

— Vocês podem ter mais de uma, sabem? Separadas ou juntas. Temos algumas camas bem grandes. — A porta se abriu novamente. — A Castelã Gracia.

Embora essa garota parecesse bem diferente, havia muito nela que me lembrava a "Castelã Barbea", que viera antes. O cabelo era branco como os flocos que flutuavam pelas janelas, fazendo seu rosto jovem parecer ainda mais novo e sua tez morena ainda mais escura. Tinha (ou parecia ter) seios maiores e lábios mais generosos. No entanto, senti que era quase possível que, afinal, fosse a mesma mulher, e que tivesse apenas trocado de roupa, trocado de asas, coberto o rosto com cosméticos nos poucos segundos entre a saída da outra e sua entrada. Era absurdo, mas, assim como tantos outros absurdos, havia um quê de verdade naquilo. Havia algo nos olhos de ambas as mulheres, na expressão de suas bocas, em seu porte e na fluidez de seus gestos, que era um só. Isso me fazia lembrar de algo que eu tinha visto em outro lugar (não conseguia lembrar onde), e, ainda assim, era novo, de alguma forma, porém, eu senti que a outra coisa, aquela que eu tinha conhecido antes, era melhor.

— Para mim, esta serve — disse Roche. — Agora precisamos encontrar algo para o meu amigo aqui. — A morena, que não dançara como a outra, mas havia apenas ficado de pé, sorrindo levemente, fazendo uma reverência e virando-se no centro da sala, agora permitiu que seu sorriso se alargasse um pouco, foi até Roche, sentou-se no braço de sua cadeira e começou a sussurrar para ele.

Quando a porta se abriu pela terceira vez, nosso anfitrião disse:

— A Castelã Thecla.

Parecia realmente ela, tal como eu me lembrava — como havia escapado, eu não fazia ideia. No final, foi a razão, e não a observação, que me disse que eu estava enganado. Que diferenças eu poderia ter detectado com as duas em pé, lado a lado, não sei dizer, embora certamente essa mulher fosse um pouco mais baixa.

— É ela que você deseja, então — disse nosso anfitrião. Eu não conseguia me lembrar de ter falado.

Roche deu um passo à frente com uma bolsa de couro, anunciando que pagaria por nós dois. Observei as moedas enquanto ele as tirava, esperando para ver o brilho de um criso. Não havia nenhum ali — apenas alguns *asimis*.

A "Castelã Thecla" tocou em minha mão. O perfume que ela usava era mais forte do que o leve perfume da verdadeira Thecla; ainda assim, era o mesmo aroma, um que me fazia pensar numa rosa queimando.

— Venha — ela disse.

Eu a segui. Havia um corredor mal iluminado e não limpo, depois uma escada estreita. Perguntei quantos membros da corte havia ali, e ela fez uma pausa, olhando para mim de modo oblíquo. Havia algo em seu rosto que poderia ter sido descrito como vaidade satisfeita, amor, ou aquela emoção mais obscura que sentimos quando, o que antes foi um concurso, se torna uma performance.

— Esta noite, muito poucas. Devido à neve. Eu vim de trenó com Gracia.

Assenti. Achei que sabia muito bem que ela vinha apenas de uma das ruas secundárias ao redor da casa em que estávamos naquela noite, e provavelmente a pé, com um xale nos cabelos e o frio penetrando nos sapatos velhos. No entanto, o que ela disse me pareceu mais significativo do que a realidade: pude sentir os *destriers* suarentos saltando pela neve que caía mais rápido do que qualquer máquina, o vento assobiando, as mulheres jovens, bonitas e cansadas, embrulhadas em zibelina e lince, escuras contra almofadas de veludo vermelho.

— Você não vem?

Ela já havia chegado ao topo da escada, quase fora de vista. Alguém falou com ela, chamando-a de "minha querida irmã", e quando subi mais alguns passos, vi que era uma mulher muito parecida com aquela que havia estado com Vodalus, aquela do rosto em formato de coração e capuz preto. Essa mulher não prestou atenção em mim, e assim que lhe dei espaço para fazê-lo, desceu apressada a escada.

— Agora você vê o que poderia ter tido, caso tivesse esperado mais uma aparecer. — Um sorriso que, em outro lugar, eu aprendera a reconhecer, espreitava num canto da boca da minha pafiana.

— Eu ainda teria escolhido você.

— Ah, *isso* realmente me diverte: vamos, venha comigo, você não vai querer ficar neste salão frio para sempre. A cara que você manteve foi perfeitamente séria, mas seus olhos reviraram feito os de um bezerro. Ela é bonita, não é?

A mulher que se parecia com Thecla abriu uma porta, e entramos num quarto pequeno com uma cama imensa. Havia um turíbulo frio pendurado no teto por uma corrente prateada; em um canto, uma luminária alta sustentando uma lâmpada rosada. Havia ali uma pequena penteadeira com espelho, um guarda-roupa estreito e quase não sobrava espaço para nos movermos direito.

— Você gostaria de me despir?

Assenti e estendi as mãos para ela.

— Então devo avisar, tome cuidado com as minhas roupas. — Ela me deu as costas. — Isto aqui prende nas costas. Comece por cima, na parte de trás do meu pescoço. Se você ficar excitado e rasgar alguma coisa, ele fará você pagar pela peça. Não diga que não avisei.

Meus dedos encontraram um ganchinho e o soltaram.

— Eu achava, Castelã Thecla, que você teria muitas roupas.

— E tenho. Mas você acha que eu quero voltar para a Casa Absoluta com um vestido rasgado?

— Você deve ter outros aqui.

— Alguns, mas não posso guardar muita coisa neste lugar. Quando saio, alguém pode pegá-las.

O tecido entre meus dedos, que parecia tão brilhante e rico no salão azul com colunatas lá embaixo, era fino e barato.

— Nada de cetim, suponho — falei enquanto soltava o gancho seguinte. — Nem zibelina, nem diamante.

— Claro que não.

Dei um passo para longe dela. (Quase dei com as costas na porta.) Não havia nada de Thecla nela. Tudo aquilo tinha sido uma semelhança casual, uns gestos, uma semelhança no vestuário. Eu estava em pé, parado numa sala pequena e fria, olhando para o pescoço e os ombros nus de alguma pobre jovem cujos pais, talvez, aceitavam com gratidão a sua parte da escassa prata de Roche e fingiam não saber para onde a filha ia à noite.

— Você não é a Castelã Thecla — eu disse. — O que estou fazendo aqui com você?

Certamente, havia mais na minha voz do que eu pretendia. Ela se virou para me encarar, o tecido fino do vestido deslizando dos seios. Eu vi o medo passar de relance pelo rosto dela, como se estivesse sendo direcionado por um espelho; ela já devia ter passado por aquela situação antes, e devia ter acabado mal para ela.

— Eu sou Thecla — ela disse. — Se você quiser que eu seja.

Levantei a mão e ela acrescentou rapidamente:

— Há pessoas aqui para me proteger. Eu só preciso gritar. Você pode me bater uma vez, mas não vai bater duas.

— Não — eu disse a ela.

— Há, sim. Três homens.

— Não há ninguém. Este andar inteiro está vazio e frio: você acha que eu não reparei em como é silencioso? Roche e a garota dele ficaram lá embaixo, e talvez tenham conseguido um quarto melhor, porque ele pagou. A mulher que vimos no alto da escada estava saindo e queria falar com você primeiro. Olhe. — Eu a peguei pela cintura e a levantei no ar. — Grite. Ninguém virá. — Ela ficou em silêncio. Eu a deixei cair na cama e, depois de um momento, me sentei ao seu lado.

— Você está com raiva porque eu não sou Thecla. Mas eu teria sido Thecla para você. Vou ficar quieta. — Ela tirou aquele casaco estranho dos meus ombros e o deixou cair. — Você é muito forte.

— Não sou, não. — Eu sabia que alguns dos garotos que tinham medo de mim já estavam mais fortes que eu.

— Muito forte. Você não é forte o suficiente para dominar a realidade, mesmo que por pouco tempo?

— O que você quer dizer?

— Pessoas fracas acreditam no que lhes é imposto. Pessoas fortes acreditam no que desejam acreditar, forçando-o a ser real. O que é o Autarca senão um homem que acredita que ele próprio é o Autarca, e, com sua força, faz os outros acreditarem?

— Você não é a Castelã Thecla — falei.

— Mas você não vê que ela também não é? A Castelã Thecla, em quem duvido que você tenha posto os olhos... Não, vejo que estou errada. Você já esteve na Casa Absoluta?

Suas mãos, pequenas e quentes, seguravam a minha mão direita, apertando-a. Eu balancei a cabeça em negativa.

— Às vezes os clientes dizem que sim. Sempre tenho prazer em ouvi-los.

— Eles foram lá? Mesmo?

Ela deu de ombros.

— Eu estava dizendo que a Castelã Thecla não é a Castelã Thecla. Não a Castelã Thecla da sua mente, ela que é a única Castelã Thecla com quem você se importa. Nem eu. Qual é, então, a diferença entre nós?

— Nenhuma, eu acho.

Enquanto me despia, falei:

— No entanto, todos nós procuramos descobrir o que é real. Por quê? Talvez nos sintamos atraídos pelo teocentro. Isso é o que dizem os hierofantes, que só essa é verdade.

Ela beijou minhas coxas, sabendo que havia vencido.

— Você está mesmo pronto para descobrir? Deve estar vestido de privilégio, lembre-se. Caso contrário, será entregue aos torturadores. Você não gostaria disso.

— Não — respondi, e tomei a cabeça dela entre minhas mãos.

X

O ANO PASSADO

Acho que era intenção do Mestre Gurloes que eu fosse levado para aquela casa com frequência, a fim de que não me sentisse muito atraído por Thecla. Na verdade, permiti que Roche embolsasse o dinheiro e nunca mais voltei lá. A dor tinha sido prazerosa demais, o prazer doloroso demais; de modo que temi que, com o tempo, minha mente não fosse mais ser a coisa que eu conhecia.

E também, antes de Roche e eu sairmos da casa, o homem de cabelos brancos (que havia chamado minha atenção) havia tirado do peito de seu manto, o que, a princípio, eu tinha pensado ser um ícone, mas que logo descobri se tratar de um frasco dourado em forma de falo. Ele sorriu e, como não havia nada além de amizade em seu sorriso, aquilo me assustou.

Alguns dias se passaram antes que eu pudesse livrar meus pensamentos sobre Thecla, de certas impressões pertencentes à falsa Thecla, que me iniciara nas diversões e fruições anacreônticas de homens e mulheres. Pode ser que o efeito surtido tenha sido oposto ao pretendido por Mestre Gurloes, mas creio que não. Acredito que nunca estive menos inclinado a amar a infeliz mulher do que quando carreguei na minha memória as impressões recentes de tê-la desfrutado livremente; foi como se, guiado pela inverdade daquela situação, eu a visse de modo cada vez mais claro, e me sentisse compelido a reparar o fato, e atraído por intermédio dela (embora, naquele momento, eu mal tivesse consciência disso) ao mundo de conhecimento e privilégios antigos que Thecla representava.

Os livros que eu levara para ela se tornaram minha universidade; ela, meu oráculo. Não sou um homem culto: com Mestre Palaemon, aprendi pouco mais que ler, escrever e calcular, além de alguns fatos relativos ao mundo físico e aos requisitos do nosso mistério. Se, por vezes, homens cultos pensaram que eu fosse, se não seu igual, pelo menos aquele cuja companhia não os envergonhava, isso se deve exclusivamente à Thecla: a Thecla de que me lembro, a Thecla que vive em mim, e aos quatro livros.

O que lemos juntos e o que dissemos um ao outro, não contarei; recontar o mínimo que fosse dissiparia essa breve noite. Durante todo aquele inverno, enquanto a neve embranquecia o Velho Pátio, eu saía do ergástulo como se estivesse dormindo e me espantava ao ver as pegadas que meus pés deixavam atrás de mim, e minha sombra na neve. Thecla estava triste naquele inverno, mas tinha prazer em falar comigo sobre os segredos do passado, as conjeturas formadas das esferas superiores e as armas e histórias de heróis mortos há milênios.

A primavera chegou, e com ela, os lírios listrados de roxo e pontilhados de branco da necrópole. Eu os levava para Thecla, e ela dizia que minha barba tinha brotado como eles, e eu ficaria com a bochecha mais azulada do que a maioria dos homens comuns, e, no dia seguinte, ela implorava meu perdão por ter dito aquilo, dizendo que eu já era assim antes. Com o clima quente e (acho eu) as flores que eu levava, seu ânimo melhorou. Quando rastreávamos a insígnia das casas antigas, ela falava de amigas de sua própria posição e dos casamentos que elas haviam feito, bons e ruins, e de como uma delas havia trocado seu futuro por uma fortaleza em ruínas porque a tinha visto num sonho; e de como outra, que brincava de boneca com ela quando eram crianças, era agora a senhora de tantos milhares de léguas.

— E, em algum momento, deve haver um novo Autarca e talvez uma nova Autarquia, você sabe, Severian. As coisas podem continuar como têm sido por um longo tempo. Mas não para sempre.

— Da corte conheço pouco, Castelã.

— Quanto menos souber, mais feliz você será. — Ela fez uma pausa, dentes brancos mordiscando o lábio inferior delicadamente curvado. — Quando minha mãe estava em trabalho de parto, ela fez com que os servos a levassem à Fonte Vática, cuja virtude é revelar o que está por vir. A fonte profetizou que eu deveria me sentar em um trono. Thea sempre me invejou por isso. Ainda assim, o Autarca...

— Sim?

— Seria melhor se eu não falasse muito. O Autarca não é como as outras pessoas. Não importa como eu fale às vezes, em toda Urth não há ninguém como ele.

— Eu sei.

— Então, isso é o suficiente para você. Olhe aqui. — Ela ergueu o livro marrom. — Aqui diz: "Era o pensamento de Thalelaeus, o Grande, que a democracia" — que significa o Povo — "desejava ser governada por algum poder superior a si mesma, e de Yrierix, o Sábio, e que a comunalidade jamais permitiria que alguém que diferisse deles mesmos ocupasse altos cargos. Apesar disso, cada um deles é chamado de O Mestre Perfeito".

Não entendi o que ela queria dizer e nada falei.

— Ninguém realmente sabe o que o Autarca vai fazer. Tudo se resume a isso. Ou, tampouco, o que Padre Inire fará. Quando cheguei à corte pela primeira vez, disseram-me, como um grande segredo, que era o Padre Inire quem realmente determinava a política da Comunidade. Quando eu estava lá há dois anos, um homem de posição muito elevada — nem sequer posso dizer o nome dele — disse que era o Autarca quem governava, embora para aqueles na Casa Absoluta parecesse que era o Padre Inire. E, no ano passado, uma mulher em cujo julgamento confio mais do que no de qualquer homem, me confidenciou que, na verdade, não fazia diferença, porque ambos eram tão insondáveis quanto as profundezas pelágicas, e se um decidisse as coisas enquanto a lua crescia, e o outro quando o vento soprava do leste, de qualquer maneira ninguém conseguiria perceber a diferença. Eu achei que aquilo havia sido um conselho sábio, até que percebi que ela estava apenas repetindo algo que eu mesma havia dito a ela meio ano antes. — Thecla ficou em silêncio, reclinando-se na cama estreita, os cabelos escuros espalhados no travesseiro.

— Pelo menos — comentei — você estava certa em confiar nessa mulher. Ela obteve as opiniões dela de uma fonte confiável.

Como se não tivesse me ouvido, ela murmurou:

— Mas é tudo verdade, Severian. Ninguém sabe o que eles podem fazer. Podem me libertar amanhã. É bem possível. Eles já devem saber que estou aqui. Não me olhe assim. Meus amigos falarão com o Padre Inire. Talvez alguns possam até mencionar meu nome para o Autarca. Você sabe por que fui levada, não sabe?

— Algo sobre sua irmã.

— Minha meia-irmã Thea está com Vodalus. Dizem que ela é o *paramour* dele, e eu acho que é extremamente provável.

Lembrei-me da linda mulher no topo da escada da Casa Azul-Celeste e disse:

— Acho que vi sua meia-irmã uma vez. Foi na necrópole. Havia um exultante com ela que carregava uma espada de bengala e era muito bonito. Ele me disse que era Vodalus. A mulher tinha o rosto em formato de coração e uma voz que me fez pensar em pombas. Era ela?

— Imagino que sim. Eles querem que ela o traia para me salvar, e eu sei que ela não vai fazer isso. Mas quando eles descobrirem isso, por que não deveriam me deixar ir embora?

Falei de outro assunto, até que ela riu e disse:

— Você é tão intelectual, Severian. Quando virar oficial, você será o torturador mais cerebral da história: um pensamento assustador.

— Eu tinha a impressão de que você gostava desse tipo de discussão, Castelã.

— Só agora, porque não posso sair. Embora possa ser um choque para você, quando estava livre, eu raramente dedicava tempo à metafísica. Em vez disso, saía para dançar e caçar caititus com sabujos leopardinos. O aprendizado que você admira foi adquirido quando eu era menina e me sentava com meu tutor sob a ameaça da vara.

— Não precisamos falar dessas coisas, Castelã, se preferir que não falemos.

Ela se levantou e enfiou o rosto no centro do buquê que eu havia colhido para ela.

— As flores são uma teologia melhor do que os fólios, Severian. É bonito na necrópole? Lá, onde você conseguiu isso. Você não está me trazendo as flores das sepulturas, está? Flores cortadas dos ramos que alguém levou?

— Não. Estas foram plantadas há muito tempo. Elas brotam todo ano.

Na fresta da porta, Drotte disse:

— Hora de ir. — E eu me levantei.

— Você acha que pode vê-la novamente? A Castelã Thea, minha irmã?

— Acho que não, Castelã.

— Se por acaso isso acontecer, Severian, você contaria a ela sobre mim? Eles podem não ter conseguido se comunicar com ela. Não haverá traição nisso… você estará fazendo o trabalho do Autarca.

— Eu contarei, Castelã. — Já estava passando pela porta.

— Ela não vai trair Vodalus, eu sei, mas pode haver algum acordo.

Drotte fechou a porta e girou a chave. Não me passou despercebido que Thecla não perguntou como sua irmã e Vodalus surgiram em nossa antiga — e, por pessoas como eles próprios, esquecida — necrópole. O corredor, com suas fileiras de portas de metal e paredes que suavam frio, parecia escuro depois da lâmpada na cela. Drotte começou a falar de uma expedição que ele e Roche haviam feito até uma cova de leões do outro lado do Gyoll; por cima do som de sua voz, ouvi Thecla chamando bem ao longe:

— Lembre-a de quando costuramos a boneca de Josepha.

Os lírios murcharam como costumam murchar, e as rosas escuras da morte floresceram. Eu as colhi e as levei para Thecla, roxos nigrescentes salpicados de escarlate. Ela sorriu e recitou:

— "Rosa, a Agraciada, e não Rosa, a Casta, aqui repousa.

O perfume que daqui sobe não é perfume de rosa."

— Se o odor delas a ofende, Castelã...

— De jeito nenhum, é muito doce. Eu estava apenas citando algo que minha avó costumava dizer. Essa mulher era terrível quando menina, ou, pelo menos, era o que me dizia, e todas as crianças cantaram esses versinhos quando ela morreu. Na verdade, suspeito que isso seja muito mais antigo e que tenha se perdido no tempo, como o início de todas as coisas boas e ruins. Dizem que os homens desejam mulheres, Severian. Por que eles desprezam as mulheres que obtêm?

— Não acredito que todos façam isso, Castelã.

— Aquela linda Rosa se entregou e, até onde sei, sofreu tanto escárnio por isso, embora há muito tempo seus sonhos tenham, junto com sua carne macia, se transformado em pó. Venha aqui e sente-se ao meu lado.

Fiz o que me foi pedido, e ela deslizou as mãos sob a parte inferior desgastada da minha camisa e a puxou pela minha cabeça. Protestei, mas não consegui resistir.

— Do que você tem vergonha? Você que não tem seios para esconder. Eu nunca vi uma pele tão branca combinada com cabelos escuros... Você acha que minha própria pele é branca?

— Muito branca, Castelã.

— Os outros também, mas ela é parda perto da sua. Você deve fugir do sol quando for um torturador, Severian. Vai se queimar terrivelmente.

Seus cabelos, que muitas vezes ela soltava e deixava cair, hoje estavam presos na cabeça em uma auréola escura. Ela nunca se parecera tanto com sua meia-irmã, Thea, e senti tamanho desejo por ela que parecia que estava derramando meu sangue no chão, ficando cada vez mais fraco a cada contração do meu coração.

— Por que você está esmurrando minha porta? — Seu sorriso me disse que ela sabia.

— Preciso ir.

— É melhor você colocar a camisa de volta antes de sair… você não iria querer que seu amigo o visse assim.

Naquela noite, embora soubesse que era em vão, fui à necrópole e passei várias vigílias vagando entre as casas silenciosas dos mortos. Voltei na noite seguinte e na seguinte, mas na quarta Roche me levou para a cidade, e, em um bar, ouvi de alguém que parecia saber das coisas, que Vodalus estava bem ao norte, escondendo-se entre as florestas geladas e atacando cáfilas.

Os dias se passaram. Thecla agora tinha certeza, já que estava sendo mantida em segurança havia tanto tempo, de que nunca seria torturada, e conseguiu que Drotte levasse seus materiais para escrever e desenhar, com os quais planejou uma mansão que pretendia construir na margem sul do lago Diuturna, que dizem ser a parte mais remota da Comunidade, bem como a mais bonita. Eu levava grupos de aprendizes para nadar, pensando que esse era meu dever, apesar de jamais conseguir mergulhar em águas profundas sem medo.

Então, de um modo que me pareceu repentino, o tempo ficou frio demais para nadar; numa manhã, havia geada cintilante nas lajes gastas do Velho Pátio, e carne de porco fresca apareceu em nossos pratos durante o jantar, um sinal claro de que o frio havia chegado às colinas abaixo da cidade. Mestre Gurloes e Mestre Palaemon me convocaram.

Mestre Gurloes disse:

— De vários lugares, temos recebido bons relatórios a seu respeito, Severian, e agora seu aprendizado está quase concluído.

Quase sussurrando, Mestre Palaemon acrescentou:

— Sua infância ficou para trás, sua vida masculina adulta está à sua frente. — Havia afeição em sua voz.

— Exatamente — continuou Mestre Gurloes. — A festa da nossa padroeira está chegando. Suponho que você tenha pensado nisso?

Assenti.

— Eata será capitão depois de mim.

— E você?

Não entendi o que isso significava; Mestre Palaemon, vendo isso, perguntou gentilmente:

— O que você será, Severian? Um torturador? Você pode sair da guilda, se preferir, sabe?

Eu disse a ele com firmeza — e como se estivesse um pouco chocado com a sugestão — que nunca tinha pensado nisso. Era mentira. Eu sabia, como todos os aprendizes sabiam, que alguém não se tornava final e firmemente um membro da guilda até que, como um adulto, consentisse a essa ligação. Além disso, embora eu amasse a guilda, também a odiava: não por causa da dor que infligia aos clientes que, algumas vezes, deveriam ser inocentes e que, muitas vezes, a punição ultrapassava qualquer coisa que pudesse ter sido justificada pelas suas ofensas; mas porque me parecia ineficiente e ineficaz, servindo a um poder que não era apenas ineficaz, mas também remoto. Não sei qual a melhor forma de expressar meus sentimentos a respeito, além de dizer que a odiava por me matar de fome e me humilhar e a amava porque era minha casa; eu a odiava e a amava porque era o exemplar das coisas antigas, porque era fraca e porque parecia indestrutível.

Naturalmente, não expressei nada disso ao Mestre Palaemon, embora pudesse tê-lo feito se Mestre Gurloes não estivesse presente. Ainda assim, parecia incrível que minha profissão de lealdade, feita em farrapos, pudesse ser levada a sério; e, no entanto, foi.

— Quer você tenha considerado nos deixar ou não — disse Mestre Palaemon —, essa é uma opção aberta para você. Muitos diriam que só um tolo serviria os difíceis anos de aprendizagem e se recusaria a se tornar um oficial de sua guilda quando seu aprendizado terminasse. Mas você pode fazer isso se desejar.

— Para onde eu iria?

Esse, mesmo que eu não pudesse dizer a eles, era o verdadeiro motivo pelo qual eu ficaria. Eu sabia que havia um vasto mundo fora dos muros da Cidadela: na verdade, fora dos muros da nossa torre. Mas não podia imaginar que teria algum lugar nele. Diante de uma escolha entre a escravidão e o vazio da liberdade, acrescentei:

— Fui criado em nossa guilda. — Disse isso por medo de que eles respondessem à minha pergunta.

— Sim — disse Mestre Gurloes em sua maneira mais formal. — Mas você ainda não é torturador. Ainda não vestiu fuligem.

A mão do Mestre Palaemon, seca e encarquilhada como a de uma múmia, tateou até encontrar a minha.

— Entre os iniciados na religião, se diz: "Você é sempre um epopta". A referência não é apenas ao conhecimento, mas à sua crisma, cuja marca, sendo invisível, é inerradicável. Você conhece nossa crisma.

Assenti novamente.

— Menos ainda que a deles, a nossa pode ser lavada. Caso você saia agora, os homens apenas dirão: "Ele foi criado pelos torturadores". Mas, quando você tiver sido ungido, eles dirão: "Ele é um torturador". Você pode seguir o arado ou o tambor, mas ainda assim ouvirá: "Ele é um torturador". Você entende isso?

— Não desejo ouvir mais nada.

— Muito bem — disse Mestre Gurloes, e, de repente, ambos sorriram, Mestre Palaemon mostrando seus poucos dentes tortos e Mestre Gurloes, seus dentes quadrados e amarelos, como os dentes de um cavalo morto. — Então é hora de explicarmos a você o último segredo. — (Enquanto escrevo, ainda ouço a ênfase que sua voz dava às palavras enquanto.) — Pois seria bom que refletisse sobre ele antes da cerimônia.

Então, ele e Mestre Palaemon me explicaram o segredo que jaz no coração da guilda e é tanto mais sagrado porque nenhuma liturgia o celebra, e jaz nu no colo do Pancriador.

E me juraram que nunca o revelaria, exceto — como eles fizeram — a alguém prestes a entrar nos mistérios da guilda. Desde então, quebrei esse juramento, assim como quebrei muitos outros.

XI

O banquete

O dia da nossa padroeira cai no finzinho do inverno. Nesse momento, nos divertimos: os oficiais executam a dança da espada em procissão, saltitantes e fantásticos; os mestres iluminam a capela em ruínas da Grande Quadra com mil velas perfumadas, e preparamos nosso banquete.

Na guilda, o ritual anual é considerado *elevado* (no qual um oficial é elevado a mestre), *menor* (em que ao menos um aprendiz é tornado oficial), ou *inferior* (em que nenhuma elevação ocorre). Como nenhum oficial ascendeu à maestria no ano em que me tornei oficial — o que não é de se admirar, uma vez que tais ocasiões são mais raras do que as décadas —, a cerimônia do meu mascaramento foi uma festa menor.

Mesmo assim, foram gastas semanas em preparação. Ouvi dizer que nada menos que cento e trinta e cinco guildas têm membros trabalhando dentro das muralhas da Cidadela. Alguns deles (como vimos entre os curadores) estão em um número demasiado pequeno para celebrar a festa dos seus padroeiros na capela, mas devem juntar-se aos seus irmãos na cidade. Os mais numerosos celebram com toda a pompa que podem para elevar a estima com que são tidos. Desse tipo são os soldados no dia de Adriano, os *matrosses* no de Bárbara, as bruxas no de Mag e muitos outros. Por meio de ostentação e maravilhas, e da distribuição gratuita de comida e bebida, eles tentam captar o máximo possível de membros externos às suas guildas para participar de suas cerimônias.

Não é assim entre os torturadores. Ninguém de fora da guilda janta conosco na festa da Sagrada Catarina há mais de trezentos anos, quando um tenente da guarda (é o que dizem) ousou vir por conta de uma aposta. Existem muitas lendas inúteis sobre o que aconteceu com ele — entre elas, que fizemos com se sentasse à nossa mesa numa cadeira de ferro incandescente. Nenhuma delas é verdade. Pelas histórias que ouvimos de nossa guilda, ele foi bem-vindo e bem banqueteado; mas como, enquanto comemos nossa carne e nosso bolo de Catarina, não falamos da dor que infligimos, nem confabulamos novas modalidades de tormento, tampouco amaldiçoamos aqueles cuja carne rasgamos por morrerem cedo demais, ele ficou cada vez mais ansioso, imaginando que procurávamos acalmar seus medos para que pudéssemos aprisioná-lo posteriormente. Pensando assim, comeu pouco e bebeu muito, e de volta em seus próprios aposentos, caiu e bateu a cabeça de tal modo que, de tempos em tempos, e cada vez mais frequentemente, perdia o juízo e sofria dores intensas. Com o tempo ele colocou o cano de sua própria arma na boca, mas não foi obra nossa.

Desde então, ninguém, exceto torturadores, vem à capela no dia da Sagrada Catarina. No entanto, a cada ano (sabendo que somos vigiados de janelas altas), nos preparamos como todos os outros, e ainda mais grandiosamente. Fora da capela, os nossos vinhos ardem como pedras preciosas na luz de cem *flambeaux*; nossos bifes fumegam e chafurdam em lagos de molho, olhos revirados de limões assados; capivaras e cutias, colocadas em poses como se ainda estivessem vivas, e ostentando pelagens em que o coco torrado se mistura com a própria pele esfolada, sobem em toras de presunto e escalam pedregulhos de pão recém-assado.

Nossos mestres, dos quais, quando fui nomeado oficial, havia apenas dois, chegam em liteiras cujas cortinas são tecidas de flores e caminham sobre tapetes estampados com areias coloridas, tapetes estes que contam as tradições da guilda e são depositados, grão por grão, pelos oficiais em dias de trabalho e imediatamente destruídos pelos pés dos mestres.

Dentro da capela, aguardam uma grande roda com espinhos, uma donzela e uma espada. Essa roda eu conhecia bem, pois várias vezes, quando era aprendiz, ajudei em sua montagem e depois a retirá-la dali. Nos momentos em que não era usada, ela ficava guardada na parte mais alta da torre, logo embaixo da sala de armas. A espada — embora, a um ou dois passos de distância, parecesse uma verdadeira lâmina do carrasco — não passava de um sarrafo de madeira com punho velho e enfeitado com fitas coloridas.

Da donzela não posso contar nada. Quando era muito jovem, eu nem sequer me perguntava a seu respeito; isso, nas primeiras festas de que me lembro. Depois, um pouco mais velho, quando Gildas (que, na época sobre a qual escrevo, havia muito era um oficial) era capitão dos aprendizes, pensei que, talvez, ela fosse uma das bruxas. Um ano mais velho, logo soube que tal desrespeito não seria tolerado.

Talvez ela fosse uma serva de alguma parte remota da Cidadela. Talvez fosse moradora da cidade, que seja por ganho ou por algum tipo de ligação antiga com a nossa guilda consentira em desempenhar tal papel; não sei. Só sei que a cada banquete a encontrava em seu lugar e, até onde pude julgar, inalterada. Era alta e esbelta, embora não tão alta nem tão esbelta quanto Thecla; de tez negra, olhos escuros, cabelos pretos. O rosto dela era um rosto como nunca vi em parte alguma, como uma piscina de água pura encontrada no meio de uma floresta.

Ela ficou parada em pé entre a roda e a espada enquanto Mestre Palaemon (como o mais velho de nossos mestres) nos contava sobre a fundação da guilda e os nossos precursores nos anos anteriores à chegada do gelo: essa parte era diferente a cada ano, conforme sua sabedoria escolástica decidisse. Em silêncio, ela também ficou parada enquanto cantávamos a Canção Temerária, o hino da guilda, que os aprendizes devem decorar, mas que é cantado apenas naquele único dia do ano. Enquanto nos ajoelhávamos entre os bancos quebrados e rezávamos, a mulher permanecia em silêncio.

Então Mestre Gurloes e Mestre Palaemon, auxiliados por vários dos oficiais mais velhos, começaram a contar a lenda dela. Em alguns momentos, alguém falava sozinho. Em outros, todos cantavam juntos. Em outros ainda, dois falavam com efeitos diferentes, enquanto os demais tocavam flautas esculpidas em fêmures, ou a rabeca de três cordas que grita estridente como um homem.

Quando chegaram àquela parte da narrativa em que nossa padroeira é condenada por Maxêncio, quatro oficiais mascarados correram para prendê-la. Tão silenciosa e serena antes, agora ela resistia, esperneava e gritava. Mas, quando eles a levaram em direção à roda, esta pareceu ficar embaçada, aquietando-se. À luz das velas, a princípio parecia que serpentes, pítons verdes com cabeças de joias escarlates, citrinas e brancas, se contorciam nela. Então se via que estas eram flores, rosas em botão. Quando a donzela estava apenas a um passo de distância, elas floresceram (eram de papel, escondidas, como eu bem sabia, dentro dos segmentos da roda). Fingindo medo, os oficiais recuaram; mas os narradores, Gurloes, Palaemon e os outros, falando em uníssono como Maxêncio, incitaram-nos a seguir em frente.

Então eu, ainda desmascarado e vestido de aprendiz, dei um passo à frente e disse:

— Resistir de nada adianta. Você há de ser quebrada na roda, mas não lhe faríamos mais nenhuma indignidade.

A donzela não respondeu, mas estendeu a mão e tocou a roda, que no mesmo instante caiu, rompendo-se em pedaços, desabando com estrondo no chão, sem mais nenhuma rosa.

— *Decapite-a* — exigiu Maxentius, e eu peguei a espada. Era muito pesada.

Ela se ajoelhou diante de mim.

— Você é uma conselheira da Onisciência — falei. — Embora eu precise matá-la, imploro que poupe minha vida.

Pela primeira vez, a donzela falou:

— Golpeie e não tema.

Ergui a espada. Lembro-me que, por um momento, temi que ela fosse me desequilibrar.

Quando penso naquela época, é desse momento que me lembro primeiro; para lembrar mais, preciso avançar ou recuar a partir dele. Na memória, me parece que sempre estive daquele jeito, ali parado, de camisa cinza e calças esfarrapadas, com a lâmina erguida acima da minha cabeça. Enquanto a levantava, eu era aprendiz; quando ela descesse, eu seria um oficial da Ordem dos Buscadores da Verdade e da Penitência.

É nossa regra que o carrasco se coloque entre a vítima e a luz; a cabeça da donzela estava em cima do bloco, na sombra. Eu sabia que a espada, ao cair, não faria mal a ela — eu a direcionaria para o lado, acionando um engenhoso mecanismo que elevaria uma cabeça de cera manchada de sangue enquanto a donzela cobriria a sua própria com um pano cor de fuligem. Mesmo assim, hesitei em dar o golpe.

Do chão, ela falou novamente aos meus pés, e sua voz pareceu retinir em meus ouvidos.

— Golpeie e não tema. — Com toda a força de que fui capaz, desci a lâmina falsa. Por um instante me pareceu que ela encontrava resistência; então ela bateu com um estrondo no bloco, que se rompeu em dois. A cabeça da donzela, toda ensanguentada, rolou em direção aos irmãos que assistiam. Mestre Gurloes a levantou pelos cabelos e Mestre Palaemon dobrou a mão esquerda em concha para receber o sangue.

— Com esta, nossa crisma — disse ele —, eu unjo você, Severian, nosso irmão para sempre. — Seu dedo indicador traçou a marca na minha testa.

— Assim seja — disse Mestre Gurloes, e também disseram todos os oficiais, exceto eu.

A donzela se levantou. Eu sabia, enquanto a observava, que sua cabeça estava apenas oculta sob o pano; mas parecia que não havia nada ali. Fiquei tonto e cansado.

Ela pegou a cabeça de cera do Mestre Gurloes e fingiu recolocá-la sobre seus ombros, deslizando-a com algum truque para dentro do pano fuligem, depois levantando-se diante de nós, plena e radiante. Ajoelhei-me diante dela e os outros se retiraram.

Ela ergueu a espada com a qual eu havia recentemente cortado sua cabeça; a lâmina estava ensanguentada por algum contato com a cera.

— Você é dos torturadores — disse ela. Senti a espada tocar um dos meus ombros e, imediatamente, mãos ansiosas colocaram a máscara da guilda sobre meu rosto e me levantaram. Antes que eu soubesse o que havia acontecido, estava montado nos ombros de dois oficiais. Só depois descobri que eram Drotte e Roche, embora eu devesse ter adivinhado. Eles estavam me levando pelo corredor da procissão passando pelo centro da capela, enquanto todos aplaudiam e gritavam.

Assim que saímos, os fogos de artifício começaram: estalinhos em nossos pés e até mesmo perto de nossos ouvidos, torpedos batendo contra as paredes milenares da capela, foguetes vermelhos, amarelos e verdes saltando no ar. Um canhão do Grande Fortim partiu a noite ao meio.

Todas as carnes selvagens que descrevi estavam nas mesas da corte; eu me sentei à cabeceira entre Mestre Palaemon e Mestre Gurloes, e bebi demais (para mim, muito pouco sempre foi demais), e fui aplaudido e brindado. O que aconteceu com a donzela, eu não sei. Como sempre desaparece em cada dia de Catarina de que me lembro, ela desapareceu. Não voltei a vê-la.

Não faço ideia de como cheguei à minha cama. Quem bebe muito já me contou que, às vezes, esquece-se de tudo o que lhe aconteceu na última parte da noite, e talvez tenha sido assim comigo. Mas acho mais provável que eu (que nunca esqueço nada, e que, se for para confessar a verdade pelo menos uma vez, embora pareça me gabar com isso, não entendo verdadeiramente o que os outros querem dizer quando dizem *esquecer*, pois a mim me parece que toda experiência passa a integrar o meu ser) apenas dormi e fui carregado para lá.

Seja como for, não acordei no familiar quarto baixo que era nosso dormitório, mas em uma cabine tão pequena que era muito mais alta do que larga, a cabine de um oficial, e como eu era o mais jovem entre eles, logo aquele era o cubículo menos desejável na torre, sem janela e não maior do que uma cela.

Minha cama parecia balançar debaixo de mim. Agarrei as laterais, me sentei e ela parou, mas assim que minha cabeça tocou o travesseiro mais uma vez, o balanço voltou. Senti que estava completamente acordado; então, em seguida, que tinha acordado de novo, mas que havia estado dormindo apenas um momento atrás. Eu estava consciente de que havia alguém na minúscula cabine comigo, e, por algum motivo que eu não conseguia explicar, pensei que fosse a jovem que assumira o papel de nossa padroeira.

Sentei-me na cama que balançava. Uma luz fraca passava por baixo da porta; não havia ninguém ali.

Quando me deitei novamente, o quarto estava repleto do perfume de Thecla. A falsa Thecla da Casa Azul-Celeste havia chegado, então. Saí da cama e, quase caindo, abri a porta. Não havia ninguém na passagem do lado de fora.

Havia um penico debaixo da cama, e eu o puxei para fora e o enchi com meu vômito, carnes ricas nadando em vinho misturado com bile. De alguma forma senti que o que havia feito era traição, como se, ao expulsar tudo o que a guilda me dera naquela noite, eu tivesse expulsado a própria guilda. Tossindo e soluçando, ajoelhei-me ao lado da cama e, por fim, depois de limpar a boca, deitei-me novamente.

Sem dúvida, eu dormi. Vi a capela, mas não era a ruína que eu conhecia. O telhado estava inteiro, alto e reto, e dele pendiam lampiões de rubi. Os bancos estavam inteiros e brilhavam com polimento; o antigo altar de pedra estava recoberto por um pano tecido com ouro. Atrás do altar se erguia um maravilhoso mosaico azul; mas vazio, como se um fragmento de céu sem nuvem ou estrela tivesse sido arrancado e espalhado pela parede curva.

Caminhei em direção a ele pelo corredor e, ao fazê-lo, fiquei impressionado com o quanto era mais claro que o verdadeiro céu, cujo azul é quase preto mesmo no dia mais claro. No entanto, quão mais bonito aquilo era! Fiquei emocionado ao olhar para ele. Sentia como se flutuasse no ar, erguido por sua beleza, olhando para o altar abaixo, bem dentro da taça de vinho carmesim, no pão da proposição e na faca antiga. Sorri…

E acordei. Durante o sono, tinha ouvido passos no corredor lá fora e sabia que os havia reconhecido, embora não conseguisse me lembrar naquele momento de quem eram. Com dificuldade, trouxe de volta o som; não era nenhum passo humano, apenas a pisada acolchoada de pés macios e um som de raspagem quase imperceptível.

Ouvi o som de novo, tão fraco que por um tempo pensei ter confundido minha memória com a realidade; mas era real, subindo lentamente a passagem, lentamente voltando. O mero levantar de minha cabeça provocou uma onda de náusea; deixei-a cair novamente, dizendo a mim mesmo que quem quer que andasse de um lado para o outro ali não era da minha conta. O perfume havia desaparecido e, por mais enjoado que eu estivesse, senti que não precisava mais temer a irrealidade: eu estava de volta ao mundo dos objetos sólidos e da luz pura. Minha porta se entreabriu e Mestre Malrubius olhou para dentro como se quisesse ter certeza de que eu estava bem. Acenei para ele e ele fechou a porta novamente. Passou algum tempo antes que eu me lembrasse de que ele havia morrido quando eu ainda era menino.

XII

O TRAIDOR

No dia seguinte, minha cabeça doía e eu estava enjoado. Mas como fui poupado (por uma tradição antiga) da limpeza da Grande Quadra e da capela, onde a maioria dos irmãos se encontrava, eu era necessário no ergástulo. Por alguns momentos, pelo menos, a calma matinal dos corredores me tranquilizou. Então vieram os aprendizes descendo ruidosamente (o menino Eata, já não tão pequeno, de lábio inchado e um brilho de triunfo nos olhos), trazendo o desjejum dos clientes — frios, na maior parte, restos das ruínas do banquete. Tive que explicar para vários clientes que aquele era o único dia do ano em que teriam carne, e segui garantindo um após o outro que não haveria excruciações: o dia da própria festa e o dia seguinte são isentos delas, e mesmo quando uma sentença exige tormento nesses dias, ele é adiado. A Castelã Thecla ainda dormia. Não a acordei, mas destranquei sua cela, levei sua comida para dentro e a pus em cima da mesa.

Por volta da metade da manhã ouvi novamente o eco de passos. Chegando ao patamar, vi dois catafractários, um anagnosta lendo preces, Mestre Gurloes e uma jovem. Mestre Gurloes perguntou se eu tinha uma cela vazia, e comecei a descrever as que estavam vagas.

— Então aceite esta prisioneira. Eu já assinei por ela.

Assenti e agarrei a mulher pelo braço; os catafractários a libertaram e deram meia-volta como autômatos prateados.

A elaboração de seu traje de cetim (agora um tanto sujo e rasgado) mostrava que ela era uma optimate. Uma armigete teria usado materiais mais finos em linhas mais simples, e ninguém das classes mais pobres poderia ter se vestido tão bem. O anagnosta tentou nos seguir corredor abaixo, mas Mestre Gurloes o impediu. Ouvi os pés calçados de aço dos soldados nos degraus.

— Quando eu vou...? — A voz tinha uma inflexão crescente e, de certa forma, aterrorizada.

— Ser levada para a sala de exame?

Ela se agarrava ao meu braço agora como se eu fosse seu pai ou seu amante.

— Eu vou ser?

— Sim, Madame.

— Como você sabe?

— Todos os que são trazidos aqui o são, Madame.

— Sempre? Ninguém nunca é libertado?

— Ocasionalmente.

— Então eu também poderia ser, não poderia? — Nesse ponto, a esperança na voz dela me fazia pensar em uma flor crescendo na sombra.

— É possível, mas é muito improvável.

— Você não quer saber o que eu fiz?

— Não — respondi. Acontece que a cela ao lado da de Thecla estava vaga; por um momento me perguntei se deveria colocar aquela mulher ali. Ela seria companhia (as duas podiam falar pelas frestas das portas), mas as perguntas dela e o abrir e fechar da cela poderiam acordar Thecla agora. Decidi fazer isso mesmo assim: a companhia, senti, mais do que compensaria um pouco de sono perdido.

— Eu estava noiva de um oficial e descobri que ele mantinha uma jade. Como ele não desistiu dela, eu paguei a bravos para que ateassem fogo à cabana de palha da mulher. Ela perdeu um colchão de plumas, uns moveizinhos e algumas roupas. Esse é um crime pelo qual eu deveria ser torturada?

— Não sei, Madame.

— Meu nome é Marcellina. Qual é o seu?

Virei a chave da cela dela enquanto pensava se iria responder. Thecla, cuja agitação eu conseguia ouvir agora, sem dúvida contaria a ela de qualquer maneira.

— Severian — falei.

— E você ganha seu pão quebrando ossos. Isso deve lhe dar bons sonhos à noite.

Os olhos de Thecla, bem espaçados e profundos como poços, estavam na fenda de sua porta.

— Quem é essa com você, Severian?

— Prisioneiro novo, Castelã.

— Uma mulher, sei que sim: ouvi a voz dela. Da Casa Absoluta?

— Não, Castelã. — Sem saber quanto tempo levaria até que as duas fossem capazes de ver uma à outra novamente, fiz Marcellina parar diante da porta de Thecla.

— Outra mulher. Não é incomum? Quantas você tem, Severian?

— No momento, oito neste andar, Castelã.

— Achava que teria mais que isso com frequência.

— Raramente temos mais de quatro, Castelã.

Marcellina perguntou:

— Quanto tempo terei que ficar aqui?

— Não muito. Poucos ficam aqui por muito tempo, Madame.

Com uma seriedade que não era saudável, Thecla disse:

— Estou prestes a ser libertada, entende. Ele sabe.

A nova cliente da nossa guilda olhou com mais interesse para o pouco que podia ser visto da outra.

— A senhora está realmente prestes a ser libertada, Castelã?

— Ele sabe. Ele enviou cartas para mim. Não foi, Severian? E ele tem se despedido nos últimos dias. Ele realmente é um rapaz muito doce, à sua própria maneira.

Eu disse:

— A senhora precisa entrar agora, Madame. Podem continuar a conversar, se quiserem.

Fui liberado depois de servir o jantar aos clientes. Drotte me encontrou nas escadas e sugeriu que eu fosse dormir.

— É a máscara — eu disse a ele. — Você não está acostumado a me ver com ela.

— Eu consigo ver seus olhos, e isso é tudo o que preciso ver. Você não consegue reconhecer todos os irmãos pelos olhos e dizer se estão com raiva ou inclinados à uma piada? Você deveria ir dormir.

Eu disse que tinha algo para fazer antes, e fui ao estúdio do Mestre Gurloes. Ele estava ausente, como eu esperava que estivesse, e entre os papéis em sua mesa encontrei, de uma forma que não consigo explicar, o que sabia que estaria lá: uma ordem para a excruciação de Thecla.

Não consegui dormir depois. Em vez disso, fui (pela última vez, embora não soubesse) ao túmulo onde eu brincava quando era menino. O bronze fúnebre do velho exultante estava fosco por falta de fricção, e mais algumas folhas haviam caído pela porta entreaberta; tirando isso, ele permanecia inalterado. Certa vez eu havia contado a Thecla a respeito desse lugar, e agora eu a imaginava ali comigo. Ela havia escapado com minha ajuda, e eu prometera a ela que ninguém a encontraria ali, que eu levaria comida para ela, e quando a caçada tivesse esfriado eu a ajudaria a garantir passagem em uma caravela, na qual ela poderia passar despercebida pelas espirais sinuosas do Gyoll até o delta e o mar.

Se eu fosse um herói como aqueles sobre os quais lêramos juntos em romances antigos, eu a teria libertado naquela mesma noite, dominando ou drogando os irmãos que estivessem de guarda. Mas eu não era, e não tinha drogas nem armas mais formidáveis que uma faca tirada da cozinha.

E, verdade seja dita, entre o meu ser mais íntimo e a tentativa desesperada estavam as palavras que eu tinha ouvido naquela manhã: a manhã seguinte à minha elevação. A Castelã Thecla dissera que eu era "um rapaz muito doce", e alguma parte já madura de mim sabia que, mesmo que eu tivesse sucesso, contra todas as probabilidades, ainda seria um *rapaz muito doce*. Na época, pensei que isso importasse.

Na manhã seguinte, Mestre Gurloes me ordenou que o ajudasse a realizar a excruciação. Roche veio conosco.

Destranquei a cela dela. Ela não entendeu a princípio por que estávamos ali e me perguntou se tinha visita ou se ia ser solta.

Quando chegamos ao nosso destino, ela soube. Muitos homens desmaiam, mas ela não desmaiou. De modo cortês, Mestre Gurloes perguntou se ela gostaria de uma explicação sobre os vários mecanismos.

— O senhor se refere àqueles que vai empregar? — Havia um tremor em sua voz, mas não era marcante.

— Não, não, eu não faria isso. Apenas as máquinas curiosas que a senhora verá ao passarmos. Algumas são bastante antigas, e a maioria quase nunca é usada.

Thecla olhou ao redor antes de responder. A sala de exame — nossa sala de trabalho — não é dividida em celas, mas é um espaço unificado, sustentado por pilares que são tubos dos motores antigos e atulhados de ferramentas do nosso mistério.

— Aquela à qual estarei sujeita... também é assim tão antiga?

— A mais sagrada de todas — respondeu Mestre Gurloes. Ele esperou que ela dissesse algo mais e, como ela não o fez, prosseguiu com as descrições. — A pipa, a qual tenho certeza de que a senhora deve estar familiarizada: todos a conhecem. Ali atrás... se der um passo para cá, conseguirá ver melhor... é o que chamamos de aparato. Ele supostamente escreveria qualquer slogan que fosse exigido na carne do cliente, mas raramente está em condições de funcionamento. Vejo que está olhando o poste antigo. Não é mais do que parece, apenas uma estaca para imobilizar as mãos e um flagelo de treze pontas para correção. Costumava ficar no Velho Pátio, mas as bruxas reclamaram, e o Castelão nos fez transferi-lo aqui para baixo. Isso foi há cerca de um século.

— Quem são as bruxas?

— Receio que não tenhamos tempo para discutir isso agora. Severian pode lhe contar quando a senhora estiver de volta à sua cela.

Ela olhou para mim como se questionasse "Mas será que vou mesmo voltar em algum momento?". Aproveitei minha posição do lado oposto a Mestre Gurloes para segurar sua mão gélida.

— Além disso…

— Espere. Eu posso escolher? Existe alguma maneira de persuadi-lo a… fazer uma coisa em vez de outra? — Sua voz ainda era corajosa, mas agora mais fraca.

Gurloes balançou a cabeça.

— Não temos autoridade sobre o assunto, Castelã. Tampouco a senhora. Cumprimos as sentenças que nos são entregues, não fazendo mais, nem menos, do que nos mandam, e não realizando alterações. — Envergonhado, ele pigarreou. — Esta próxima é interessante, eu acho. Nós a chamamos de Colar de Allowin. O cliente é amarrado naquela cadeira e a almofada é ajustada contra o esterno. Cada inspiração aperta a corrente, de modo que, quanto mais ele respira, menos consegue respirar. Em teoria, pode durar para sempre, com respirações e apertos muito pequenos.

— Que horrível. O que é aquilo por trás? Esse emaranhado de arame e o grande globo de vidro sobre a mesa?

— Ah — disse Mestre Gurloes. — Chamamos esta aqui de revolucionária. A pessoa se deita nela. Pode se deitar, Castelã?

Por um longo momento, Thecla permaneceu parada onde estava. Ela era mais alta do que qualquer um de nós, mas com aquele medo terrível no rosto, sua altura havia deixado de ser imponente.

— Se não fizer isso — continuou Mestre Gurloes —, nossos oficiais terão de forçá-la. A senhora não gostaria disso, Castelã.

Thecla murmurou:

— Achei que o senhor fosse me mostrar todos.

— Só até chegarmos a este local, Castelã. É melhor se a mente do cliente estiver ocupada. Agora deite-se, por favor. Não vou pedir de novo.

Ela se deitou na mesma hora, rápida e graciosamente, como muitas vezes eu a vira se alongar em sua cela. As correias que Roche e eu afivelamos nela eram tão velhas e rachadas que me perguntei se aguentariam.

Havia cabos para serem enrolados de uma parte da sala de exame até a outra, reostatos e amplificadores magnéticos a serem ajustados. Luzes antigas como olhos vermelhos de sangue brilharam no painel de controle, e um zumbido parecido com a canção de algum inseto enorme encheu toda a câmara. Por alguns momentos, o antigo motor da torre voltou a funcionar. Um cabo se soltou, e faíscas azuis, como algo flambado em conhaque, brincaram ao redor dos acessórios de bronze.

— Relâmpago — disse Mestre Gurloes enquanto prendia o cabo solto. — Existe outra palavra para isso, mas esqueci. De qualquer forma, a revolucionária aqui funciona com relâmpago. Não é como se você fosse levar um golpe, é claro, Castelã. Mas o relâmpago é o que a faz funcionar.

— Severian, empurre aquela alavanca ali, até que a agulha esteja neste ponto. — Uma bobina que tinha estado fria como uma cobra, um momento antes, quando eu a tocara, agora estava quente.

— O que isso faz?

— Eu não conseguiria descrever, Castelã. De qualquer forma, sabe, eu nunca fiz isso. — A mão de Gurloes tocou um botão no painel de controle e Thecla foi banhada por uma luz branca que roubava a cor de tudo que iluminava. Ela gritou; ouvi gritos durante toda a minha vida, mas aquele, ainda que não o mais alto, foi o pior; parecia continuar indefinidamente, como o grito agudo de uma roda de carroça.

Ela não estava inconsciente quando a luz branca se apagou. Seus olhos estavam abertos, olhando para cima; mas ela não pareceu ver minha mão, nem a sentir quando eu a toquei. Sua respiração era superficial e rápida.

Roche perguntou:

— Devemos esperar até que ela consiga andar? — Pude ver que ele estava pensando em como seria complicado carregar uma mulher tão alta.

— Levem-na agora — disse Mestre Gurloes. E desempenhamos nosso trabalho árduo.

Quando todos os meus outros trabalhos terminaram, entrei na cela dela para vê-la. Ela estava plenamente consciente àquela altura, embora não conseguisse ficar de pé.

— Eu deveria odiar você — disse ela.

Tive de me inclinar sobre ela para captar as palavras.

— Está tudo bem — eu disse.

— Mas não odeio. Não é por sua causa... se eu odiar meu último amigo, o que me resta?

Não havia nada a dizer sobre isso, então eu não disse nada.

— Você sabe qual foi a sensação? Demorou muito para que eu conseguisse pensar nisso.

Sua mão direita subia devagar, em direção aos olhos. Eu a peguei e a forcei de volta.

— Pensei ter visto meu pior inimigo, uma espécie de demônio. E era eu.

O couro cabeludo dela estava sangrando. Coloquei bandagens limpas ali e prendi com fita adesiva, embora eu soubesse que elas logo sairiam. Cabelos escuros e cacheados estavam emaranhados em seus dedos.

— Desde então, não consigo controlar minhas mãos... até consigo, se pensar bem, se souber o que elas estão fazendo. Mas é tão difícil, e estou ficando cansada. — Ela virou a cabeça de lado e cuspiu sangue. — Eu me mordo. Mordo o interior das minhas bochechas, e minha língua e meus lábios. Houve um momento em que minhas mãos tentaram me estrangular e eu pensei, ah, que bom, vou morrer agora. Mas apenas perdi a consciência, e elas devem ter perdido a força, porque acordei. É como aquela máquina, não é?

Eu disse:

— Colar de Allowin.

— Mas pior. Minhas mãos estão tentando me cegar agora, arrancar minhas pálpebras. Vou ficar cega?

— Sim — eu disse.

— Quanto tempo até eu morrer?

— Um mês, talvez. O que há em você que a odeia enfraquecerá à medida que você enfraquecer. A revolucionária deu vida a essa coisa, mas a energia dela é a sua energia, e, no final, vocês morrerão juntas.

— Severian...

— Sim?

— Entendo — disse ela.

E então:

— É uma coisa de Érebo, de Abaia, um companheiro adequado para mim. Vodalus...

Inclinei-me mais para perto, mas não consegui ouvir. Por fim, falei:

— Eu tentei salvar você. Eu queria. Roubei uma faca e passei a noite esperando uma chance. Mas apenas um mestre pode tirar um prisioneiro de uma cela, e eu teria que matar...

— Seus amigos.

— Sim, meus amigos.

As mãos dela estavam se movendo novamente, e sangue escorria de sua boca.

— Você poderia me trazer a faca?

— Está aqui comigo — eu disse, e a tirei de sob a capa. Era uma faca de cozinheiro comum com cerca de um palmo de lâmina.

— Parece afiada.

— E é — eu disse. — Eu sei como tratar uma lâmina, e afiei-a com cuidado. — Foi a última coisa que eu disse a ela. Coloquei a faca em sua mão direita e saí.

Por um tempo, eu sabia, a vontade dela a impediria. Mil vezes um único pensamento me ocorria: eu poderia entrar novamente na cela, pegar de volta a faca, e ninguém saberia. Eu seria capaz de viver minha vida na guilda.

Se a garganta dela fez barulho, eu não ouvi; mas, depois que fiquei olhando para a porta da cela por um bom tempo, um pequeno riacho carmesim surgiu debaixo dela. Então fui ver Mestre Gurloes e contei-lhe o que eu tinha feito.

XIII

O Lictor de Thrax

Durante os dez dias seguintes vivi a vida de um cliente, numa cela do mais alto nível (não muito longe, na verdade, daquela que fora de Thecla). Para que a guilda não fosse acusada de ter me detido sem processo legal, a porta foi deixada destrancada; mas havia dois oficiais com espadas do lado de fora da porta, e nunca saí dela, exceto por um breve período no segundo dia, quando fui levado ao Mestre Palaemon para contar minha história novamente. Esse foi o meu julgamento, se quiserem pensar assim. Ao longo do restante do tempo, a guilda ponderou sobre minha sentença.

Dizem que é uma qualidade peculiar do tempo conservar os fatos, e que ele faz isso tornando verdadeiras nossas falsidades do passado. Foi assim comigo. Eu tinha mentido quando disse que amava a guilda, que não desejava nada além de permanecer em seu abraço. Agora, eu descobria que aquelas mentiras tinham se tornado verdades. A vida de um oficial e até mesmo a de um aprendiz pareciam infinitamente atraentes. Não só porque eu estava certo de que iria morrer, mas verdadeiramente atraentes em si mesmas, porque eu as havia perdido. Eu passei a ver os irmãos do ponto de vista de um cliente, e então os via como poderosos, os princípios ativos de uma máquina inimiga e quase perfeita.

Sabendo que não havia esperança para mim, aprendi na pele o que Mestre Malrubius uma vez me ensinara quando eu era criança: que a esperança é um mecanismo psicológico não afetado por realidades externas. Eu era jovem e estava alimentado adequadamente; tinha permissão para dormir e, portanto, tinha esperança. Incontáveis vezes, acordado e dormindo, sonhava que, no momento em que ia morrer, Vodalus chegava. Não sozinho, como eu o vira lutar na necrópole, mas à frente de um exército que varreria a decadência de séculos e nos tornaria mais uma vez os senhores das estrelas. Muitas vezes pensei ouvir os passos daquele exército ressoando nos corredores; às vezes, eu carregava minha vela até a pequena fresta da porta porque pensava ter visto o rosto de Vodalus lá fora, no escuro.

Como disse, imaginei que seria morto. A questão que mais ocupava minha mente durante aqueles dias lentos era a dos meios. Eu havia aprendido todas as artes do torturador; agora pensava nelas — em alguns momentos, uma por uma, como nos havia sido ensinado, em outros todas juntas numa revelação de dor. Viver, dia após dia, numa cela subterrânea, pensando no tormento, é o próprio tormento.

No décimo primeiro dia fui convocado por Mestre Palaemon. Voltei a ver a luz vermelha do sol e respirei aquele vento úmido que, no inverno, anuncia que falta pouco para a chegada da primavera. Mas, ah, quanto me custou passar pela porta aberta da torre e, olhando para fora, ver a porta dos mortos na muralha-cortina e o velho Irmão Porteiro, descansando lá.

O escritório do Mestre Palaemon me pareceu muito grande quando entrei e, ainda assim, muito precioso para mim — como se os livros e os papéis empoeirados fossem meus. Ele pediu que eu me sentasse. Não estava mascarado e parecia mais velho do que eu me lembrava.

— Nós discutimos seu caso — disse ele. — Mestre Gurloes e eu. Tivemos que confiar nos outros oficiais e até mesmo nos aprendizes. É melhor que eles saibam a verdade. A maioria concorda que você merece a morte.

Ele esperou que eu comentasse, mas não o fiz.

— E, no entanto, muito foi dito em sua defesa. Vários dos oficiais insistiram em reuniões privadas, comigo e também com Mestre Gurloes, que lhe fosse permitido morrer sem dor.

Não sei dizer por quê, mas tornou-se muito importante para mim saber quantos desses amigos eu tinha, então perguntei.

— Mais de dois e mais de três. O número exato não importa. Você não acredita que merece morrer dolorosamente?

— Pela revolucionária — eu disse, esperando que, se pedisse aquela morte como um favor, ela não me seria concedida.

— Sim, isso seria apropriado. Porém…

E aqui, ele fez uma pausa. Um momento passou, depois dois. A primeira mosca de costas de latão do novo verão zumbia contra a janela. Eu queria esmagá-la, pegá-la e soltá-la, gritar para que Mestre Palaemon falasse, fugir da sala; mas não consegui fazer nenhuma dessas coisas. Em vez disso, sentei-me na velha cadeira de madeira ao lado de sua mesa, sentindo que já estava morto, no entanto, que ainda deveria morrer.

— Sabe, não podemos matar você. Tive muita dificuldade em convencer Gurloes disso, mas é assim. Se o matarmos sem ordem judicial, seremos equivalentes: você foi falso para conosco, mas nós teremos sido falsos para com a lei. Além disso, estaríamos colocando a guilda em perigo para sempre: um Inquisidor chamaria isso de assassinato.

Ele esperou que eu falasse alguma coisa, e eu disse:

— Mas pelo que eu fiz…

— A sentença seria justa. Sim. Entretanto, não temos o direito legal de tirar a vida de alguém, por nossa própria autoridade. Aqueles que possuem esse direito têm dele um ciúme apropriado. Se fôssemos até eles, o veredicto seria certo. Mas, se fôssemos, a reputação da guilda seria pública e irrevogavelmente manchada. Grande parte da confiança agora depositada em nós desapareceria, e permanentemente. Poderíamos certamente esperar que, no futuro, nossos assuntos fossem supervisionados por outros. Você gostaria de ver nossos clientes guardados por soldados, Severian?

A visão que eu tivera no Gyoll quando quase me afoguei surgiu diante de mim, e tinha (como naquele momento) uma atração taciturna, porém forte.

— Eu preferiria tirar minha própria vida — falei. — Fingirei que estou nadando e morrerei no meio do canal, longe de ajuda.

A sombra de um sorriso amargo cruzou o rosto arruinado do Mestre Palaemon.

— Fico feliz que você tenha feito essa oferta apenas para mim. Mestre Gurloes teria tido um prazer grande demais em ressaltar que, pelo menos um mês deve se passar, antes de nadar poder ser considerado crível.

— Estou sendo sincero. Procurei uma morte sem dor, mas foi a morte que procurei, e não um prolongamento da vida.

— Mesmo que estivéssemos no meio do verão, o que você propõe não poderia ser permitido. Um Inquisidor ainda poderia concluir que planejamos a sua morte. Felizmente para você, concordamos com uma solução menos incriminatória. Você conhece alguma coisa da condição do nosso mistério nas cidades provinciais?

Balancei a cabeça em negativa.

— Ela é quase inexistente. Em nenhum lugar, exceto em Nessus... em nenhum lugar, exceto aqui na Cidadela, existe um capítulo da nossa guilda. Lugares menores não têm mais do que um carnifex, que tira vidas e executa as excruciações que os juízes ali decretam. Tal homem é universalmente odiado e temido. Você entende?

— Tal posição — respondi — é elevada demais para mim. — Não havia falsidade no que eu disse; eu me desprezava, naquele momento, bem mais do que desprezava a guilda. Desde então, lembrei-me dessas palavras com frequência, embora fossem apenas minhas, e elas têm sido um conforto para mim em muitos apuros.

— Há uma cidade chamada Thrax, a Cidade das Salas Sem Janelas — Mestre Palaemon continuou. — O arconte de lá, seu nome é Abdiesus, escreveu para a Casa Absoluta. Um marechal de lá transmitiu a carta ao Castelão, e eu a recebi por intermédio dele. En Thrax, eles estão em extrema necessidade de um funcionário como o que acabei de descrever. No passado, perdoavam-se homens condenados com a condição de que aceitassem o cargo. Agora, o campo está podre de tanta traição, e já que o cargo implica um certo grau de confiança, eles estão relutantes em fazê-lo novamente.

— Entendo — eu disse.

— Duas vezes antes, membros da guilda foram enviados para cidades remotas, mas, se foi em casos como este, as crônicas não dizem. No entanto, elas fornecem agora um precedente e uma fuga do labirinto. Você deve ir para Thrax, Severian. Preparei uma carta que irá apresentá-lo ao arconte e seus magistrados. Ela descreve você como altamente qualificado em nosso mistério. Para tal lugar, não será uma falsidade.

Assenti, já conformado com o que deveria fazer. No entanto, enquanto eu estava sentado ali, mantendo o rosto inexpressivo de um oficial cujo único desejo é obedecer, uma nova vergonha queimou em mim. Embora não fosse tão quente quanto a da desgraça que eu levara para a guilda, ainda assim era mais recente e doía mais, porque eu ainda não estava acostumado com tal mal-estar, como estava com a outra vergonha. Foi isto: eu estava feliz em ir — meus pés já ansiavam por sentir a grama, meus olhos as paisagens estranhas, meus pulmões o ar novo e claro de lugares distantes e não governados.

Perguntei ao Mestre Palaemon onde poderia ficar a cidade de Thrax.

— Descendo o Gyoll — disse ele. — Perto do mar.

Então ele parou, como os velhos param, e disse:

— Não, não, o que é que eu estou pensando? Subindo o Gyoll, claro. — E, para mim, centenas de léguas de ondas marchando, a areia e o grito das aves marinhas se desvaneceram todos. Mestre Palaemon pegou um mapa de seu gabinete e o desenrolou, curvando-se sobre ele até que a lente pela qual via essas coisas quase tocasse o pergaminho. — Aqui — ele disse, e me mostrou um ponto na margem do rio jovem, nas cataratas inferiores. — Se você tivesse fundos, poderia viajar de barco. Como não tem, precisa ir a pé.

— Entendo — falei, e embora me lembrasse da fina peça de ouro que Vodalus me dera, segura em seu esconderijo, eu sabia que não poderia tirar vantagem de qualquer riqueza que ele pudesse representar. Havia sido a vontade da guilda me exilar sem mais dinheiro do que se poderia esperar que um jovem oficial possuísse, e por uma questão de prudência e também de honra, assim eu devia partir.

No entanto, eu sabia que era injusto. Se eu não tivesse vislumbrado a mulher com rosto em formato de coração e ganhado aquela moedinha de ouro, era mais do que possível que eu jamais tivesse levado a faca para Thecla e perdido meu lugar na guilda. Em certo sentido, aquela moeda havia comprado minha vida.

Muito bem: eu deixaria minha antiga vida para trás.

— Severian! — Mestre Palaemon exclamou. — Você não está me ouvindo. Você nunca foi um aluno desatento em nossas aulas.

— Desculpe. Eu estava pensando em muitas coisas.

— Sem dúvida. — Pela primeira vez, ele sorriu de verdade, e, por um instante, se pareceu com seu antigo eu, o Mestre Palaemon da minha infância. — Porém, eu estava lhe dando conselhos muito bons para sua jornada. Agora você deverá passar sem eles, mas, sem dúvida, você teria esquecido tudo de qualquer maneira. Você conhece as estradas?

— Eu sei que elas não devem ser usadas. Nada mais.

— O Autarca Maruthas as fechou. Isso foi quando eu tinha a sua idade. Viagens incentivavam sedição, e ele desejava que as mercadorias entrassem e saíssem da cidade através do rio, onde poderiam ser facilmente tributadas. A lei permanece em vigor desde então, e há um reduto, pelo que ouvi, a cada cinquenta léguas. Ainda assim, as estradas permanecem existindo. Embora estejam em mau estado, dizem que há quem as use à noite.

— Entendo — falei. Fechadas ou não, as estradas poderiam tornar a passagem mais fácil do que viajar pelo campo, como a lei exigia.

— Duvido que você entenda. Minha intenção é alertar você contra elas. Elas são patrulhadas por ulanos com ordens de matar qualquer um que seja encontrado nelas, e como eles têm permissão para saquear os corpos daqueles que matam, não estão muito inclinados a pedir motivos.

— Entendo — repeti, e em particular me perguntei como ele passara a entender tanto de viagens.

— Ótimo. O dia já vai pela metade. Se quiser, pode dormir aqui esta noite e partir pela manhã.

— Dormir na minha cela, o senhor quer dizer.

Ele assentiu. Embora eu soubesse que ele mal conseguia ver meu rosto, senti que algo nele estava me estudando.

— Vou sair agora, então. — Tentei pensar no que teria que fazer antes de virar as costas à nossa torre para sempre; nada me ocorria, mas parecia que decerto devia haver algo. — Posso ter uma vigília para me preparar? Quando o tempo acabar, partirei.

— Isso se concede facilmente. Mas antes de partir, quero que volte aqui: tenho algo para lhe dar. Você fará isso?

— Claro, Mestre, se é o que o senhor quer.

— E Severian, tenha cuidado. Há muitos na guilda que são seus amigos: estes gostariam que isso nunca tivesse acontecido. Mas há outros que acham que você traiu nossa confiança e merece agonia e morte.

— Obrigado, Mestre — eu disse. — O segundo grupo está com a razão.

Meus poucos pertences já estavam na minha cela. Eu os empacotei e achei o embrulho tão pequeno que poderia colocá-lo no sabretache que pendia de meu cinto. Movido pelo amor e arrependido do que havia acontecido, fui até a cela de Thecla.

Ela ainda estava vazia. O sangue dela tinha sido limpo do chão, mas uma mancha ampla e escura de sangue enferrujado havia gravado o metal. As roupas dela haviam sumido, e seus cosméticos também. Os quatro livros que eu havia levado para ela um ano antes permaneciam lá, empilhados com outros em cima da mesinha. Não pude resistir à tentação de pegar um; eram tantos na biblioteca que não dariam falta de um volume apenas. Minha mão se estendeu antes que eu percebesse que não sabia qual deles escolher. O livro de heráldica era o mais bonito, mas era grande demais para carregar território afora. O livro de teologia era o menor de todos, mas o livro marrom não era muito maior. No final, foi esse que eu levei, com seus contos de mundos desaparecidos.

Subi então a escada da nossa torre, passando pelo depósito até a sala de armas onde as peças de cerco repousavam em berços de pura força. E depois mais alto ainda, até a sala do telhado de vidro, com suas telas cinzentas e cadeiras estranhamente contorcidas. Subi uma escada estreita até chegar às próprias vidraças escorregadias, onde minha presença espalhou melros pelo céu como manchas de fuligem e nossa flâmula fuliginosa drapejava, estalando, do mastro sobre minha cabeça.

Abaixo de mim, o Pátio Velho parecia pequeno e até apertado, mas infinitamente confortável e acolhedor. A brecha na muralha-cortina era maior do que eu jamais havia percebido, por mais que em ambos os lados a Torre Vermelha e a Torre do Urso ainda se destacassem, orgulhosas e fortes. Mais perto da nossa, a torre das bruxas era fina, escura e alta; por um momento, o vento soprou um fragmento de sua risada selvagem para cima de mim e eu senti aquele antigo medo, embora nós, os torturadores, sempre cultivássemos os termos mais amigáveis com as bruxas, nossas irmãs.

Além da muralha, a grande necrópole descia a longa encosta em direção ao Gyoll, cujas águas pude vislumbrar entre os edifícios meio apodrecidos às suas margens. Do outro lado da cheia do rio, a cúpula arredondada do *khan* não parecia mais do que uma pedra, com a cidade ao seu redor como uma extensão de areia multicolorida pisada pelos mestres torturadores de antanho.

Vi um caíque, de proa e popa altas e afiadas, e uma vela abaulada, rumando ao sul com a corrente escura; e contra a minha vontade o segui por um tempo: até o delta e os pântanos, e finalmente ao mar reluzente onde aquela grande fera Abaia, transportada das costas mais distantes do universo em dias pré-glaciais, chafurda até que chegue o momento no qual ele e sua espécie devorarão os continentes.

Então abandonei todos os pensamentos sobre o sul e seu mar sufocado pelo gelo e me virei para o norte, para as montanhas e a nascente do rio. Por muito tempo (não sei quanto, embora o sol parecesse estar em um novo lugar quando notei sua posição novamente) fiquei olhando para o norte. As montanhas eu podia ver com os olhos da minha mente, mas não com os do corpo: apenas a extensão ondulada da cidade com seus milhões de telhados. E, para dizer a verdade, as grandes colunas de prata da Fortaleza e as torres ao seu redor bloqueavam metade da minha visão. No entanto, eu não me importava em nada com elas, e, aliás, quase não as vi. Ao norte ficavam a Casa Absoluta e as cataratas, e Thrax, a Cidade das Salas sem Janelas. Ao norte também ficavam os amplos pampas, uma centena de florestas sem trilhas e as selvas apodrecidas na cintura do mundo.

Depois de ficar pensando em todas essas coisas até quase enlouquecer, tornei a descer para o escritório de Mestre Palaemon e disse-lhe que estava pronto para partir.

XIV

Terminus Est

— Tenho um presente para você — disse Mestre Palaemon. — Considerando sua juventude e sua força, acredito que não o achará muito pesado.

— Não sou merecedor de presentes.

— Isso é verdade. Mas você deve se lembrar, Severian, de que quando um presente é merecido, não é um presente, mas um pagamento. Os únicos presentes verdadeiros são como o que você recebe agora. Não posso perdoá-lo pelo que fez, mas não posso esquecer o que você foi. Desde que Mestre Gurloes ascendeu a oficial, não tive melhor aluno.

Ele se levantou e caminhou rigidamente até a alcova, onde o ouvi dizer:

— Ah, ela ainda não é pesada demais para mim.

Ele estava levantando algo tão escuro que era engolido pelas sombras. Eu disse:

— Deixe-me ajudá-lo, Mestre.

— Não há necessidade, não há necessidade. Leve ao erguer, pesada ao descer. Essa é a marca de uma das boas.

Sobre a mesa, ele colocou uma caixa preta, quase comprida o suficiente para caber um caixão, mas bem mais estreita. Quando abriu as travas prateadas, elas retiniram como sinos.

— Não vou lhe dar a caixa, ela só iria atrapalhar você. Aqui está a lâmina, sua bainha para protegê-la quando estiver viajando e um talabarte.

Ela estava em minhas mãos antes que eu entendesse completamente o que ele havia me dado. A bainha de pele de zibelina a cobria quase até o punho. Eu a puxei (era macia como couro de luva) e contemplei a espada propriamente dita.

Não vou lhe entediar com um catálogo das virtudes e belezas dela; você teria que vê-la e segurá-la para julgá-la com justiça. A lâmina amarga tinha uma vara de comprimento, era reta e de ponta quadrada como uma espada deveria ser. A borda masculina e a borda feminina podiam separar um fio de cabelo até um palmo da guarda, que era de prata espessa com uma cabeça esculpida em cada extremidade. O cabo era de ônix com faixas de prata de dois palmos de comprimento e finalizadas em opala. Era generosamente decorada; mas é função da arte tornar atraentes e significativas as coisas que sem ela não o seriam, e nesse sentido, a arte não tinha mais nada a acrescentar. As palavras *Terminus Est* tinham sido gravadas em sua lâmina em letras belas e curiosas, e desde que eu deixara o Átrio do Tempo havia aprendido o suficiente sobre línguas antigas para saber que elas queriam dizer *Esta é a Linha de Divisão.*

— Ela está bem afiada, prometo — disse Mestre Palaemon, vendo-me testar a borda masculina com meu polegar. — Pelo bem daqueles que lhe forem entregues, cuide para que continue assim. Minha dúvida é se ela não é uma companheira muito pesada para você. Levante-a e veja.

Agarrei *Terminus Est* assim como tinha agarrado a espada falsa em minha elevação e a ergui acima da cabeça, tomando cuidado para não bater no teto. Ela se deslocou como se eu estivesse lutando contra uma serpente.

— Você não sente dificuldade?

— Não, Mestre. Mas ela se contorceu quando eu a firmei.

— Há um canal na espinha da lâmina dela, e nele corre um rio de hydrargyrum: um metal mais pesado que o ferro, embora flua como água. Assim, o equilíbrio é deslocado para as mãos quando a lâmina está alta, mas para a ponta quando ela cai. Muitas vezes você terá que esperar a conclusão de uma prece final ou um sinal da mão do quesitor. Sua espada não deve afrouxar ou tremer… mas você sabe disso tudo. Não preciso lhe dizer para respeitar tal instrumento. Que a Moira o favoreça, Severian.

Tirei a pedra de amolar do bolso da bainha e a coloquei no meu sabretache, dobrei a carta que ele me dera para entregar ao arconte de Thrax, embrulhei-a em um pedaço de seda oleada e a entreguei aos cuidados da espada. Então pedi licença a ele e me retirei.

Com a lâmina larga pendurada atrás do ombro esquerdo, passei pela porta dos mortos e saí para o jardim ventoso da necrópole. A sentinela no portão mais baixo, aquele mais próximo do rio, permitiu-me passar sem desafio, embora com muitos olhares estranhos, e segui pelas ruas estreitas até o Caminho da Água, que corre junto com o Gyoll.

Agora preciso escrever algo que ainda me envergonha, mesmo depois de tudo o que ocorreu. As vigílias daquela tarde foram as mais felizes da minha vida. Todo o meu antigo ódio pela guilda havia desaparecido, e meu amor por ela, pelo Mestre Palaemon, por meus irmãos e até mesmo pelos aprendizes, meu amor por suas tradições e seus usos, meu amor que nunca morrera totalmente, era tudo o que restava. Eu estava deixando todas aquelas coisas que amava depois de tê-las desonrado completamente. Deveria ter chorado.

Mas não chorei. Algo em mim se elevou, e quando o vento fez minha capa esvoaçar atrás de mim como asas, senti que poderia voar. Somos proibidos de sorrir na presença de qualquer um, exceto nossos mestres, irmãos, clientes e aprendizes. Eu não queria usar minha máscara, mas tive que puxar o capuz e abaixar a cabeça para que os transeuntes não vissem meu rosto. Erradamente, pensei que iria morrer no caminho. Erradamente, pensei que nunca mais voltaria à Cidadela e à nossa torre; mas erroneamente também acreditei que haveria muitos outros desses dias por vir, e sorri.

Na minha ignorância, eu supunha que antes de escurecer eu já teria deixado a cidade para trás e que seria capaz de dormir em relativa segurança sob alguma árvore. Na verdade, eu não tinha sequer ultrapassado as partes mais antigas e mais pobres antes que o oeste se elevasse para cobrir o sol. Pedir hospitalidade em um dos edifícios cambaleantes que margeavam o Caminho da Água ou tentar descansar em algum canto teria sido um convite à morte. E assim fui me arrastando sob estrelas iluminadas pelo vento, não mais um torturador aos olhos dos poucos que passavam por mim, mas apenas um viajante vestido de forma sombria que carregava nos ombros uma *paterissa* escura.

De tempos em tempos, barcos deslizavam pelas águas sufocadas por ervas daninhas enquanto o vento extraía música de seus cordames. Os mais pobres não exibiam nenhuma iluminação e pareciam pouco mais que escombros flutuantes; mas várias vezes vi talamegos ricos com lanternas de proa e popa para exibir suas douraduras. Estes se mantinham no centro do canal por medo de ataques, mas eu podia ouvir a música de seus remadores através da água:

Rema, irmão, rema!
Que a corrente está contra nós.
Rema, irmão, rema!
Mas Deus é por nós.
Rema, irmão, rema!
Que o vento está contra nós.
Rema, irmão, rema!
Mas Deus é por nós.

E assim por diante. Mesmo quando as lanternas não passavam de faíscas de uma légua ou mais rio acima, o som vinha com o vento. Como eu veria mais tarde, eles puxam o remo com o refrão e o colocam de volta com as frases alternadas, e desse modo fazem seu caminho, vigília após vigília.

Quando pareceu que logo raiaria o dia, vi na larga faixa preta do rio uma fileira de fagulhas que não eram luzes de embarcações, mas fogos fixos se estendendo de uma margem a outra. Era uma ponte, e depois de muito cambalear na escuridão, eu a alcancei. Deixando as línguas do rio que lambiam as margens, subi um lance de degraus quebrados do Caminho da Água até a rua mais elevada da ponte, e imediatamente me senti como um ator em uma nova cena.

A ponte estava tão bem iluminada quanto o Caminho da Água estivera envolto em sombras. Lá havia *flambeaux* em postes trêmulos a cada dez passos ou mais, e, em intervalos de cerca de cem passos, guaritas cujas janelas da sala da guarda brilhavam como fogos de artifício agarrados aos pilares da ponte. Carruagens com lanternas chacoalhavam, e a maioria das pessoas que lotavam a passarela estava acompanhada por garotos com archotes ou carregavam elas próprias seus lampiões. Havia vendedores que gritavam anunciando os produtos que exibiam em bandejas penduradas no pescoço, externos que tagarelavam em línguas rudes e mendigos que mostravam suas feridas, fingiam tocar flajolés e oficleides, e beliscavam seus filhos a fim de fazê-los chorar.

Confesso que tudo isso me interessou muito, embora meu treinamento me proibisse de ficar boquiaberto. Com o capuz bem puxado sobre a cabeça e os olhos resolutamente voltados para a frente, passei entre a multidão como se lhe fosse indiferente; mas, ao menos por um curto período, senti o cansaço se dissipar e meus passos eram, creio eu, mais longos e mais rápidos porque eu desejava permanecer onde estava.

Os guardas das guaritas não eram da ronda da cidade, mas peltastas com meia armadura, ostentando escudos transparentes. Eu estava quase na margem ocidental quando dois deles avançaram para barrar meu caminho com suas lanças flamejantes.

— É um crime grave usar o traje que você exibe. Se pretende alguma brincadeira ou artifício, está se colocando em perigo por causa disso.

Respondi:

— Tenho direito ao hábito da minha guilda.

— Você afirma seriamente que é um carnifex, então? Isso que você carrega é uma espada?

— É, mas eu não sou tal coisa. Sou oficial da Ordem dos Buscadores da Verdade e da Penitência.

Houve silêncio. Cerca de cem pessoas nos haviam cercado nos poucos momentos necessários para que eles perguntassem e eu respondesse as perguntas. Vi o peltasta que não havia falado nada olhar para o outro como se quisesse dizer *ele está falando sério*, e então olhar para a multidão.

— Entre. O lochage deseja falar com você.

Eles esperaram enquanto eu os precedia pela porta estreita. O interior ostentava apenas uma pequena sala com uma mesa e algumas cadeiras. Subi uma pequena escadaria muito desgastada por pés calçados em botas. Na sala acima, um homem de couraça escrevia sob uma mesa alta. Meus captores me seguiram e, quando paramos diante dele, aquele que havia falado anteriormente disse:

— Este é o homem.

— Estou ciente disso — respondeu o lochage, sem erguer os olhos.

— Ele se autodenomina um oficial da guilda dos torturadores.

Por um momento, a pena, que antes deslizara firmemente, parou. — Nunca pensei que encontraria tal coisa fora das páginas de algum livro, mas ouso dizer que ele não fala mais que a verdade.

— Devemos libertá-lo, então? — O soldado perguntou.

— Ainda não.

Agora o lochage limpava a pena, areava a carta sobre a qual havia trabalhado e olhava para nós. Falei:

— Seus subordinados me pararam porque duvidaram do meu direito à capa que visto.

— Eles pararam você porque eu pedi, e eu pedi porque você estava criando uma perturbação, de acordo com o relatório das torres orientais. Se você é da guilda dos torturadores... que, para ser honesto, eu supunha ter sido desfeita há muito tempo... você passou a vida na... como você chama aquilo?

— Torre Matachin.

Ele estalou os dedos e pareceu sentir ao mesmo tempo alegria e decepção.

— Eu me referia ao lugar onde fica sua torre.

— A Cidadela.

— Sim, a Velha Cidadela. Ela fica a leste do rio, pelo que me lembro, e bem no extremo norte do Bairro Algedônico. Fui levado lá para ver o Donjon quando eu era cadete. Com que frequência você saía para a cidade?

Pensei em nossas expedições de natação e disse:

— Com frequência.

— Vestido como está agora?

Balancei a cabeça em negativa.

— Se vai fazer isso, tire o capuz. Só consigo ver a ponta do seu nariz mexendo. — O lochage deslizou de seu banquinho e caminhou até uma janela com vista para a ponte. — Quantas pessoas você acha que há em Nessus?

— Não faço ideia.

— Eu também não, Torturador. Nem ninguém mais. Cada tentativa de contá-las fracassou, assim como todas as tentativas de tributá-las sistematicamente. A cidade cresce e muda todas as noites, como a escrita de giz numa parede. As casas são construídas nas ruas por pessoas inteligentes que pegam as pedras no escuro e reivindicam o chão — você sabia disso? O exultante Talarican, cuja loucura se manifestou como um interesse devastador pelos aspectos mais baixos da existência humana, afirmava que as pessoas que vivem devorando o lixo dos outros chegam a dois milhares brutos. Que há dez mil mendicantes acrobatas, dos quais quase metade são mulheres. Que, se um indigente saltasse do parapeito desta ponte cada vez que respiramos, viveríamos para sempre, porque a cidade gera e destrói homens mais rápido do que respiramos. Entre tal multidão, não há alternativa à paz. Perturbações não podem ser toleradas, porque perturbações não podem ser extintas. Você me entende?

— Existe a alternativa da ordem. Mas sim, até que ela seja alcançada, entendo.

O lochage suspirou e se virou para me encarar.

— Se você entende pelo menos isso, que bom. Será necessário, então, que consiga roupas mais convencionais.

— Não posso voltar para a Cidadela.

— Então saia de vista esta noite e compre algo amanhã. Você tem fundos?

— Alguns, sim.

— Ótimo. Compre algo. Ou roube, ou tire a roupa do próximo infeliz que você encurtar com essa coisa. Eu pediria a um dos meus colegas que o levasse a uma hospedaria, mas isso significaria mais olhares e sussurros ainda. Tem havido algum tipo de problema no rio, e eles estão contando muitas histórias de fantasmas uns aos outros por lá. Agora, o vento está morrendo e há uma neblina chegando, o que vai piorar as coisas. Aonde você está indo?

— Fui nomeado para a cidade de Thrax.

O peltasta que antes havia falado, disse:

— Você acredita nele, Lochage? Ele não mostrou nenhuma prova de que é o que afirma.

O lochage estava olhando pela janela novamente, e naquele ponto eu também via os fios de neblina ocre.

— Se não pode usar a cabeça, use o nariz — disse ele. — Que odores entraram com ele?

O peltasta sorriu, em dúvida.

— Ferro enferrujado, suor frio, sangue putrescente. Um impostor teria cheiro de roupa nova ou trapos colhidos de um baú. Se você não despertar para o seu trabalho logo, Petronax, vai para o norte lutar contra os ascianos.

O peltasta disse:

— Mas Lochage... — E lançou um olhar de tamanho ódio para mim que pensei que ele poderia tentar me causar algum mal quando eu deixasse a guarita.

— Mostre a esse sujeito que você realmente é da guilda dos torturadores.

O peltasta estava relaxado, então não houve grande dificuldade. Derrubei seu escudo de lado com meu braço direito, colocando o pé esquerdo à sua direita para prendê-lo enquanto esmagava aquele nervo do pescoço que provoca convulsões.

XV

Baldanders

A cidade na extremidade ocidental da ponte era muito diferente daquela que eu havia deixado. Logo na entrada, havia *flambeaux* nos cantos e quase a mesma quantidade de carruagens e carroças indo e vindo quanto na própria ponte. Antes de sair da guarita, pedi indicações ao lochage sobre lugares onde pudesse passar o que restava da noite; agora, sentindo o cansaço que me abandonara apenas por um momento, caminhava com dificuldade procurando a placa da hospedaria.

Depois de um tempo, a escuridão parecia aumentar a cada passo que eu dava, e devo ter tomado o caminho errado em algum ponto. Não querendo refazer todo o trajeto, tentei manter, geralmente, uma rota rumo ao norte, consolando-me com o pensamento de que, embora pudesse estar perdido, cada passo me levava para mais perto de Thrax. Por fim, descobri uma pequena estalagem. Não vi nenhuma placa, e talvez não houvesse nenhuma, mas senti cheiro de comida e ouvi o tilintar de copos, então entrei, escancarando a porta e tombando em uma cadeira velha que estava perto dela, sem prestar muita atenção onde eu tinha ido parar ou na companhia de quem eu estava agora.

Quando já estava sentado ali pelo tempo suficiente para recuperar o fôlego, e ansiava por um lugar onde pudesse tirar as botas (por mais que ainda estivesse longe de me levantar para procurar um), três homens que bebiam em um canto se levantaram e saíram; e um velho, assumindo, suponho, que eu seria ruim para o seu negócio, veio e me perguntou o que eu queria. Eu disse a ele que precisava de um quarto.

— Não temos nenhum.

Eu disse:

— Tudo bem... de qualquer maneira, não tenho dinheiro para pagar.

— Então você terá que sair.

Balancei a cabeça.

— Ainda não. Estou cansado demais. (Outros oficiais me contaram como haviam usado esse truque na cidade.)

— Você é o carnifex, não é? Você arranca a cabeça deles.

— Traga-me dois desses peixes cujo cheiro estou sentindo, e tudo que sobrará serão as cabeças.

— Posso chamar a Guarda da Cidade. Eles vão tirar você daqui.

Eu sabia pelo tom de voz dele que ele não acreditava no que dizia, então falei para ele chamar mesmo, mas que me trouxesse o peixe enquanto isso, e ele saiu resmungando. Sentei-me mais ereto então, com a *Terminus Est* (que tive que tirar do ombro para me sentar) ereta entre os joelhos. Ainda havia cinco homens no aposento comigo, mas nenhum deles olhou nos meus olhos, e dois logo saíram.

O velho voltou com um peixinho passado sobre uma fatia de pão grosso e disse:

— Coma isto e vá embora.

Ele se levantou e me observou enquanto eu comia. Quando terminei, perguntei onde poderia dormir.

— Não há quartos. Já falei.

Se um palácio estivesse com portas abertas a meia corrente de distância, não creio que eu teria conseguido me forçar a sair daquela estalagem para ir até lá. Falei:

— Vou dormir nesta cadeira então. De qualquer forma, não é provável que você tenha mais fregueses esta noite.

— Espere — ele disse e me deixou sozinho. Eu o ouvi conversando com uma mulher em outro cômodo.

Quando acordei, ele estava me sacudindo pelo ombro.

— Você aceita dormir com mais dois numa cama?

— Com quem?

— Dois optimates, juro. Homens muito simpáticos, viajando juntos.

A mulher na cozinha gritou algo que não consegui entender.

— Ouviu isso? — o velho continuou. — Um deles ainda nem chegou. A esta hora da noite, provavelmente nem virá. Haverá apenas vocês dois.

— Se esses homens alugaram um quarto...

— Eles não vão se opor, eu prometo. A verdade, Carnifex, é que eles estão devendo. Três noites aqui e só pagaram pela primeira.

Então, eu seria usado como aviso de despejo. Isso não me perturbava muito, e, na verdade, parecia até um tanto promissor: se o homem que dormia lá naquela noite fosse embora, eu teria o quarto só para mim. Levantei-me cambaleante e subi uma escada torta atrás do velho.

O quarto em que entramos não estava trancado, mas era escuro como uma tumba. Pude ouvir uma respiração pesada.

— Bom homem! — gritou o velho, esquecendo que tinha dito que seu inquilino era um optimate. — Como você se chama? Baldo? Baldanders? Trouxe companhia para você. Se não paga sua taxa, precisa aceitar pensionistas.

Não houve resposta.

— Aqui, Mestre Carnifex — o velho me disse. — Vou providenciar uma luz para você. — Ele soprou um pouco de madeira podre até iluminar o suficiente para acender um toco de vela.

O quarto era pequeno e não tinha outros móveis além de uma cama. Nela, dormindo de lado (ao que parecia), de costas para nós e com as pernas puxadas para cima, estava o maior homem que eu já tinha visto: um que bem poderia ser chamado de gigante.

— Não vai acordar, Bom Homem Baldanders, e ver quem é seu colega de quarto?

Eu queria me deitar e disse ao velho que nos deixasse. Ele se opôs, mas eu o empurrei para fora do quarto e, assim que ele saiu, me sentei no lado desocupado da cama e tirei minhas botas e meias. A luz fraca da vela confirmou que agora tinham diversas bolhas em meu pé. Tirei a capa e a estendi sobre a colcha gasta. Por um momento fiquei pensando se deveria tirar o cinto e as calças ou dormir com eles; prudência e o cansaço somados incentivaram a última opção, e notei que o gigante parecia totalmente vestido. Com uma sensação de exaustão e alívio inexprimíveis, apaguei a vela e me deitei para passar a primeira noite fora da Torre Matachin, desde que podia me lembrar.

— Nunca.

O tom era tão profundo e ressonante (quase como as notas mais graves de um órgão) que eu não tinha certeza, a princípio, qual era o significado da palavra, ou sequer que ela havia sido uma palavra. Murmurei:

— O que você disse?

— Baldanders.

— Eu sei, o estalajadeiro me contou. Sou Severian. — Estava deitado de costas, com a *Terminus Est* (que havia levado para a cama por segurança) entre nós. No escuro, não sabia se meu companheiro havia se virado para me encarar ou não, mas tinha certeza de que teria sentido qualquer movimento daquela enorme estrutura.

— Vá embora.

— Você ouviu quando chegamos, então. Pensei que estivesse dormindo.

Meus lábios se moldaram para dizer que eu não era um carnifex, e sim um oficial da guilda dos torturadores. Então me lembrei da minha desgraça e de que Thrax havia mandado chamar um carrasco. E disse:

— Sim, sou um carrasco, mas você não precisa temer. Só faço o que me pagam para fazer.

— Amanhã, então.

— Sim, amanhã será tempo suficiente para nos conhecermos e conversarmos.

Então sonhei, ainda que fosse possível que as palavras de Baldanders também tivessem sido um sonho. No entanto, penso que não, e se foram, aquilo foi um sonho diferente.

Eu cavalgava uma grande criatura de asas de couro sob um céu pesado. Mal equilibrados de modo equidistante entre o banco de nuvens e uma terra crepuscular, descemos deslizando por uma colina de ar. Pareceu-me a mim que, em quase nenhum momento, o planador com asas nos dedos bateu seus longos pinhões. O sol moribundo estava diante de nós e parecia que estávamos na mesma velocidade de Urth, pois ele permanecia imóvel no horizonte, embora voássemos sem parar.

Por fim, vi uma mudança na terra e, a princípio, pensei que fosse um deserto. Ao longe, não aparecia nenhuma cidade, nem fazenda, nem floresta, nem campo, mas apenas uma vastidão nivelada, de um roxo escuro, inexpressiva e quase estática. A criatura com asas de couro também viu isso, ou talvez tenha captado algum odor do ar. Senti os músculos de ferro abaixo de mim se tensionarem e então três batidas de asa.

A vastidão roxa apresentava manchas brancas. Depois de um tempo, me dei conta de que sua aparente quietude era uma farsa nascida da uniformidade: era a mesma coisa em toda parte, mas em toda parte em movimento — o mar — o Rio-do-Mundo Uroboros —, embalando Urth.

Então, pela primeira vez, olhei para trás, vendo todo o território da humanidade sendo engolido pela noite.

Quando tudo passou, e, só havia a imensidão da água que passava abaixo de nós e nada mais, a fera virou a cabeça para me olhar. Seu bico era o bico de uma íbis, seu rosto, o de uma bruxa; em sua cabeça, havia uma mitra de osso. Por um instante, nos olhamos, e foi como se eu soubesse o que ela estava pensando: *Você sonha; mas, se acordasse do seu sonhar, eu estaria lá.*

Seu movimento mudou, como o de um lugre quando os marinheiros conseguem fazer com que mude de curso para a direção oposta. Um pinhão mergulhou, outro subiu até apontar em direção ao céu, e eu tentei me agarrar à pele escamada enquanto mergulhava na direção do mar.

O choque do impacto me acordou. Estremeci em cada junta e ouvi o gigante murmurar enquanto dormia. De modo muito parecido, murmurei também, tateei para descobrir se minha espada ainda estava ao meu lado e tornei a dormir.

A água se fechou sobre mim, mas não me afoguei. Senti como se pudesse respirar água, e, no entanto, não a respirava. Tudo estava tão claro que senti como se tivesse caído num vazio mais translúcido do que o ar.

Ao longe, assomavam grandes formas: coisas centenas de vezes maiores do que um homem. Algumas pareciam navios, outras, nuvens; uma era uma cabeça viva sem corpo; outra tinha cem cabeças. Uma névoa azul as obscurecia, e vi abaixo de mim um país de areia esculpido pelas correntes. Ali ficava um palácio que era maior do que a nossa Cidadela, mas estava em ruínas, seus salões tão desenraizados quanto seus jardins; por eles se moviam figuras imensas, brancas como lepra.

Já mais perto eu caí, e elas viraram seus rostos para mim, rostos como eu tinha visto uma vez abaixo de Gyoll; eram mulheres, nuas, com cabelos verdes como a espuma do mar e olhos de coral. Rindo, elas me viram cair e suas risadas vieram borbulhando até mim. Seus dentes eram brancos e pontiagudos, cada um com o comprimento de um dedo.

Caí mais perto ainda. Suas mãos me alcançaram e me acariciaram como uma mãe acaricia o filho. Os jardins do palácio continham esponjas, anêmonas do mar e inúmeras outras belezas às quais não conseguia nomear. As grandes mulheres me cercaram, e eu era apenas uma boneca diante delas.

— Quem são vocês? — perguntei. — E o que fazem aqui?

— Somos as noivas de Abaia. Suas namoradas e joguetes, os brinquedos e as preferidas de Abaia. A terra não conseguiu nos conter. Nossos seios são aríetes, nossas nádegas quebrariam as costas de touros. Aqui nos alimentamos, flutuando e crescendo, até que sejamos grandes o suficiente para acasalar com Abaia, que um dia haverá de devorar os continentes.

— E quem sou eu?

Então elas riram todas juntas, e suas risadas eram como ondas quebrando numa praia de vidro.

— Vamos lhe mostrar — disseram elas. — Vamos lhe mostrar! — Cada uma me pegou por uma mão, como irmãs que pegam o filho de sua irmã, então me levantaram e saíram nadando comigo pelo jardim. Seus dedos tinham nadadeiras e o comprimento do meu braço, do ombro ao cotovelo.

Elas pararam, acomodando-se na água como naus afundando, até que seus pés e os meus tocaram a margem. Diante de nós havia um muro baixo, e sobre ele um pequeno palco e uma cortina, como aqueles usados para o entretenimento infantil.

Nossa turbulência na água parecia agitar o pano do tamanho de um lenço. Ele ondulou e balançou, começando a recuar como se fosse provocado por uma mão invisível. Imediatamente apareceu a minúscula figura de um homem de varetas. Seus membros eram gravetos, ainda apresentando casca e botão verde. Seu corpo tinha um quarto de palmo do tamanho de um galho, era grosso como meu polegar, e sua cabeça era um nó cujas espirais formavam os olhos e a boca. Carregava uma clava (que brandiu para nós) e se movia como se estivesse vivo.

Quando o homem de madeira saltou sobre nós e bateu com sua arma no pequeno palco para mostrar sua ferocidade, apareceu a figura de um menino armado com uma espada. Essa marionete era tão bem-acabada quanto a outra era tosca — como se fosse uma criança de verdade reduzida ao tamanho de um camundongo.

Depois que ambos se curvaram diante de nós, as pequenas figuras lutaram. O homem de madeira dava saltos prodigiosos e parecia encher o palco com os golpes de seu porrete; o menino dançava como uma partícula de poeira sob um raio de sol quando quer evitá-lo, disparando em direção ao homem de madeira para enfiar sua lâmina do tamanho de um alfinete.

Por fim, a figura de madeira desabou. O menino se aproximou como se fosse colocar o pé no peito dele; mas, antes que pudesse fazê-lo, a figura de madeira saiu flutuando do palco e, virando-se mole e preguiçosamente, subiu até desaparecer de vista, deixando para trás o menino, além do porrete e da espada — ambos quebrados. Pareceu-me ouvir (sem dúvida, era realmente o barulho das cambalhotas na rua lá fora) um floreio de trombetas de brinquedo.

Acordei porque uma terceira pessoa entrou no quarto. Era um homenzinho ríspido de cabelos ruivos, bem-vestido, até com uma certa afetação. Quando me viu acordado, abriu as venezianas que cobriam a janela, fazendo entrar a luz vermelha do sol.

— Meu parceiro — disse ele — dorme profundamente o tempo todo. Seu ronco não ensurdeceu você?

— Eu dormi bem — respondi. — E, se ele roncou, não ouvi.

Isso pareceu agradar ao homenzinho, que exibiu muitos dentes de ouro ao sorrir.

— Ele ronca, sim. Ronca para sacudir Urth, garanto. Feliz que você tenha conseguido seu repouso, de qualquer maneira. — Estendeu uma mão delicada e bem cuidada. — Sou o Dr. Talos.

— Oficial Severian. — Tirei as cobertas finas e levantei-me para apertar a mão dele.

— Vejo que veste preto. Que guilda é essa?

— Visto a fuligem dos torturadores.

— Ah! — Ele inclinou a cabeça para o lado, como um tordo e pulou, de um lado ao outro, para olhar para mim de vários ângulos. — Você é um sujeito alto… uma pena… mas toda essa coisa fuliginosa é muito impressionante.

— Achamos prático — falei. — O ergástulo é um lugar sujo, e fuligem não denuncia as manchas de sangue.

— Você tem senso de humor! Excelente! Há poucas vantagens, vou lhe contar, que beneficiam mais um homem que o humor. O humor é capaz de atrair uma multidão. De acalmar uma turba ou tranquilizar uma creche. O humor excita e desanima as pessoas, e atrai *asimis* como um ímã.

Eu tinha apenas uma vaga ideia do que ele estava fálando, mas vendo que ele demonstrava um temperamento afável, arrisquei:

— Espero não ter deslocado você. O senhorio disse que eu deveria dormir aqui e que havia espaço para outra pessoa na cama.

— Não, não, de forma alguma! Eu não voltei... encontrei um lugar melhor para passar a noite. Durmo muito pouco, preciso dizer, e também tenho sono leve. Mas tive uma boa noite, uma excelente noite. Aonde você vai esta manhã, optimate?

Eu estava procurando minhas botas debaixo da cama.

— Primeiro, procurar um desjejum, acho. Depois disso, sair da cidade, rumo ao norte.

— Excelente! Sem dúvida meu parceiro apreciaria um desjejum: isso lhe fará um bem enorme. E estamos viajando para o norte. Depois de uma turnê de muito sucesso pela cidade, sabe? Voltando para casa agora. Nós nos apresentamos descendo a margem leste e subindo a oeste. Talvez façamos uma parada na Casa Absoluta no caminho para o norte. Esse é o sonho da profissão, sabe? Apresentar-se no palácio do Autarca. Ou voltar, se você já tiver se apresentado lá. Crisos aos montes.

— Conheci uma outra pessoa que sonhava em voltar.

— Não faça essa cara feia: um dia desses você precisa me contar sobre ela. Mas agora, se formos ao desjejum... *Baldanders!* Acorde! Vamos, Baldanders! Acorde! — Ele foi dançando até os pés da cama e agarrou o gigante pelo tornozelo. — Baldanders! Não o pegue pelo ombro, optimate! (Eu não havia feito nenhum movimento nesse sentido.) — Ele se debate às vezes. Baldanders!

O gigante murmurou e se mexeu.

— Um novo dia, Baldanders! Você ainda está vivo! Hora de comer, defecar e fazer amor: tudo isso! Levante-se agora ou nunca chegaremos em casa.

Não havia sinal de que o gigante o tivesse ouvido. Era como se o murmúrio do momento anterior tivesse sido apenas um protesto expresso em um sonho, ou seu estertor de morte. O Dr. Talos agarrou os cobertores imundos com as duas mãos e os puxou.

A forma monstruosa de seu parceiro foi revelada. Ele era ainda mais alto do que eu supunha, quase alto demais para a cama, apesar de dormir com os joelhos dobrados praticamente até o queixo. Seus ombros eram largos, altos e curvados. Seu rosto eu não conseguia ver; estava enterrado no travesseiro. Havia cicatrizes estranhas em seu pescoço e em suas orelhas.

— *Baldanders!*

Seu cabelo era grisalho e, apesar do suposto erro do estalajadeiro, muito espesso.

— Baldanders! Com licença, optimate, mas posso pegar emprestada esta espada?

— Não — respondi. — Não pode.

— Ah, eu não vou matá-lo nem nada desse tipo. Só quero usar a parte achatada.

Balancei a cabeça em negativa e, quando o Dr. Talos viu que eu ainda estava inflexível, começou a vasculhar o quarto.

— Deixei minha bengala lá embaixo. Costume vil, eles vão roubá-la. Eu deveria aprender a mancar, realmente deveria. Não há nada aqui.

Ele saiu correndo pela porta e logo voltou carregando uma bengala de pau-ferro com castão de latão dourado.

— Agora sim! *Baldanders!* — Os golpes caíram sobre as costas largas do gigante como as grandes gotas de chuva que precedem uma tempestade.

De repente, o gigante se sentou.

— Estou acordado, Doutor. — Seu rosto era grande e grosseiro, mas também sensível e triste. — O senhor finalmente decidiu me matar?

— Do que está falando, Baldanders? Ah, você quer dizer o optimate aqui. Ele não vai te fazer mal algum, ele dividiu a cama com você e agora vai se juntar a nós no desjejum.

— Ele dormiu aqui, Doutor?

Dr. Talos e eu assentimos.

— Então já sei de onde surgiram meus sonhos.

Eu ainda estava saturado com a visão das mulheres enormes sob o mar monstruoso, então perguntei quais tinham sido seus sonhos, embora estivesse um tanto admirado por ele.

— Cavernas abaixo, onde dentes de pedra pingavam sangue... Braços desmembrados encontrados em caminhos arenosos e coisas que balançavam correntes no escuro. — Ele se sentou na beira da cama, limpando dentes esparsos e surpreendentemente pequenos com um dedo enorme.

O Dr. Talos disse:

— Vamos, vocês dois. Se quisermos comer, conversar e conseguir fazer qualquer coisa hoje... ora, devemos nos adiantar. Muito a dizer e muito a fazer.

Baldanders cuspiu no canto do cômodo.

XVI

O belchior

Foi naquela caminhada pelas ruas de uma Nessus ainda adormecida que meu luto, que tantas vezes viria a me atormentar, me agarrou com toda a sua força pela primeira vez. Quando eu estava preso em nosso ergástulo, a enormidade do que eu tinha feito e a enormidade da reparação que, em breve, eu tinha certeza, aconteceria sob as mãos do Mestre Gurloes, havia entorpecido esse sentimento. No dia anterior, quando eu descera o Caminho da Água, a alegria da liberdade e a pungência do exílio o tinham posto de lado. Agora me parecia que nenhum fato poderia existir no mundo, além da morte de Thecla. Cada mancha de escuridão entre as sombras me lembrava dos cabelos dela; cada brilho branco me lembrava a sua pele. Por muito pouco não corri de volta para a Cidadela a fim de conferir se ela não estaria ainda lá, sentada em sua cela, lendo à luz do lampião prateado.

Encontramos um café cujas mesas estavam dispostas à margem da rua. Era ainda cedo o suficiente para que houvesse muito pouco tráfego. Um morto (que havia sido, penso eu, sufocado com um lambrequim, pois havia quem praticasse tal arte) estava caído na esquina. O Dr. Talos vasculhou os próprios bolsos, mas voltou de mãos abanando.

— Agora, então — ele disse —, precisamos pensar. Precisamos elaborar um plano.

Uma garçonete trouxe canecas de mocha, e Baldanders empurrou uma para ele. Ele a mexeu com o dedo indicador.

— Amigo Severian, talvez eu deva elucidar nossa situação. Baldanders... ele é meu único paciente... ele e eu viemos da região próxima ao Lago Diuturna. Nosso lar pegou fogo e, por precisarmos de um pouco de dinheiro para consertar tudo novamente, decidimos nos aventurar fora do território. Meu amigo aqui é um homem de uma força incrível. Eu reúno uma multidão, ele quebra algumas toras e levanta dez homens ao mesmo tempo, e eu vendo minhas curas. É pouco, você dirá. Mas tem mais. Tenho uma peça de teatro e montamos adereços. Quando a situação é favorável, ele e eu encenamos certas cenas e até convidamos a participação de parte do público. Agora, meu amigo, você diz que está indo para o norte, e pelo seu leito de ontem à noite presumo que não tenha fundos. Posso propor um empreendimento em conjunto?

Baldanders, que parecia ter compreendido apenas a primeira parte do discurso de seu companheiro, disse lentamente:

— Não foi totalmente destruído. As paredes são de pedra muito grossa. Alguns dos arcos escaparam.

— Corretíssimo. Planejamos restaurar aquele lugar antigo que nos é caro. Mas, veja nosso dilema: estamos agora na metade do caminho de volta da nossa turnê, e nosso capital acumulado ainda está longe de ser suficiente. O que proponho...

A garçonete, uma jovem magra de cabelos desgrenhados, veio carregando uma tigela de mingau para Baldanders, pão e frutas para mim e um doce para o Dr. Talos.

— Que garota atraente! — disse ele.

Ela sorriu para ele.

— Você pode se sentar? Parece que somos seus únicos clientes.

Depois de olhar na direção da cozinha, ela deu de ombros e puxou uma cadeira.

— Pode aproveitar um pouco disto... estarei muito ocupado conversando para comer uma mistura tão seca. E um gole de mocha, se você não se opuser a beber depois de mim.

Ela disse:

— Você pensa que ele nos deixaria comer de graça, não é? Mas não vai. Cobra o preço integral por tudo.

— Ah! Você não é filha do dono, então. Tive medo de que fosse. Ou esposa. Como ele poderia ter permitido que tal flor florescesse sem ser colhida?

— Só trabalho aqui há cerca de um mês. O dinheiro que deixam na mesa é tudo o que recebo. Vocês três, por exemplo. Se não me derem nada, terei servido vocês à toa.

— É verdade, é verdade! Mas e quanto a isso? E se tentarmos dar a você um presente precioso e você o recusasse? — Dr. Talos se inclinou em direção a ela ao dizer isso, e me ocorreu que seu rosto não era apenas o de uma raposa (uma comparação que, talvez, fosse fácil demais de ser feita, porque suas sobrancelhas avermelhadas e eriçadas, e seu nariz adunco, imediatamente sugeriam isso), mas o de uma raposa empalhada. Ouvi dizer que aqueles que cavam para seu sustento dizem não haver terra em qualquer lugar onde possam cavar sem desenterrar os fragmentos do passado. Não importa onde a pá revire o solo, ela revela pavimentos quebrados e metais corroídos; e estudiosos escrevem que o tipo de areia que os artistas chamam de policromada (porque partículas de todas as cores estão misturadas com sua brancura) na verdade não é areia, mas o vidro do passado, agora moído em pó por eras de queda no mar clamoroso. Se existem camadas de realidade abaixo da que vemos, assim como existem camadas da história sob o solo sobre o qual caminhamos, então, em uma daquelas realidades mais profundas, o rosto do Dr. Talos era uma máscara de raposa na parede, e fiquei maravilhado ao vê-la se virar e se curvar agora em direção à mulher, conseguindo, por meio desses movimentos — que faziam a expressão e pensamento parecerem brincar com as sombras do nariz e das sobrancelhas —, uma aparência de vivacidade incrível e realista. — Você recusaria? — perguntou novamente, e eu me sacudi, como se estivesse despertando.

— Como assim? — Quis saber a mulher. — Um de vocês é um carnifex. Você está falando sobre o dom da morte? O

Autarca, cujos poros ofuscam as próprias estrelas, protege a vida de seus súditos.

— O dom da morte? Oh, não! — O Dr. Talos riu. — Não, minha querida, você teve isso durante toda a sua vida. Ele também. Não fingiríamos lhe dar o que já é seu. O presente que oferecemos é a beleza, com a fama e a riqueza que derivam dela.

— Se você está vendendo alguma coisa, não tenho dinheiro.

— Vendendo? De jeito nenhum! Muito pelo contrário, estamos lhe oferecendo um novo emprego. Eu sou um taumaturgo e esses optimates são atores. Você já desejou algum dia subir no palco?

— Bem que eu achei vocês engraçados, vocês três.

— Precisamos de uma jovem ingênua. Você pode reivindicar a posição, se assim desejar. Mas precisa vir conosco agora: não temos tempo a perder e não voltaremos por aqui novamente.

— Tornar-me atriz não vai me deixar bonita.

— Vou deixar você bonita porque precisamos de você como atriz. É um dos meus poderes. — Ele se levantou. — Agora ou nunca. Você vem?

A garçonete também se levantou, ainda olhando para o rosto dele.

— Preciso ir ao meu quarto...

— O que você possui senão porcarias? Eu preciso lançar o glamour e lhe ensinar suas falas, tudo em um só dia. Não vou esperar.

— Dê-me o dinheiro do seu café da manhã e eu direi a ele que estou indo embora.

— Absurdo! Como membro de nossa companhia, você precisa ajudar na conservação dos fundos de que precisaremos para suas fantasias. Sem falar que você comeu meu doce. Pague você mesma.

Por um instante, ela hesitou. Baldanders disse:

— Pode confiar nele. O doutor tem seu jeito de ver o mundo, mas mente menos do que as pessoas imaginam.

Aquela voz profunda e lenta pareceu tranquilizá-la.

— Tudo bem — disse ela. — Eu vou.

Em poucos minutos, nós quatro nos encontrávamos a várias ruas longe dali, passando por lojas que ainda estavam, em sua maioria, fechadas. Quando tínhamos percorrido já uma certa distância, o Dr. Talos anunciou:

— E agora, meus queridos amigos, devemos nos separar. Eu dedicarei meu tempo ao aprimoramento desta sílfide. Baldanders, você precisa reaver nosso proscênio desmontável e as outras propriedades da estalagem onde você e Severian passaram a noite. Imagino que isso não apresentará dificuldades. Severian, nós vamos nos apresentar, eu acho, na Cruz de Ctesifonte. Você conhece o local?

Assenti, embora não tivesse noção de onde poderia ser. A verdade era que eu não tinha intenção de me juntar a eles.

Então, enquanto o Dr. Talos se afastava rapidamente com a garçonete trotando atrás dele, fiquei sozinho com Baldanders na rua deserta. Ansioso para que ele também fosse embora, perguntei-lhe para onde pretendia ir. Foi mais como conversar com um monumento do que falar com um homem.

— Há um parque perto do rio onde se pode dormir durante o dia, mas não à noite. Quando estiver quase escuro, vou acordar e recolher nossos pertences.

— Receio não estar com sono. Vou dar uma olhada na cidade.

— Vejo você depois então, na Cruz de Ctesifonte.

Por alguma razão, senti que ele sabia o que estava em minha mente.

— Sim — respondi. — Claro.

Os olhos dele estavam opacos como os de um boi quando se virou para andar lentamente e com passos largos em direção ao Gyoll. Como o parque de Baldanders ficava a leste e o Dr. Talos havia tomado o caminho para o oeste com a garçonete, resolvi caminhar para o norte e assim continuar minha jornada em direção a Thrax, a Cidade das Salas sem Janelas.

Enquanto isso, Nessus, a Cidade Imperecível (a cidade na qual eu vivera a vida toda, embora dela conhecesse tão pouco), estava toda ali ao meu redor. Andei ao longo de uma ampla avenida pavimentada com sílex, sem saber ou me importar se era uma rua lateral ou a principal do bairro. Havia caminhos elevados para pedestres de cada lado, e um terceiro no centro, que servia para dividir o tráfego norte do sul.

À esquerda e à direita, edifícios pareciam brotar do solo como grãos plantados muito próximos, empurrando uns aos outros na disputa por um lugar; e que edifícios eles eram: nada tão grandioso quanto o Grande Fortim e nada tão antigo; nenhum, pensei, com paredes como as de metal da nossa torre, de cinco passos de largura; e, no entanto, a Cidadela não tinha nada que se comparasse a eles em cor ou originalidade de concepção, nada tão novo e fantástico como cada uma dessas estruturas, embora cada uma se encontrasse no meio de cem outras. Como era moda em alguns pontos da cidade, a maioria desses edifícios tinha lojas nos seus andares mais baixos, apesar de não terem sido construídas para esse fim, mas como salões de guildas, basílicas, arenas, conservatórios, tesourarias, oratórios, martellos, asilos, manufaturas, conventículos, hospícios, lazaretos, moinhos, refeitórios, asilos, matadouros e teatros. A arquitetura delas refletia essas funções e os milhares de gostos conflitantes. Torretas e minaretes se eriçavam; lanternas, cúpulas e rotundas acalmavam; lances de degraus tão íngremes quanto escadas retas que subiam por paredes íngremes; e varandas embrulhando fachadas e as abrigando na privacidade de parterres de limões e romãs.

Fiquei pensando nesses jardins suspensos em meio à floresta de mármore rosa e branco, sardônix vermelho, tijolos cinza-azulados, cremes e pretos; e azulejos verdes, amarelos e púrpura tíria, quando a visão de um lansquenete guardando a entrada de uma caserna me lembrou da promessa que eu fizera ao oficial dos peltastas, na noite anterior. Como eu tinha pouco dinheiro e sabia que precisaria do calor da capa da minha guilda à noite, o melhor plano parecia ser comprar um manto volumoso de algum tecido barato que pudesse ser usado por cima. As lojas estavam abrindo, mas aquelas que vendiam roupas pareciam vender o que não caberia ao meu propósito, e a preços maiores do que eu poderia pagar.

A ideia de trabalhar na minha profissão antes de chegar a Thrax ainda não havia me ocorrido; se tivesse, eu a teria descartado, supondo que haveria tão pouca necessidade dos serviços de um torturador que seria impraticável procurar aqueles que deles necessitassem. Eu acreditava, em suma, que os três asimis, bem como os oricalcos e os aes no meu bolso, teriam que me sustentar por todo o caminho até Thrax; e eu não tinha ideia do valor das recompensas que me seriam oferecidas. Assim, olhei para balmacaans e sobretudos, dólmãs e gibões de paduasoy, matelassê e uma centena de outros tecidos caros sem nunca entrar nos locais que os exibiam, ou sequer parando para examiná-los.

Logo minha atenção foi seduzida por outros bens. Por mais que, naquela época, eu nada soubesse a respeito disso, milhares de mercenários estavam se equipando para a campanha de verão. Havia capas militares brilhantes e mantas de sela, selas com pomos blindados para proteger os lombos, gorros vermelhos de forrageiro, khetens de cabo longo, leques de folhas de prata para sinalização, arcos curvos e recurvados para uso da cavalaria, flechas em conjuntos combinados de dez e vinte, caixas de arcos de couro fervido, decorados com tachas douradas e madrepérola, além de guardas de arqueiro para proteger o pulso esquerdo da corda do arco. Quando vi tudo isso, lembrei-me do que Mestre Palaemon havia dito, antes de meu mascaramento, sobre seguir o tambor; e embora eu tivesse praticamente desprezado os *matrosses* da Cidadela, agora parecia ouvir o longo chacoalhar da chamada para o desfile, e o brilhante desafio que as trombetas enviavam dentre as ameias.

Justamente quando eu estava totalmente distraído da minha busca, uma mulher esbelta de vinte anos ou pouco mais, saiu de uma das lojas escuras para abrir as grades. Usava um vestido de brocado pavonino incrivelmente rico e rústico, e diante dos meus olhos o sol tocou um rasgão logo abaixo de sua cintura, transformando a pele dali, no ouro mais pálido.

Não consigo explicar o desejo que senti por ela, naquele momento, nem depois. Das muitas mulheres que conheci, ela era, talvez, a menos bonita: menos graciosa do que a que mais amei, menos voluptuosa do que uma outra, menos régia do que Thecla. Tinha estatura média, nariz curto, maçãs do rosto largas e olhos castanhos alongados que muitas vezes as acompanham. Eu a vi levantar a grade e a amei com um amor mortífero e que, ainda assim, não era sério.

Claro que fui em sua direção. Não conseguiria ter resistido a ela mais do que conseguiria resistir à ganância cega de Urth se tivesse caído de um penhasco. Não sabia o que dizer a ela, e tive medo de que ela recuasse horrorizada com a visão da minha espada e da capa fuligem. Mas ela sorriu e, na verdade, até pareceu admirar minha aparência. Depois de um momento, como não falei nada, ela perguntou o que eu queria; perguntei se ela sabia onde eu poderia comprar um manto.

— Tem certeza de que precisa de um? — Sua voz era mais profunda do que eu esperava. — Você tem uma capa tão linda agora. Posso tocá-la?

— Por favor. Se quiser.

Ela pegou a borda e esfregou o tecido suavemente entre as palmas das mãos.

— Nunca vi um preto tão preto: tão escuro que você não consegue ver dobras nele. Parece até que minha mão desapareceu. E essa espada. Isso é uma opala?

— Gostaria de examiná-la também?

— Não, não. De jeito nenhum. Mas se você realmente quer um manto... — Ela apontou para a janela, e vi que estava cheia de peças de roupa usadas de todo tipo, jelabs, capotes, batas, simars e assim por diante. — Muito baratas. Preços realmente razoáveis. Se você entrar, tenho certeza de que encontrará o que deseja. — Entrei por uma porta que tilintava, mas a jovem não me seguiu para o interior (como eu tanto esperava que fizesse).

Lá dentro estava escuro, mas assim que olhei em volta pensei ter entendido o motivo pelo qual a mulher não ficara perturbada com minha aparência. O homem atrás do balcão era mais assustador do que qualquer torturador. Seu rosto era o de um esqueleto, ou quase isso, com buracos escuros no lugar dos olhos, bochechas afundadas e uma boca sem lábios. Se ele não tivesse se movido e falado, eu não teria acreditado que era um homem vivo, mas imaginaria, em vez disso, que era um cadáver deixado ereto atrás do balcão em cumprimento ao mórbido desejo de algum antigo proprietário.

XVII

O DESAFIO

No entanto, o homem se moveu, virando-se para me olhar quando entrei; e falou.

— Muito bem. Sim, muito bem. Sua capa, optimate, posso vê-la?

Atravessei um chão de azulejos desgastados e irregulares até ele. Um rasgão de luz solar vermelho, vivo com poeira fervilhante, pairava rígido como uma lâmina entre nós.

— Sua roupa, optimate. — Peguei minha capa e estendi a mão esquerda; ele tocou o tecido da mesma forma que a jovem havia feito lá fora. — Sim, muito fina. Macia. Semelhante à lã, mas mais macia, muito mais macia. Uma mistura de linho e vicunha? E que cor maravilhosa. As vestes de um torturador. Seria de se duvidar que as verdadeiras fossem sequer tão finas assim, mas quem pode contestar um tecido como esse? — Ele se abaixou sob o balcão e voltou com um punhado de trapos. — Posso examinar a espada? Serei extremamente cuidadoso, prometo.

Desembainhei a *Terminus Est* e a coloquei sobre os trapos. Ele se inclinou sobre ela, sem tocá-la nem falar. Àquela altura, meus olhos já estavam acostumados com a escuridão da loja, e notei uma estreita fita preta que se estendia para a frente, a largura de um dedo do cabelo acima das orelhas.

— Você está usando uma máscara — falei.

— Três crisos. Pela espada. Mais um pela capa.

— Não vim aqui para vender — respondi. — Tire a máscara.

— Se lhe apraz. Tudo bem, quatro crisos pela espada. — Ele ergueu as mãos e a caveira caiu em cima delas. Seu verdadeiro rosto, bronzeado e de bochechas achatadas, era notavelmente parecido com o da jovem que eu tinha visto lá fora.

— Quero comprar um manto.

— Cinco crisos por ela. Essa definitivamente é minha última oferta. Você terá que me dar um dia para juntar o dinheiro.

— Já disse, a espada não está à venda. — Peguei a *Terminus Est* e voltei a embainhá-la.

— Seis. — Estendendo a mão por cima do balcão, ele me pegou pelo braço. — Isso é mais do que ela vale. Escute, é sua última chance. Estou falando sério. Seis.

— Vim comprar um manto. Sua irmã, o que suponho que ela seja, disse que você teria um a um preço razoável.

Ele suspirou.

— Está certo, vou lhe vender um manto. Pode me dizer antes onde conseguiu essa espada?

— Ela me foi dada por um mestre da nossa guilda — Vi em seu rosto uma expressão que não consegui identificar com precisão, então perguntei:

— Não acredita em mim?

— Acredito, esse é o problema. O que você é, exatamente?

— Um oficial dos torturadores. Não andamos com frequência para esta banda do rio, nem tanto ao norte quanto aqui. Mas você está realmente tão surpreso assim?

Ele assentiu.

— É como encontrar um psicopompo. Posso perguntar o que você está fazendo nesta parte da cidade?

— Pode, mas esta é a última pergunta que vou responder. Estou a caminho de Thrax, para assumir uma missão lá.

— Obrigado — disse ele. — Não vou mais bisbilhotar. Nem preciso. Agora, uma vez que você pretende surpreender seus amigos quando tirar seu manto... Estou certo? Ele deve ser de alguma cor que contraste com sua vestimenta. Branco pode ser bom, mas é uma cor bastante dramática e terrivelmente difícil de manter limpa. Que tal um marrom opaco?

— As fitas que prendiam sua máscara — eu disse. — Ainda estão aí.

Ele estava arrastando caixas de trás do balcão e não respondeu. Depois de um ou dois instantes, fomos interrompidos pelo tilintar do sino acima da porta. O novo cliente era um jovem cujo rosto estava escondido num capacete fechado com incrustações, entre elas, chifres curvados para baixo e entrelaçados formando uma viseira. Ele usava uma armadura de couro laqueado; uma quimera dourada com o olhar vago e fixo de uma mulher louca, tremulava em seu peitoral.

— Sim, hiparca. — O lojista deixou as caixas para fazer uma reverência servil. — Como posso ajudá-lo?

Uma mão enluvada se estendeu em minha direção, os dedos comprimidos como se estivessem prestes a me entregar uma moeda.

— Aceite — sussurrou o lojista, assustado. — O que quer que seja.

Estendi a mão e recebi uma semente preta e brilhante do tamanho de uma uva-passa. Ouvi o lojista suspirar; a figura blindada se virou e saiu.

Quando ele se foi, coloquei a semente no balcão. O lojista deu um grito agudo:

— Não tente passar isso para mim! — E recuou.

— O que é isso?

— Você não sabe? A pedra do averno. O que você fez para ofender um oficial das Tropas Domésticas?

— Nada. Por que ele me deu isso?

— Você foi desafiado. Foi chamado.

— Para monomaquia? Impossível. Não sou da classe rival.

Seu dar de ombros foi mais eloquente que palavras.

— Você terá que lutar, ou eles mandarão assassiná-lo. A única questão é se você realmente ofendeu o hiparca ou se existe algum funcionário de alto posto da Casa Absoluta por trás disso.

Tão claramente quanto via o lojista, vi Vodalus na necrópole se defendendo dos três guardas voluntários; e embora toda a prudência me dissesse para jogar fora a pedra do averno e fugir da cidade, eu não conseguiria. Alguém — talvez o próprio Autarca ou o obscuro Padre Inire — havia descoberto a verdade a respeito da morte de Thecla e agora buscava me destruir sem desonrar a guilda. Muito bem, eu lutaria. Se saísse vitorioso, ele poderia reconsiderar; se fosse morto, não seria mais do que justo. Ainda pensando na lâmina esguia de Vodalus, falei:

— A única espada que entendo é esta.

— Você não vai lutar com espadas: na verdade, seria melhor se a deixasse comigo.

— De jeito nenhum.

Ele suspirou outra vez.

— Vejo que você não sabe nada desses assuntos, mas vai lutar pela sua vida no crepúsculo. Muito bem, você é meu cliente e eu nunca abandonei um cliente. Você queria um manto. Aqui. — Ele caminhou até os fundos de sua loja e voltou carregando uma roupa da cor de folhas mortas. — Experimente este. Serão quatro oricalcos se couber.

Um manto tão grande e solto não poderia deixar de servir, a menos que fosse grosseiramente curto ou comprido. O preço parecia excessivo, mas paguei, e ao vestir o manto dei um passo adiante para me tornar o ator que, pelo visto, aquele dia queria me forçar a ser. Na verdade, eu já participava de mais dramas do que imaginava.

— Agora — disse o lojista —, preciso ficar aqui para cuidar das coisas, mas vou mandar minha irmã para ajudá-lo a conseguir seu averno. Ela tem ido muitas vezes para o Campo Sanguinário, então talvez também possa lhe ensinar os rudimentos do combate com ele.

— Alguém falou de mim? — A jovem que eu conhecera na frente da loja agora vinha de um dos depósitos escuros nos fundos. Com o nariz arrebitado e os olhos estranhamente inclinados, ela se parecia tanto com o irmão que tive certeza de que eram gêmeos, mas a figura esguia e os traços delicados que nele pareciam incongruentes, nela eram atraentes. O irmão deve então ter lhe explicado o que havia acontecido comigo. Não sei, porque não ouvi. Estava olhando só para ela.

Agora, começo de novo. Já faz muito tempo (duas vezes ouvi a troca da guarda do lado de fora do meu estúdio) desde que escrevi as linhas lidas por você há apenas alguns momentos atrás. Não tenho certeza se é correto registrar essas cenas, que talvez só sejam importantes para mim, com tantos detalhes. Eu poderia facilmente ter condensado tudo: vi uma loja e entrei; fui desafiado por um oficial dos Setentriões; o lojista mandou sua irmã me ajudar a arrancar a flor envenenada. Passei dias cansativos lendo as histórias de meus antecessores, e elas consistem somente em tais relatos. Por exemplo, o de Ymar:

> Disfarçando-se, ele se aventurou campo adentro, onde avistou um muni meditando debaixo de um plátano. O Autarca se juntou a ele e se sentou com as costas no tronco até que Urth começou a desprezar o sol. Soldados carregando uma auriflama passaram galopando, um comerciante conduziu uma mula cambaleando sob ouro, uma bela mulher passou montada nos ombros de eunucos e, por fim, um cachorro saiu trotando poeira afora. Ymar se levantou e seguiu o cachorro, rindo.

Supondo que essa anedota seja verdadeira, como é fácil explicá-la: o Autarca havia demonstrado que escolhera sua vida ativa por um ato de vontade, e não por causa das seduções do mundo.

Mas Thecla tivera muitos professores, cada um dos quais explicaria o mesmo fato de uma maneira diferente. Aqui, então, um segundo professor poderia dizer que o Autarca era imune àquelas coisas que atraem os homens comuns, mas impotente para controlar seu amor pela caça.

E um terceiro, que o Autarca desejava demonstrar seu desprezo pelo muni, que permanecera em silêncio quando poderia ter concedido iluminação e recebido ainda mais. Algo que ele não poderia ter feito se não houvesse mais ninguém para compartilhar a estrada, já que a solidão tem grandes atrativos para os sábios. Nem tampouco quando passaram os soldados, ou o comerciante com sua riqueza, ou a mulher, pois homens não iluminados desejam todas essas coisas, e o muni teria pensado que ele seria mais um homem desses.

E um quarto, que o Autarca acompanhou o cão porque ele saiu sozinho, os soldados tendo outros soldados, o comerciante sua mula e a mula seu comerciante, e a mulher seus escravos; enquanto o muni não saiu para lugar algum.

Mas por que Ymar ria? Quem haverá de dizer? O comerciante terá seguido os soldados para comprar o seu butim? A mulher terá seguido o comerciante para vender seus beijos e seus quadris? O cão era do tipo caçador ou de patas bem curtas, do tipo que as mulheres têm para latir a fim de que ninguém as acaricie enquanto dormem? Quem haverá de dizer agora? Ymar está morto, e as lembranças dele que por um tempo sobreviveram no sangue de seus sucessores, há muito já desvaneceram.

Então, com o tempo, as minhas também desaparecerão. Disto tenho certeza: nenhuma das explicações para o comportamento de Ymar estavam corretas. A verdade, seja lá qual for, era mais simples e sutil. De mim pode-se perguntar por que aceitei a irmã do lojista como minha companheira — eu, que em toda a minha vida não tive companheiros de verdade. E quem, lendo apenas sobre "a irmã do lojista", entenderia por que permaneci com ela depois do que, nesse ponto da minha própria história, está prestes a acontecer? Ninguém, certamente.

Já disse que não consigo explicar meu desejo por ela, e é verdade. Eu a amei com um amor sedento e desesperado. Sentia que nós dois poderíamos cometer algum ato tão atroz que o mundo, ao nos ver, o acharia irresistível.

Não é necessário nenhum intelecto para ver aquelas figuras que esperam além do vazio da morte: toda criança está ciente delas, resplandecendo com glórias escuras ou brilhantes, envoltas numa autoridade mais antiga do que o universo. Elas são a matéria dos nossos primeiros sonhos, e também das nossas visões na hora da morte. Com razão, sentimos que nossa vida é guiada por elas, e também com razão sentimos o quão pouco importamos para elas, elas que são as construtoras do inimaginável, as combatentes de guerras além da totalidade da existência.

A dificuldade reside em aprender que nós mesmos abrangemos forças igualmente grandiosas. Dizemos: "Eu farei" e "Eu não farei" e nos imaginamos (apesar de obedecermos, todos os dias, às ordens de alguma pessoa prosaica) nossos próprios mestres, quando a verdade é que nossos mestres estão dormindo. Um deles desperta dentro de nós e somos montados como feras, embora o cavaleiro seja apenas uma parte até então não adivinhada de nós mesmos.

Talvez, de fato, essa seja a explicação da história de Ymar. Quem haverá de dizer?

Seja como for, deixei a irmã do lojista me ajudar a ajustar o manto. Ele podia ser puxado firmemente em torno do pescoço, e quando era vestido assim, meu manto fuligem da guilda ficava invisível sob ele. Ainda sem me revelar, eu podia estender os braços pela frente ou por fendas nas laterais. Desamarrei a *Terminus Est* de seu talabarte e a carreguei como um cajado enquanto usava aquele manto, e como sua bainha cobria a maior parte de sua guarda e tinha pontas de ferro escuro, muitas das pessoas que me viram sem dúvida pensaram que a espada fosse mesmo um cajado.

Foi a única vez na minha vida em que cobri o hábito da guilda com um disfarce. Ouvi dizer que sempre nos sentimos tolos vestidos assim, tenhamos sucesso ou não, e eu certamente me senti um tolo com aquele. E, ainda assim, aquilo praticamente não era um disfarce. Aqueles mantos largos e antiquados tiveram origem com pastores (que ainda os usam) e foram passados deles para os militares nos dias em que a luta contra os ascianos ocorreu aqui, no frio sul. Do exército eles foram levados por peregrinos religiosos, que certamente encontraram uma peça de roupa que poderia ser convertida em uma pequena barraca, mais ou menos satisfatória, e muito prática. O declínio da religião evidentemente contribuiu muito para extingui-los em Nessus, onde nunca vi outro, senão aquele que eu mesmo usava. Se eu soubesse mais a respeito deles quando vesti o meu na loja de trapos, teria comprado um chapéu macio de abas largas para combinar; mas não fiz isso, e a irmã do lojista me disse que eu parecia um bom romeiro. Sem dúvida, ela disse isso com aquele brilho de zombaria com o qual dizia tudo o mais, mas eu estava preocupado com a minha aparência e não o notei. Disse a ela e ao irmão que gostaria de ter mais conhecimento sobre religião.

Ambos sorriram, e o irmão disse:

— Se você mencionar isso primeiro, ninguém vai querer falar a respeito. Além disso, você pode obter a reputação de ser um bom sujeito vestindo esse manto, e não falando sobre ele. Quando encontrar alguém com quem não queira conversar, peça uma esmola.

Então me tornei, pelo menos na aparência, um peregrino com destino a algum vago santuário do norte. Eu já disse que o tempo transforma nossas mentiras em verdades?

XVIII

A destruição do altar

O silêncio do comecinho da manhã desapareceu enquanto eu estava na loja de trapos. Carroças e carrinhos passavam em uma avalanche de feras, madeira e ferro; mal tínhamos saído pela porta, a irmã do lojista e eu, quando ouvi um voador deslizando por entre as torres da cidade. Olhei para cima a tempo de vê-lo, esguio como uma gota de chuva em uma vidraça.

— Esse provavelmente é o oficial que chamou você — ela comentou. — Deve estar voltando para a Casa Absoluta. Um hiparca da Guarda dos Setentriões: não foi isso que Ágilus falou?

— Esse é seu irmão? Sim, algo assim. E qual é o seu nome?

— Ágia. E você não sabe nada sobre monomaquia? E me toma por instrutora? Bem, que o Hipogeon o ajude. Teremos que ir ao Jardim Botânico para começar e cortar um averno para você. Felizmente ele não fica muito longe daqui. Você tem dinheiro o suficiente para tomarmos um fiacre?

— Suponho que sim. Se for necessário.

— Então, você realmente não é um armígero fantasiado. Você é um… seja lá o que for.

— Um torturador. Sim. Quando devo encontrar o hiparca?

— Só ao final da tarde, quando começa o combate no Campo Sanguinário e o averno abre a sua flor. Temos muito tempo, mas acho que seria melhor usá-lo para arrumar um desses e ensinar você a lutar com ele. — Um fiacre puxado por um par de onagros se aproximava de nós, e ela acenou para ele. — Você vai ser morto, sabia?

— Pelo que você diz, parece muito provável.

— É praticamente certo, então não se preocupe com seu dinheiro.

Ágia deu um passo na direção do trânsito, parecendo (tão bem cinzelado era aquele rosto delicado, tão graciosa a curva de seu corpo quando ela levantou um braço) como uma estátua memorial para a mulher desconhecida a pé. Pensei que ela mesma estava certa de que também seria morta. O fiacre se aproximou de Ágia com os animais ariscos dançando de lado, como se ela fosse um tiacino, e ela saltou para dentro. Por mais leve que fosse, seu peso fez o pequeno veículo balançar. Subi ao lado dela, e nos sentamos com nossos quadris colados um no outro. O condutor olhou para nós. Ágia disse:

— O ponto do Jardim Botânico. — E saímos sacolejando.
— Então morrer não incomoda você: isso é animador.

Eu me segurei com uma das mãos nas costas do banco do condutor. — Certamente isso não é incomum. Deve haver milhares, talvez milhões de pessoas como eu. Pessoas habituadas à morte, que sentem que a única parte da sua vida que realmente importava já passou.

O sol estava agora logo acima das torres mais altas, e a luz que transbordava e transformava a calçada empoeirada em ouro vermelho me fez sentir filosófico. No livro marrom em meu sabretache havia a história de um anjo (possivelmente, na verdade, uma das mulheres guerreiras aladas que dizem servir ao Autarca) que, vindo para Urth em alguma missão mesquinha qualquer, foi atingido pela flecha de uma criança e morreu. Com suas vestes brilhantes todas tingidas pelo sangue de seu coração, mesmo enquanto as avenidas estavam manchadas pela vida expirante do sol, ela encontrou o próprio Gabriel. Sua espada brilhava em uma das mãos, seu grande machado de duas cabeças balançava na outra, e nas costas, suspensa no arco-íris, pendia a própria corneta de batalha do Céu. "Para onde você vai, pequenina?", perguntou Gabriel, "Com seu peito mais escarlate que o do tordo?". "Estou morta", disse o anjo, "e retornarei para fundir minha substância mais uma vez com o Pancriador." "Não seja absurda. Você é um anjo, um espírito puro, não pode morrer.", "Mas estou morta", disse o anjo, "mesmo assim. Você observou o desperdício do meu sangue: você também não vê que ele não emite mais jatos tensos, mas apenas escoa lentamente? Observe a palidez do meu semblante. Não é o toque de um anjo quente e brilhante? Pegue minha mão e você imaginará que segura um horror recém puxado para fora de alguma poça estagnada. Prove meu hálito — não é fétido, fedorento e nidoroso?" Gabriel não respondeu nada, e, por fim, o anjo disse: "Irmão e superior, mesmo que eu não tenha lhe convencido com todas as minhas provas, rezo para que permaneça distante. Quero livrar o universo da minha presença". "Estou realmente convencido", disse Gabriel, afastando-se dela. "Só estava pensando que, se eu soubesse que poderíamos perecer, não teria sido tão ousado em todos os momentos."

Para Ágia, falei:

— Eu me sinto como o arcanjo da história: se eu soubesse que poderia desperdiçar minha vida tão facilmente e tão cedo, eu provavelmente não teria feito isso. Você conhece a lenda? Mas tomei minhas decisões e agora não há nada mais a dizer ou fazer. Nesta tarde o Setentrião vai me matar com o quê? Uma planta? Uma flor? Não entendo bem. Há pouco tempo, pensei que poderia ir para um lugar chamado Thrax e viver lá qualquer vida que houvesse para ser vivida. Bem, ontem à noite fiquei no mesmo quarto que um gigante. Uma dessas coisas não é mais fantástica do que a outra.

Ela não respondeu, e depois de algum tempo, perguntei:

— Que prédio é aquele ali? Com telhado de vermelhão e colunas bifurcadas? Acho que há pimenta dioica batida no pilão. Pelo menos sinto cheiro de alguma coisa parecida.

— O mensal dos mônacos. Sabia que você é um homem assustador? Quando entrou em nossa loja, pensei que fosse apenas mais um jovem armígero trajado com roupas em farrapos. Então, quando descobri que na realidade você era um torturador, pensei que não poderia ser tão ruim, afinal: você era apenas um rapaz como outros.

— E você conheceu muitos rapazes, imagino. — A verdade era que eu esperava que sim. Queria que ela fosse mais experiente do que eu; e embora eu não me considerasse nem por um instante puro, desejei considerá-la menos pura ainda.

— Mas há algo além em você, afinal. Você tem cara de alguém que herdará dois palatinados e uma ilha em algum lugar do qual nunca ouvi falar, e os modos de um sapateiro, e quando diz que não tem medo de morrer, você acha que está falando sério, e por trás disso você acredita que não. Mas acredita mesmo assim. Também não o incomodaria nem um pouco cortar minha cabeça, não é?

Ao nosso redor circulava todo tipo de tráfego: máquinas, veículos com ou sem rodas puxados por animais e escravos, caminhantes e cavaleiros nas costas de dromedários, bois, metaminodontes e coches. Agora um fiacre aberto como o nosso parou ao nosso lado. Ágia se inclinou para o casal que ele carregava e gritou:

— Vamos ganhar de vocês!

— Para onde? — gritou o homem de volta, e reconheci Sieur Racho, que eu conhecera quando havia sido enviado ao Mestre Ultan para pegar livros.

Segurei Ágia pelo braço.

— Você está maluca, ou é ele que está?

— O Ponto do Jardim, valendo um criso!

O outro veículo arrancou com o nosso logo atrás.

— Mais rápido! — gritou Ágia para o nosso condutor. Depois, para mim: — Você tem uma adaga? É melhor colocar a ponta nas costas dele, para que ele possa dizer que dirigiu sob ameaça de aniquilação, se formos parados.

— Por que você está fazendo isso?

— Como um teste. Ninguém vai acreditar no seu disfarce. Mas todos vão acreditar que você é um armígero fantasiado. Acabei de provar isso. — (Derrapamos perto de uma carroça carregada de areia.) — Além do mais, nós vamos ganhar. Eu conheço este condutor, e sua montaria está descansada. O outro esteve carregando aquela prostituta durante metade da noite.

Percebi então que o esperado seria que eu desse o dinheiro a Ágia se ganhássemos, e que a outra mulher reivindicaria meus (inexistentes) crisos de Racho se eles ganhassem. No entanto, quão doce era humilhá-los! A velocidade e a proximidade da morte (pois eu tinha certeza de que seria de fato morto pelo hiparca) me tornaram mais imprudente do que jamais fora. Saquei a *Terminus Est*, e graças à extensão da sua lâmina eu podia alcançar os onagros facilmente. Seus flancos já estavam encharcados de suor, e os cortes superficiais que fiz ali devem ter queimado como chamas.

— Isto é melhor do que qualquer adaga — falei para Ágia.

A multidão se abriu como água diante dos chicotes dos condutores, as mães agarrando seus filhos ao fugirem correndo, soldados saltando com suas lanças para a segurança dos peitoris das janelas. As condições da corrida nos favoreceram: o fiacre à frente, até certo ponto, abria caminho para nós e era mais prejudicado por outros veículos do que o nosso. Ainda assim, avançamos lentamente e, para obter alguma vantagem, nosso condutor, que, sem dúvida, esperava uma boa gorjeta se ganhasse, fez com que os onagros subissem em disparada por um lance de amplos degraus de calcedônia. Mármores e monumentos, pilares e pilastras, pareciam atirados na nossa cara. Atravessamos o muro verde de uma sebe da altura de uma casa, derrubamos uma carroça cheia de confeitos, mergulhamos sob um arco, descemos uma escadaria que fazia uma curva inteira e logo estávamos de volta à rua, sem saber de quem era o pátio que havíamos violado.

Um carrinho de mão puxado por ovelhas caminhava lentamente pelo espaço estreito entre o nosso veículo e o outro, e nossa grande roda traseira o sacudiu, mandando uma chuva de pão fresco para a rua e jogando o corpo leve de Ágia contra o meu de modo tão agradável que coloquei um braço sobre ela e a segurei ali. Eu já tinha abraçado mulheres desse jeito: Thecla, frequentemente, e corpos contratados na cidade. Havia agora uma nova sensação agridoce, nascida da atração cruel que eu sentia por Ágia.

— Estou feliz que você tenha feito isso — disse ela em meu ouvido. — Odeio homens que me agarram. — E cobriu meu rosto de beijos.

O motorista olhou para trás com um sorriso de triunfo, deixando a equipe enlouquecida escolher seu próprio caminho.

— Desceram o Caminho Retorcido... agora sei por onde foram... atravessamos o comum e os alcançamos por cem varas.

O fiacre cambaleou e mergulhou em um portão estreito, em uma barreira de arbustos. Um imenso edifício assomou diante de nós. O condutor tentou virar os animais, mas já era tarde demais. Atingimos seu flanco; ele cedeu como o tecido de um sonho, e entramos num espaço cavernoso, mal iluminado e com cheiro de feno. À frente, havia um altar escalonado do tamanho de um chalé e pontilhado de luzes azuis. Eu enxergava e percebi que estava vendo muito bem: nosso condutor havia sido arrancado do assento ou havia saltado para longe. Ágia soltou um grito agudo.

Colidimos com o altar. Houve uma confusão de objetos voadores impossíveis de descrever, a sensação de tudo rodopiando, tombando e nunca colidindo, como no caos antes da criação. O chão pareceu saltar em minha direção; ele bateu com um impacto que fez meus ouvidos zunirem.

Eu segurava a *Terminus Est*, acho, quando fui atirado pelo ar, mas agora ela não estava mais em minhas mãos. Quando tentei me levantar para procurá-la, não tinha fôlego, nem forças. Em algum lugar distante, um homem gritou. Rolei para o lado, e então consegui colocar minhas pernas sem vida embaixo de mim.

Parecíamos estar perto do centro do edifício, que era tão grande quanto o Grande Fortim, e, ainda assim, completamente vazio: sem paredes interiores, escadas ou móveis de qualquer tipo. Através do ar dourado e empoeirado, pude ver pilares tortos que pareciam ser de madeira pintada. Lâmpadas, meros pontos de luz, penduradas em uma ou mais correntes lá em cima. Muito acima delas, um telhado multicolorido ondulou e quebrou com um vento que eu não conseguia sentir.

Eu estava em pé sobre um chão de palha, e a palha estava espalhada por toda parte em um tapete amarelo infinito, como o campo de um titã após a colheita. Espalhadas ao meu redor, as ripas com as quais o altar havia sido construído: fragmentos de madeira fina revestidos com folhas de ouro e cravejados de turquesas e ametistas violetas. Com alguma vaga ideia de tentar encontrar minha espada, comecei a andar, tropeçando quase imediatamente no corpo destroçado do fiacre. Um onagro estava deitado não muito longe; lembro-me de pensar que ele devia ter quebrado o pescoço. Alguém gritou: "Torturador!", olhei em volta e vi Ágia: parada ali em pé, ereta, embora trêmula. Perguntei se ela estava bem.

— Viva, pelo menos, mas devemos deixar este lugar imediatamente. Esse animal está morto?

Assenti.

— Eu poderia ter montado nele. Agora você terá que me carregar, se puder. Acho que minha perna direita não vai suportar meu peso. — Ela mancava ao falar, e tive que pular até onde ela estava e segurá-la para evitar que caísse. — Agora temos que ir — disse ela. — Olhe ao redor... você consegue ver uma porta? Rápido!

Eu não conseguia.

— Por que é tão urgente partirmos?

— Use o nariz se não consegue usar os olhos para ver este chão.

Inspirei. O odor no ar não era mais de palha, mas de palha queimando; quase no mesmo instante vi as chamas, brilhantes na escuridão, mas ainda tão pequenas que não deviam ter passado de meras faíscas alguns momentos antes. Tentei correr, mas não conseguia fazer nada melhor do que caminhar mancando.

— Onde estamos?

— É a Catedral das Pelerinas: alguns a chamam de Catedral da Garra. As pelerinas são um bando de sacerdotisas que viajam pelo continente. Elas nunca...

Ágia se interrompeu porque estávamos nos aproximando de um grupo de pessoas vestidas de escarlate. Ou talvez elas estivessem se aproximando de nós, pois me pareciam ter aparecido a meia distância sem aviso prévio. Os homens tinham a cabeça raspada e seguravam cimitarras brilhantes curvadas como a lua jovem que brilhavam com douramento; uma mulher da altura imponente de um exultante embalava uma espada de duas mãos embainhada: minha própria *Terminus Est*. Ela usava um capuz e uma capa estreita que arrastava longas borlas.

Ágia começou:

— Nossos animais ficaram descontrolados, Santa Domnicellae...

— Isso não importa — disse a mulher que segurava minha espada. Havia muita beleza nela, mas não era a beleza de mulheres que saciam o desejo. — Isto pertence ao homem que está carregando você. Diga a ele para colocá-la de pé e pegar. Você consegue andar.

— Um pouco. Faça o que ela diz, Torturador.

— Você não sabe o nome dele?

— Ele me contou, mas eu esqueci.

Eu disse:

— Severian. — E a estabilizei com uma das mãos enquanto aceitava a *Terminus Est* com a outra.

— Use-a para acabar com as brigas — disse a mulher de escarlate. — Não para iniciá-las.

— O chão de palha desta grande tenda está em chamas, Castelã. A senhora sabia?

— O fogo será extinto. As irmãs e nossos servos estão apagando as brasas neste instante. — Ela fez uma pausa, seu olhar passando de Ágia para mim e de volta para Ágia. — Nos restos do nosso altar-mor, que o seu veículo destruiu, encontramos apenas uma coisa que parecia sua e que provavelmente teria valor para você: esta espada. Nós a devolvemos. Você agora também devolverá qualquer coisa de valor para nós que pode ter encontrado?

Lembrei-me das ametistas.

— Não encontrei nada de valor, Castelã. — Ágia balançou a cabeça em negativa, e eu prossegui. — Havia lascas de madeira com pedras preciosas incrustadas, mas deixei-as onde caíram.

Os homens trocaram os punhos das armas de mãos e procuraram se equilibrar melhor, mas a mulher alta permaneceu imóvel, olhando para mim, depois para Ágia, depois para mim mais uma vez.

— Venha até mim, Severian.

Avancei, foram três ou quatro passos. Foi uma grande tentação puxar a *Terminus Est* como defesa contra as lâminas dos homens, mas resisti. A senhora deles pegou meus pulsos e me olhou nos olhos. Os olhos dela estavam calmos e, sob a luz estranha, pareciam duros como berilos.

— Não há culpa nele — disse ela.

Um dos homens murmurou:

— A senhora se engana, Domnicellae.

— Não há culpa, repito. Dê um passo para trás, Severian, e deixe a mulher avançar.

Fiz o que ela disse, e Ágia andou mancando até um longo passo de distância dela. Quando parou de se aproximar, a mulher alta veio até ela e segurou seus pulsos assim como havia segurado os meus. Depois de um momento, olhou para as outras mulheres que tinham aguardado atrás dos espadachins. Antes que eu percebesse o que estava acontecendo, dois deles agarraram o vestido de Ágia e o tiraram pela cabeça. Um disse:

— Nada, Mãe.

— Acho que este é o dia profetizado.

Mãos cruzadas sobre os seios, Ágia sussurrou para mim:

— Essas pelerinas são loucas. Todo mundo sabe disso, e se eu tivesse tido mais tempo, teria lhe dito.

A mulher alta disse:

— Devolva os trapos dela. A Garra nunca desapareceu em nosso tempo, mas o faz quando quer, e não nos seria possível nem permitido impedir isso.

Uma das mulheres murmurou:

— Podemos ainda encontrá-la nos destroços, Mãe.

Outra acrescentou:

— Eles não deveriam ser obrigados a pagar?

— Vamos matá-los — disse um homem.

A mulher alta não deu nenhuma indicação de ter ouvido qualquer um deles. Ela já estava nos deixando, parecendo deslizar pela palha. As mulheres a seguiram, olhando uma para a outra, e os homens baixaram as lâminas brilhantes e recuaram.

Ágia lutava para colocar o vestido. Perguntei a ela o que sabia sobre a Garra, e quem eram essas pelerinas.

— Me tire daqui, Severian, e eu lhe direi. Não dá sorte falar delas na sua própria casa. Aquilo ali não é um rasgo na parede?

Caminhamos na direção que ela havia indicado, tropeçando algumas vezes na palha macia. Não havia nenhuma abertura, mas consegui levantar a borda da parede de seda o suficiente para passarmos por baixo.

XIX

O Jardim Botânico

A luz do sol era ofuscante; parecia que havíamos saído do crepúsculo direto para um dia pleno. Partículas douradas de palha nadavam no ar fresco ao nosso redor.

— Assim está melhor — disse Ágia. — Só espere um instante e deixe eu me orientar. Acho que a Escadaria Adamiana estará à nossa direita. Nosso condutor não teria descido por ela... ou talvez sim, o sujeito era louco... mas eles deveriam nos levar ao nosso destino pelo caminho mais curto. Me dê o seu braço de novo, Severian. Minha perna ainda não está totalmente recuperada.

Estávamos andando na grama e vi que a tenda-catedral havia sido fixada sobre um campo rodeado de casas semifortificadas; seus campanários insubstanciais davam para os parapeitos. Uma rua larga e pavimentada margeava o gramado aberto, e quando chegamos lá perguntei novamente quem eram as pelerinas.

Ágia olhou de soslaio para mim.

— Você me perdoe, mas não acho fácil falar de virgens profissionais para um homem que acabou de me ver nua. Mas em outras circunstâncias poderia ser diferente. — Ela respirou fundo. — Na verdade, não sei muito sobre elas, mas temos alguns de seus hábitos na loja, e uma vez perguntei ao meu irmão a respeito delas, e depois disso comecei a prestar atenção em tudo o que ouvia. É um traje popular para bailes de máscaras... aquele todo vermelho.

"De qualquer maneira, elas são uma ordem de convencionais, como, sem dúvida, você já percebeu. O vermelho representa a luz descendente do Novo Sol, e elas descem sobre os latifundiários, viajando pelo país com sua catedral e tomando o suficiente para montá-la. Sua ordem afirma possuir a relíquia mais valiosa existente, a Garra do Conciliador, então o vermelho pode simbolizar as Feridas da Garra também."

Tentando ser jocoso, eu disse:

— Não sabia que ele tinha garras.

— Não é uma garra de verdade: dizem que é uma joia. Você deve ter ouvido falar disso. Não entendo por que chamam de Garra, e duvido que mesmo essas sacerdotisas saibam. Mas, supondo que ela tenha tido alguma associação real com o Conciliador, você pode imaginar a importância. Afinal, nosso conhecimento dele agora é puramente histórico: o que significa que confirmamos ou negamos que ele esteve em contato com nossa raça no passado remoto. Se a Garra for o que as pelerinas imaginam que seja, então ele viveu, embora possa estar morto agora.

Um olhar surpreso de uma mulher carregando um dulcimer me informou que o manto que eu havia comprado do irmão de Ágia estava em desordem, permitindo que o fuligem da capa da minha guilda (que deve ter parecido uma mera escuridão vazia para a coitada) fosse visto pela abertura. Enquanto eu o recolocava e voltava a prender a fíbula, disse:

— Como todos esses argumentos religiosos, este se torna menos significativo à medida que prosseguimos. Suponhamos que o Conciliador tenha caminhado entre nós eras atrás e esteja morto agora, que importância ele tem para historiadores e fanáticos? Eu valorizo a lenda dele como parte do passado sagrado, mas parece-me que o que importa hoje é justamente a lenda, e não o pó do Conciliador.

Ágia esfregou as mãos, parecendo aquecê-las ao sol.

— Supondo que ele... viramos nesta esquina, Severian, você pode ver o topo da escadaria; se olhar ali verá onde estão as estátuas dos epônimos... supondo que ele tenha vivido, ele era por definição o Senhor do Poder. O que significa a transcendência da realidade e inclui a negação do tempo. Não está correto?

Assenti.

— Então não há nada que o impeça, de uma posição, digamos, de trinta mil anos atrás, de retornar ao que chamamos de presente. Morto ou não, se algum dia ele existiu, poderia estar na próxima curva da rua ou na próxima curva da semana.

Havíamos chegado ao início da escadaria. Os degraus eram de pedra branca como o sal, e a escada era, em alguns pontos, tão gradual que eram necessários vários passos para passar de um patamar ao seguinte, e, em outros, quase tão íngreme quanto uma escada vertical. Confeiteiros, vendedores de macacos e similares haviam montado suas barracas aqui e ali. Fosse qual fosse o motivo, foi muito agradável discutir mistérios com Ágia enquanto descia aqueles degraus, e comentei:

— Tudo isso porque aquelas mulheres dizem que possuem uma das unhas brilhantes dele. Imagino que realize curas milagrosas?

— Ocasionalmente; é isso o que afirmam. Também perdoa ofensas, ressuscita mortos, atrai novas raças de seres do solo, purifica a luxúria e assim por diante. Todas as coisas que se diz que ele próprio tenha feito.

— Agora você está rindo de mim.

— Não, apenas rindo do sol: você sabe o que se diz que ele faz aos rostos das mulheres.

— Deixa-os marrons.

— Deixa-os feios. Para começar, seca a pele e cria rugas e essas coisas. E também ressalta cada pequeno defeito. Urvasi amava Pururavas, você sabe, antes de vê-lo sob uma luz brilhante. De qualquer forma, senti o sol no meu rosto e estava pensando: "Eu não me importo com você. Ainda sou muito jovem para me preocupar, e, no ano que vem, vou pegar um chapéu largo do nosso estoque".

Agora, sob o sol claro, o rosto de Ágia estava longe de ser perfeito, mas ela não tinha nada a temer. Minha fome se alimentava com igual voracidade de suas imperfeições. Ela possuía a coragem esperançosa e desesperada dos pobres, o que talvez seja a mais cativante de todas as qualidades humanas; e eu me rejubilei com as falhas que a tornavam mais real para mim.

— De qualquer maneira — ela continuou, apertando minha mão — tenho que admitir que nunca entendi por que pessoas como as pelerinas sempre pensam que as pessoas comuns devem ter a luxúria purificada. Na minha experiência, elas já a controlam bem o suficiente sozinhas, e praticamente todos os dias também. O que a maioria de nós precisa é encontrar alguém com quem possamos botá-la para fora.

— Então, você se importa que eu te ame. — Eu estava brincando, mas nem tanto.

— Toda mulher se importa em ser amada, e quanto mais homens a amam, melhor! Mas eu não escolho amar você de volta, se é isso que você quer dizer. Seria fácil demais hoje, andar pela cidade com você assim. Mas e aí, se você for morto esta noite, vou me sentir mal por duas semanas.

— Eu também — eu disse.

— Não, você não vai. Você nem vai se importar. Não com isso, nem com nada, nunca mais. Estar morto não dói, como, entre todas as pessoas, você deveria saber.

— Estou quase inclinado a pensar que toda essa história é algum truque seu ou de seu irmão. Você estava lá fora quando o Setentrião chegou: você disse a ele algo que o inflamasse contra mim? Ele é seu amante?

Ágia riu disso, seus dentes brilhando ao sol.

— Olhe para mim. Eu tenho um vestido de brocado, mas você viu o que está por baixo dele. Meus pés estão descalços. Você está vendo anéis ou brincos? Uma lâmia prateada enrolada em meu pescoço? Meus braços estão apertados com argolas de ouro? Se não, você pode presumir com segurança que não tenho nenhum oficial das Tropas Domésticas como amante. Tem um velho marinheiro, feio e pobre, que vive me enchendo para morar com ele. Fora isso, bom, Ágilus e eu temos nossa loja. Ela nos foi legada pela nossa mãe e só está livre de dívidas porque não encontramos ninguém que seja suficientemente tolo para nos conceder algum empréstimo. Às vezes, tiramos algo do nosso estoque e vendemos para os fabricantes de papel para que possamos comprar uma tigela de lentilhas para dividir.

— Você deve comer bem esta noite, de qualquer maneira — eu disse a ela. — Dei ao seu irmão um bom preço por este manto.

— Como é? — Seu bom humor parecia ter retornado. Ela deu um passo para trás e fingiu espanto com a boca aberta. — Você não vai me pagar um jantar esta noite? Depois de eu ter passado o dia aconselhando e orientando você?

— Envolvendo-me na destruição do altar que aquelas pelerinas ergueram.

— Lamento por isso. Lamento mesmo. Eu não queria que você cansasse as pernas: vai precisar delas quando for lutar. Mas então aqueles outros apareceram, e pensei ter visto uma chance de você ganhar algum dinheiro.

Seu olhar abandonou meu rosto e pousou em um dos bustos brutais que ladeavam a escadaria. Perguntei:

— Isso foi mesmo tudo o que houve?

— Para confessar a verdade, eu queria que eles continuassem pensando que você pudesse ser um armígero. Os armígeros andam muito fantasiados porque estão sempre indo a festas e torneios, e você tem cara de ser um. Foi por isso que eu mesma pensei isso quando te vi pela primeira vez. E, sabe, se você fosse um, então eu seria alguém de quem uma pessoa assim, um armígero, e, provavelmente, o bastardo de um exultante, poderia cuidar. Mesmo que fosse apenas uma espécie de piada. Eu não tinha como adivinhar o que aconteceria.

— Entendo — falei. De repente, o riso tomou conta de mim. — Que tolos devemos ter parecido sacudindo no fiacre.

— Se você entende, então me beije.

Eu a encarei fixamente.

— Me beije! Quantas chances você ainda tem? Eu vou te dar mais, o que você quer... — Ela fez uma pausa e depois riu também. — Depois do jantar, talvez. Se conseguirmos encontrar um local privado, embora isso não seja bom para sua luta. — Ela se jogou nos meus braços então, ficando na ponta dos pés para pressionar meus lábios contra os dela. Seus seios eram firmes e elevados, e eu podia sentir o movimento de seus quadris.

— Pronto. — Ela me empurrou. — Olhe lá embaixo, Severian. Entre os postes. O que você está vendo?

A água brilhava como um espelho ao sol.

— O rio.

— Sim, o Gyoll. Agora, olhe para a esquerda. Como há tantos nénufares, a ilha é difícil de ver. Mas o gramado é de um verde mais claro e brilhante. Não está vendo o vidro? Onde ele capta a luz?

— Estou vendo uma coisa. O prédio é todo de vidro?

Ela assentiu.

— É o Jardim Botânico, para onde estamos indo. Eles vão deixar você cortar seu averno lá: você só precisa exigir isso como seu direito.

Fizemos o resto da descida em silêncio. A Escadaria Adamiana serpenteia ao longo de uma longa encosta, e é um lugar adorado pelos caminhantes, que muitas vezes contratam quem os leve até o topo e os tragam de volta. Vi muitos casais bem-vestidos, homens com marcas de antigas dificuldades no rosto e crianças barulhentas. Entristecendo-me ainda mais, vi também de vários pontos, as torres escuras da Cidadela na margem oposta, e no segundo ou terceiro avistamento delas me ocorreu que, quando eu havia nadado na margem leste, mergulhando das escadas na água e brigando com as crianças do cortiço, uma ou duas vezes percebi uma estreita linha branca na outra margem, tão a montante que ficava quase além da visão.

O Jardim Botânico ficava numa ilha perto da margem, encerrado num edifício de vidro (uma coisa que eu nunca tinha visto antes e não sabia que podia existir). Lá, não havia torres ou ameias: apenas o tholus facetado, subindo até se perder contra o céu e seus brilhos momentâneos se confundirem com as estrelas fracas. Perguntei a Ágia se teríamos tempo para ver o jardim: e então, antes que ela pudesse responder, disse-lhe que os veria, houvesse tempo ou não. O fato era que eu não tinha nenhum escrúpulo em chegar atrasado para a minha morte e começava a ter dificuldade em levar a sério um combate travado com flores.

— Se você deseja passar sua última tarde visitando o jardim, que assim seja — ela disse. — Eu mesma venho aqui com frequência. É gratuito, pois é mantido pelo Autarca, e divertido, se você não for muito melindroso.

Subimos degraus de vidro de um verde pálido. Perguntei a Ágia se o enorme edifício existia apenas para fornecer flores e frutos.

Ela balançou a cabeça, rindo, e apontou para o amplo arco diante de nós.

— Em ambos os lados deste corredor há câmaras, e cada câmara é uma biopaisagem. Mas aviso que, como o corredor é mais curto do que o próprio prédio, as câmaras se ampliarão à medida que as adentrarmos mais fundo. Algumas pessoas acham isso desconcertante.

Entramos e, ao fazê-lo, caímos no silêncio que deve ter havido na aurora do mundo antes que os pais dos homens soassem pela primeira vez seus gongos corajosos, construíssem carroças estridentes e batessem no Gyoll com remos longos. O ar estava perfumado, úmido e um pouco mais quente do que lá fora. As paredes de ambos os lados do piso de mosaico também eram de vidro, mas tão grossas que a visão dificilmente poderia penetrá-las; folhas e flores e até árvores altas vistas por entre aquelas paredes oscilavam como se fossem vislumbradas através da água. Em uma das amplas portas, li:

JARDIM DO SONO

— Podem entrar em qualquer um que quiserem — disse um velho, levantando-se de sua cadeira num canto. — E em quantos quiserem.

Ágia balançou a cabeça.

— Não teremos tempo para mais do que um ou dois.

— É sua primeira visita? Os recém-chegados geralmente gostam do Jardim da Pantomima.

Ele usava um manto desbotado que me fazia lembrar de algo que não consegui identificar. Perguntei se era o hábito de alguma guilda.

— De fato é. Somos os curadores: nunca conheceu um da nossa fraternidade antes?

— Duas vezes, creio.

— Somos poucos, mas nosso cargo é o mais importante de que a sociedade se vangloria: a preservação de tudo o que se foi. Vocês já viram o Jardim de Antiguidades?

— Ainda não — respondi.

— Pois deveriam! Se for a sua primeira visita, aconselho-os a começarem pelo Jardim de Antiguidades. Centenas e centenas de plantas extintas, incluindo algumas que não são vistas há dezenas de milhões de anos.

Ágia disse:

— Aquela trepadeira roxa da qual você tanto se orgulha: eu a conheci crescendo selvagem numa encosta no Comum dos Sapateiros.

O curador balançou a cabeça com tristeza.

— Perdemos esporos, infelizmente. Nós sabemos disso... Uma vidraça do telhado quebrou e eles explodiram. — A infelicidade rapidamente deixou seu rosto enrugado, desaparecendo como acontece com os problemas das pessoas simples. Ele sorriu. — É provável que ela sobreviva agora. Todos os seus inimigos estão tão mortos quanto os distúrbios que suas folhas curaram.

Um clamor me fez virar. Dois operários empurravam uma carroça através de uma das portas, e perguntei o que eles estavam fazendo ali.

— Aquele é o Jardim de Areia. Eles o estão reconstruindo. Cactos e iúca: esse tipo de coisa. Receio que não haja muito para ver lá agora.

Peguei a mão de Ágia e disse:

— Vamos, gostaria de dar uma olhada no trabalho. — Ela sorriu para o curador e meio que deu de ombros, mas me seguiu com bastante docilidade.

Areia havia, mas nenhum jardim. Entramos em um espaço aparentemente ilimitado, pontilhado de pedregulhos. Mais pedregulhos se erguiam nos penhascos atrás de nós, ocultando a parede pela qual tínhamos entrado. Ao lado da porta, uma grande planta se espraiava, metade arbusto, metade cipó, com espinhos curvos cruéis; supus que fosse o último remanescente da antiga flora, ainda não removido. Não havia outra vegetação e nenhum sinal do reabastecimento que o curador havia sugerido, exceto pelas faixas gêmeas da carrocinha dos operários, serpenteando entre as pedras.

— Isso não é lá muita coisa — disse Ágia. — Por que não me deixa levá-lo ao Jardim do Deleite?

— A porta está aberta atrás de nós: mas por que sinto que não posso sair deste lugar?

Ela olhou para mim de soslaio.

— Todo mundo se sente assim nesses jardins, mais cedo ou mais tarde, embora geralmente não tão rápido. Seria melhor para você se saíssemos agora. — Ela falou mais alguma coisa também, algo que não consegui entender. Ao longe, eu parecia ouvir as ondas batendo na borda do mundo.

— Espere... — falei. Mas Ágia me puxou novamente para o corredor. Nossos pés carregaram o tanto de areia que uma criança poderia segurar na palma da mão.

— Realmente, não nos resta muito tempo agora — Ágia me disse. — Deixe que eu te mostre o Jardim dos Deleites, então pegamos seu averno e saímos.

— Ainda não deve ter passado do meio da manhã.

— Já passa do meio-dia. Ficamos mais de uma vigília apenas no Jardim de Areia.

— Agora eu sei que você está mentindo para mim.

Por um instante vi um lampejo de raiva no rosto dela. Então ele se dispersou com uma unção de ironia filosófica, a secreção de sua autoestima ferida. Eu era muito mais forte do que ela e, apesar de pobre, era mais rico; naquela hora, ela dizia a si mesma (senti que quase podia ouvir sua voz sussurrando no próprio ouvido) que, por aceitar tais insultos, ela me dominava.

— Severian, você argumentou e argumentou, e, no final, tive que arrastá-lo para fora. Os jardins afetam as pessoas desse jeito... certas pessoas sugestionáveis. Dizem que o Autarca quer que algumas pessoas permaneçam em cada um para acentuar a realidade da cena, e assim seu arquimago, Padre Inire, investiu-os com uma conjuração. Mas, já que você ficou tão atraído por esse, é provável que nenhum dos outros afete tanto você.

— Eu senti que pertencia àquele lugar — comentei. — Que iria encontrar alguém... e que uma certa mulher estava lá, por perto, mas escondida da vista.

Estávamos passando por outra porta, em que estava escrito:

JARDIM DA SELVA

Como Ágia não me respondeu, continuei:

— Você me disse que os outros não me afetarão, então vamos entrar aqui.

— Se perdermos nosso tempo com isso, não chegaremos nunca ao Jardim dos Deleites.

— Só por um momento. — Como ela estava tão determinada a me levar para o jardim que havia escolhido sem ver nenhum dos demais, comecei a ficar com medo do que poderia encontrar lá ou levar comigo.

A pesada porta do Jardim da Selva se abriu em nossa direção, carregando uma onda de ar fumegante. Mais além, a luz era fraca e verde. Lianas obscureciam parcialmente a entrada, e uma grande árvore, apodrecida até virar polpa, havia caído no caminho a alguns passos de distância. Seu tronco ainda trazia uma pequena placa: *Caesalpinia sappan*.

— A verdadeira selva está morrendo no norte, à medida que o sol esfria — disse Ágia. — Um homem que conheço diz que ela está morrendo há muitos séculos. Aqui, a velha selva está preservada do jeito que era quando o sol era jovem. Entre. Você queria ver o lugar.

Entrei. Atrás de nós, a porta se fechou e desapareceu.

XX

Os espelhos do Padre Inire

Como Ágia havia dito, as selvas reais adoeciam lá para o norte. Eu nunca as vira, mas o Jardim da Selva me fez sentir que sim. Mesmo agora, sentado à minha escrivaninha na Casa Absoluta, algum ruído distante traz de volta aos meus ouvidos os gritos do papagaio de peito magenta e dorso ciano que voejava de árvore em árvore, observando-nos com olhos desaprovadores e de bordas brancas — embora isso sem dúvida se dê porque minha mente já estava voltada para aquele lugar mal-assombrado. Através dos seus gritos, um novo som — uma nova voz — vinha de algum mundo vermelho ainda não conquistado pelo pensamento.

— O que é aquilo? — Toquei no braço de Ágia.

— Um esmilodonte. Mas está longe e só quer assustar os cervos para que eles tropecem nas mandíbulas dele. Ele fugiria de você e de sua espada muito mais rápido do que você poderia fugir dele. — O vestido dela havia sido rasgado por um galho, expondo um seio. O incidente não a deixou de bom humor.

— Para onde leva o caminho? E como pode o felino estar tão longe quando tudo isto é apenas um cômodo do edifício que vimos do topo da Escadaria Adamiana?

— Nunca me aprofundei tanto neste jardim. Foi você quem quis vir.

— Responda às minhas perguntas — eu disse, e a segurei pelo ombro.

— Se este caminho for como os outros... quero dizer, os outros jardins... ele segue numa volta grande que acabará nos levando de volta à porta pela qual entramos. Não há motivo para ter medo.

— A porta desapareceu quando a fechei.

— É só um truque. Você não viu aquelas fotos em que um pietista exibe um rosto meditando quando você está em um lado da sala, mas olha para você quando você atravessa para a parede oposta? Veremos a porta quando nos aproximarmos dela pelo outro lado.

Uma cobra com olhos de coralina veio deslizando pelo caminho, ergueu uma cabeça venenosa para olhar para nós e depois seguiu. Ouvi Ágia ofegar e lhe disse:

— Quem está com medo agora? Será que aquela cobra vai fugir de você tão rápido quanto você dela? Agora responda a minha pergunta sobre o esmilodonte. Ele está realmente longe? E se está, como pode ser?

— Não sei. Você acha que há respostas para tudo aqui? É assim no lugar de onde você vem?

Lembrei-me da Cidadela e dos antigos usos das guildas.

— Não — respondi. — Existem ofícios e costumes inexplicáveis em minha casa, embora nestes tempos decadentes eles estejam caindo em desuso. Existem torres nas quais ninguém jamais entrou também, e salas perdidas, e túneis cujas entradas não são vistas.

— Então você não entende que é a mesma coisa aqui? Quando estávamos no alto da escadaria e você olhou para baixo e viu esses jardins, conseguia ver todo o edifício?

— Não — admiti. — Havia postes e torres no caminho, e a esquina do aterro.

— E mesmo assim, você poderia delimitar o que viu?

Dei de ombros.

— O vidro tornava difícil dizer onde estavam as bordas do edifício.

— Então como você pode fazer as perguntas que faz? Ou, se você precisa perguntar, não consegue entender que eu não tenho necessariamente as respostas? Pelo rugido do esmilodonte, eu sabia que ele estava longe. Talvez ele não esteja aqui, ou talvez a distância seja de tempo.

— Quando olhei para este edifício, vi uma cúpula facetada. Agora, quando olho para cima, vejo apenas o céu entre as folhas e as vinhas.

—As superfícies das facetas são grandes. Pode ser que as bordas estejam escondidas pelos galhos — disse Ágia.

Seguimos em frente, vadeando por um fio de água onde um réptil com dentes malignos e costas com barbatanas quarava. Desembainhei a *Terminus Est*, temendo que ele disparasse aos nossos pés.

— Concordo — falei — que aqui, as árvores crescem densamente demais para me permitir ver longe, em ambos os lados. Mas olhe isso, através da abertura onde este riachinho corre. Rio acima só consigo ver mais selva. A jusante, há um brilho de água, como se ela desaguasse num lago.

— Eu avisei que os aposentos se abrem e que você poderia achar isso perturbador. Dizem também que as paredes destes locais são espéculos, cujo poder reflexivo cria a aparência de um vasto espaço.

— Certa vez conheci uma mulher que conheceu o Padre Inire. Ela me contou uma história sobre ele. Gostaria de ouvir?

— Como quiser.

Na verdade, era eu quem queria ouvir a história, e fiz como quis: contei-a para mim mesmo nos recônditos da minha mente, ouvindo-a apenas um pouco menos do que tinha ouvido pela primeira vez, quando as mãos de Thecla, brancas e frias como lírios tirados de um túmulo cheio de chuva, jaziam presas entre as minhas.

— Eu tinha treze anos, Severian, e tinha uma amiga chamada Domnina. Era uma menina linda que parecia vários anos mais jovem do que realmente era. Talvez tenha sido por isso que ele gostou dela.

"Eu sei que você não sabe nada sobre a Casa Absoluta. Você precisa acreditar na minha palavra de que em um lugar da

Sala do Significado existem dois espelhos. Cada um tem três ou quatro varas de largura e cada uma se estende até o teto. Não há nada entre os dois, exceto algumas dezenas de passos de piso de mármore. Em outras palavras, qualquer um que andar pelo Salão do Significado se vê infinitamente multiplicado ali. Cada espelho reflete as imagens do seu gêmeo.

"Naturalmente, é um lugar atraente quando você é uma garota e se imagina bela. Domnina e eu estávamos brincando lá uma noite, dando voltas e mais voltas para exibir novas sobrepelizes. Tínhamos mudado alguns grandes candelabros de lugar, de modo que um ficou à esquerda de um espelho, e outro à esquerda do que estava de frente para ele: em cantos opostos, se é que você me entende.

"Estávamos tão ocupadas olhando para nós mesmas que não reparamos em Padre Inire até que ele estivesse a apenas um passo de distância. Normalmente, você entende, teríamos corrido e nos escondido assim que o víssemos chegando, embora ele não fosse muito mais alto do que nós. Ele usava vestes iridescentes que pareciam desbotar em cinza quando eu olhava para elas, como se tivessem sido tingidas de neblina. 'Vocês devem ter cuidado, crianças, ao olhar para si mesmas assim', disse ele. 'Há um diabrete que espera dentro do vidro prateado e penetra nos olhos daqueles que olham para ele.'

"Eu entendi o que ele queria dizer e corei. Mas Domnina disse: 'Acho que já o vi. Ele tem a forma de uma lágrima, todo brilhante?'

"Padre Inire não hesitou antes de responder, sequer piscou. Ainda assim, entendi que ele tinha ficado surpreso. Ele disse: 'Não, isso é outra pessoa, dulcineia. Você consegue vê-lo claramente? Não? Então vá à minha câmara de presença amanhã um pouco depois das Nonas, e eu o mostrarei a você'.

"Ficamos apavoradas quando ele saiu. Domnina jurou cem vezes que não iria. Aplaudi sua resolução e tentei lhe dar força. Ou seja, combinamos que ela ficaria comigo naquela noite e no dia seguinte.

"Foi tudo em vão. Um pouco antes da hora marcada, um servo vestido de libré que nenhum de nós jamais tinha visto veio buscar a pobre Domnina.

"Alguns dias antes, eu tinha ganhado um conjunto de figuras de papel. Havia *soubrettes*, colombinas, corifeus, arlequinas, figurantes e assim por diante, o de costume. Lembro-me de ter esperado por Domnina a tarde inteira no banco à janela, brincando com as figuras, colorindo suas fantasias com lápis de cera, organizando-as de várias maneiras e inventando folguedos que eu e ela jogaríamos quando ela voltasse.

"Por fim, minha babá me chamou para jantar. Nessa altura pensei que o Padre Inire já tivesse matado Domnina ou a mandado de volta para sua mãe com uma ordem para que nunca mais nos visitasse. Quando estava terminando minha sopa, bateram na porta. Ouvi a servitrix de minha mãe ir atendê-la, então Domnina entrou correndo. Nunca vou esquecer o rosto dela: estava branco como o rosto de uma boneca. Ela chorava e minha babá a confortou, e finalmente conseguimos que ela nos contasse a história.

"O homem que havia sido enviado para buscá-la a levara por corredores que ela não sabia que existiam. Isso, você entende, Severian, por si só já era assustador. Nós duas nos considerávamos perfeitamente familiarizadas com a nossa ala da Casa Absoluta. Por fim, ele a conduzira para o que devia ser a câmara de presença. Ela disse que era uma sala grande com cortinas de um vermelho escuro e denso e quase sem móveis, a não ser por vasos mais altos do que um homem e mais largos do que ela poderia abraçar.

"No centro estava o que ela inicialmente considerou ser uma sala dentro da sala. As paredes eram octogonais e pintadas com labirintos. Acima dela, quase invisível do ponto onde ela estava, na entrada da câmara de presença, queimava a lâmpada mais brilhante que ela já tinha visto. Era branca-azulada, ela disse, e tão brilhante que uma águia não conseguiria ter mantido os olhos fixos nela.

"Ela ouviu o clique do ferrolho quando a porta foi fechada atrás de si. Não havia outra saída, até onde ela conseguia ver. Ela correu para as cortinas na esperança de encontrar outra porta atrás deles, mas assim que ela puxou uma de lado, uma das oito paredes pintadas de labirintos se abriu, e por ela saiu o Padre Inire. Atrás dele, ela viu o que chamou de um buraco sem fundo, cheio de luz.

"'Aí está você', disse ele. 'Chegou bem na hora. Criança, o peixe está quase apanhado. Você pode observar a colocação do anzol e aprender por quais meios suas escamas douradas serão envoltas em nossa rede.' Ele a pegou pelo braço e a levou para dentro do recinto octogonal."

Neste ponto, fui forçado a interromper minha história para ajudar Ágia a passar por uma parte do caminho quase completamente coberta de vegetação.

— Você está falando sozinho — disse ela. — Estou ouvindo você murmurar atrás de mim.

— Estou contando a mim mesmo a história que mencionei para você. Você pareceu não ter nenhum desejo de ouvi-la, mas eu queria ouvi-la novamente: além disso, trata-se dos espéculos do Padre Inire e pode conter dicas úteis para nós.

— Domnina se afastou. No centro do recinto, logo abaixo da lâmpada, havia uma névoa de luz amarela. Era algo que nunca ficava parado, ela disse. Movia-se para cima e para baixo e de um lado para o outro com movimentos rápidos, nunca deixando um espaço que poderia ter quatro palmos de altura e quatro de comprimento. Aquilo de fato a fazia lembrar de um peixe. Muito mais do que os tênues flagas que ela vislumbrara nos espelhos do Salão do Significado lembravam: um peixe nadando no ar, confinado a um aquário invisível. O Padre Inire fechou atrás deles a parede do octógono. Era um espelho no qual ela podia ver o rosto dele, a mão e as vestes brilhantes e indefinidas refletidas. A forma dela também, e a do peixe... mas parecia haver outra menina: seu próprio rosto espiando por cima do ombro dela; depois outra, outra e mais outra, cada qual com um rosto menor atrás. E assim por diante, *ad infinitum*, uma interminável cadeia de rostos mais fracos de Domnina.

"Ela percebeu, quando os viu, que a parede do recinto octogonal por onde havia passado ficava de frente para outro espelho. Na verdade, todas as outras eram espelhos. A luz da lâmpada branca-azulada era captada por todos eles e refletida de um para outro, do mesmo jeito que meninos poderiam passar bolas de prata, entremeando-se e entrelaçando-se numa dança interminável. No centro, o peixe tremeluzia de um lado para o outro, uma coisa formada, ao que parecia, pela convergência da luz.

"'Aqui você o vê', disse o Padre Inire. 'Os antigos, que conheciam esse processo pelo menos tão bem quanto nós e talvez melhor, consideram o Peixe o menos importante e o mais comum dos habitantes dos espéculos. Com sua falsa crença de que as criaturas que eles invocaram estiveram sempre presentes nas profundezas do vidro, não precisamos nos preocupar. Com o tempo, eles se voltaram para uma questão mais séria: Por quais meios a viagem pode ser feita quando o ponto de partida fica a uma distância astronômica do local de chegada?'

"'Posso passar minha mão por ele?'

"'Nesta etapa, pode, criança. Mais tarde eu não aconselharia.'

"Ela fez isso e sentiu um calor deslizante. 'É assim que surgem os cacogênios?'

"'Sua mãe já levou você para passear no voador dela?'

"'Claro.'

"'E você já viu os voadores de brinquedo que as crianças mais velhas fazem no prazer da noite, com cascos de papel e lanternas de pergaminho. O que você está vendo aqui está para o meio usado para viajar entre sóis como aqueles voadores de brinquedo estão para os de verdade. No entanto, podemos convocar o Peixe com isso, e talvez com outras coisas também. E assim como os voadores de meninos às vezes incendeiam o telhado de um pavilhão, também nossos espelhos, embora sua concentração não seja poderosa, não deixam de provocar certo perigo.'

"'Pensei que para viajar para as estrelas fosse preciso sentar no espelho.'

"Padre Inire sorriu. Era a primeira vez que a menina o via sorrir, e apesar de saber que isso apenas queria dizer que ela o divertia e o agradava (talvez mais do que uma mulher adulta pudesse fazer), não foi agradável. 'Não, não. Deixe-me delinear o problema para você. Quando algo se move muito, muito rápido, tão rápido quanto o momento em que sua babá acende a vela do seu quarto, e você vê todas as coisas familiares, esse algo fica pesado. Não maior, você entende, apenas mais pesado. Ele é atraída por Urth ou qualquer outro mundo com mais força. Caso se movesse com rapidez suficiente, iria se tornar um mundo próprio, atraindo outras coisas para si. Não existe nada que faça isso, mas, se alguma coisa o fizesse, é o que aconteceria. No entanto, mesmo a luz da sua vela não se move com rapidez suficiente para viajar entre os sóis.'

"(O PEIXE SALTAVA PARA CIMA E PARA BAIXO, PARA FRENTE E PARA TRÁS.)

"'O senhor não poderia fazer uma vela maior?' Tenho certeza de que Domnina estava pensando na vela pascal que via a cada primavera, mais grossa do que a coxa de um homem.

"'Uma vela dessas poderia ser feita, mas sua luz não voaria mais rapidamente. Ainda assim, muito embora a luz seja tão leve que tenhamos dado seu nome a essa condição, ela faz pressão contra aquilo sobre o que cai, assim como o vento, que não podemos ver, empurra os braços de um moinho. Veja agora o que acontece quando iluminamos o conjunto de espelhos dispostos cara a cara: a imagem que refletem viaja de um para o outro e retorna. Suponha que ela encontre a si mesma ao retornar: o que você acha que acontece, então?

"Domnina riu, apesar do medo, e disse que não conseguia adivinhar.

"'Ora, ela se cancela. Pense em duas meninas correndo por um gramado sem olhar para onde estão indo. Quando se encontram, não há mais meninas correndo. Mas, se os espelhos forem bem-feitos e as distâncias entre eles estiverem corretas, as imagens não coincidem. Em vez disso, uma vem atrás da outra. Isso não tem efeito quando a luz vem de uma vela ou de uma estrela comum, porque tanto a luz anterior quanto a luz posterior que, de outra forma, tenderiam a conduzi-la para a frente, são apenas luz branca aleatória, assim como as ondas arbitrárias que uma garotinha pode produzir jogando um punhado de pedras em um lago de lírios. Mas se a luz vier de uma fonte coerente e formar a imagem refletida de um espelho opticamente exato, a orientação das frentes de onda é a mesma, porque a imagem é a mesma. Como nada pode exceder a velocidade da luz no nosso universo, a luz acelerada sai dele e entra em outro. Quando desacelera novamente, ela reentra no nosso: naturalmente em outro ponto.'

"'É apenas um reflexo?', perguntou Domnina. Ela estava olhando para o Peixe.

"'Em algum momento, será um ser real, se não apagarmos a lâmpada nem mudarmos o espelho de lugar. Pois a existência de uma imagem refletida sem que haja um objeto para originá-la viola as leis do nosso universo e, portanto, um objeto deverá passar a existir.'"

— Olhe — disse Ágia —, estamos chegando a alguma coisa.

A sombra das árvores tropicais era tão intensa que manchas de sol no caminho pareciam brilhar como ouro derretido. Apertei os olhos para ver além de seus raios de luz incandescentes.

— Uma casa construída sobre palafitas de madeira amarela. Coberta com folhas de palmeira. Não está vendo?

Algo se moveu, e a cabana pareceu saltar aos meus olhos quando emergiu do padrão de verdes, amarelos e pretos. Uma mancha sombreada tornou-se uma porta; duas linhas inclinadas, o ângulo do telhado. Um homem de roupas claras estava parado numa pequena varanda olhando para nós. Endireitei meu manto.

— Não precisa fazer isso — disse Ágia. — Aqui, isso não importa. Se estiver sentindo calor, pode tirar.

Tirei o manto e o dobrei sobre o braço esquerdo. O homem na varanda se virou com uma expressão de terror inconfundível e entrou na cabana.

XXI

A CABANA NA SELVA

Uma escada vertical levava à varanda. Era feita da mesma madeira de juntas nodosas que a cabana, amarrada com fibra vegetal.

— Você não vai subir nisso aí, vai? — protestou Ágia.

— Se quisermos ver o que há para ser visto aqui, devemos — respondi. — E, lembrando do estado de suas roupas íntimas, pensei que você poderia se sentir mais confortável se eu fosse na sua frente.

Ela me surpreendeu ao corar.

— Isso só levará a uma casa como as que eram usadas nas partes quentes do mundo nos tempos antigos. Você logo ficará entediado, acredite em mim.

— Então nós podemos descer sem gastar muito tempo nisso. — Eu me dependurei na escada. Ela cedeu e rangeu de forma alarmante, mas eu sabia que, em um espaço de lazer público, era impossível que fosse de fato perigosa. Quando estava na metade do caminho, senti Ágia atrás de mim.

O interior não era tão maior que uma de nossas celas, mas cessavam aí as semelhanças. No nosso ergástulo, a impressão esmagadora era de solidez e massa. As placas de metal das paredes faziam ecoar até mesmo o mais leve dos sons; o chão vibrava sob os passos dos oficiais e não cedia nem a espessura de um fio de cabelo sob o peso do caminhante; o teto nunca poderia cair — mas se caísse, esmagaria tudo abaixo dele.

Se é verdade que cada um de nós tem um irmão antipolar em algum lugar, um gêmeo luminoso, se formos sombrios, um gêmeo sombrio, se formos luminosos, então aquela cabana era certamente uma irmã mutante de uma de nossas celas. Havia janelas por todos os lados, exceto no lado por onde entramos pela porta aberta, e não havia grades nem painéis, nem qualquer outro tipo de fechamento. O chão, as paredes e os caixilhos das janelas eram feitos dos galhos da árvore amarela; galhos que não tinham sido aplainados para virar tábuas, mas deixados arredondados, de modo que, em alguns lugares, eu podia ver a luz do sol através das paredes e, se tivesse deixado cair ali um oricalco desgastado, muito provavelmente ele cairia no chão lá embaixo. Não havia teto, apenas um espaço triangular sob o telhado de onde pendiam panelas e sacos de comida.

Uma mulher lia em voz alta em um canto, com um homem nu agachado aos seus pés. O homem que havíamos visto de lá do caminho estava na janela em frente à porta, olhando para fora. Senti que ele sabia que havíamos chegado (e mesmo que não tivesse nos visto alguns momentos antes, ele certamente devia ter sentido a cabana tremer quando subimos a escada), mas queria fingir que não. Há algo que surge na linha das costas quando um homem se vira para não ver, e nas costas dele isso era evidente.

A mulher leu:

— "Então ele subiu da planície até o Monte Nebo, o promontório que dá para a cidade, e o Compassivo mostrou-lhe todo o país, toda a terra até o Mar Ocidental. Então ele lhe disse: 'Esta é a terra que jurei a vossos pais que daria aos filhos deles. Você já a viu, mas não porá os pés nela'. Então ali ele morreu, e foi sepultado na ravina."

O homem nu aos pés dela assentiu.

— É assim mesmo com nossos próprios mestres, Preceptora. Com o dedo mínimo é dado. Mas o polegar está colado nele, e basta um homem pegar a dádiva e cavar no chão de sua casa, e cobrir tudo com um tapete, que o polegar começa a puxar e aos poucos a dádiva sobe da terra e ascende ao céu, sem ser mais vista.

A mulher pareceu impaciente com isso e começou:

— Não, Isangoma... — Mas o homem na janela a interrompeu sem se virar. — Fique quieta, Marie. Quero ouvir o que ele tem a dizer. Você pode explicar depois.

— Um sobrinho meu — continuou o homem nu —, um membro do meu próprio círculo de fogo, não tinha peixe. Então ele pegou seu gowdalie e foi para uma certa poça. Ele se inclinou tão silenciosamente sobre a água que parecia uma árvore. — O homem nu deu um pulo ao dizer isso e posicionou seu corpo musculoso como se fosse espetar os pés da mulher com uma lança feita de ar. — Ele ficou muito, muito tempo parado... até que os macacos não o temeram mais e voltaram a jogar gravetos na água, e o hesperornis voejou para seu ninho. Um grande peixe saiu de sua toca nos troncos afundados. Meu sobrinho o observou circular, lentamente, lentamente. Ele nadou perto da superfície, e então, quando meu sobrinho estava prestes a enfiar nele a lança de três dentes, não era mais um peixe à vista, mas uma mulher adorável. No começo, meu sobrinho pensou que o peixe fosse o rei-peixe, que havia mudado de forma para não ser atingido pela lança. Então viu o peixe se movendo sob o rosto da mulher e percebeu que tinha visto um reflexo. Ele olhou para cima imediatamente, mas não havia nada para ser visto além do farfalhar das vinhas. A mulher havia sumido! — O homem nu olhou para cima, imitando muito bem o espanto do pescador. — Naquela noite, meu sobrinho foi até Numen, o Orgulhoso, e cortou a garganta de um jovem oreodonte, dizendo...

Ágia sussurrou para mim:

— Em nome de Teoantropos, por quanto tempo você pretende ficar aqui? Isso pode durar o dia todo.

— Deixe-me dar uma olhada na cabana — sussurrei de volta — e aí saímos.

— Poderoso é o Orgulhoso, sagrados todos os seus nomes. Tudo encontrado abaixo das folhas é dele, as tempestades são carregadas em seus braços, o veneno não traz morte a menos que a maldição do Orgulhoso seja pronunciada sobre ele!

A mulher disse:

— Não acho que precisemos de todos esses elogios ao seu fetiche, Isangoma. Meu marido deseja ouvir sua história. Muito bem, mas conte e poupe-nos de suas ladainhas.

— O Orgulhoso protege seu suplicante! Ele não ficaria envergonhado se alguém que o adorasse viesse a morrer?

— Isangoma!

Da janela, o homem disse:

— Ele está com medo, Marie. Você não consegue sentir isso na voz dele?

— Não existe medo para aqueles que usam o símbolo do Orgulhoso! Sua respiração é a névoa que esconde os filhotes de uacaris das garras do gato-maracajá!

— Robert, se você não fizer algo sobre isso, eu farei. Isangoma, silêncio. Ou saia e nunca mais volte aqui.

— O Orgulhoso sabe que Isangoma ama a Preceptora. Ele a salvaria se pudesse.

— Salvar-me do quê? Você acha que há uma de suas feras terríveis aqui? Se houvesse, Robert atiraria nela com sua arma.

— Os tokoloshe, Preceptora. Os tokoloshe vêm. Mas o Orgulhoso em sua condensação nos protegerá. Ele é o poderoso comandante de todos os tokoloshe! Quando ele ruge, eles se escondem sob as folhas caídas.

— Robert, acho que ele perdeu a cabeça.

— Ele tem olhos, Marie, e você não.

— O que você quer dizer com isso? E por que continua olhando para essa janela?

Muito lentamente, o homem se virou para nós. Por um momento olhou para Ágia e para mim, então nos deu as costas. Sua expressão foi a que eu via em nossos clientes quando Mestre Gurloes lhes mostrava os instrumentos a serem usados em suas anácrises.

— Robert, pelo amor de Deus, diga o que há de errado com você.

— Como diz Isangoma, os tokoloshe estão aqui. Não dele, eu acho, mas nossos. A Morte e a Dama. Já ouviu falar deles, Marie?

A mulher balançou a cabeça negativamente. Ela se levantou do assento e abriu a tampa de um pequeno baú.

— Suponho que não teria mesmo. É uma imagem: um tema artístico, na verdade. Quadros de vários artistas. Isangoma, não acho que o seu Orgulhoso tenha muita autoridade sobre esses tokoloshe. Estes vêm de Paris, onde estudei, para protestar comigo por ter trocado a arte por isso.

A mulher disse:

— Você está com febre, Robert. Isso é óbvio. Vou lhe dar algo e você se sentirá melhor em breve.

O homem olhou para nós novamente, para o rosto de Ágia e o meu, como se não quisesse fazê-lo, mas se percebesse incapaz de controlar o movimento dos olhos.

— Se estou doente, Marie, então os doentes sabem coisas que os sadios esqueceram. Isangoma sabe que eles também estão aqui, não se esqueça. Você não sentiu o chão tremer enquanto lia para ele? Foi quando eles entraram, eu acho.

— Acabei de lhe servir um copo d'água para que você possa engolir seu quinino. Não há ondulações nele.

— O que são eles, Isangoma? Tokoloshe... mas o que são tokoloshe?

— Maus espíritos, Preceptor. Quando homem pensa pensamento ruim ou mulher faz coisa ruim, existe outro tokoloshe. Ele fica para trás. Homem pensa: *ninguém sabe, todo mundo morto*. Mas os tokoloshe permanecem até o fim do mundo. Então todo mundo vai ver, saber o que aquele homem fez.

A mulher disse:

— Que ideia horrível.

As mãos do marido apertaram o tronco amarelo do parapeito da janela.

— Você não está vendo que eles são apenas os resultados do que fazemos? Eles são os espíritos do futuro, e nós mesmos os criamos.

— São muitas bobagens pagãs, é o que estou vendo, Robert. Escute. Sua visão é tão nítida, você não consegue ouvir por um momento?

— Estou ouvindo. O que você quer dizer?

— Nada. Só quero que você ouça. O que você ouve?

A cabana ficou em silêncio. Eu também ouvi, e não poderia deixar de ouvir ainda que tivesse desejado. Lá fora, os macacos tagarelavam e os papagaios gritavam como antes. Então ouvi, acima dos ruídos da selva, um leve zumbido, como se um inseto do tamanho de um barco estivesse voando bem longe.

— O que é? — perguntou o homem.

— O avião postal. Se tiver sorte, poderá vê-lo daqui a pouco.

O homem esticou o pescoço para fora da janela, e eu, curioso para ver o que ele estava procurando, fui até a janela à esquerda dele e olhei também. A folhagem era tão densa que a princípio parecia impossível ver alguma coisa, mas ele estava olhando quase diretamente para cima, além da borda do sapé, e encontrei uma nesga de azul ali.

O zumbido ficou mais alto. Diante de nós apareceu o voador mais estranho que já vi. Tinha asas, como se tivesse sido construído por alguma raça que ainda não havia percebido que, já que de qualquer forma não bateria as asas como um pássaro, não havia razão pela qual sua sustentação, como a de uma pipa, não pudesse vir de seu casco. Havia um inchaço bulboso em cada pinhão prateado e um terceiro na frente do casco; a luz parecia brilhar diante desses inchaços.

— Em três dias poderemos estar na pista de pouso, Robert. Na próxima vez que ele vier, estaríamos esperando.

— Se o Senhor nos enviou até aqui…

— Sim, Preceptor, devemos fazer o que o Orgulhoso deseja! Não há ninguém como ele! Preceptora, deixe-me dançar ao

Orgulhoso e cantar sua canção. Então pode ser que os tokoloshe vão embora.

O homem nu arrancou o livro da mulher e começou a batucar nele com a palma da mão: pancadas rítmicas, como se tocasse um pandeiro. Os pés se arrastaram pelo chão irregular, e sua voz, começando com uma estridulação melódica, tornou-se a voz de uma criança:

Na noite, quando tudo está em silêncio,
Ouça-o gritando nas copas das árvores!
Veja-o dançando no fogo!
Ele vive no veneno da flecha,
Minúsculo como um vaga-lume amarelo!
Mais brilhante que uma estrela cadente!
Homens peludos caminham pela floresta...

Ágia disse:

— Estou indo embora, Severian. — E passou pela porta atrás de nós. — Se você quiser ficar e assistir a isso, fique. Mas vai ter que pegar o seu averno sozinho e encontrar o caminho para os Campos Sanguinários. Você sabe o que vai acontecer se você não aparecer?

— Eles empregarão assassinos, você disse.

— E os assassinos empregarão a cobra chamada barba amarela. Não em você, inicialmente. Na sua família, se você tiver alguma, e nos seus amigos. E como estive com você por toda a nossa parte da cidade, isso provavelmente significa eu.

Ele vem quando o sol está se pondo,
Veja seus pés sobre a água!
Rastros de chamas na água!

O canto continuou, mas o cantador sabia que estávamos indo: seu cantar sustentava uma nota de triunfo. Esperei até que Ágia chegasse ao chão e então a segui.

Ela disse:

— Achei que você nunca iria embora. Agora que está aqui, você realmente gosta tanto deste lugar? — As cores metálicas de seu vestido rasgado pareciam tão zangadas quanto ela própria contra o verde fresco das folhas estranhamente escuras.

— Não — falei. — Mas acho interessante. Você viu o voador deles?

— Quando você e o prisioneiro olharam pela janela? Eu não fui tão idiota.

— Ele era como nenhum outro que já vi. Eu deveria estar olhando para as facetas do telhado dessa construção, mas em vez disso vi o voador que ele esperava ver. Pelo menos foi o que me pareceu. Algo vindo de outro lugar. Não faz muito tempo desde que eu quis contar a você sobre a amiga de uma amiga minha, que foi capturada nos espelhos do Padre Inire. Ela se viu em outro mundo, e mesmo depois de voltar para Thecla — era esse o nome da minha amiga — ela não tinha certeza se havia encontrado o caminho de volta ao seu verdadeiro ponto de origem. Eu me pergunto se ainda não estamos no mundo que aquelas pessoas deixaram, em vez de elas estarem no nosso.

Ágia já havia começado a caminhar. Manchas de luz solar pareciam tornar seu cabelo castanho de um dourado escuro enquanto ela olhava por cima do ombro para dizer:

— Eu te disse que certos visitantes são atraídos por certas biopaisagens.

Caminhei mais rápido para alcançá-la.

— Com o passar do tempo, suas mentes se adaptam ao ambiente que as cerca, e aí pode ser que eles dobrem as nossas também. Provavelmente, o que você viu foi um voador comum.

— Ele nos viu. O selvagem também.

— Pelo que ouvi dizer, quanto mais a consciência de um habitante estiver distorcida, mais percepções residuais provavelmente permanecerão. Quando encontro monstros, homens selvagens e assim por diante nesses jardins, descubro que há chances bem maiores de que eles estejam pelo menos parcialmente conscientes de mim do que os outros.

— Explique aquele homem — pedi.

— Eu não construí este lugar, Severian. Só sei que se você der meia-volta no caminho agora, aquele último lugar que vimos provavelmente não estará lá. Escute, quero que você me prometa que, quando sairmos daqui, vai me deixar levar você direto ao Jardim do Sono Sem Fim. Não temos tempo para mais nada, nem mesmo o Jardim dos Deleites. E você não é realmente o tipo de pessoa que deveria passear por aqui.

— Só porque eu queria ficar no Jardim de Areia?

— Em parte, sim. Você vai me causar problemas aqui mais cedo ou mais tarde, eu acho.

Enquanto dizia isso, contornamos uma das aparentemente intermináveis sinuosidades do caminho. Havia um tronco marcado com um pequeno retângulo branco, que só poderia ser uma placa de identificação de espécies do outro lado do caminho, e por entre as folhas aglomeradas à nossa esquerda, pude ver o muro, o vidro esverdeado formando um pano de fundo discreto para a folhagem. Ágia já tinha dado um passo além da porta quando mudei a *Terminus Est* de mão e a abri para ela.

XXII

Dorcas

Quando ouvi falar da flor pela primeira vez, imaginei que os avernos seriam cultivados em bancadas, em fileiras como as do conservatório da Cidadela. Depois, quando Ágia me contou mais sobre o Jardim Botânico, imaginei um lugar como a necrópole onde eu brincara quando menino, com árvores e tumbas em ruínas, e passarelas pavimentadas com ossos.

A realidade era muito diferente: um lago escuro num pântano infinito. Nossos pés afundavam em juncinhas, e um vento frio parecia assobiar sem nada para detê-lo antes de chegar ao mar. Os juncos cresciam ao lado da trilha na qual caminhávamos, e uma ou duas vezes um pássaro aquático passou por cima de nós, preto contra o céu enevoado.

Eu estava contando a Ágia sobre Thecla. Então ela tocou meu braço.

— Você pode vê-los daqui, mas teremos que dar meia-volta no lago para colher um. Veja para onde estou apontando… aquela mancha branca.

— Eles não parecem perigosos daqui.

— Eles já mataram muita gente, posso garantir. Algumas das pessoas estão enterradas neste jardim, imagino.

Então existiam sepulturas, afinal. Perguntei onde ficavam os mausoléus.

— Não há nenhum. Também não há caixões, nem urnas mortuárias, nem nada dessa aglomeração. Veja a água escorrendo pelas suas botas.

Eu vi. Era marrom como chá.

— Ela tem a propriedade de preservar cadáveres. Os corpos ganham peso forçando-se pelotas de chumbo em suas gargantas, e depois são afundados aqui com suas posições mapeadas, para que possam ser retirados novamente mais tarde, caso alguém queira vê-los.

Eu teria prontamente jurado que não havia ninguém num raio de uma légua de onde estávamos. Ou, pelo menos (se os segmentos do edifício de vidro realmente confinassem os espaços que enclausuravam, como se supunha que fizesse), não dentro das fronteiras do Jardim do Sono Sem Fim. Mas Ágia mal terminara de dizer aquilo quando a cabeça e os ombros de um velho apareceram por cima de alguns juncos, a uma dezena de passos de distância.

— Isso não é verdade — gritou ele. — Sei que eles dizem isso, mas não está certo, não.

Ágia, que tinha deixado o corpete rasgado de seu vestido pendurado, rapidamente o puxou novamente para cima.

— Não sabia que estava conversando com outra pessoa além do meu acompanhante aqui.

O velho ignorou a repreensão. Sem dúvida, seus pensamentos já estavam envolvidos demais com a observação que ele ouvira para que prestasse muita atenção.

— Eu tenho o número aqui, vocês gostariam de ver? O senhor, jovem *sieur*: o senhor tem educação, qualquer um pode dizer. Quer dar uma olhada? — Ele parecia estar carregando um cajado. Vi sua cabeça subir e descer várias vezes antes de entender que ele estava remando em nossa direção.

— Mais problemas — disse Ágia. — É melhor irmos embora.

Perguntei se não seria possível para o velho nos transportar através do lago, poupando-nos assim a longa caminhada.

Ele balançou a cabeça em negativa.

— Muito peso para o meu barquinho. Só tem espaço para Cas e eu aqui. Vocês, pessoas grandiosas, nos fariam virar.

A proa apareceu e vi que não mentia: o esquife era tão pequeno que parecia ser pedir demais que mantivesse o próprio velho flutuando, embora ele estivesse curvado e encolhido pela idade (aparentava ser até mesmo mais velho do que Mestre Palaemon) e dificilmente pudesse pesar mais que um menino de dez anos. Não havia ninguém com ele.

— Seu perdão, *sieur* — disse ele. — Mas não posso chegar mais perto. Molhada ela pode estar, mas fica muito seca para mim, ou você não conseguiria andar sobre ela. Pode pisar aqui na margem para que eu possa mostrar minha figura?

Eu estava curioso para ver o que queria de nós, então fiz o que pediu, e Ágia me seguiu com relutância.

— Pronto, aqui. — Enfiando a mão dentro de sua túnica, ele retirou um pequeno pergaminho. — Aqui está a posição. Dê uma olhada, jovem *sieur*.

O pergaminho tinha um nome e uma longa descrição de onde aquela pessoa havia vivido, de quem ela fora esposa e o que seu marido havia feito para ganhar a vida; todas essas coisas que receio ter apenas fingido olhar. Abaixo da descrição havia um mapa bruto e dois números.

— Agora o senhor vê, *sieur*, deveria ser bem fácil. O primeiro número ali é o número de passos *para além* do Tronco. O segundo número é o de passos *para cima*. Agora, o senhor acreditaria que, por todos esses anos, venho tentando encontrá-la e ainda não encontrei? — Olhando para Ágia, ele se endireitou até ficar quase normalmente em pé.

— Eu acreditaria — disse Ágia. — E se vai satisfazê-lo, sinto muito por saber disso. Mas não tem nada a ver conosco.

Ela se virou para ir embora, mas o velho estendeu sua vara para impedir que eu a seguisse.

— Não dê ouvidos ao que eles dizem. Eles os colocaram onde a cifra mostra, mas não ficam lá. Alguns até foram vistos no rio. — Ele olhou vagamente na direção do horizonte. — Lá fora.

Eu disse a ele que duvidava que isso fosse possível.

— Toda a água aqui, de onde acha que vem? Há um canal subterrâneo que a traz, e se não fizesse isso, todo este lugar aqui secaria. Quando eles começam a se movimentar, o que impede algum de nadar? O que há para evitar que vinte nadem? Aqui não pode haver nenhuma corrente. O senhor e ela: o senhor veio buscar um averno, não veio? Sabe por que eles os plantaram aqui, para começo de conversa?

Balancei a cabeça em negativa.

— Para os peixes-boi. Eles estão no rio e costumavam nadar pelo canal. Os parentes ficaram assustados ao ver seus rostos balançando no lago, então o Padre Inire mandou que jardineiros plantassem os avernos. Eu estava aqui e vi. Apenas um homenzinho ele é, com pescoço torto e pernas arqueadas. Se um peixe-boi vier agora, essas flores o matam à noite. Numa manhã, vim procurar Cas, como sempre faço, a menos que tenha algo além para cuidar, e havia dois curadores na margem com um arpão. Peixe-boi morto no lago, disseram. Eu saí com meu anzol e o peguei, e não era peixe-boi nenhum, mas um homem. Ele tinha cuspido seu chumbo, ou eles não tinham colocado chumbo suficiente. Parecia tão bem quanto o senhor ou ela, e melhor que eu.

— Estava morto havia muito tempo?

— Não há como saber, pois a água daqui os deixa em conserva como picles. O senhor vai ouvir dizer que transforma a pele em couro, e é o que acontece mesmo. Mas não pense na sola da sua bota quando ouvir isso. É mais como uma luva de mulher.

Ágia estava bem à nossa frente, e comecei a andar atrás dela. O velho nos seguiu, conduzindo seu esquife paralelamente ao caminho flutuante da juncinha.

— Eu lhes disse que dei mais sorte para eles em um dia do que tive para mim em quarenta anos. Aqui está o que eu uso. — Ele ergueu uma garra de ferro presa a um pedaço de corda. — Não que eu não tenha pescado em abundância, de todos os tipos. Mas Cas, não. Eu comecei onde o número mostrava, um ano depois da morte dela. Ela não estava lá, então continuei avançando em frente. Depois de cinco anos disso, eu estava muito longe — era o que eu pensava então — do que o que mapa dizia. Fiquei com medo de que ela pudesse estar lá mesmo, então comecei tudo de novo. Primeiro onde o mapa apontava, depois avançando. Dez anos fazendo isso. Fiquei com medo novamente, então o que faço agora é começar de manhã onde está escrito e fazer meu primeiro lançamento lá. Depois disso, vou até onde parei da última vez e dou mais algumas voltas. Ela não está onde o mapa diz: eu sei, conheço todo mundo que está lá agora, e alguns corpos puxei uma centena de vezes. Mas ela está vagando, e fico pensando que talvez volte para casa.

— Era sua esposa?

O velho assentiu e, para minha surpresa, não disse nada.

— Por que você quer recuperar o corpo dela?

Ele continuou em silêncio. Sua vara não fez nenhum som ao deslizar para dentro e para fora da água; o esquife deixava apenas um leve rastro atrás de si, pequenas ondulações que lambem a lateral da trilha dos juncos como línguas de gatinhos.

— Tem certeza de que a reconheceria, depois de tanto tempo, se a encontrasse?

— Sim... sim. — Ele assentiu, primeiro lentamente, depois vigorosamente. — O senhor está pensando que eu já poderia tê-la fisgado. Puxado para cima, olhado na cara dela e a jogado de volta. Não é? Não é possível. Não reconhecer Cas? Você se perguntou por que eu a quero de volta. Um dos motivos é que a memória que tenho dela, a mais forte, é essa água marrom cobrindo seu rosto. Seus olhos fechados. O senhor sabe o que é isso?

— Não tenho certeza se entendi o que você quer dizer.

— Eles têm um cimento que colocam nas pálpebras. Ele deveria mantê-las fechadas para sempre, mas quando a água bateu nelas, elas se abriram. Explique isso. É o que eu lembro, o que vem à minha mente quando tento dormir. Esta água marrom rolando sobre o rosto, e os olhos dela se abrindo em azul através do marrom. Tenho que ir dormir cinco, seis vezes todas as noites com esse acordar todo. Antes de ser eu mesmo a me deitar aqui embaixo, gostaria de ter outra imagem: o rosto dela voltando para cima, mesmo que seja apenas na ponta do meu anzol. Entende o que eu digo?

Pensei em Thecla e no fio de sangue escorrendo por baixo da porta de sua cela, e assenti.

— E tem mais uma coisa. Cas e eu tínhamos uma lojinha. Trabalhos em cloisonné, principalmente. Seu pai e seu irmão tinham o ofício de fazê-lo, e eles nos instalaram na Rua do Sinal, logo depois do meio, ao lado da casa de leilões. O prédio ainda está lá, apesar de ninguém mais morar nele. Eu ia à casa dos meus sogros e carregava nas costas as caixas para casa, aí abria elas e colocava as peças nas nossas prateleiras. Cas precificava, vendia e mantinha tudo muito limpo! Você sabe por quanto tempo fizemos isso? Administramos nossa lojinha?

Balancei a cabeça em negativa.

— Quatro anos, menos um mês e uma semana. Então ela morreu. Cas morreu. Não durou muito, mas foi a parte mais grandiosa da minha vida. Hoje, tenho um lugar para dormir em um sótão. Um homem que conheci anos antes, por mais que o tenha acontecido anos depois que Cas se foi, ele me deixa dormir lá. Não há um pedaço de *cloisonné* ali, nem uma peça de roupa, ou mesmo um prego da loja antiga. Tentei preservar um medalhão e os pentes de Cas, mas tudo se foi. Me diga isso agora. Como é que vou saber se isso não foi um sonho?

Pareceu-me que o velho poderia estar aprisionado em algum feitiço, como as pessoas da casa de madeira amarela tinham estado; então falei:

— Não tenho como saber. Talvez, como você disse, tenha sido um sonho. Acho que você se atormenta demais.

O humor dele mudou subitamente, como já vi o humor de crianças pequenas mudar, e ele riu.

— É fácil ver, *sieur*, que apesar da roupa por baixo desse manto, o senhor não é um torturador. Eu realmente gostaria de poder transportar o senhor e sua hetaíra. Como não posso, tem um sujeito mais adiante que tem um barco maior. Ele vem aqui com bastante frequência, e fala comigo às vezes, como o senhor fez. Diga a ele que espero que os conduza.

Agradeci e corri atrás de Ágia, que a essa altura já estava uma grande distância à frente. Ela mancava, e me lembrei da distância que havia caminhado hoje, depois de torcer a perna. Quando eu estava prestes a alcançá-la e dar-lhe o braço, dei um daqueles passos em falso que parecem desastrosos e enormemente humilhantes à primeira vista, embora depois se ria deles; e ao fazê-lo, coloquei em movimento um dos incidentes mais estranhos da minha carreira confessamente estranha. Comecei a correr, e ao correr, cheguei muito perto do lado interno de uma curva na pista.

Em um momento, eu estava saltitando no junco elástico — no seguinte, estava me debatendo em uma água marrom gelada, com meu manto impedindo muito os meus movimentos. Pelo espaço de um suspiro conheci novamente o terror do afogamento; então me endireitei e consegui elevar meu rosto acima da água. Os hábitos desenvolvidos em todos aqueles banhos de verão no Gyoll se reafirmaram: soprei a água do nariz e da boca, respirei bem fundo e empurrei meu capuz encharcado para trás do rosto.

Assim que me acalmei, percebi que havia deixado a *Terminus Est* cair, e, naquele momento, perder tal lâmina parecia mais terrível do que a chance de morrer. Mergulhei, sem sequer me preocupar em tirar as botas, forçando o caminho através de um fluido ambarino que não era água pura, mas água misturada e espessada com as hastes fibrosas dos juncos. Essas hastes, embora multiplicassem muitas vezes a ameaça de afogamento, salvaram, para mim, a *Terminus Est*: ela certamente teria me ultrapassado até o fundo e se enterrado na lama, apesar do ar escasso retido em sua bainha, se sua queda não tivesse sido obstruída. Do jeito que foi, oito ou dez côvados abaixo da superfície, uma mão tateando freneticamente encontrou a forma abençoada e familiar de seu punho de ônix.

No mesmo instante, minha outra mão tocou um objeto de um tipo completamente diferente. Era outra mão humana, e seu aperto (pois ela agarrou a minha no momento em que a toquei) coincidiu tão perfeitamente com a recuperação da *Terminus Est* que parecia que o dono da mão estava devolvendo para mim a minha propriedade, como aquela alta senhora das pelerinas. Senti uma onda de gratidão lunática, então o medo voltou dez vezes maior: a mão estava puxando a minha, me arrastando para baixo.

XXIII

Hildegrin

Com o que certamente devem ter sido minhas últimas forças, consegui atirar a *Terminus Est* na trilha flutuante de juncinha e agarrar sua margem irregular antes de afundar novamente.

Alguém me pegou pelo pulso. Olhei para cima esperando Ágia; não era ela, mas sim uma mulher ainda mais jovem, com cabelos louros esvoaçantes. Esforcei-me para agradecê-la, mas água, não palavras, foi o que saiu da minha boca. Ela me puxou e eu pelejei, e por fim fiquei totalmente apoiado na juncinha, tão fraco que não conseguia fazer mais nada.

Devo ter descansado ali por pelo menos o tempo necessário para dizer o ângelus, talvez um pouco mais. Eu estava consciente do frio, que piorava, e da flacidez de todo o tecido de plantas apodrecidas que se dobrou sob meu peso até ficar novamente meio submerso. Eu respirava em grandes engasgos que não conseguiam satisfazer meus pulmões e tossia água; água também escorria das minhas narinas. Alguém (era uma voz de homem, uma voz alta que eu parecia ter ouvido havia muito tempo) disse:

— Puxe-o ou ele vai afundar. — Fui levantado pelo cinto. Em mais alguns instantes consegui ficar de pé, embora minhas pernas tremessem e eu tivesse medo de cair.

Ágia estava lá, e a garota loira que me ajudara a subir no junco, e um homem grande e com cara de boi. Ágia perguntou o que havia acontecido, e apesar de estar semiconsciente, reparei em quanto ela estava pálida.

— Dê-lhe tempo — disse o grandalhão. — Ele já vai ficar bem. — E então: — Quem é você no Flegetonte?

Ele estava olhando para a garota, que parecia tão atordoada quanto eu. Ela emitiu um som gaguejado, "D-d-d-d", então baixou a cabeça e ficou em silêncio. Da cabeça aos pés estava suja de lama, e as roupas que usava não pareciam melhores do que trapos.

O grandalhão perguntou a Ágia:

— De onde veio essa aí?

— Não sei. Quando olhei para trás para ver o que estava atrasando Severian, ela já estava puxando ele para esse caminho flutuante.

— Que bom que ela fez isso, então. Bom para ele, de qualquer maneira. Ela é louca? Ou foi enfeitiçada aqui, você acha?

Eu disse:

— Seja lá o que ela for, ela me salvou. Você não pode dar a ela algo com que se cobrir? Ela deve estar congelando. — Eu estava congelando, agora que estava vivo o suficiente para perceber.

O homenzarrão balançou a cabeça em negativa e pareceu puxar o casaco pesado para mais perto do corpo.

— Não, a menos que ela se limpe. E ela não vai se limpar a não ser que seja posta de volta na água e se esfregue, além do mais. Mas tenho algo aqui comigo que deve ser a segunda melhor coisa, talvez seja até a primeira. — De um dos bolsos do casaco ele tirou um frasco de metal em forma de cachorro, que me entregou.

A rolha era um osso na boca do cachorro. Ofereci o frasco à garota loura, que a princípio parecia não saber o que fazer com aquilo. Ágia o pegou de suas mãos e o levou aos lábios da mulher até que ela tomasse vários goles, então me devolveu. O conteúdo parecia ser conhaque de ameixa; seu impacto ardente lavou o amargor da água do pântano de forma muito agradável. Na hora que recoloquei o osso na boca do cachorro, sua barriga estava, eu acho, mais da metade vazia.

— Agora — disse o homenzarrão — acho que vocês deveriam me dizer quem são e o que estão fazendo aqui: e nenhum de vocês venha me dizer que acabaram de chegar só para ver os pontos turísticos do jardim. Vejo curiosos suficientes hoje em dia para conhecê-los antes que cheguem a uma distância de saudação. — Ele olhou para mim. — É um bom canivetinho esse que você tem aí, para começo de conversa.

Ágia disse:

— O armígero está fantasiado. Ele foi desafiado e veio cortar um averno.

— Ele está fantasiado e você não, suponho. Você acha que não conheço brocado de palco? E pés descalços também, quando os vejo?

— Eu nunca disse que não estava fantasiada, nem que era da mesma posição que ele. Quanto aos meus sapatos, deixei-os lá fora para não os estragar nesta água.

O grandalhão assentiu de uma forma que não dava qualquer pista quanto a se acreditava ou não.

— Agora você, cabelinho dourado. A bagagem bordada aqui já disse que não te conhece. E pela aparência dele, não acredito que o peixe que ela pescou... que você puxou para ela, e que bom trabalho foi esse... não acredito que esse peixe saiba mais do que eu. Talvez, nem tanto. Então, quem é você?

A garota loira engoliu em seco.

— Dorcas.

— E como chegou aqui, Dorcas? E como entrou na água? Pois é claramente onde você estava. Você não poderia ter ficado tão molhada só de puxar nosso jovem amigo.

O conhaque tinha deixado as bochechas da garota coradas, mas seu rosto estava tão vazio e confuso como antes, ou quase isso.

— Não sei — sussurrou ela.

Ágia perguntou:

— Você não se lembra de ter vindo até aqui?

Dorcas balançou a cabeça negativamente.

— Então qual é a última coisa que você lembra?

Houve um longo silêncio. O vento parecia soprar mais forte do que nunca, e apesar da bebida, eu estava com um frio terrível. Por fim, Dorcas murmurou:

— Sentada perto de uma janela… Havia coisas bonitas na janela. Bandejas e caixas, e uma cruz.

O grandalhão disse:

— Coisas bonitas? Bem, se você estava lá, tenho certeza de que sim.

— Ela é louca — disse Ágia. — Ou alguém está cuidando dela e ela saiu vagando por aí, ou ninguém está cuidando dela, o que parece mais provável pelo estado de suas roupas, e ela entrou aqui quando os curadores não estavam olhando.

— Pode ser que alguém tenha batido na cabeça dela, levado suas coisas e a jogado aqui pensando que tivesse morrido. Há mais maneiras de entrar, Madame Descomposta, do que o curador conhece. Ou talvez alguém a tenha trazido para ser afundada quando estava apenas doente e dormindo. Num coma, como dizem, e a água a despertou.

— Quem a trouxe certamente teria visto.

— Eles podem ficar inconscientes por muito tempo num coma, pelo que ouvi dizer. Mas tanto faz como foi, não importa muito agora. Aqui está ela, e cabe a ela, eu deveria dizer, descobrir de onde veio e quem é.

Eu havia largado o manto marrom e estava tentando torcer minha capa da guilda; mas olhei para cima quando Ágia disse:

— Você está perguntando a todos nós quem somos. Mas quem é você?

— Vocês têm todo o direito de saber — disse o grandalhão. — Todo o direito do mundo, e eu lhes direi de boa-fé, melhor do que qualquer um de vocês me disse. Só que, depois que eu fizer isso, devo cuidar da minha própria vida. Vim porque vi o jovem armígero aqui se afogando, como qualquer bom homem faria. Mas tenho meus próprios assuntos de que tratar, assim como o próximo.

Com isso ele tirou o chapéu alto e, ao enfiar a mão lá dentro, retirou um cartão engordurado com cerca de duas vezes o tamanho dos cartões de visita que eu via ocasionalmente na Cidadela. Ele o entregou a Ágia e eu olhei por cima do ombro dela. Em escrita floreada, o texto dizia:

HILDEGRIN, O TEXUGO
Escavações de *todos* os tipos, por um único
escavador ou vinte.
Não existe pedra dura demais, nem lama macia demais.
Informações na rua *Argosy*, na placa da
PÁ CEGA
Ou pergunte no Alticamelus dobrando
a esquina da Velleity.

— E isso é quem sou, Madame Descomposta e jovem *sieur*: espero que não se importe que eu o chame assim, primeiro porque você é mais jovem que eu, e segundo porque você é um pouco mais jovem do que ela, apesar de provavelmente ter nascido apenas uns dois anos depois. E vou embora.

Eu o interrompi.

— Antes de cair na água, conheci um velho em um esquife que me disse que havia alguém mais adiante na trilha que poderia nos transportar através do lago. Acho que você deve ser o homem a quem ele se referia. Você nos leva?

— Ah, aquele que está procurando a esposa, coitado. Bem, ele tem sido um bom amigo para mim muitas vezes, então, se ele recomenda vocês, acho melhor fazê-lo. Minha barcaça aguenta quatro apertados.

Ele se afastou fazendo sinal para que o seguíssemos; notei que suas botas, que pareciam ter sido engraxadas, afundavam no junco ainda mais do que as minhas. Ágia disse:

— Ela não vem conosco. — Ainda assim, era óbvio que ela (Dorcas) iria, seguindo atrás de Ágia e parecendo tão desamparada que fiquei para trás para tentar confortá-la.

— Eu lhe emprestaria meu manto — murmurei para ela — se ele não estivesse tão molhado que deixaria você com mais frio do que já está. Mas se você caminhar por esta trilha para o outro lado, vai sair daqui totalmente e entrar em um corredor onde é mais quente e seco. Então, se procurar uma porta onde está escrito *Jardim da Selva*, ela deixará você entrar em um lugar onde o sol está quente e você vai ficar bem confortável.

Assim que falei, lembrei-me do pelicossauro que tínhamos visto na selva. Felizmente, talvez, Dorcas não deu sinais de ter ouvido o que eu disse. Algo em seu rosto transmitia que ela estava com medo de Ágia, ou pelo menos consciente, de forma impotente, de tê-la desagradado; mas não havia outra indicação de que estivesse mais atenta do que um sonâmbulo ao que estava ao seu redor.

Ciente de que não conseguira aliviar seu sofrimento, comecei de novo.

— Há um homem no corredor, um curador. Tenho certeza de que ele pelo menos tentará encontrar algumas roupas e uma fogueira para você.

O vento açoitou os cabelos castanhos de Ágia quando ela olhou para nós.

— Existem muitos mendigos como ela para que alguém se preocupe com um deles, Severian. Incluindo você mesmo.

Ao som da voz de Ágia, Hildegrin olhou por cima do ombro.

— Sei de uma mulher que poderia acolhê-la. Sim, e limpá-la, e dar-lhe algumas roupas. Por baixo dessa lama há uma forma de nascimento nobre, por mais magra que ela seja.

— O que você está fazendo aqui, afinal? — Ágia retrucou. — Você contrata trabalhadores, de acordo com o seu cartão, mas qual é o seu negócio aqui?

— Exatamente o que a senhora disse. Meu negócio.

Dorcas começou a tremer.

— Honestamente — eu disse a ela —, tudo o que você precisa fazer é voltar. Está muito mais quente no corredor. Não entre no Jardim da Selva. Você poderia ir para o Jardim de Areia, lá é ensolarado e seco.

Algo no que eu disse pareceu ressoar nela.

— Sim — sussurrou ela. — Sim.

— O Jardim de Areia? Você gostaria de ir lá?

Muito suavemente:

— Sol.

— Aqui está a velha barcaça — anunciou Hildegrin. — Com tanta gente, vamos ter que ser específicos a respeito de onde sentar. E não pode haver movimento: ela vai estar bem baixa na água. Uma das mulheres na proa, por favor, e a outra e o jovem armígero na popa.

Eu disse:

— Eu ficaria feliz em pegar um remo.

— Já remou antes? Achei que não. Não, é melhor você se sentar na popa como eu lhe disse. Não é muito mais difícil puxar dois remos do que um, e já fiz isso muitas vezes, acredite, embora houvesse meia dúzia comigo.

O barco era como ele, largo, áspero e de aparência pesada. Proa e popa eram quadradas, tanto que quase não havia qualquer conicidade horizontal a partir da cintura, onde estavam os remos, embora o casco fosse mais raso nas extremidades. Hildegrin entrou primeiro e, com uma perna de cada lado do banco, usei um remo para empurrar o barco para mais perto da costa para nós.

— Você — disse Ágia, pegando Dorcas pelo braço. — Você se senta lá na frente.

Dorcas parecia disposta a obedecer, mas Hildegrin a impediu.

— Se a senhora não se importar — disse ele a Ágia —, eu preferiria que fosse a senhora na proa. Não serei capaz de ficar de olho nela, sabe, quando estiver remando, a menos que ela se sente atrás. Ela não está bem, com o que até você e eu podemos concordar, e, tão baixo como estaremos, eu gostaria de saber se ela começar a se comportar mal.

Dorcas surpreendeu a todos ao dizer:

— Eu não sou louca. É só que... sinto como se tivesse acabado de ser acordada.

Não obstante, Hildegrin fez com que ela se sentasse na popa comigo.

— Agora... — disse ele enquanto nos carregava — ... isto é algo que provavelmente não esquecerá, se nunca fez antes. Atravessar o Lago dos Pássaros aqui no meio do Jardim do Sono Eterno. — Seus remos mergulhando na água faziam um som surdo e, de alguma forma, melancólico.

Perguntei por que era chamado de Lago dos Pássaros.

— Porque muitos eram encontrados mortos na água, é o que alguns dizem. Mas pode ser apenas porque há tantos deles por aqui. Muito se fala de ruim sobre a Morte. Quero dizer, pelas pessoas que têm de morrer, desenhando sua imagem como uma velha com um saco e tudo o mais. Mas ela é uma boa amiga dos pássaros, a Morte. Onde quer que haja homens mortos e quietos, você encontrará muitos pássaros, essa é minha experiência.

Lembrando-me de como cantavam os tordos em nossa necrópole, assenti.

— Agora, se vocês olharem por cima do meu ombro, terão uma visão clara da costa à nossa frente e poderão ver muitas coisas que não conseguiam antes, por causa dos juncos crescendo ao redor lá atrás. Vão notar, se não estiver muito enevoado, que a terra se eleva mais adiante. O pântano para ali e as árvores começam a aparecer. Conseguem ver?

Assenti mais uma vez e, ao meu lado, Dorcas fez o mesmo.

— Isso ocorre porque todo este espetáculo foi feito para parecer a boca de um vulcão morto. A boca de um homem morto, é o que alguns dizem, mas não é verdade. Se fosse, teriam colocado os dentes. Vocês vão se lembrar, porém, que quando entram aqui, vocês chegam por um cano no chão.

Mais uma vez, Dorcas e eu assentimos juntos. Embora Ágia não estivesse mais que a dois passos de nós, ela estava quase fora de vista por trás dos amplos ombros e do casaco gigante de Hildegrin.

— Ali — continuou ele, apontando com o queixo quadrado para mostrar a direção. — Vocês devem ser capazes de ver uma mancha preta. Quase na metade do caminho acima, entre o pântano e a borda. Alguns veem e pensam que é de onde eles saem, mas está atrás de vocês e mais abaixo, e é bem menor. Isso que vocês estão vendo agora é a Caverna da Cumana — a mulher que conhece o futuro, o passado e tudo o mais. Há quem diga que todo este lugar foi construído só para ela, embora eu não acredite.

Suavemente, Dorcas perguntou:

— Como pode ser? — E Hildegrin a entendeu mal, ou pelo menos fingiu fazê-lo.

— O Autarca a quer aqui, é o que dizem, para que ele possa vir conversar com ela sem ter que viajar para o outro lado do mundo. Eu não sei de nada disso, mas às vezes vejo alguém andando lá em cima, e metal ou talvez uma joia ou duas faiscando. Quem é, eu não saberia dizer, e como não quero saber meu futuro... e conheço meu passado, devo pensar, melhor do que ela... não chego perto da caverna. Às veze, as pessoas vêm esperando saber quando vão se casar ou sobre o sucesso no comércio. Mas percebi que, frequentemente, elas não voltam.

Tínhamos quase chegado ao centro do lago. O Jardim do Sono Sem Fim surgiu ao nosso redor como as laterais de uma vasta tigela, coberta de musgo e pinheiros na borda, coberta da espuma de juncinhas e juncos abaixo. Eu ainda estava com muito frio, ainda mais devido à inatividade de ficar sentado no barco, enquanto outra pessoa remava; estava começando a me preocupar com o que a imersão em água poderia fazer à lâmina da *Terminus Est* se eu não a secasse e passasse óleo logo, mas, mesmo assim, o feitiço do lugar me prendeu. (Com certeza havia um feitiço naquele jardim. Eu quase podia ouvi-lo zumbindo na água, vozes cantando numa língua que eu não conhecia, mas entendia.) Acho que ele enfeitiçou todo mundo, até mesmo Hildegrin, até mesmo Ágia. Por algum tempo, remamos em silêncio; vi gansos, vivos e contentes, pelo que pude perceber, flutuando por um longo caminho ao longe; e uma vez, como num sonho, o rosto quase humano de um peixe-boi olhando para o meu através de alguns trechos de água acastanhada.

XXIV

A flor da dissolução

Ao meu lado, Dorcas arrancou um jacinto-de-água e colocou no cabelo. Exceto pela vaga mancha branca na margem a alguma distância, foi a primeira flor que vi no Jardim do Sono Sem Fim; procurei outras, mas não vi nenhuma.

É possível que a flor só tenha surgido porque Dorcas estendeu a mão para ela? Nos momentos de luz do dia, sei tão bem quanto qualquer outro que tais coisas são impossíveis; mas estou escrevendo à noite, e então, quando estava sentado naquele barco com o jacinto a menos de um côvado dos meus olhos, fiquei pensando sobre a luz fraca e me lembrei da observação feita por Hildegrin apenas um momento antes, uma observação que implicava (embora, muito possivelmente, ele não soubesse) que a caverna da vidente, e, portanto, aquele jardim, ficava no lado oposto do mundo. Ali, como Mestre Malrubius nos havia ensinado muito tempo antes, tudo era invertido: calor no sul, frio no norte; luz de noite, escuro de dia; neve no verão. O frio que eu sentia era apropriado, então, pois logo seria verão, com granizo soprado pelo vento; a escuridão que ficava entre meus olhos e as flores azuis de jacinto também era apropriada, pois em breve seria noite, com a luz já no céu.

O Incriado mantém todas as coisas em ordem, com certeza; e os teólogos dizem que a luz é a sombra dele. Não será então que na escuridão a ordem diminui cada vez mais, flores saltando do nada para os dedos de uma menina, assim como à luz da primavera elas saltam da mera imundície para o ar?

Talvez, quando a noite fechar nossos olhos, exista menos ordem do que acreditamos. Talvez, de fato, seja essa falta de ordem que percebemos como escuridão, uma aleatoriedade das ondas de energia (como um mar), os campos de energia (como uma fazenda) que aos nossos olhos iludidos — definidos pela luz em uma ordem da qual eles próprios são incapazes —, aparentam ser o mundo real.

A neblina subia da água, lembrando-me primeiro das partículas rodopiantes de palha na insubstancial catedral das pelerinas, depois do vapor da panela de sopa quando o Irmão Cozinheiro a levava para o refeitório numa tarde de inverno. Diziam que eram as bruxas que mexiam essas panelas; mas eu nunca tinha visto uma, embora a torre delas ficasse a apenas uma corrente da nossa. Lembrei-me que havíamos atravessado a remo a cratera de um vulcão. Não poderia ter sido a panela da Cumana? As chamas de Urth estavam extintas havia muito tempo, como o Mestre Malrubius nos ensinara; era mais do que possível que elas tivessem esfriado muito antes de os homens terem surgido da posição das feras para sobrecarregar o rosto dela com suas cidades. Mas bruxas, segundo se dizia, ressuscitavam os mortos. Não poderia a Cumana ressuscitar o fogo morto para ferver sua panela? Mergulhei os dedos na água; estava fria como a neve.

Hildegrin se inclinou na minha direção enquanto remava, depois se afastou enquanto puxava os remos.

— Indo para a morte — disse ele. — É nisso que você está pensando. Posso ver na sua cara. Para o Campo Sanguinário, e ele matará você, seja ele quem for.

— Está mesmo? — perguntou Dorcas, e agarrou minha mão.

Como não respondi, Hildegrin acenou com a cabeça para mim.

— Não precisa, sabe. Há aqueles que não seguem as regras e ainda assim saem livres por aí.

— Você está enganado — disse-lhe. — Eu não estava pensando em monomaquia... nem tampouco em morrer.

Em meu ouvido, creio que muito baixo, mesmo para Hildegrin ouvir, Dorcas disse:

— Estava, sim. Seu rosto estava cheio de beleza, de uma espécie de nobreza. Quando o mundo é horrível, então os pensamentos são elevados, cheios de graça e grandeza.

Olhei para ela, pensando que estivesse zombando de mim, mas não estava.

— O mundo está repleto metade de mal e metade de bem. Podemos incliná-lo para a frente, para que mais coisas boas entrem em nossas mentes, ou para trás, para que mais coisas boas venham para cá. — O movimento de seus olhos abrangeu todo o lago. — Mas as quantidades são as mesmas, nós mudamos apenas sua proporção aqui ou ali.

— Eu o inclinaria o mais para trás que pudesse, até que o mal finalmente se esgotasse por completo — falei.

— Poderia ser o bem que acabasse. Mas eu sou como você; eu curvaria o tempo para trás, se pudesse.

— Também não acredito que pensamentos bonitos, ou sábios, sejam engendrados por problemas externos.

— Eu não disse pensamentos bonitos, mas pensamentos de graça e grandeza, apesar de supor que isso seja um tipo de beleza. Deixe que eu lhe mostre. — Ela levantou minha mão e a enfiou dentro dos trapos, pressionando-a contra o seio direito. Eu pude sentir o mamilo, firme como uma cereja, e o calor do suave monte abaixo dele, delicado, macio como uma pluma e vivo com sangue acelerado. — Agora — continuou ela — quais são os seus pensamentos? Se eu tornei o mundo externo doce para você, eles não são menos do que eram?

— Onde você aprendeu tudo isso? — perguntei. Seu rosto estava drenado de sua sabedoria, que se condensara em gotas de cristal nos cantos dos olhos.

A margem na qual cresciam os avernos era menos pantanosa do que a outra. Pareceu estranho, depois de ter andado sobre juncos flutuantes e flutuado na água por tanto tempo, pisar novamente em um solo que era macio e nada mais. Tínhamos atracado a alguma distância das plantas; mas agora estávamos perto o suficiente para que não fossem mais uma mera banquisa de branco, e sim crescimentos de cor e forma definidas, cujo tamanho poderia ser facilmente estimado. Comentei:

— Elas não são daqui, são? Não da nossa Urth. — Ninguém respondeu; acho que devo ter falado baixo demais para qualquer um dos outros (exceto, talvez, Dorcas) ouvir.

Elas tinham uma rigidez, uma precisão geométrica, certamente nascidas sob algum outro sol. A cor de suas folhas era a do dorso de um escaravelho, mas infundida com matizes simultaneamente mais profundos e mais translúcidos. Parecia implicar a existência de luz em algum lugar, a alguma distância inconcebível, de um espectro que teria murchado ou talvez enobrecido o mundo.

À medida que nos aproximávamos, Ágia na frente — eu a seguia com Dorcas atrás de mim e Hildegrin fechando a fila —, podia ver que cada folha era como a lâmina de uma adaga, rígida e pontiaguda, com bordas afiadas o bastante para satisfazer até mesmo Mestre Gurloes. Acima dessas folhas, as flores brancas semicerradas que tínhamos visto do outro lado do lago pareciam criações de pura beleza, fantasias virginais guardadas por cem facas. Eram largos e exuberantes, e suas pétalas eram enroladas de uma forma que deveria ter parecido desgrenhada se não tivesse formado um complexo padrão giratório que chamava a atenção, como uma espiral delineada em um disco giratório.

Ágia disse:

— As normas exigem que você mesmo escolha a planta, Severian. Mas vou com você e mostro como fazer. O truque é colocar o braço sob as folhas mais baixas e quebrar o caule no chão.

Hildegrin a agarrou pelo ombro.

— Isso a senhorita não vai fazer — disse ele. E então para mim: — Vá em frente, já que deseja, jovem *sieur*. Vou levar essas fêmeas para um lugar seguro.

Eu já havia avançado vários passos além dele, mas parei por um instante quando ele falou. Felizmente, Dorcas gritou naquele momento:

— Tome cuidado! — E eu pude fingir que foi o aviso dela que me fez parar.

A verdade era outra. Desde que conhecemos Hildegrin, tive a certeza de que já o havia encontrado antes, embora o choque de reconhecimento, que viera tão rapidamente quando vi *Sieur* Racho novamente, neste caso tenha levado muito tempo para acontecer. Agora finalmente ele chegava, com uma força paralisante.

Como já disse, lembro-me de tudo; mas muitas vezes consigo encontrar um fato, rosto ou emoção somente depois de uma longa busca. Suponho que, neste caso, o problema era que desde o momento em que ele se debruçara sobre mim na trilha de junça eu pude vê-lo claramente, e antes quase não o tinha visto. Foi só quando ele disse: "*Vou levar essas fêmeas para um lugar seguro*" que minha memória se fixou em sua voz.

— As folhas estão envenenadas — gritou Ágia. — Torcer bem o seu manto em volta do braço lhe dará alguma proteção, mas tente não tocar nelas. E tome cuidado: você está sempre mais perto de um averno do que pensa.

Assenti para mostrar que havia entendido.

Se o averno é mortal para a vida do seu próprio mundo, não tenho como saber. Pode ser que não seja, que só seja perigoso para nós devido a uma natureza acidentalmente inimiga da nossa. Quer seja assim ou não, o terreno entre e abaixo das plantas estava coberto com grama curta e muito fina, uma grama bem diferente do crescimento grosseiro de outros lugares; e essa grama curta estava repleta de corpos enrolados de abelhas e pontilhada por ossos brancos de pássaros.

Quando eu estava a poucos passos das plantas, parei, subitamente consciente de um problema no qual não havia pensado antes. O averno que eu selecionasse seria minha arma no desafio que estava por vir — e, no entanto, como eu ainda nada sabia a respeito da forma como seria combatido, não tinha como julgar qual planta poderia ser mais bem adaptada a isso. Eu poderia ter voltado e questionado Ágia, mas teria me sentido absurdo interrogando uma mulher sobre tal assunto, e no fim das contas decidi confiar em meu julgamento, já que, sem dúvida, ela me mandaria de volta para buscar outro se minha primeira escolha fosse totalmente inadequada.

Os avernos variavam em altura, desde mudas de pouco mais de um palmo até velhas plantas de três côvados ou um pouco menos. Essas plantas mais antigas tinham menos folhas, embora fossem folhas maiores. As das menores eram mais estreitas e tão próximas umas das outras que as hastes ficavam completamente escondidas; as das plantas grandes eram muito mais largas em proporção ao seu comprimento e um tanto separadas nas hastes de aspecto carnudo. Se (como parecia provável) o Setentrião e eu usássemos nossas plantas como maças, a maior planta possível com o caule mais longo possível e as folhas mais robustas possíveis seria a melhor opção. Mas essas todas cresciam bem longe das bordas do plantio, de modo que seria necessário quebrar um número de plantas menores para alcançá-las; e fazer isso pelo método que Ágia tinha aconselhado era claramente impossível, porque as folhas de muitas das plantas menores cresciam quase até o chão.

No final escolhi um com cerca de dois côvados de altura. Eu me ajoelhei ao lado dele e estava estendendo a mão em sua direção quando, como se um véu tivesse sido arrancado, percebi que minha mão, que eu achava que ainda estava a vários palmos da ponta de agulha da folha mais próxima, estava prestes a ser empalada. Puxei-a apressado; a planta parecia quase fora de alcance — na verdade, eu não tinha certeza se conseguiria tocar sua haste mesmo deitado de bruços. A tentação de usar minha espada era muito grande, mas senti que, para mim, seria uma vergonha fazer isso diante de Ágia e Dorcas, e eu sabia que teria que manusear a planta durante o combate de qualquer maneira.

Avancei a mão novamente, com cautela, dessa vez mantendo meu antebraço em contato com o chão, e descobri que, embora tivesse que pressionar o ombro contra a grama também para evitar que meu braço fosse esfaqueado pelas folhas mais baixas, eu conseguia facilmente tocar o caule. Uma ponta que parecia estar a meio côvado do meu rosto tremia com minha respiração.

Foi enquanto arrancava o caule — tarefa nada fácil — que vi a razão pela qual apenas a grama curta e macia florescia sob os avernos. Uma das folhas da planta que eu estava quebrando havia cortado metade de uma lâmina de grama grossa do pântano, e a planta inteira de grama, com quase um metro de largura, começara a murchar.

Depois de colhida, a planta era um enorme incômodo, como eu deveria ter previsto. Teria sido claramente impossível carregá-la no barco de Hildegrin sem matar um ou mais de nós, então, antes de reembarcarmos, precisei subir a encosta e cortar uma muda. Depois de podar os galhos, Ágia e eu amarramos o averno a uma extremidade de seu tronco fino, de modo que, quando atravessássemos a cidade mais tarde, eu pareceria estar carregando um estandarte grotesco.

Então Ágia explicou o uso da planta como arma; eu então quebrei uma segunda planta (apesar dela ter se oposto, e, temo, com um risco ainda maior do que antes, já que eu estava um pouco confiante demais) e pratiquei o que ela havia me dito.

O averno não é, como eu supunha, apenas uma maça com dentes de víbora. Suas folhas podem ser destacadas retorcendo-as entre o polegar e o indicador de forma tal que a mão não entre em contato com as bordas ou a ponta. A folha se torna assim, com efeito, uma lâmina sem cabo, envenenada e afiada, pronta para ser lançada. O lutador segura a planta com a mão esquerda pela base do caule e arranca as folhas de baixo para jogar com a direita. Ágia me advertiu, no entanto, para manter minha própria planta fora do alcance do meu oponente, pois à medida que as folhas são removidas, uma área de caule nu aparece, e ele pode agarrar essa parte e usá-la para arrancar a planta de mim.

Quando brandi a segunda planta e pratiquei o ataque com ela, arrancando e atirando as folhas, descobri que meu próprio averno seria provavelmente um perigo quase tão grande para mim, quanto o do Setentrião. Se eu o segurasse perto de mim, havia um grave risco de picar meu braço ou meu peito com as longas folhas inferiores; e a flor, com seu padrão espiralado, prendia meu olhar sempre que eu olhava para baixo a fim de arrancar uma folha e, com a luxúria seca da morte, buscava me atrair em sua direção. Tudo isso parecia bastante desagradável; mas quando aprendi a manter os olhos longe do botão entreaberto, refleti que meu oponente ficaria exposto aos mesmos perigos.

Atirar as folhas era mais fácil do que eu imaginara. Suas superfícies eram reluzentes, como as das folhas de muitas plantas que eu vira no Jardim da Selva, de modo que prontamente deixavam os dedos, e eram pesadas o suficiente para voar longe e com precisão. Podiam ser lançadas com a ponta como qualquer faca ou ser torcidas para girar em pleno voo a fim de cortar com suas arestas mortais qualquer coisa pelo caminho.

Eu estava ansioso, é claro, para questionar Hildegrin sobre Vodalus; mas não surgiu nenhuma oportunidade de fazê-lo até que ele nos levasse de volta através do lago silencioso. Então, por um momento, Ágia ficou tão decidida a afastar Dorcas que consegui puxá-lo para o lado e sussurrar que eu também era amigo de Vodalus.

— O senhor me confundiu, jovem *sieur*, com outra pessoa: o senhor se refere a Vodalus, o fora da lei?

— Nunca esqueço uma voz — falei — ou qualquer outra coisa. — E então, na minha ansiedade, acrescentei impulsivamente o que, talvez, fosse a pior coisa que eu poderia ter dito: — Você tentou acertar minha cabeça com sua pá. — Imediatamente, o rosto dele se tornou uma máscara e ele se voltou para o barco, pondo-se a remar pela água marrom.

Quando Ágia e eu saímos do Jardim Botânico, Dorcas ainda estava conosco. Ágia estava ansiosa para fazê-la ir embora, e por um tempo permiti que ela tentasse. Em parte eu era movido pelo medo de que, com Dorcas por perto, fosse ser impossível persuadir Ágia a se deitar comigo; mas, para além disso, considerava, ao menos vagamente, a dor que Dorcas, tão perdida e consternada como já se encontrava, sentiria se me visse morto. Pouco tempo antes, eu havia derramado sobre Ágia toda a minha tristeza pela morte de Thecla. Agora, essas novas preocupações haviam substituído isso, e descobri que havia de fato derramado a tristeza como um homem derramaria vinho vinagrado no chão. Pelo uso da linguagem da tristeza, eu havia, por enquanto, obliterado a própria tristeza: tão poderoso é o encanto das palavras que, para nós, reduz a entidades manejáveis todas as paixões que de outra forma nos enlouqueceriam e nos destruiriam.

Quaisquer que tenham sido meus motivos e quaisquer que tenham sido os de Ágia, e qualquer que tenha sido o esforço de Dorcas para nos seguir, nada que Ágia fez teve sucesso. E no final, ameacei bater nela se ela não desistisse e chamei Dorcas, que estava cerca de cinquenta passos atrás de nós.

Depois disso, nós três caminhamos em silêncio, atraindo muitos olhares estranhos. Eu estava encharcado e não me importava mais se meu manto cobria minha capa fuligem de torturador. Ágia, com seu brocado rasgado, devia parecer tão estranha quanto eu. Dorcas ainda estava suja de lama — que secara nela no vento quente primaveril que agora envolvia a cidade, grudando em seus cabelos dourados e deixando manchas marrons em sua pele pálida. Acima de nós, o averno pairava como um pendão; dele derivava um perfume de mirra. A flor semicerrada ainda brilhava branca como osso, mas suas folhas pareciam quase pretas à luz do sol.

XXV

A ESTALAGEM DOS AMORES PERDIDOS

Tem sido minha boa sorte — ou má sorte, também pode ser — que os lugares aos quais minha vida tem sido amplamente associada são, com bem poucas exceções, de caráter mais permanente. Eu poderia retornar amanhã, se quisesse, à Cidadela e (acho) ao próprio catre em que dormi como aprendiz. O Gyoll ainda passa pela minha cidade de Nessus; o Jardim Botânico ainda reluz ao sol, facetado com aqueles estranhos recintos onde um único estado de espírito é preservado para sempre. Quando penso nas efemeridades da minha vida, elas provavelmente são homens e mulheres. Mas também há algumas casas, e a primeira de todas é a estalagem à margem do Campo Sanguinário.

Tínhamos saído à tarde, descendo avenidas largas e subindo passagens estreitas, e os edifícios que nos cercavam eram sempre de pedra e tijolo. Por fim chegamos a um terreno que parecia não ser terreno algum, pois não havia nenhuma mansão erguida no centro. Lembro que avisei Ágia de que uma tempestade estava se formando: eu podia sentir o ar se fechando e vi uma linha de cor preta amarga ao longo do horizonte.

Ela riu de mim.

— O que você vê e o que você também sente nada mais é do que a Muralha da Cidade. É sempre assim aqui. A Muralha impede o movimento do ar.

— Aquela linha escura? Ela vai a meio caminho do céu.

Ágia riu de novo, mas Dorcas pressionou-se contra mim.

— Estou com medo, Severian.

Ágia a ouviu.

— Da Muralha? Ela não vai te machucar, a menos que caia sobre você, e ela aguentou uma dezena de eras.

Olhei interrogativamente para ela, e ela acrescentou:

— Pelo menos parece tão antiga quanto isso, e pode ser ainda mais antiga. Quem sabe?

— Ela poderia cercar o mundo. Ela se estende completamente pela cidade?

— Por definição. A cidade é o que está cercado, embora haja campo aberto para o norte, pelo que ouvi dizer, e léguas e mais léguas de ruínas ao sul, onde ninguém vive. Mas agora, olhe entre aqueles choupos. Está vendo a estalagem?

Não estava, e disse isso a ela.

— Debaixo da árvore. Você me prometeu uma refeição, e é lá que quero comer. Nós ainda devemos ter o tempo exato para comer antes de você encontrar o Setentrião.

— Agora não — falei. — Ficarei feliz em alimentar você quando meu duelo terminar. Eu faço os preparativos agora, se você quiser. — Eu ainda não estava conseguindo enxergar nenhum prédio, mas vi que havia algo estranho na árvore: uma escada de madeira rústica enrolada no tronco.

— Faça isso. Se você for morto, vou convidar o Setentrião: ou, se ele não vier, aquele marinheiro falido que está sempre me convidando. Vamos beber à sua memória.

Uma luz se acendeu no alto dos galhos da árvore, e agora vi que um caminho levava escada acima. À frente dela, uma placa pintada mostrava uma mulher chorando, arrastando uma espada ensanguentada. Um homem monstruosamente gordo de avental saiu da sombra e ficou ao lado dela, esfregando as mãos enquanto esperava nossa chegada. Agora eu conseguia ouvir o tilintar fraco das panelas.

— Abban, às suas ordens — disse o homem gordo quando o alcançamos. — O que desejam? — Percebi que ele olhava nervoso para o meu averno.

— Vamos querer um jantar para dois, para ser servido em... — olhei para Ágia.

— Na próxima vigília.

— Ótimo, ótimo. Mas não pode ser tão cedo, senhor. Vai levar mais tempo para preparar. A menos que o senhor se contente com carnes frias, uma salada e uma garrafa de vinho?

Ágia parecia impaciente.

— Queremos uma ave assada: uma ave jovem.

— Como quiserem. Vou pedir ao cozinheiro que comece os preparativos agora, e os senhores podem se divertir com petiscos assados após a vitória do *sieur* até que o pássaro esteja pronto. — Ágia assentiu e um olhar brilhou entre os dois que me fez ter certeza de que eles já haviam se encontrado antes. — Enquanto isso — continuou o estalajadeiro —, se o senhor ainda tiver tempo, eu poderia providenciar uma bacia com água morna e uma esponja para esta outra jovem, e talvez todos vocês possam desfrutar de uma taça de Medoc e uns biscoitos?

De repente, percebi que havia jejuado desde o café da manhã na aurora com Baldanders e o Dr. Talos, e também que Ágia e Dorcas poderiam não ter comido o dia todo. Quando assenti, o estalajadeiro nos conduziu pela escadaria larga e rústica; o tronco que ela circulava tinha dez passos completos ao redor.

— O senhor já nos visitou antes, *sieur*?

Balancei a cabeça em negativa.

— Estava prestes a perguntar que tipo de estalagem é esta. Nunca vi algo parecido.

— Nem nunca verá, *sieur*, exceto aqui. Mas o senhor deveria ter vindo antes: temos uma cozinha famosa, e jantar ao ar livre concede o melhor apetite.

Pensei que devia ser verdade, uma vez que ele mantinha tal circunferência de cintura em um lugar onde cada cômodo era acessível por degraus, mas guardei essa reflexão para mim.

— A lei, *sieur*, proíbe que hajam edifícios tão próximos da Muralha. Como não temos paredes nem telhado, isso nos é permitido. Aqueles que visitam o Campo Sanguinário vêm aqui, os famosos combatentes e heróis, os espectadores e os médicos, até mesmo os éforos. Aqui é o seu quarto agora.

Era uma plataforma circular e perfeitamente nivelada. Ao redor e acima dela, uma pálida folhagem verde limitava a visão e o som. Ágia se sentou numa cadeira de lona e eu (muito cansado, confesso) me joguei ao lado de Dorcas num sofá de couro e chifres interligados de songues e quissemas. Quando coloquei o averno atrás dele, saquei a *Terminus Est* e comecei a limpar a lâmina. Uma ajudante de cozinha trouxe água e uma esponja para Dorcas e, quando viu o que eu estava fazendo, trapos e óleo para mim. Logo eu estava batendo no punho para poder tirar a lâmina dela a fim de lhe fazer uma verdadeira limpeza.

— Você não pode se lavar? — Ágia perguntou a Dorcas.

— Eu gostaria de tomar banho, sim, mas não com vocês me observando.

— Severian vai virar a cabeça se você pedir a ele. Ele se saiu muito bem em um lugar onde estávamos esta manhã.

— E você, madame — disse Dorcas com suavidade. — Preferiria que não visse. Eu gostaria de um lugar privado, se for possível.

Ágia sorriu com isso, mas chamei a ajudante de cozinha novamente e dei a ela um oricalco para que trouxesse uma tela dobrável. Quando foi montada, eu disse a Dorcas que lhe compraria um vestido, se houvesse algum na estalagem.

— Não — respondeu ela. Num sussurro, perguntei a Ágia qual ela achava que era o problema com Dorcas.

— Ela gosta do que tem, claramente. Eu preciso andar com uma das mãos erguida para segurar meu corpete se não quiser ficar passando vergonha pelo resto da vida. — Ela deixou a mão cair, de modo que seus seios elevados reluziram à luz do sol moribunda. — Mas esses trapos permitem que ela mostre apenas o suficiente as pernas e o peito. Há um rasgo na virilha também, embora eu ouse dizer que você não reparou.

O estalajadeiro nos interrompeu, conduzindo um garçom que trazia um prato de doces, uma garrafa e copos. Expliquei que minhas roupas estavam molhadas, e ele mandou trazer um braseiro... no qual depois começou a se aquecer, como se estivesse, para todos os efeitos, em seu apartamento privado.

— É uma sensação boa nesta época do ano — disse ele. — O sol está morto e não sabe disso ainda, mas nós sabemos. Se você for morto, vai perder o próximo inverno, e se for ferido gravemente, poderá ficar em casa. Isso é o que eu sempre digo a eles. Claro, a maioria das lutas acontece na véspera do solstício de verão, de modo que é mais apropriado então, por assim dizer. Não sei se isso os conforta ou não, mas mal não faz.

Tirei o manto marrom e a capa da guilda, coloquei as botas em um banquinho perto do braseiro e fiquei em pé ao lado dele para secar minhas calças e meias, perguntando se todos aqueles que tinham chegado por ali na monomaquia pararam para se refrescar com ele. Como todo homem que se sente propenso a morrer, eu teria ficado feliz em saber que estava participando de alguma tradição estabelecida.

— *Todos*? Ah, não — disse ele. — Que a moderação e Santo Amândio o abençoem, *sieur*. Se todos que vieram ficassem na minha estalagem, ora, não seria minha estalagem: eu a teria vendido e estaria morando confortavelmente numa casa grande de pedra com atroxes na porta e alguns jovens armados de facas ao meu redor, para me resolver com meus inimigos. Não, há muitos que passam por aqui sem olhar, sem nunca pensar que quando passarem da próxima vez, pode ser tarde demais para beber meu vinho.

— Falando nisso — disse Ágia, me entregando um copo. Estava cheio até a borda com uma safra escura e carmesim. Talvez não fosse um bom vinho: fez minha língua formigar e carregava em seu sabor delicioso algo de aspereza. Mas era um vinho maravilhoso, um vinho melhor do que bom na boca de alguém tão fatigado e com tanto frio quanto eu. Ágia segurava um copo cheio para si própria, mas vi pelas suas bochechas em chamas e pelos olhos brilhantes que ela já havia entornado pelo menos um. Disse a ela para guardar algo para Dorcas, e ela respondeu:

— Aquela virgem de leite e água? Ela não vai beber, e é você quem vai precisar de coragem, não ela.

Não muito honestamente, falei que não estava com medo.

O estalajadeiro exclamou:

— Isso mesmo! Não tema e não encha sua cabeça com pensamentos nobres sobre a morte, os últimos dias e tudo o mais. Aqueles que o fazem são os que nunca mais voltam, pode ter certeza. Agora, o senhor ia pedir uma refeição, acho, para o senhor e suas duas jovens mais tarde?

— Já fizemos o pedido — falei.

— Fizeram, mas não pagaram nada, foi isso o que eu quis dizer. Também há o vinho e estes *gâteaux secs*. Devem ser pagos aqui e agora por estarem sendo comidos aqui e agora, e também bebidos. Para o jantar vou precisar de um depósito de três oricalcos, com mais dois a serem pagos quando o senhor vier comê-los.

— E se eu não vier?

— Então nada mais será cobrado, *sieur*. É assim que sou capaz de oferecer meus jantares a preços tão baixos.

A completa insensibilidade do homem me desarmou; entreguei o dinheiro e ele nos deixou. Ágia espiou pela lateral da tela atrás da qual Dorcas se limpava com o auxílio da ajudante de cozinha, e eu me sentei novamente no sofá e peguei um doce para acompanhar o que restava do meu vinho.

— Se conseguíssemos trancar as dobradiças desta coisa, Severian, poderíamos desfrutar um do outro por alguns momentos sem interrupção. Poderíamos colocar uma cadeira contra ela, mas certamente aquelas duas escolheriam o pior momento possível para gritar e derrubar tudo.

Eu estava prestes a dar uma resposta brincalhona quando notei um pedaço de papel, dobrado muitas vezes, que havia sido colocado debaixo da bandeja do garçom de tal maneira que só poderia ser visto por alguém sentado onde eu estava.

— Isso também já é demais — falei. — Um desafio e agora um bilhete misterioso.

Ágia veio olhar.

— Do que você está falando? Já está bêbado?

Coloquei a mão na plenitude arredondada de seu quadril, e como ela não fez nenhuma objeção, usei àquela alça gostosa para puxá-la para mim até que ela pudesse ver o papel.

— O que você acha que diz? "A Comunidade precisa de você... venha imediatamente..." "Seu amigo é aquele que lhe dirá: camarilha..." "Cuidado com o homem de cabelo rosa..."

Seguindo a piada, Ágia sugeriu:

— "Venha quando ouvir três pedras batendo na janela..." Três *folhas*, devo dizer aqui. "A rosa esfaqueou a íris, cujo néctar fornece..." Esse é o seu averno me matando, claramente. "Você irá conhecer seu verdadeiro amor pela pagne vermelha que ela veste..." — Ela se inclinou para me beijar, então se sentou no meu colo. — Não vai olhar?

— Eu *estou* olhando. — O corpete rasgado havia caído novamente.

— Não aqui. Cubra com a mão e então você poderá olhar o bilhete.

Fiz o que ela me disse, mas deixei o bilhete onde estava.

— Isso é mesmo demais, como eu disse há pouco. O misterioso Setentrião e seu desafio, depois Hildegrin, e agora isto. Já mencionei a Castelã Thecla para você?

— Mais de uma vez, enquanto caminhávamos.

— Eu a amava. Ela lia muito: não havia realmente nada para ela fazer quando eu estava fora, apenas lia, costurava e dormia... e quando eu estava com ela, nós costumávamos rir dos enredos de algumas histórias. Esse tipo de coisa sempre acontecia com as pessoas nelas, e elas estavam incessantemente envolvidas em assuntos grandiosos e melodramáticos para os quais não tinham qualificações.

Ágia riu comigo e me beijou novamente, um beijo demorado. Quando nossos lábios se separaram, ela perguntou:

— O que você quer dizer a respeito de Hildegrin? Ele me pareceu bastante comum.

Peguei outro doce, toquei o bilhete com ele e coloquei um pedaço na boca de Ágia. — Há algum tempo salvei a vida de um homem chamado Vodalus…

Ágia se afastou de mim, cuspindo migalhas.

— Vodalus? Você está brincando!

— De jeito nenhum. Foi assim que seu amigo o chamou. Eu ainda era pouco mais do que um garoto, mas segurei o cabo de um machado por um momento. O golpe o teria matado, e ele me deu um criso.

— Espere. O que isso tem a ver com Hildegrin?

— Quando vi Vodalus pela primeira vez, havia um homem e uma mulher junto dele. Inimigos os atacaram, e Vodalus ficou para trás para lutar enquanto o outro homem levava a mulher para um lugar seguro. — (Decidi que era mais sensato não dizer nada sobre o cadáver ou o fato de eu ter matado o homem do machado.)

— Eu mesma teria lutado: então haveria três lutadores em vez de um. Continue.

— Hildegrin era o homem que estava com Vodalus, só isso. Se o tivéssemos conhecido antes, eu teria tido alguma ideia ou achado que tinha tido alguma ideia, de por que um hiparca da Guarda dos Setentriões iria querer lutar comigo. E também por que alguém teria decidido me enviar algum tipo de mensagem furtiva. Você sabe, todas as coisas das quais a Castelã Thecla e eu costumávamos rir, espiões e intrigas, encontros mascarados, herdeiros perdidos. Qual é o problema, Ágia?

— Eu sou repulsiva para você? Sou tão feia assim?

— Você é linda, mas parece que está prestes a passar mal. Acho que você bebeu muito rápido.

— Aqui. — Um giro rápido tirou Ágia de seu vestido pavonino; ele caiu sobre seus pés marrons e empoeirados como uma pilha de pedras preciosas. Eu a tinha visto nua na catedral das pelerinas, mas agora (fosse por causa do vinho que eu tinha bebido ou do vinho que ela havia bebido, ou porque a luz estava mais fraca nesse momento, ou mais brilhante, ou só porque ela havia ficado assustada e envergonhada, cobrindo os seios e escondendo sua feminilidade entre as coxas) ela me atraía muito mais. Fiquei besta de desejo, cabeça dura e língua grossa, enquanto pressionava o calor do corpo dela contra minha própria carne fria.

— Severian, espere. Não sou uma rameira, não importa o que você pense. Mas há um preço.

— O quê?

— Você precisa me prometer que não vai ler esse bilhete. Jogue-o no braseiro.

Eu a soltei e dei um passo para trás.

Lágrimas apareceram em seus olhos, brotando como fontes por entre rochas.

— Gostaria que você pudesse ver o jeito como está olhando pra mim agora, Severian. Não, eu não sei o que ele diz. É só isso: você nunca ouviu falar de mulheres com conhecimento sobrenatural? Premonições? Sabendo coisas que não tinham como ter aprendido?

O desejo que eu sentia já havia quase passado. Eu estava assustado e também com raiva, embora eu não soubesse por quê. Falei:

— Temos uma guilda dessas mulheres, nossas irmãs, na Cidadela. Nem os rostos delas, nem seus corpos são como os seus.

— Eu sei que não sou uma dessas. Mas é por isso que você deve fazer o que eu aconselho. Nunca em minha vida tive uma premonição de qualquer tipo, e estou tendo uma agora. Você não está vendo que isso deve significar algo tão verdadeiro e tão importante para você, que você não pode e não deve ignorar? Queime o bilhete.

— Alguém está tentando me avisar, e você não quer que eu veja. Perguntei a você se o Setentrião era seu amante. Você me disse que não, e eu acreditei em você.

Ela começou a falar, mas eu a silenciei.

— Ainda acredito em você. Sua voz continha verdade. No entanto, você está trabalhando para me trair de alguma forma. Diga-me agora que não é verdade. Diga-me que você está agindo pelos meus melhores interesses e nada além.

— Severian...

— Diga-me.

— Severian, nós nos conhecemos esta manhã. Eu mal te conhecia e você mal me conhece. O que você pode esperar e o que esperaria se não tivesse acabado de sair do abrigo da sua guilda? Tentei ajudá-lo de vez em quando. Estou tentando ajudar você agora.

— Coloque o vestido. — Peguei o bilhete debaixo da bandeja. Ela correu até mim, mas não foi difícil segurá-la com uma das mãos. O bilhete havia sido escrito com pena de corvo, em rabiscos irregulares; na penumbra eu só conseguia decifrar algumas palavras.

— Eu poderia ter distraído você e o jogado no fogo. Isso é o que eu deveria ter feito. Severian, me solte...

— Fique quieta.

— Eu tinha uma faca na semana passada. Uma misericórdia com cabo de raiz de hera. Nós estávamos com fome, e Ágilus a penhorou. Se ainda a tivesse, poderia esfaquear você agora!

— Ela estaria em seu vestido, e seu vestido está ali no chão. — Dei-lhe um empurrão que a fez cambalear para trás (havia vinho suficiente em seu estômago para que a queda não tivesse sido inteiramente causada pela violência do meu movimento) e cair na cadeira de lona; então levei o bilhete para um local onde a última luz do sol penetrava pelas folhas densas.

A mulher que está com você já esteve aqui antes. Não confie nela. Trudo diz que o homem é um torturador. Você é minha mãe, que retornou.

XXVI

Sennet

Eu mal tivera tempo de absorver as palavras quando Ágia pulou da cadeira, arrancou o bilhete da minha mão e o jogou pela borda da plataforma. Por um momento ela ficou diante de mim, olhando do meu rosto para a *Terminus Est*, que agora estava encostada, remontada, num braço do sofá. Acho que ela temia que eu arrancasse a sua cabeça e a jogasse por cima do bilhete. Como não fiz nada, ela perguntou:

— Você leu? Severian, diga que não!

— Eu li, mas não entendi.

— Então não pense nisso.

— Fique calma por um momento. Ele não foi sequer escrito para mim. Poderia ter sido para você, mas se fosse, por que teria sido colocado onde ninguém além de mim pudesse ver? Ágia, você já teve um filho? Quantos anos você tem?

— Vinte e três. Já tenho idade suficiente, mas não, não tenho filhos. Deixo você olhar minha barriga se não acreditar em mim.

Tentei fazer um cálculo mental e descobri que não sabia o suficiente sobre o amadurecimento das mulheres.

— Quando você menstruou pela primeira vez?

— Treze. Se eu tivesse engravidado, teria catorze anos quando o bebê nascesse. É isso que você está tentando descobrir?

— Sim. E a criança teria nove anos agora. Se fosse brilhante, poderia ser capaz de escrever um bilhete como este. Você quer que eu lhe conte o que estava escrito?

— Não!

— Quantos anos você diria que Dorcas tem? Dezoito? Dezenove, talvez?

— Você não deveria pensar nisso, Severian. O que quer que seja.

— Não vou jogar jogos com você agora. Você é mulher… quantos anos?

Ágia franziu os lábios carnudos.

— Eu diria que o seu misteriozinho chinfrim tem dezesseis ou dezessete anos. Pouco mais do que uma criança.

Às vezes, como suponho que todos tenham notado, falar de pessoas ausentes parece invocá-las como a eidolons. Foi o que aconteceu agora. Um painel da tela balançou para trás e Dorcas saiu, não mais a criatura lamacenta com a qual havíamos nos acostumado, mas uma garota esguia, de seios redondos e de graça singular. Eu já vira pele mais branca do que a dela, mas aquela não era uma brancura saudável. Dorcas parecia reluzir. Livre da sujeira, seu cabelo era de um dourado claro; seus olhos eram como sempre foram: o azul profundo do rio-do-mundo Uroboros no meu sonho. Quando ela viu que Ágia estava nua, tentou voltar para o abrigo da tela, mas o corpo rotundo da ajudante de cozinha a impediu.

Ágia disse:

— É melhor eu vestir meus trapos novamente antes que seu bichinho de estimação desmaie.

Dorcas murmurou:

— Não vou olhar.

— Não ligo se você olhar — disse Ágia, mas notei que virou as costas para nós para colocar o vestido. Falando para a parede de folhas, acrescentou: — Agora realmente precisamos ir, Severian. A trombeta vai soar a qualquer momento.

— E o que isso significa?

— Você não sabe? — Ela se virou para nos encarar. — Quando os mata-cães da Muralha da Cidade parecem tocar a borda do disco solar, uma trombeta, a primeira, soa no Campo Sanguinário. Há quem pense que é só para regular os combates ali, mas não é assim. É um sinal para os guardas dentro da Muralha fecharem os portões. É também o sinal para começar a luta, e se você estiver lá quando ela soar, é quando sua competição começa. Quando o sol está abaixo do horizonte e a verdadeira noite chega, um trompetista na Muralha toca um toque de recolher. Isso significa que os portões não serão abertos novamente, nem mesmo para aqueles que têm passes especiais ou aqueles que, tendo dado ou recebido um desafio, ainda não chegaram ao Campo, supondo-se que tenham recusado a satisfação. Ele pode ser atacado onde quer que seja encontrado, e um armígero ou um exultante pode contratar assassinos sem manchar sua honra.

A ajudante de cozinha, que estava parada na escada ouvindo tudo e assentindo, se afastou para deixar passar seu mestre, o estalajadeiro.

— *Sieur* — disse ele —, se o senhor de fato tem um compromisso mortal, eu...

— Isso é exatamente o que minha amiga estava dizendo — respondi. — Precisamos partir.

Dorcas perguntou então se poderia tomar um pouco de vinho. Um tanto surpreso, assenti; o estalajadeiro lhe serviu um copo, que ela segurou com as duas mãos como uma criança. Perguntei a ele se fornecia implementos de escrita para seus convidados.

— Deseja fazer um testamento, *sieur*? Venha comigo: temos um caramanchão reservado para esse fim. Não há cobrança e, se quiser, contratarei um rapaz que levará o documento ao seu executor.

Peguei a *Terminus Est* e o segui, deixando Ágia e Dorcas sozinhas montando guarda sobre o averno. O caramanchão de que nosso anfitrião se vangloriava estava empoleirado em um galho pequeno onde quase não cabia uma mesa, mas havia um banquinho ali, várias canetas de pena de corvo, papel e um pote de tinta. Sentei-me e escrevi as palavras do bilhete; até onde pude julgar, o papel era o mesmo daquele em que o que recebi, havia sido escrito, e a tinta apresentava a mesma linha preta desbotada. Depois de arear meus rabiscos, dobrei o bilhete e o guardei em um compartimento do meu sabretache que raramente usava, disse ao estalajadeiro que não precisava de nenhum mensageiro e perguntei se ele conhecia alguém chamado Trudo.

— Trudo, *sieur*? — Ele pareceu confuso.

— Sim. É um nome bastante comum.

— Certamente que sim, senhor, eu sei. É só que eu estava tentando pensar em alguém que eu pudesse conhecer e alguém, se é que o senhor me entende, *sieur*, em sua posição exaltada. Algum armígero ou…

— Qualquer um — respondi. — Qualquer um. Não seria, por exemplo, o nome do garçom que nos serviu, não é?

— Não, *sieur*. O nome dele é Ouen. Eu tive um vizinho chamado Trudo, *sieur*, mas isso foi há anos, antes de eu comprar este lugar. Não penso que seria ele quem o senhor procura, seria? Depois há o meu cavalariço aqui: o nome dele é Trudo.

— Eu gostaria de falar com ele.

O estalajadeiro assentiu, o queixo desaparecendo na gordura que circundava seu pescoço.

— Como desejar, *sieur*. Não que ele possa lhe contar muita coisa. — Os degraus rangeram sob seu peso. — Ele é do extremo sul, já aviso. — (Com isso ele queria dizer as regiões do sul da cidade, não as terras selvagens e em grande parte sem árvores adjacentes, ao gelo.) — E do outro lado do rio, ainda por cima. O senhor provavelmente não conseguirá muito senso dele, embora seja um sujeito trabalhador.

Eu disse:

— Suspeito saber de que parte da cidade ele vem.

— O senhor sabe? Bem, isso é interessante, *sieur*. Muito interessante. Ouvi um ou dois dizerem que poderiam perceber essas coisas pela maneira como um homem se veste ou como fala, mas não sabia que o senhor tinha posto os olhos em Trudo, como diz o ditado.

Estávamos nos aproximando do chão agora, e ele gritou:

— *Trudo! Tru-u-u-do!*

E depois:

— Rédeas!

Ninguém apareceu. Uma única laje do tamanho de uma grande mesa havia sido colocada ao pé da escada, e pisamos nela.

Foi justamente nesse momento que as sombras alongadas deixaram de ser sombras e se tornaram poças de escuridão, como se algum fluido ainda mais escuro do que as águas do Lago dos Pássaros subisse do solo. Centenas de pessoas, algumas sozinhas, algumas em pequenos grupos, corriam pela grama vindas da direção da cidade. Todas pareciam atentas, curvadas por uma ansiedade que carregavam como uma mochila sobre suas costas e ombros. A maioria não carregava armas até onde eu podia ver, mas algumas tinham estojos de floretes, e a certa distância avistei a flor branca de um averno, carregado, ao que parecia, num poste ou bastão, tal como o meu.

— É uma pena que eles não parem por aqui — disse o estalajadeiro. — Não que alguns não voltem, mas é num jantar antes onde se encontra o dinheiro. Falo com franqueza, pois posso ver que, jovem como é, *sieur*, o senhor é muito sensato para não saber que todo negócio é administrado para obter lucro. Tento dar um bom valor, e como já disse, temos uma cozinha famosa. *Tru-u-do!* Eu tenho que ter uma, pois não me dou bem com nenhum outro tipo de comida: eu morreria de fome, *sieur*, se tivesse que comer o que a maioria come. *Trudo, sua fazenda de piolhos, cadê você?*

Um menino sujo apareceu de algum lugar atrás do tronco, limpando o nariz no braço.

— Ele não está lá atrás, Mestre.

— Bom, onde é que ele está? Vá procurá-lo.

Eu ainda estava assistindo às pessoas passarem às centenas.

— Elas estão todas indo para o Campo Sanguinário, então? — Pela primeira vez, creio, tive a total dimensão de que, provavelmente, eu morreria antes que a lua brilhasse. Buscar saber de quem era o bilhete me pareceu fútil e infantil.

— Nem todos para lutar, o senhor entende. A maioria só vai assistir, tem alguns que vêm apenas uma vez, porque alguém que eles conhecem vai lutar, ou apenas porque lhes disseram, ou porque leram sobre isso ou ouviram uma canção. Geralmente, esses passam mal, porque vêm aqui depois e é comum tomarem uma garrafa ou algo assim para superar.

— Mas há outros que vêm todas as noites, ou, pelo menos, quatro ou cinco noites na semana. Esses são especialistas e exibem apenas uma arma, ou talvez duas, e fingem saber mais sobre elas do que aqueles que as utilizam, e talvez alguns saibam mais mesmo. Depois da sua vitória, *sieur*, dois ou três vão querer lhe pagar uma rodada. Se o senhor permitir, eles lhe dirão o que você fez de errado e o que o outro homem fez de errado, mas o senhor descobrirá que eles não concordam.

Eu disse:

— Nosso jantar será privado. — E, enquanto falava, ouvi o som de pés descalços nos degraus atrás de nós. Ágia e Dorcas vinham descendo, Ágia carregando o averno, que me parecia ter crescido com o declínio da luz.

Eu já disse aqui o quanto desejava Ágia. Quando estamos conversando com mulheres, falamos como se o amor e o desejo fossem duas entidades separadas; e as mulheres, que muitas vezes nos amam e às vezes nos desejam, mantêm a mesma ficção. O fato é que ambos são aspectos da mesma coisa, como eu poderia ter conversado com o estalajadeiro a respeito do lado norte de sua árvore e do sul. Se desejamos uma mulher, logo passamos a amá-la por sua condescendência em se submeter a nós (esta, de fato, havia sido a base original do meu amor por Thecla), e já que, se a desejarmos, ela sempre se submeterá, pelo menos na imaginação, algum elemento de amor está sempre presente. Por outro lado, se a amamos, logo passamos a desejá-la, pois a atração é um dos atributos que uma mulher deve possuir, e não podemos suportar pensar que ela não possui nenhum desses atributos; dessa forma, os homens chegam a desejar até mulheres cujas pernas estão paralisadas, e mulheres a desejar homens que são impotentes, exceto com outros homens semelhantes a eles.

Mas ninguém pode dizer como nasce aquilo que chamamos (quase a nosso bel-prazer) de *amor* ou *desejo*. Quando Ágia desceu a escada, um lado do seu rosto estava iluminado pela última luz do dia, e o outro, jogado na sombra; a saia, dividida quase até a cintura, permitia um vislumbre de sua coxa sedosa. E tudo o que eu havia deixado de sentir por ela alguns momentos antes, quando a afastei, voltou redobrado e triplicado. Ela viu isso no meu semblante, eu sei, e Dorcas, quase um passo atrás dela, viu também e desviou o olhar. Mas Ágia ainda estava brava comigo (como, talvez, tivesse o direito de estar), então, por mais que sorrisse para ser diplomática e não pudesse ter escondido o desejo em suas entranhas nem se quisesse, ela ocultava muita coisa.

Penso que é aí que encontramos a verdadeira diferença entre aquelas mulheres às quais, se quisermos permanecer homens, devemos oferecer nossas vidas, e aquelas que (novamente, se quisermos permanecer homens) devemos dominar e enganar, se pudermos, e usar, como nunca faríamos com uma fera: a segunda nunca nos permitirá lhe dar o que damos à primeira. Ágia gostava da minha admiração e teria sido levada ao êxtase pelas minhas carícias; mas, mesmo que eu me dedicasse a ela mil vezes, nos separaríamos como estranhos. Eu entendi tudo isso enquanto ela descia os últimos passos, uma mão fechando o corpete do vestido, a outra sustentando o averno, cujo mastro ela usava como bastão e carregava como um báculo. E, mesmo assim, eu ainda a amava, ou a teria amado se pudesse.

O menino veio correndo.

— A cozinheira disse que Trudo foi embora. Ela estava lá fora pegando água, porque a garota tinha ido embora, e viu ele fugindo, e as coisas dele sumiram dos estábulos também.

— Então, ele foi embora para valer — disse o estalajadeiro. — Quando ele foi? Agora mesmo?

O menino assentiu.

— Ele soube que você estava procurando por ele, *sieur*, é disso que tenho medo. Um dos outros deve ter ouvido o senhor me perguntar sobre o nome, então correu e foi lá contar para ele. Ele roubou algo do senhor?

Eu balancei a cabeça em negativa.

— Ele não me fez mal, e suspeito que estivesse tentando fazer o bem no que quer que tenha feito. Lamento lhe ter custado um serviçal.

O estalajadeiro abriu as mãos.

— Ele ainda tinha algum salário para receber, então não vou perder nada por isso.

Quando ele se virou, Dorcas sussurrou:

— E eu lamento ter tirado de você sua alegria, lá em cima. Eu não teria privado você disso. Mas, Severian, eu amo você.

De algum lugar não muito distante, a voz prateada de uma trombeta convocou as estrelas renascentes.

XXVII

Ele está morto?

O Campo Sanguinário, do qual todos os meus leitores já terão ouvido falar, embora alguns, espero, nunca o tenham visitado, fica a noroeste das seções construídas de nossa capital de Nessus, entre um enclave residencial de armígeros da cidade e os quartéis e estábulos do Xenagie do Dimarchi Azul. Fica perto o bastante da Muralha para parecer a alguém como eu, que nunca esteve perto dela, uma distância muito próxima, mas ainda assim, há quilômetros de caminhada difícil por avenidas tortuosas a partir da base real. Quantos combates podem caber ali, eu não sei. Pode ser que as grades que delimitam os terrenos de cada um — sobre as quais os espectadores se apoiam ou se sentam, conforme queiram — possam ser movidas e ajustadas para se adequar às necessidades da noite. Só visitei o local uma vez, mas me pareceu, com sua grama pisoteada e seus espectadores lânguidos e silenciosos, estranho e melancólico.

Durante o breve período em que ocupei o trono, muitas questões foram de importância mais imediata do que a monomaquia. Quer seja boa ou má (como sou inclinado a pensar), ela é certamente inerradicável numa sociedade como a nossa, que deve, para sua própria sobrevivência, manter as virtudes militares mais elevadas do que quaisquer outras, e em que tão poucos dos servidores armados do Estado podem ser poupados para policiar a população.

No entanto, ela é má?

As épocas que a proibiram (e, pelo que li, muitas centenas delas o fizeram) a substituíram em grande parte por assassinato — e são exatamente esses assassinatos, de modo geral, que a monomaquia parece destinada a prevenir: assassinatos resultantes de brigas entre familiares, amigos e conhecidos. Nesses casos, dois morrem em vez de um, pois a lei rastreia o assassino (uma pessoa que não é criminosa por índole, mas por acaso) e o mata, como se sua morte fosse restaurar a vida de sua vítima. Assim, se, digamos, mil combates jurídicos entre indivíduos resultassem em mil mortes (o que é muito improvável, já que a maioria desses combates não termina em morte), mas evitassem quinhentos assassinatos, o estado não ficaria pior.

Além disso, o sobrevivente de tal combate será provavelmente o indivíduo mais adequado para defender o Estado e também o mais adequado para gerar crianças sadias; em contrapartida não existem sobreviventes na maioria dos assassinatos e, provavelmente, o assassino (se sobreviver) é apenas cruel, e não forte, rápido nem inteligente.

E, no entanto, com que facilidade essa prática se presta à intriga.

Ouvimos os nomes gritados quando ainda estávamos a cem passos de distância, em voz alta e formalmente anunciados acima do trinado dos hilas.

— *Cadroe das Dezessete Pedras!*

— *Sabas da Campina Dividida!*

— *Laurentia da Casa da Harpa!* — (Este com voz de mulher.)

— *Cadroe das Dezessete Pedras!*

Perguntei a Ágia quem eram esses nomes gritados.

— Eles lançaram desafios ou foram eles próprios desafiados. Gritando seus nomes ou mandando um servo fazer isso por eles, eles anunciam que vieram, e ao mundo, que seu oponente não veio.

— *Cadroe das Dezessete Pedras!*

O sol que desaparecia, cujo disco estava agora um quarto escondido atrás da escuridão impenetrável da Muralha, tingira o céu de gomaguta e cereja, vermelhão e um violeta lúgubre. Essas cores, caindo sobre a multidão de monomaquistas e espectadores, assim como vemos os raios áureos do favor divino recaindo sobre os hierarcas na arte, lhes emprestava uma aparência insubstancial e taumatúrgica, como se todos tivessem sido produzidos pelo floreio de um pano um momento antes e fossem desaparecer no ar novamente com um apito.

— *Laurentia da Casa da Harpa!*

— Ágia — chamei, e de algum lugar próximo ouvimos o som sufocante que a morte produz na garganta de um homem. — Ágia, você deve gritar: "Severian da Torre Matachin".

— Eu não sou sua serva. Grite você mesmo se quiser que seja gritado.

— *Cadroe das Dezessete Pedras!*

— Não me olhe assim, Severian. Eu gostaria que não tivéssemos vindo! *Severian! Severian dos Torturadores! Severian da Cidadela! Da Torre da Dor! Morte! A morte chegou!* Minha mão a atingiu logo abaixo da orelha, e ela caiu toda esparramada, o averno em seu mastro ao lado dela.

Dorcas agarrou meu braço.

— Você não deveria ter feito isso, Severian.

— Foi apenas a palma da minha mão. Ela vai ficar bem.

— Ela vai te odiar ainda mais.

— Então você acha que ela me odeia agora?

Dorcas não respondeu, e um instante depois, eu mesmo me esqueci, por um momento, que havia feito a pergunta: a alguma distância, no meio da multidão, eu tinha visto um averno.

O chão era um círculo plano com cerca de quinze passos de largura, cercado por grades, exceto por uma entrada em cada extremidade.

O éforo chamou:

— A adjudicação do averno foi oferecida e aceita. Este é o lugar. A hora é agora. Resta apenas decidir se vocês se envolverão como estão, nus ou de outra forma. O que dizem vocês?

Antes que eu pudesse falar, Dorcas gritou:

— Nus. Aquele homem está de armadura.

O elmo grotesco do Setentrião balançava de um lado para o outro em negação. Como a maioria dos capacetes de cavalaria, deixava as orelhas descobertas para melhor ouvir o graile e as ordens gritadas pelos superiores do usuário; na sombra atrás da proteção da bochecha pensei ter visto uma estreita faixa preta e tentei lembrar onde já tinha visto tal coisa antes.

O éforo perguntou:

— Você recusa, hiparca?

— Os homens do meu país não andam nus, exceto, somente, na presença de mulheres.

— Ele usa armadura — Dorcas voltou a gritar. — Este homem não tem sequer uma camisa. — Sua voz, antes sempre tão suave, soava no crepúsculo como um sino.

— Vou removê-la. — O Setentrião jogou a capa para trás e levou uma mão enluvada ao ombro de sua couraça. Ela escorregou e caiu aos pés dele. Eu esperava um peito tão grande quanto o de Mestre Gurloes, mas o que vi era mais estreito que o meu.

— O capacete também.

Novamente o Setentrião balançou a cabeça, e o éforo perguntou:

— Sua recusa é absoluta?

— É. — Houve uma hesitação quase imperceptível. — Só posso dizer que estou instruído a não o remover.

O éforo se voltou para mim.

— Nenhum de nós desejaria, eu acho, envergonhar o hiparca, e menos ainda o personagem... não digo quem ele possa ser... a quem ele serve. Creio que a atitude mais sábia seria lhe permitir, *sieur*, alguma vantagem compensatória. O senhor tem alguma a sugerir?

Ágia, que estava em silêncio desde que eu batera nela, disse:

— Recuse o combate, Severian. Ou reserve sua vantagem até precisar dela.

Dorcas, que estava afrouxando os trapos que prendiam o averno, disse também:

— Recuse o combate.

— Cheguei longe demais para voltar atrás agora.

O éforo perguntou incisivamente:

— Já decidiu, *sieur*?

— Acho que sim. — Minha máscara estava no meu sabretache. Como todas aquelas usadas na guilda, era de couro fino endurecido com tiras de osso. Se ela manteria distantes as folhas jogadas do averno eu não tinha como saber, mas foi gratificante ouvir os espectadores respirarem fundo quando eu a abri.

— Estão prontos agora? Hiparca? *Sieur*? *Sieur*, o senhor deve entregar essa espada para alguém segurar pelo senhor. Nenhuma arma além do averno pode ser carregada.

Procurei por Ágia, mas ela havia desaparecido na multidão. Dorcas me entregou a flor mortal, e eu dei a *Terminus Est* a ela.

— Comecem!

Uma folha zumbiu perto da minha orelha. O Setentrião avançava com um movimento irregular, seu averno agarrado na mão esquerda sob as folhas mais baixas, e a mão direita estendida como se quisesse arrancar a minha de mim. Lembrei que Ágia havia me avisado do perigo disso e a apertei o mais perto que pude.

Pelo espaço de cinco respirações, andamos em círculos. Então atingi a mão estendida dele. Ele contra-atacou com a planta. Levantei a minha acima da cabeça como uma espada, e ao fazê-lo percebi que a posição era ideal: colocava a haste vulnerável fora do alcance do meu oponente, me permitia cortar para baixo com a planta inteira à vontade e ainda me permitia destacar as folhas com a mão direita.

Essa última descoberta eu testei imediatamente, arrancando uma folha e jogando-a para que deslizasse em direção ao rosto dele. Apesar da proteção que seu elmo lhe dava, ele se abaixou, e a multidão atrás dele se dispersou para evitar o míssil. Mandei outra em seguida. E depois outra, que atingiu uma dele próprio em pleno voo.

O resultado foi notável. Em vez de absorverem o impulso uma da outra e caírem juntas, como lâminas inanimadas fariam, as folhas pareceram se contorcer e enrolar seus comprimentos afiados um no outro, cortando e golpeando com suas pontas tão rapidamente que, antes de terem caído um côvado, não eram mais do que faixas irregulares de verde-escuro que se transformavam em centenas de cores e giravam como um pião de criança...

Algo ou alguém pressionava minhas costas. Era como se um desconhecido estivesse logo atrás de mim, sua coluna contra a minha, exercendo uma leve pressão. Senti frio e fiquei grato pelo calor de seu corpo.

— *Severian!* — A voz era de Dorcas, mas ela parecia ter vagado para longe.

— *Severian! Ninguém vai ajudá-lo? Me soltem!*

O repique de um carrilhão. As cores, que eu considerava serem as das folhas que se debatiam, estavam no céu, onde um arco-íris se desenrolava sob a aurora. O mundo era um grande ovo pascal, repleto de todas as cores da paleta. Perto da minha cabeça, uma voz perguntou:

— *Ele está morto?*

E alguém respondeu com naturalidade:

— *É isso. Essas coisas sempre matam. A menos que você queira que eles o arrastem?*

A voz do Setentrião (estranhamente familiar) disse:

— Eu reivindico o direito de vencedor sobre suas roupas e armas. Dê-me essa espada.

Eu me sentei. As folhas ainda eram tirinhas que lutavam fracas a alguns passos de minhas botas. O Setentrião estava além deles, ainda segurando seu averno. Consegui inspirar para perguntar o que havia acontecido, e algo caiu do meu peito para o meu colo; era uma folha com a ponta manchada de sangue.

Ao me ver, o Setentrião girou e ergueu seu averno. O éforo deu um passo entre nós, braços estendidos. Da grade, algum espectador gritou:

— *Direito gentil! Direito gentil, soldado! Deixe-o se levantar e pegar a arma.*

Minhas pernas praticamente não me sustentavam. Olhei em volta estupidamente em busca do meu próprio averno, e finalmente o encontrei apenas porque estava perto dos pés de Dorcas, que lutava com Ágia. O Setentrião gritou:

— Ele deveria estar morto!

O éforo disse:

— Mas não está, hiparca. Quando ele recuperar a arma, o senhor poderá continuar o combate.

Toquei a haste do meu averno e por um instante senti que havia agarrado a cauda de algum animal de sangue frio, mas vivo. Ele pareceu se agitar na minha mão, e as folhas chocalharam. Ágia gritava:

— *Sacrilégio!* — Parei para olhar para ela, então apanhei o averno e me virei para encarar o Setentrião.

Seus olhos estavam sombreados pelo capacete, mas havia terror em cada linha de seu corpo. Por um momento, ele pareceu olhar de mim para Ágia. Então se virou e fugiu em direção à abertura nos trilhos no final da arena. Os espectadores bloquearam sua passagem e ele usou seu averno como um flagelo, atacando para a direita e para a esquerda. Houve um grito, depois um crescendo de gritos. Meu próprio averno me puxava para trás, ou melhor, meu averno havia sumido e alguém me agarrava pela mão. Dorcas. Em algum lugar distante, Ágia gritou:

— *Ágilus!*

E outra mulher gritou:

— *Laurentia da Casa da Harpa!*

XXVIII

Carnifex

Acordei na manhã seguinte em um lazareto, uma sala comprida e de teto alto onde nós, os doentes, os feridos, jazíamos em camas estreitas. Eu estava nu e, por muito tempo, enquanto o sono (ou talvez tenha sido a morte) puxava minhas pálpebras, movi minhas mãos lentamente ao longo do meu corpo, procurando por ferimentos ao mesmo tempo em que me perguntava, tal qual poderia ter me perguntado sobre alguém em uma canção, como viveria sem roupas ou dinheiro, como explicaria ao Mestre Palaemon a perda da espada e da capa que ele tinha me dado.

Pois eu tinha certeza de que eles estavam perdidos: ou melhor, de que eu próprio, de alguma forma, havia me perdido deles. Um macaco com cabeça de cachorro descendo o corredor apressado parou na frente da minha cama para me olhar e depois saiu correndo. Isso não me pareceu mais estranho do que a luz que, passando por uma janela que eu não conseguia ver, caía sobre meu cobertor.

Acordei novamente e me sentei. Por um momento, realmente pensei que estivesse em nosso dormitório mais uma vez, que fosse capitão de aprendizes, que todo o resto, meu mascaramento, a morte de Thecla, o combate dos avernos, tivesse sido apenas um sonho. Não era a última vez que isso aconteceria. Então, vi que o teto era de gesso, e não o nosso familiar de metal, e que o homem na cama ao lado da minha estava envolto em ataduras. Joguei o cobertor para trás e coloquei os pés no chão. Dorcas estava sentada, dormindo, de costas para a parede, na cabeceira da minha cama. Ela havia se envolvido no manto marrom; a *Terminus Est* estava deitada em seu colo, o punho e a ponta da bainha se projetando de cada lado dos meus pertences empilhados. Consegui pegar minhas botas e meias, minha calça, minha capa e meu cinto com o sabretache sem acordá-la, mas quando tentei pegar a espada ela murmurou e agarrou-se a ela, então a deixei com ela.

Muitos dos doentes estavam acordados e olhavam para mim, mas nenhum falou. Uma porta na extremidade do quarto dava para um lance de escadas que desciam até um pátio onde *destriers* escoiceavam. Pensei brevemente que ainda estivesse sonhando: o cinocéfalo subia nas ameias da parede. Mas era um animal tão real quanto os corcéis campeões, e quando lhe atirei um pouco de lixo, ele mostrou dentes tão impressionantes quanto os de Triskele.

Um soldado com alabarda na mão saiu para pegar algo em seu alforje, eu o detive e perguntei onde estava. Ele supôs que eu quisesse saber em que parte da fortaleza, e apontou para uma torre atrás da qual, disse, ficava o Salão da Justiça; então me contou que, se eu fosse com ele, provavelmente conseguiria algo para comer.

Assim que falou, percebi que estava faminto. Eu o segui descendo um corredor escuro até uma sala muito mais baixa e mais escura do que o lazareto, onde duas ou três vintenas de dimarchi como ele estavam debruçados sobre uma refeição de meio-dia consistindo em pão fresco, carne e verduras cozidas. Meu novo amigo me aconselhou a pegar um prato e dizer aos cozinheiros que havia sido instruído a ir ali para jantar. Eu fiz isso e, embora eles parecessem um pouco surpresos com minha capa fuligem, me serviram sem objeção.

Se os cozinheiros não ficaram curiosos, os soldados eram a curiosidade em pessoa. Perguntaram meu nome, de onde eu vinha e qual era minha posição (pois supunham que nossa guilda fosse organizada como os militares). Perguntaram onde estava meu machado, e quando eu disse a eles que usávamos espada, onde ela estava; e quando expliquei que tinha uma mulher comigo que estava cuidando dela, me avisaram que ela poderia fugir com a espada, e então me aconselharam a levar pão para ela debaixo do meu manto, já que ela não teria permissão para vir onde estávamos comendo. Descobri que todos os homens mais velhos haviam apoiado mulheres — seguidoras de campo, talvez, o tipo mais útil e menos perigoso — em um momento ou outro, apesar de poucos terem elas por perto agora. Eles haviam passado o verão anterior lutando no norte e sido enviados para o inverno em Nessus, onde serviam para manter a ordem. Agora esperavam ir para o norte novamente dentro de uma semana. Suas mulheres tinham regressado às suas próprias aldeias para viver com os pais ou parentes. Perguntei se as mulheres não teriam preferido segui-los para o sul.

— Preferido? — disse meu amigo. — É claro que elas teriam preferido. Mas como fariam isso? Uma coisa é seguir a cavalaria que está abrindo caminho para o norte com o exército, pois isso não dá mais do que uma ou duas léguas, nos melhores dias, e, se conseguir três em uma semana, pode apostar que perderá duas na próxima. Mas qual quantidade elas fariam no caminho de volta para a cidade? Quinze léguas por dia. E o que comeriam no caminho? É melhor que esperem. Se um novo xenagie vier para o nosso antigo setor, elas terão alguns homens novos. Algumas garotas novas virão também, e algumas das antigas vão desistir, e isso dará a todos a chance de mudar se quiserem. Ouvi dizer que trouxeram um de vocês, carnifexes, ontem à noite, mas estava quase morto. Você veio vê-lo?

Eu disse que não.

— Uma de nossas patrulhas o denunciou e, quando o quiliarca ficou sabendo, os mandou de volta para trazê-lo, visto que precisaríamos com certeza de um deles em um ou dois dias. Eles juram que não tocaram nele, mas tiveram que trazê-lo de volta em uma liteira. Não sei se é um de seus camaradas, mas você pode querer dar uma olhada.

Prometi que faria isso e, depois de agradecer aos soldados pela hospitalidade, os deixei. Eu estava preocupado com Dorcas, e o interrogatório deles, embora claramente bem-intencionado, me deixara desconfortável. Havia muitas coisas que eu não conseguia explicar: por exemplo, como eu havia sido ferido, admitindo que era eu o homem que havia sido carregado na noite anterior, e de onde Dorcas havia vindo. Não entender realmente essas coisas me incomodava ao menos o tanto quanto, e senti, como sempre sentimos quando há todo um setor de nossas vidas que não pode suportar luz, que não importa quão longe a última pergunta tenha estado de um dos assuntos proibidos, a próxima vai penetrar no âmago da questão.

Dorcas estava acordada e de pé ao lado da minha cama, onde alguém havia deixado uma caneca de caldo fumegante. Ela ficou tão feliz em me ver que eu também me senti feliz, como se a alegria fosse tão contagiosa quanto uma doença.

— Achei que você estivesse morto — disse ela. — Você sumiu, e suas roupas sumiram, e achei que eles as tivessem levado para enterrar você.

— Estou bem — respondi. — O que aconteceu ontem à noite?

Dorcas ficou séria imediatamente. Eu a fiz se sentar na cama comigo, comer o pão que eu levara e beber o caldo, enquanto respondia.

— Você lembra de ter lutado com o homem que usava aquele capacete estranho, tenho certeza. Você colocou uma máscara e entrou na arena com ele, embora eu tenha implorado para que você não fizesse isso. Quase imediatamente ele bateu em você no peito, e você caiu. Lembro-me de ver a folha, uma coisa horrível como um verme feito de ferro, metade em seu corpo, ficando vermelha enquanto bebia seu sangue.

"Então ela caiu. Não sei como descrever. Foi como se tudo o que eu tivesse visto estivesse *errado*. Mas não estava errado: eu me lembro do que vi. Você se levantou de novo e parecia...

não sei. Como se estivesse perdido, ou alguma parte de você estivesse longe. Pensei que ele fosse te matar de uma vez, mas o éforo protegeu você, dizendo que ele tinha que permitir que você pegasse seu averno. O dele estava quieto, do jeito que o seu estava quando você o puxou naquele lugar horrível, mas o seu começou a se contorcer e a abrir a flor: pensei que estivesse aberta antes, a coisa branca com o redemoinho de pétalas, só que agora acredito que eu estava pensando muito em rosas, e ela não estava aberta antes. Havia algo por baixo, algo mais, um rosto como o rosto que o veneno teria, se veneno tivesse rosto.

"Você não percebeu. Você o pegou e ele começou a se curvar na sua direção, lentamente, como se estivesse apenas meio acordado. Mas o outro homem, o hiparca, não conseguia acreditar no que tinha visto. Ele estava olhando para você, e aquela mulher, Ágia, estava gritando para ele. E, de repente, ele se virou e saiu correndo. As pessoas que estavam assistindo não queriam que ele fizesse isso, elas queriam ver alguém morto. Então tentaram detê-lo, e ele..."

Os olhos dela estavam cheios de lágrimas; ela virou a cabeça para me impedir de vê-los. Eu disse:

— Ele atingiu vários deles com o averno, e suponho que os tenha matado. O que aconteceu depois?

— Ele não apenas os atacou. Ele os *atingiu*, depois dos dois primeiros, como uma cobra. Os que foram cortados com as folhas não morreram na hora, eles gritaram, e alguns correram e caíram e se levantaram e correram de novo, como se estivessem cegos, derrubando outras pessoas. E finalmente um homenzarrão o atingiu por trás e uma mulher que estava brigando em outro lugar veio com um braquemart. Ela cortou o averno: não lateralmente, mas descendo pelo caule para que se partisse. Então alguns dos homens seguraram o hiparca e ouvi a lâmina dela bater no capacete dele.

"Você ficou simplesmente parado lá. Eu não tinha certeza se você sequer sabia que ele tinha ido embora, e seu averno estava curvado em direção ao seu rosto. Pensei no que a mulher tinha feito e bati nele com sua espada. Era pesada, muito pesada no começo, mas depois quase não ficou pesada. Mas, quando eu cortei com ela, senti como se pudesse ter atingido a cabeça de um bisão. Só que eu tinha esquecido de tirar a bainha. Mas isso arrancou o averno da sua mão, e eu peguei você e o levei para longe..."

— Para onde? — perguntei.

Ela estremeceu e mergulhou um pedaço de pão no caldo fumegante.

— Não sei. Nem quis saber. Foi tão bom estar andando com você, saber que eu estava cuidando de você do jeito que você cuidou de mim antes de conseguirmos pegar o averno. Mas eu estava com frio, um frio terrível, quando a noite chegou. Eu coloquei sua capa ao seu redor e a prendi na frente, e você não parecia estar com frio, então peguei esse manto e me envolvi nele. Meu vestido estava caindo aos pedaços. Ainda está.

Eu disse:

— Eu queria comprar outro para você quando estávamos na estalagem.

Ela balançou a cabeça, mastigando a crosta dura.

— Sabe, acho que esta aqui é a primeira comida que como em muito, muito tempo. Meu estômago está doendo, foi por isso que tomei o vinho lá, mas isto aqui está me fazendo sentir melhor. Eu não tinha percebido como estava ficando fraca.

"Mas eu não queria um vestido novo de lá porque teria que usá-lo por muito tempo, e ele sempre me lembraria daquele dia. Você pode me comprar um vestido agora, se quiser, porque *ele* vai me lembrar deste dia, quando eu pensei que você estivesse morto e, na verdade, você estava muito bem.

"De qualquer forma, voltamos para a cidade de algum jeito. Eu estava esperando encontrar um lugar de parada onde você pudesse se deitar, mas só havia casas grandes com terraços e balaustradas. Esse tipo de coisa. Uns soldados vieram galopando e perguntaram se você era um carnifex. Eu não conhecia a palavra, mas me lembrei do que você tinha me dito e então disse a eles que você era um torturador, porque os soldados sempre me pareceram uma espécie de torturadores, e eu sabia que eles iriam nos ajudar. Eles tentaram colocar você para cavalgar, mas você caía. Então alguns deles amarraram suas capas entre duas lanças e deitaram você sobre elas, e puseram as pontas das lanças nas alças de estribo de dois *destriers*. Um deles queria me colocar na sela dele, mas eu não aceitei. Andei ao seu lado durante todo o caminho e às vezes falava com você, mas acho que você não me ouviu."

Ela terminou de tomar o resto do caldo.

— Agora quero fazer uma pergunta. Quando eu estava me lavando atrás da tela, pude ouvir você e Ágia sussurrando sobre um bilhete. Mais tarde, você estava procurando alguém na estalagem. Quer me contar a respeito?

— Por que você não perguntou antes?

— Porque Ágia estava conosco. Se você tivesse descoberto alguma coisa, eu não queria que ela ouvisse o que era.

— Tenho certeza de que Ágia conseguiria descobrir tudo o que eu descobrisse — falei. — Não a conheço bem e, na verdade, sinto que não a conheço tão bem quanto conheço você. Mas a conheço bem o bastante para perceber que ela é muito mais inteligente do que eu.

Dorcas balançou a cabeça outra vez.

— Ela é o tipo de mulher que é boa em criar enigmas para outras pessoas, mas não em resolver aqueles que não foi ela mesma que criou. Acho que ela pensa... não sei... lateralmente. De um modo que ninguém mais consegue acompanhar. Ela é o tipo de mulher que as pessoas dizem que pensa como um homem, mas essas mulheres não pensam como homens de verdade; em vez disso, pensam menos como homens de verdade do que a maioria das mulheres. Simplesmente não pensam como mulheres. A maneira como elas pensam é difícil de acompanhar, mas isso não significa que seja clara ou profunda.

Contei a ela sobre o bilhete e o que ele dizia, e mencionei que, por mais que eu o tivesse destruído, o havia copiado no papel da estalagem e descoberto assim que eram o mesmo papel e a mesma tinta.

— Então alguém o escreveu lá — disse ela, pensativa. — Provavelmente um dos serviçais da estalagem, porque chamou pelo nome o cavalariço. Mas o que isso significa?

— Não sei.

— Posso dizer por que foi colocado onde foi. Eu me sentei lá, naquele sofá de chifre, antes de você. Isso me deixou feliz, eu me lembro, porque você se sentou ao meu lado. Você se lembra se o garçom... ele deve ter levado o bilhete, tenha escrito ou não... você se lembra se ele colocou a bandeja lá antes de eu me levantar para tomar banho?

— Eu consigo me lembrar de tudo — respondi — exceto de ontem à noite. Ágia se sentou em uma cadeira de lona dobrável, você se sentou no sofá, isso mesmo, e eu me sentei ao seu lado. Eu estava carregando o averno pelo caule, e também minha espada, e coloquei o averno deitado atrás do sofá. A garota da cozinha entrou com água e toalhas para você, então saiu e pegou óleo e trapos para mim.

Dorcas disse:

— Devíamos ter dado alguma coisa a ela.

— Dei a ela um oricalco para trazer a tela. Isso é provavelmente o valor que ela recebe em uma semana. De qualquer forma, você foi para trás dele e, um momento depois, o anfitrião conduziu o garçom para dentro com a bandeja e o vinho.

— Foi por isso que não vi, então. Mas o garçom devia saber onde eu estava sentada, porque não havia outro lugar. Então ele o deixou debaixo da bandeja, esperando que eu visse ao sair. Qual era a primeira parte mesmo?

— "A mulher que está com você já esteve aqui antes. Não confie nela."

— Devia ser para mim. Se fosse para você, a pessoa teria distinguido entre Ágia e eu, provavelmente pela cor do cabelo.

E se tivesse sido para Ágia, estaria do outro lado da mesa, onde ela o teria visto.

— Então você fez alguém se lembrar da mãe dele.

— Sim. — Mais uma vez havia lágrimas nos olhos dela.

— Você não tem idade suficiente para ter um filho que pudesse ter escrito esse bilhete.

— Não me lembro — disse ela, e enterrou o rosto nas dobras soltas do manto marrom.

XXIX

Ágilus

Quando o médico responsável me examinou e descobriu que eu não precisava de tratamento, ele nos pediu para deixar o lazareto, onde minha capa e minha espada estavam, como ele disse, transtornando seus pacientes.

No lado oposto do prédio onde eu tinha comido com os soldados, encontramos uma loja que atendia às necessidades deles. Junto com joias falsas e bugigangas do tipo que esses homens dão aos seus *paramours*, havia uma certa quantidade de roupas femininas; e embora meu dinheiro tivesse sido muito depauperado pelo jantar que nunca havíamos voltado para desfrutar na Estalagem dos Amores Perdidos, pude comprar um simar para Dorcas.

A entrada do Salão da Justiça não ficava longe dessa loja. Uma multidão de cerca de cem pessoas se aglomerava diante dele, e como as pessoas apontavam e davam cotoveladas umas nas outras quando avistavam minha capa fuligem, recuamos novamente para o pátio onde os *destriers* estavam amarrados. Um burgomestre do Salão de Justiça nos encontrou lá: um homem imponente com uma testa alta e branca como a barriga de uma jarra.

— Você é o carnifex — disse ele. — Me disseram que você está bem o suficiente para desempenhar seu cargo.

Eu disse a ele que poderia fazer o que fosse necessário hoje, se seu mestre assim o exigisse.

— Hoje? Não, não, isso não é possível. O julgamento não vai terminar até esta tarde.

Comentei que, como ele tinha vindo para se certificar de que eu estava bem o suficiente para realizar a execução, devia ter certeza de que o prisioneiro seria considerado culpado.

— Ah, não há dúvida disso: nem um pouco. Afinal, nove pessoas morreram, e o homem foi preso no local. Ele não tem importância, então não há nenhuma possibilidade de perdão ou recurso. O tribunal se reunirá novamente no meio da manhã, mas você não será solicitado até o meio-dia.

Como eu não havia tido experiência direta com juízes ou tribunais (na Cidadela, nossos clientes sempre nos eram enviados, e Mestre Gurloes cuidava dos oficiais que ocasionalmente vinham perguntar sobre a resolução de um caso ou outro) e porque estava ansioso para realmente realizar o ato para o qual havia sido treinado por tanto tempo, sugeri que o quiliarca pudesse querer considerar uma cerimônia à luz de tochas naquela mesma noite.

— Isso seria impossível. Ele precisa meditar sobre sua decisão. Como ficaria? Muita gente já sente que os magistrados militares são precipitados e até caprichosos. E, para sermos francos, um juiz civil provavelmente teria esperado uma semana, e o caso ficaria ainda melhor com isso, já que, então, haveria tempo suficiente para alguém apresentar novas evidências, o que é claro que ninguém fará.

— Amanhã à tarde, então — eu disse. — Precisaremos de alojamento para passar a noite. Também vou querer examinar o cadafalso e o bloco, e preparar meu cliente. Preciso de um passe para vê-lo?

O burgomestre perguntou se não poderíamos ficar no lazareto, e quando balancei a cabeça em negativa, nós — o burgomestre, Dorcas e eu — fomos até lá para que ele pudesse discutir com o médico responsável, que, como eu havia previsto, se recusou a nos receber. Isso foi seguido por uma longa discussão com um suboficial do xenagie, que explicou que era impossível ficarmos no quartel com os soldados, e que se usássemos um dos quartos reservados para os postos mais altos, ninguém iria querer ocupá-lo no futuro. No final, um depósito pequeno sem janelas foi esvaziado para nós, e duas camas e alguns outros móveis (todos eles muito gastos) trazidos. Deixei Dorcas lá e, depois de me assegurar que dificilmente pisaria numa tábua podre no momento crítico, nem teria que serrar a cabeça do cliente enquanto deveria segurá-la ao encontro do meu joelho, fui até as celas para fazer a visita que nossas tradições exigem.

Pelo menos de modo subjetivo, há uma grande diferença entre centros de detenção aos quais estamos acostumados e aqueles aos quais não estamos acostumados. Se eu estivesse entrando em nosso próprio ergástulo, teria sentido que estava, literalmente, voltando para casa — talvez, voltando para casa para morrer, mas, mesmo assim, voltando para casa. Embora, de modo abstrato, eu tivesse a noção de que nossos sinuosos corredores de metal e portas estreitas e cinzentas poderiam causar horror aos homens e mulheres ali confinados, eu mesmo não teria sentido nada daquele horror, e se um deles tivesse sugerido que era isso o que deveria se sentir, eu teria sido rápido em apontar seus vários confortos: lençóis limpos e cobertores amplos, refeições regulares, iluminação adequada, privacidade quase nunca interrompida, e assim por diante.

Agora, descendo uma escada de pedra estreita e retorcida até uma instalação centenária do tamanho da nossa, meus sentimentos eram exatamente o oposto do que eu teria sentido lá. Fui oprimido, como se por um peso, pela escuridão e pelo fedor. O pensamento de que eu mesmo poderia ficar confinado ali por algum acidente (uma ordem mal compreendida, por exemplo, ou alguma malícia insuspeitada por parte do burgomestre) reaparecia, não importava quantas vezes eu o deixasse de lado.

Ouvi os soluços de uma mulher, e como o burgomestre tinha falado de um homem, presumi que viesse de uma cela diferente daquela que continha meu cliente. Essa, me disseram, era a terceira da direita. Eu contei: uma, duas, três. A porta era apenas de madeira forrada com ferro, mas as fechaduras (tal é a eficiência militar!) tinham sido lubrificadas. Lá dentro, os soluços hesitaram e quase cessaram quando o ferrolho caiu para trás.

Um homem nu estava deitado sobre palha. Uma corrente saía do colar de ferro no seu pescoço e ia até a parede. Uma mulher, nua também, estava curvada sobre ele, seus longos cabelos castanhos passando tanto pelo rosto dela quanto pelo dele, parecendo uni-los. Ela se virou para me olhar e vi que era Ágia.

Ela sibilou:

— Ágilus! — E o homem se sentou. Seus rostos eram tão parecidos que era como se Ágia estivesse segurando um espelho diante de si mesma.

— Foi você — falei. — Mas isso não é possível. — Conforme eu falava, ia relembrando a forma como Ágia se comportara no Campo Sanguinário e a faixa preta que eu tinha visto perto da orelha do hiparca.

— Você — disse Ágia. — Como você sobreviveu, ele tem que morrer.

Eu só pude responder:

— É realmente Ágilus?

— Claro. — A voz do meu cliente soava uma oitava abaixo da voz da irmã gêmea, embora menos estável. — Você ainda não entende, não é?

Eu só consegui balançar a cabeça.

— Foi Ágia na loja. No traje de Setentrião. Ela entrou pelos fundos enquanto eu falava com você, e fiz um sinal para ela quando você nem sequer quis cogitar vender a espada.

Ágia disse:

— Eu não podia falar: você teria reconhecido a voz de uma mulher... mas a couraça escondia meus seios, e as manoplas, minhas mãos. Andar como um homem não é tão difícil quanto os homens pensam.

— Você *já olhou* para aquela espada? Deve haver uma assinatura no espigão.

As mãos de Ágilus se ergueram por um momento, como se ele ainda pudesse tomá-la. Ágia acrescentou com uma voz monocórdia:

— É assinado. Por Joviniano. Eu vi na estalagem.

Havia uma pequena janela no alto da parede atrás deles, e dela, de repente, como se a crista de um telhado ou uma nuvem tivesse caído abaixo do sol, um raio de luz veio banhar os dois. Olhei de um rosto áureo para o outro.

— Vocês tentaram me matar. Só pela minha espada.

Ágilus disse:

— Eu esperava que você a deixasse, não se lembra? Tentei convencer você a sair, a fugir disfarçado. Eu teria dado as roupas para você, e quanto dinheiro pudesse.

— Severian, você não entende? Ela valia dez vezes mais do que a nossa loja, e a loja era tudo o que tínhamos.

— Vocês já fizeram isso antes. Devem ter feito. Tudo correu muito bem. Um assassinato juridicamente legal, sem corpo para entregar ao Gyoll.

— Você vai matar Ágilus, não vai? Deve ser por isso que você está aqui... mas não sabia que éramos nós até abrir a porta. O que nós fizemos que você não vai fazer?

De forma menos estridente, a voz do irmão seguiu a de Ágia.

— Foi um combate justo. Estávamos igualmente armados e você concordou com as condições. Vai me conceder tal luta amanhã?

— Você sabia que quando a noite chegasse o calor das minhas mãos estimularia o averno e ele atingiria meu rosto. Você usava luvas e só precisava esperar. Na verdade, nem precisava fazer isso, porque havia atirado as folhas muitas vezes antes.

Ágilus sorriu.

— Então o negócio das manoplas era uma questão secundária, afinal. — Ele abriu as mãos. — Eu venci. Mas, na realidade, você venceu, por alguma arte oculta que nem minha irmã, nem eu entendemos. Fui injustiçado por você três vezes agora, e a antiga lei dizia que um homem três vezes injustiçado poderia reivindicar qualquer bênção de seu opressor. Admito que a lei antiga já não está em vigor, mas a minha querida irmã me diz que você tem um apego aos tempos passados, quando sua guilda era grande e sua fortaleza era o centro da Comunidade. Eu reivindico o benefício. Me liberte.

Ágia se levantou, tirando a palha dos joelhos e das coxas arredondadas. Como se só agora percebesse que estava nua, pegou o vestido de brocado azul-esverdeado de que eu me lembrava tão bem e o apertou contra o corpo.

Eu disse:

— Como foi que eu injusticei você, Ágilus? Parece-me que foi você quem me injustiçou, ou tentou.

— Primeiro por armadilha. Você carregou pela cidade afora uma herança que vale um casarão inteiro sem saber o que tinha nas mãos. Como proprietário, era seu dever saber, e sua ignorância ameaça me custar a vida amanhã, a menos que você me liberte esta noite. Em segundo lugar, recusando qualquer oferta de compra. Em nossa sociedade comercial, pode-se fixar o preço tão alto quanto se desejar, mas recusar-se a vender a qualquer preço é traição. Ágia e eu usávamos a armadura vistosa de um bárbaro: você usava seu coração. Em terceiro lugar, pela habilidade com que venceu nosso combate. Diferente de você, me vi contestando poderes maiores do que eu poderia compreender. Perdi a coragem, como qualquer homem faria, e aqui estou. Eu invoco você para me libertar.

O riso veio indesejável, trazendo consigo o gosto de fel.

— Você está me pedindo que faça por você, a quem tenho todos os motivos para desprezar, o que não faria por Thecla, que eu amei quase mais do que a minha própria vida. Não. Eu sou um tolo, e se não era um antes, certamente sua querida irmã fez de mim um. Mas não tão tolo assim.

Ágia largou o vestido e se jogou em minha direção com tanta violência que pensei por um instante que estivesse me atacando. Em vez disso, ela cobriu minha boca de beijos e, agarrando minhas mãos, colocou uma em seu peito e a outra em seu quadril de veludo. Ainda havia pedaços de palha podre ali e nas costas dela, para onde desloquei ambas as mãos um momento depois.

— Severian, eu te amo! Eu ansiava por você quando estávamos juntos e tentei me entregar a você uma vintena de vezes. Você não se lembra do Jardim dos Deleites? Do quanto eu queria te levar lá? Teria sido um arrebatamento para nós dois, mas você não quis. Pela primeira vez, seja honesto. (Ela falava como se a honestidade fosse uma anormalidade, como a mania.) Você não me ama? Me possua aqui e agora. Ágilus vai virar o rosto, eu prometo. — Seus dedos deslizaram entre minha cintura e minha barriga, e não percebi que a outra mão dela havia levantado a aba do meu sabretache até ouvir o farfalhar de papel ali.

Dei um tapa no pulso dela, talvez com mais força do que deveria, e ela voou para cima de mim, as mãos em garras para meus olhos, como Thecla costumava fazer às vezes, quando não conseguia mais suportar os pensamentos de prisão e dor. Eu a empurrei — não para uma cadeira desta vez, mas contra a parede. Sua cabeça bateu na pedra e, embora o impacto devesse ter sido acolchoado por seu cabelo abundante, o som foi tão agudo quanto a batida do martelo de um pedreiro. Toda a força pareceu abandonar seus joelhos; ela deslizou até cair sentada na palha. Eu nunca teria imaginado que Ágia fosse capaz de chorar, mas ela chorou.

Ágilus perguntou:

— O que foi que ela fez? — Não havia emoção além da curiosidade na pergunta.

— Você deve ter visto. Ela tentou alcançar meu sabretache. — Peguei as moedas que possuía no compartimento: dois oricalcos de latão e sete aes de cobre. — Ou talvez ela quisesse roubar a carta que tenho para o arconte de Thrax. Eu contei a ela sobre isso uma vez, mas a carta não está comigo.

— Ela queria as moedas, tenho certeza. Eles me alimentaram, mas ela deve estar terrivelmente faminta.

Peguei Ágia e coloquei seu vestido rasgado em seus braços, depois abri a porta e a conduzi para fora. Ela ainda estava atordoada, mas quando eu lhe dei um oricalco, ela o jogou no chão e cuspiu nele.

Quando entrei novamente na cela, Ágilus estava sentado de pernas cruzadas, com as costas apoiadas na parede.

— Não me pergunte sobre Ágia — disse ele. — Tudo de que você suspeita é verdade: isso basta? Eu estarei morto amanhã e ela se casará com o velho que a adora, ou com outra pessoa. Eu gostaria que ela tivesse feito isso mais cedo. Ele não poderia impedi-la de me ver, seu irmão. Agora eu vou embora, e ela não terá nem isso com que se preocupar.

— Sim — falei —, você morrerá amanhã. É sobre isso que vim falar com você. Você se importa com sua aparência no cadafalso?

Ele olhou para suas mãos, finas e bastante macias, onde estavam no estreito raio de sol que dera à sua cabeça e à de Ágia uma auréola alguns momentos antes.

— Sim — respondeu. — Talvez ela venha. Espero que não o faça, mas sim, eu me importo.

Eu disse a ele então (como me ensinaram) que comesse pouco pela manhã para não passar mal quando chegasse a hora, e o adverti para esvaziar a bexiga, que relaxa na hora do golpe. Também o treinei naquela falsa rotina que ensinamos a todos os que devem morrer, para que pensem que o momento ainda não chegou, quando na verdade chegou, a falsa rotina que os deixa morrer com menos medo. Não sei se ele acreditou em mim, apesar de esperar que sim; se alguma vez uma mentira for justificada aos olhos do Pancriador, é essa.

Quando o deixei, o oricalco havia sumido. Em seu lugar — e, sem dúvida, com sua borda — um desenho havia sido feito nas pedras imundas. Podia ser o rosto rosnante do Jurupari, ou talvez um mapa, e estava enfeitado com letras que eu não conhecia. Apaguei com o pé.

XXX

Noite

Eram cinco: três homens e duas mulheres. Eles esperavam do lado de fora da porta, em certo modo, mas não perto dela, agrupados a uma dúzia de passos de distância. Esperando, conversavam entre si, dois ou três falando juntos, quase gritando, rindo, agitando os braços, cutucando uns aos outros. Eu os observei das sombras por um tempo. Eles não podiam me ver ali, ou não me viam, embrulhado como eu estava na minha capa fuligem, e pude fingir que não sabia o que eram; eles poderiam ter vindo de uma festa, todos um pouco bêbados.

Eles vinham ansiosos, porém hesitantes, com medo de serem repelidos e determinados a avançar. Um dos homens era mais alto do que eu, certamente o filho ilegítimo de algum exultante, com cinquenta anos ou mais, e quase tão gordo quanto o anfitrião da Estalagem dos Amores Perdidos. Uma mulher magra de cerca de vinte anos caminhava ao seu lado, praticamente apertada contra ele; tinha os olhos mais famintos que já vi. Quando o gordo entrou na minha frente, bloqueando meu caminho com seu corpanzil, ela quase (mas não exatamente) me abraçou, chegando tão perto que pareceu quase mágico que não nos tocássemos, suas mãos de dedos longos movendo-se na abertura da minha capa com o desejo de acariciar meu peito, mas nunca conseguindo fazê-lo, de modo que senti que estava prestes a ser vítima de algum fantasma bebedor de sangue, uma súcubo ou lâmia. Os outros se amontoaram ao meu redor, cercando-me contra o prédio.

— É amanhã, não é? Como é a sensação?

— Qual é o seu nome verdadeiro?

— Ele é ruim, não é? Um monstro?

Nenhum deles esperou por respostas às perguntas ou, até onde pude perceber, esperava ou desejava alguma. Eles procuravam proximidade e a experiência de ter falado comigo.

— Você vai quebrá-lo primeiro? Vai marcá-lo?

— Você já matou uma mulher?

— Sim — falei. — Sim, matei, uma vez.

Um dos homens, baixo e franzino, com a testa alta e vincada de um intelectual, estava colocando um asimi em minha mão.

— Eu sei que vocês não ganham muito, e ouvi dizer que ele é pobre, não pode dar gorjeta.

Uma mulher, de cabelos grisalhos espalhados pelo rosto, tentou me fazer pegar um lenço de renda.

— Coloque sangue nisto. Tanto quanto quiser, ou mesmo só um pouco. Eu te pago depois.

Todos eles me provocaram pena, ao mesmo tempo que me revoltaram; no entanto, um homem, acima de todos. Era ainda menor do que aquele que me dera o dinheiro, mais grisalho do que a mulher de cabelos grisalhos; e havia uma loucura em seus olhos opacos, uma sombra de alguma preocupação meio reprimida que se desgastara na prisão de sua mente até que toda a sua ansiedade se esvaísse e apenas a sua energia permanecera. Parecia estar esperando até que os outros quatro terminassem de falar, e como esse momento claramente não chegaria nunca, eu os aquietei com um gesto e perguntei o que ele queria.

— M-m-mestre, quando eu estava no *Quasar* eu tinha uma paracoita, uma boneca, sabe, uma genicon, tão linda com suas grandes pupilas escuras como poços, suas í-íris roxas como ásteres ou amores-perfeitos florescendo no verão, Mestre, canteiros inteiros deles, eu pensei, tinham sido reunidos para fazer aqueles olhos, aquela carne que sempre parecia aquecida pelo sol. O-o-onde está ela agora, minha própria escopolagna, minha boneca? Que ga-ga-ganchos sejam enterrados nas mãos que a levaram! Esmague-os, Mestre, sob as pedras. Para onde foi ela, partiu da caixa de limoeiro que fiz para ela, onde ela nunca dorme, pois deitada comigo a noite toda, não na caixa, a caixa de limoeiro onde ela esperou o dia todo, vigília atrás de vigília, Mestre, sorrindo quando eu a deitei para que pudesse sorrir quando eu a puxasse para fora. Como eram macias suas mãos, suas mãozinhas. Como pombas. Ela poderia ter voado com elas pela cabana se não tivesse escolhido se deitar comigo. E-e-enrole as entranhas deles sobre seu molinete, enfie os olhos deles em suas bocas. Desmanche-os, barbeie-os lá embaixo, para que suas hetairas não os conheçam, seus lemans possam repreendê-los, deixe-os ao riso descarado das bocas descaradas das ra-ra-rameiras. Trabalhe sua vontade sobre os culpados. Onde estava a misericórdia deles para com os inocentes? Quando eles tremeram, quando choraram? Que tipo de homem poderia fazer o que fizeram: ladrões, falsos amigos, traidores, maus companheiros, sem companheiros, assassinos e sequestradores. S-sem você, onde estão os pesadelos deles, onde estão as restituições há tanto tempo prometidas? Onde estão as correntes, os grilhões, as algemas e as cangas? Onde estão as abacinações que os deixarão cegos? Onde estão as defenestrações que lhes quebrarão os ossos, onde está a estrapada que moerá suas juntas? Onde está ela, a amada que perdi?

Dorcas havia encontrado uma margarida para o cabelo; mas enquanto caminhávamos para fora dos muros (eu havia me enrolado em meu manto, de modo que, a qualquer um que estivesse a mais de alguns passos de nós, deve ter parecido que ela andava sozinha), ela dobrou as próprias pétalas, adormecendo, e Dorcas então arrancou uma daquelas flores brancas em forma de trombeta que são chamadas de flores da lua, porque parecem verdes à luz verde da lua. Nenhum de nós tinha muito a dizer além de que estaríamos totalmente sozinhos, se não fosse o outro. Nossas mãos falavam disso, apertando uma à outra com força.

Os provisionadores iam e vinham, pois os soldados se preparavam para partir. A nordeste, a Muralha nos cercava, fazendo com que o muro que cercava os quartéis e edifícios administrativos parecessem nada além de trabalho de criança, uma parede de areia que podia ser pisada e destruída acidentalmente. A sudoeste, estendia-se o Campo Sanguinário. Ouvimos a trombeta soar ali e os gritos dos novos monomaquistas que procuravam seus inimigos. Nós dois, acho, por um tempo tivemos medo de que o outro sugerisse que caminhássemos até lá, e assistíssemos aos combates. Nenhum de nós o fez.

Quando o último toque de recolher veio da Muralha, voltamos, com uma vela emprestada, para o nosso quarto sem janelas e sem lareira. A porta não tinha tranca, mas colocamos a mesa contra ela e apoiamos o castiçal em cima. Eu havia dito a Dorcas que ela estava livre para ir, e que, para sempre depois disso, seria dito a respeito dela que era uma mulher de torturador, que se entregara sob o cadafalso por dinheiro manchado de sangue.

Ela disse:

— Esse dinheiro me vestiu e me alimentou. — Então despiu o manto marrom (que pendia até seus calcanhares e além, quando ela não tomava cuidado, de modo que a bainha arrastava na terra) e alisou o linho marrom-amarelado cru de seu simar.

Perguntei se ela estava com medo.

— Sim — respondeu.

Então, rapidamente acrescentou:

— Ah, mas não de você.

— De quê, então? — Eu estava tirando a roupa. Se ela me pedisse, eu não teria tocado nela durante a noite. Mas eu queria que ela pedisse: na verdade, queria que ela implorasse; e o prazer que eu teria na abstinência teria sido então pelo menos tão grande (como eu pensava) quanto eu teria na posse, com o prazer adicional de saber que na noite seguinte ela se sentiria ainda mais grata porque eu a poupara.

— De mim mesma. De quais pensamentos podem retornar a mim quando eu me deitar novamente com um homem.

— Novamente? Você se lembra de uma época anterior?

Dorcas balançou a cabeça.

— Mas tenho certeza de que não sou virgem. Eu desejei você muitas vezes, ontem e hoje. Para quem você acha que eu me lavei? Ontem à noite eu segurei sua mão enquanto você dormia, e sonhei que nos saciávamos e nos deitávamos nos braços um do outro. Mas conheço a saciedade tanto quanto o desejo, por isso sei que conheci pelo menos um homem. Você deseja que eu remova isto antes de apagar a vela?

Ela era esbelta, tinha seios altos e quadris estreitos, estranhamente infantil para mim, por mais que fosse totalmente uma mulher.

— Você parece tão pequena — falei e a abracei.

— E você é tão grande.

Eu soube então que, por mais que tentasse evitar, iria machucá-la, naquela noite e depois. Também soube que seria incapaz de poupá-la. Um momento antes, eu teria me refreado, se ela tivesse pedido. Agora, já não podia; e assim como eu teria avançado, mesmo que isso enfiasse meu corpo em uma estaca, eu a seguiria mais tarde e tentaria parti-la ao meio.

Mas não foi o meu corpo que foi empalado, e sim o dela. Estávamos de pé enquanto eu passava minhas mãos sobre ela e beijava seus seios, que eram como frutos redondos cortados ao meio. Então eu a ergui e caímos juntos em uma das camas. Ela gritou, meio de alegria, meio de dor, e me empurrou antes de se agarrar a mim.

— Estou feliz — disse ela. — Estou tão feliz. — E me mordeu no ombro. Seu corpo se inclinou para trás como um arco.

Mais tarde, juntamos as camas para podermos nos deitar lado a lado. Tudo foi mais lento na segunda vez; ela não quis uma terceira.

— Você vai precisar da sua força amanhã — disse ela.

— Então, você não se importa.

— Se pudéssemos fazer o que quiséssemos, nenhum homem precisaria vagar por aí, nem derramar sangue. Mas as mulheres não fizeram o mundo. Todos vocês são torturadores, de uma forma ou de outra.

Choveu naquela noite, tanto que podíamos ouvir a chuva tamborilando nos azulejos sobre nossas cabeças, uma torrente purificadora, estrondosa e interminável de água. Cochilei e sonhei que o mundo estava virado de cabeça para baixo. O Gyoll estava acima de nós agora, decantando toda a sua torrente de peixes, sujeira e flores sobre nós. Vi o grande rosto que havia visto debaixo d'água no momento em que quase me afoguei — um presságio de coral e branco vistos no céu, sorrindo com dentes pontiagudos.

Thrax é chamada de Cidade das Salas Sem Janelas. Este nosso aposento sem janelas, pensei, é uma preparação para Thrax. Thrax será assim. Ou talvez Dorcas e eu já estejamos lá, e não era tão ao norte quanto eu pensava, tão ao norte como fui levado a acreditar...

Dorcas se levantou para sair e fui com ela, sabendo que não seria seguro ela andar sozinha à noite em um lugar onde havia tantos soldados. O corredor fora do nosso quarto corria ao longo de uma parede externa perfurada por canhoneiras; a água espirrava por cada uma delas num jato fino. Eu queria manter a *Terminus Est* na bainha, mas uma espada tão grande é lenta para desembainhar. Quando estávamos de volta ao nosso quarto, com a mesa encostada na porta, tirei a pedra de amolar e afiei o lado masculino da lâmina até que o terço final, a parte que eu usaria, seria capaz de dividir um fio solto no ar. Então limpei e lubrifiquei toda a lâmina e coloquei a espada contra a parede, perto da minha cabeça.

Amanhã seria minha primeira aparição no cadafalso, a menos que o quiliarca decidisse no último momento exercer clemência. Era sempre uma possibilidade, sempre um risco. A história mostra que cada época tem alguma neurose incontestada, e Mestre Palaemon me ensinou que a clemência é a nossa, uma forma de dizer que um menos um é mais do que nada, que, como a lei humana não precisa ser autoconsistente, a justiça também não precisa. Há um diálogo no livro marrom, em algum lugar entre dois mystes, no qual um deles argumenta que a cultura era uma excrescência da visão do Incriado como lógica e justa, limitada por consistência para cumprir suas promessas e ameaças. Se for esse o caso, pensei, certamente morreremos agora, e a invasão do norte, à qual tantos morreram a fim de resistir, não passa do vento que derruba uma árvore já podre.

A justiça é uma coisa importante e, naquela noite, quando me deitei ao lado de Dorcas ouvindo a chuva, eu era jovem, de modo que desejava apenas coisas elevadas. Acho que era por isso que eu tanto desejava que nossa guilda recuperasse a posição e o respeito que antes possuía. (E eu ainda desejava aquilo, mesmo naquela época, quando havia sido expulso dela.) Talvez tivesse sido pela mesma razão que o amor pelas coisas vivas, que eu sentira tão fortemente quando criança, havia declinado até se tornar pouco mais que uma lembrança, quando encontrei o pobre Triskele sangrando do lado de fora da Torre do Urso. Afinal, a vida não é uma coisa elevada, e, em muitos aspectos, é o reverso da pureza. Sou sábio agora, ainda que não muito mais velho, e sei que é melhor ter todas as coisas, elevadas e baixas, do que ter apenas as elevadas.

A menos que o quiliarca decidisse, então, conceder grande clemência, amanhã eu tiraria a vida de Ágilus. Ninguém pode dizer o que isso significa. O corpo é uma colônia de células (eu costumava pensar nas celas de nosso ergástulo quando Mestre Palaemon dizia isso). Dividido em duas partes principais, ele perece. Mas não há razão para lamentar a destruição de uma colônia de células: essa colônia morre a cada vez que uma côdea de pão vai para o forno. Se um homem não é mais que uma colônia, ele não é nada; mas nós sabemos instintivamente que um homem é mais do que isso. O que acontece, então, com aquela parte que é mais?

Pode ser que ela também morra, embora mais lentamente. Há um grande número de edifícios, túneis e pontes assombrados; e, no entanto, ouvi dizer que naqueles casos em que o espírito é de um ser humano e não de um elemental, suas aparições vão se tornando cada vez menos frequentes até finalmente cessarem. Historiógrafos dizem que no passado remoto os homens conheciam apenas este mundo de Urth e não tinham medo das feras que existiam na época, e viajavam livremente deste continente para o norte; mas ninguém jamais viu sequer os fantasmas de tais homens.

Pode ser que ele pereça imediatamente ou que vagueie entre as constelações. Esta Urth, certamente, é menos do que uma aldeia na imensidão do universo. E se um homem vive numa aldeia e os vizinhos queimam a sua casa, ele sai do local, se não morrer nele. Mas então devemos perguntar como ele chegou ali.

Mestre Gurloes, que realizou muitas execuções, costumava dizer que só um tolo se preocupava em cometer alguma falha no ritual: escorregar no sangue ou não perceber que o cliente usava peruca e tentar levantar a cabeça pelos cabelos. Os maiores perigos eram a perda de coragem que faria os braços tremerem e desferirem um golpe desajeitado e a sensação de vingança que transformaria o ato de justiça apenas nisto: vingança. Antes de dormir novamente, tentei me fortalecer contra ambos.

XXXI

A SOMBRA DO TORTURADOR

Faz parte do nosso ofício permanecer sobre o cadafalso sem capa, mascarado e com a espada desembainhada, por um longo tempo antes que o cliente seja trazido. Uns dizem que isso é um modo de simbolizar a onipresença vigilante da justiça, mas acredito que a verdadeira razão seja dar à multidão um foco e a sensação de que algo está prestes a acontecer.

Uma multidão não é a soma dos indivíduos que a compõem. Pelo contrário, é uma espécie de animal, sem linguagem ou consciência real, nascida quando eles se juntam e que morre quando se separam. Perante o Salão da Justiça, um anel de dimarchi cercava o cadafalso com suas lanças, e a pistola que seu oficial carregava poderia, suponho, ter matado cinquenta ou sessenta pessoas antes que alguém pudesse arrancá-la dele e derrubá-lo nos paralelepípedos para morrer. Ainda assim, é melhor ter no que focar, e algum símbolo aberto de poder.

As pessoas que tinham vindo ver a execução não eram de forma alguma todas pobres, nem mesmo em sua maioria. O Campo Sanguinário fica perto de um dos melhores bairros da cidade, e vi ali muita seda vermelha e amarela, e rostos que haviam sido lavados com sabonete perfumado naquela manhã. (Dorcas e eu havíamos jogado no corpo água do poço no pátio.) Essas pessoas são muito mais lentas para a violência do que os pobres, mas, uma vez despertadas, são muito mais perigosas, pois não estão acostumadas a ser intimidadas pela força e, apesar dos demagogos, têm muito mais coragem.

Então fiquei com as mãos apoiadas nos quilhões da *Terminus Est,* girando para um lado e para o outro, e ajustei o bloco para que minha sombra caísse sobre ele. O quiliarca não estava visível, embora eu tenha descoberto mais tarde que ele observava de uma janela. Procurei Ágia no meio da multidão, mas não consegui encontrá-la; Dorcas estava na escadaria do Salão da Justiça, espaço reservado a ela a meu pedido pelo burgomestre.

O homem gordo que havia me atacado no dia anterior estava o mais perto do cadafalso que conseguiu, com a ponta de uma lança ameaçando seu casaco volumoso. A mulher dos olhos famintos estava à sua direita, e a de cabelos grisalhos, à sua esquerda; o lenço dela estava acima da minha bota. O homem baixo que me dera um asimi e o homem de olhos opacos que gaguejava e falava tão estranhamente, não estavam à vista em lugar nenhum. Procurei-os nos telhados, de onde poderiam ter uma boa visão apesar de sua pequena estatura e, por mais que não os tenha encontrado, talvez estivessem lá.

Quatro sargentos com capacetes altos conduziram Ágilus adiante. Vi a multidão se abrindo para eles como a água atrás do barco de Hildegrin, antes mesmo que eu pudesse vê-los. Depois vieram as plumas escarlates, então o brilho da armadura e, finalmente, os cabelos castanhos de Ágilus e seu rosto largo e juvenil erguidos, porque as correntes que prendiam seus braços comprimiam juntas suas omoplatas. Lembrei-me de quão elegante ele estivera na armadura de um oficial da guarda, com a quimera dourada espalhada sobre o peito. Parecia trágico que ele não pudesse estar acompanhado agora por homens da unidade que, em certo sentido, lhe pertencia, em vez desses regulares marcados em aço laboriosamente polido. Ele havia sido despojado de todas as suas roupas elegantes naquele momento, e eu esperava para recebê-lo usando a máscara fuligem com a qual o havia combatido. Velhas tolas acreditam que o Panjudicador nos pune com derrotas e nos recompensa com a vitória: senti que havia recebido mais recompensa do que eu desejava.

Alguns momentos depois, ele subiu no cadafalso e a breve cerimônia começou. Quando acabou, os soldados o forçaram a ficar de joelhos e eu levantei minha espada, apagando o sol para sempre.

Quando a lâmina está tão afiada quanto deve estar, e o golpe é desferido corretamente, sente-se apenas uma ligeira hesitação no momento em que a coluna vertebral se parte, depois a dentada sólida do gume no bloco. Eu poderia jurar que senti o cheiro do sangue de Ágilus lavado pela chuva no ar, antes mesmo de sua cabeça bater na cesta. A multidão recuou, depois avançou contra as lanças apontadas. Ouvi distintamente a expiração do homem gordo, precisamente o som que ele poderia ter feito em pleno clímax, suando em cima de alguma mulher contratada. De longe, veio um grito, a voz de Ágia tão inconfundível quanto um rosto visto através de um raio. Algo em seu timbre me fez sentir que ela não estava observando nada, mas soube mesmo assim quando seu gêmeo morreu.

As consequências costumam ser mais problemáticas que o ato em si. Assim que a cabeça é exibida para a multidão, ela pode ser colocada de volta na cesta. Mas o corpo sem cabeça (que, mesmo após o coração ter cessado, permanece por muito tempo apto a perder uma boa quantidade de sangue) deve ser retirado de maneira digna, porém desonrosa. Além disso, ele não deve ser apenas retirado "para longe", mas levado até algum local específico onde estará a salvo de abusos. Um exultante pode, por costume, ser colocado na sela de seu próprio *destrier*, e seus restos mortais são entregues à família imediatamente. Às pessoas de posição inferior, entretanto, deve ser fornecido um local de descanso a salvo dos devoradores de mortos; e devem ser arrastadas, pelo menos até que estejam seguramente fora de vista. O carrasco não pode realizar essa tarefa porque já está sobrecarregado com a cabeça e com sua arma, e é raro que mais alguém envolvido — soldados, oficiais da corte e assim por diante — esteja disposto a fazê-lo. (Na Cidadela, isso era feito por dois oficiais, portanto não apresentava dificuldade.)

O quiliarca, um cavaleiro por formação e, sem dúvida, por inclinação, tinha resolvido o problema ordenando que o corpo fosse puxado atrás de um coletor de bagagem. O animal não havia sido consultado, contudo, e sendo mais do tipo trabalhador que do tipo guerreiro, assustou-se com o sangue e tentou fugir. Passamos alguns momentos interessantes antes de conseguirmos colocar o pobre Ágilus em um quadrilátero do qual o público foi excluído.

Eu estava limpando minhas botas quando o burgomestre me encontrou lá. Quando o vi, imaginei que ele tivesse vindo me pagar meus honorários, mas ele indicou que o quiliarca queria ele mesmo me pagar. Como lhe disse, aquela era uma honra inesperada.

— Ele assistiu a tudo — disse o burgomestre. — E ficou bastante satisfeito. Ele me instruiu a lhe dizer que você e a mulher com quem viaja são bem-vindos para passar a noite aqui, se desejarem.

— Partiremos ao anoitecer — respondi. — Acredito que será mais seguro.

Ele pensou por um momento, depois assentiu, mostrando mais inteligência do que eu teria previsto.

— O malfeitor terá uma família, suponho, e amigos: embora, sem dúvida, você não os conheça mais do que eu. Ainda assim, é uma dificuldade que você deve enfrentar com frequência.

— Fui prevenido por membros mais experientes da minha guilda — comentei.

Eu havia dito que partiríamos ao anoitecer, mas, no caso, esperamos até estar totalmente escuro, em parte por uma questão de segurança e em parte porque parecia sensato comer a refeição da noite antes de partir.

É claro que não poderíamos ir diretamente para a Muralha e Thrax. O portão (cuja localização, de qualquer maneira, eu tinha apenas uma vaga ideia) estaria fechado, e todos haviam me dito que não havia estalagens entre o quartel e a Muralha. O que tínhamos de fazer, então, era primeiro nos perder, e depois encontrar um lugar onde pudéssemos passar a noite e de onde poderíamos sair sem dificuldade para o portão no dia seguinte. Eu tinha recebido instruções detalhadas do burgomestre, e apesar de termos nos perdido, demorou algum tempo até que percebêssemos, e começamos nossa caminhada bastante alegres. O quiliarca tentou me entregar meu pagamento em vez de jogá-lo aos meus pés no chão (como é de costume), e tive que dissuadi-lo por causa de sua própria reputação. Contei a Dorcas um relato detalhado desse incidente, que me divertiu quase tanto quanto havia me lisonjeado. Quando terminei, ela perguntou, muito prática:

— Então ele lhe pagou bem, suponho?

— Mais do que o dobro do que deveria ter dado pelos serviços de um único oficial. Uma taxa de mestre. E é claro que recebi algumas gorjetas relacionadas à cerimônia. Você sabia que, apesar de tudo que passei enquanto Ágia estava comigo, tenho mais dinheiro agora do que quando saí da nossa torre? Estou começando a achar que, praticando o mistério da nossa guilda enquanto você e eu viajarmos, serei capaz de nos sustentar.

Dorcas pareceu puxar o manto marrom para mais perto de si.

— Eu estava esperando que você não tivesse que praticá-lo novamente. Pelo menos, não por um bom tempo. Você ficou tão doente depois, e não culpo você.

— Eram apenas os nervos: eu estava com medo de que algo desse errado.

— Você teve pena dele. Eu sei que teve.

— Suponho que sim. Ele era irmão de Ágia, e igual a ela, acho, em tudo, exceto o sexo.

— Você sente falta de Ágia, não é? Você gostava tanto dela assim?

— Só a conheci por um dia, muito menos tempo do que já conheço você. Se ela tivesse feito o que queria, eu estaria morto agora. Um daqueles dois avernos teria sido o meu fim.

— Mas a folha não matou você.

Ainda me lembro do tom que ela usou quando me disse isso; na verdade, se fechar meus olhos agora, posso ouvir a voz dela novamente e renovar o choque que senti ao perceber que desde que me sentei para observar Ágilus enquanto ainda segurava a planta, eu vinha evitando pensar nisso. A folha não me matou, mas eu tinha desviado minha mente de minha sobrevivência, assim como um homem que sofre de uma doença mortal consegue, por meio de um milhão de truques, nunca encarar a morte diretamente; ou melhor, como uma mulher sozinha em uma casa grande evita olhar nos espelhos e, em vez disso, ocupa-se de tarefas triviais para que não tenha nenhum vislumbre da coisa cujos pés, às vezes, ela ouve nas escadas.

Eu havia sobrevivido, e deveria estar morto. Estava assombrado pela minha própria vida. Meti a mão dentro da minha capa e acariciei minha carne, a princípio com cuidado. Havia algo parecido com uma cicatriz e um pouco de sangue pisado ainda grudado na pele; mas não havia sangramento nem dor.

— Elas não matam — falei. — Só isso.

— Ela disse que matavam.

— Ela contou muitas mentiras. — Estávamos subindo uma colina suave banhada pelo pálido luar verde. À nossa frente a linha escura da Muralha, parecendo, assim como as montanhas, mais próxima do que estava ou poderia estar. Atrás de nós, as luzes de Nessus criavam um falso amanhecer que morria pouco a pouco à medida que a noite avançava. Parei no alto do morro para admirá-las e Dorcas pegou meu braço.

— Tantas casas. Quantas pessoas há na cidade?

— Ninguém sabe.

— E vamos deixar todas elas para trás. Thrax fica longe, Severian?

— Um longo caminho, como já lhe disse. Ao pé da primeira catarata. Não estou obrigando você a ir. Você sabe.

— Eu quero ir. Mas e se... Severian, e se eu quisesse voltar depois? Você tentaria me impedir?

Respondi:

— Seria perigoso para você tentar fazer a viagem sozinha, então eu poderia tentar persuadi-la a não fazer isso. Mas eu não iria amarrar nem aprisionar você, se é o que você quer dizer.

— Você me disse que escreveu uma cópia do bilhete que alguém deixou para mim naquela estalagem. Você se lembra? Mas você nunca me mostrou. Eu gostaria de vê-lo agora.

— Eu lhe disse exatamente o que estava escrito, e não é o bilhete verdadeiro, você sabe. Ágia o jogou fora. Tenho certeza de que ela pensou que alguém... Hildegrin, talvez... estivesse tentando me avisar. — Eu já tinha aberto meu sabretache; enquanto segurava o bilhete, meus dedos tocaram outra coisa também, algo frio e de formato estranho.

Dorcas viu minha expressão e perguntou:

— O que foi?

Retirei o objeto. Era maior que um oricalco, mas não muito, e apenas um pouco mais grosso. O material frio (fosse lá o que fosse) emitia raios celestinos de volta aos raios gelados da lua. Senti que segurava um farol que podia ser visto por toda a cidade, então o enfiei de volta e deixei cair o fecho do meu sabretache.

Dorcas apertava meu braço com tanta força que parecia uma pulseira de marfim e ouro no tamanho de uma mulher.

— O que era isso? — sussurrou ela.

Sacudi a cabeça para clarear meus pensamentos.

— Não é meu. Eu nem sabia que tinha isso. Uma joia, uma pedra preciosa...

— Não poderia ser. Você não sentiu o calor? Olhe para sua espada ali... aquilo é uma joia. Mas o que era aquela coisa que você acabou de tirar?

Olhei para a opala escura no punho da *Terminus Est*. Brilhava ao luar, mas não era mais parecida com o objeto que eu havia tirado do meu sabretache do que a taça de uma dama se parece com o Sol.

— A Garra do Conciliador — respondi. — Ágia a colocou ali. Ela deve ter feito isso quando destruímos o altar, para que não fosse encontrada nela, se fosse revistada. Ela e Ágilus a teriam conseguido de novo quando Ágilus reivindicasse o direito de vitória, e como eu não morri, ela tentou roubá-la na cela dele.

Dorcas não estava mais olhando para mim. Seu rosto estava erguido e voltado para a cidade e o brilho do céu de suas inúmeras lâmpadas.

— Severian — disse ela. — Não pode ser.

Pairando sobre a cidade como uma montanha voadora em um sonho, havia um enorme edifício: um edifício com torres e contrafortes e um telhado em arco. Uma luz carmesim jorrava de suas janelas. Tentei falar, negar o milagre diante de meus olhos; mas antes que eu pudesse formular uma sílaba, o prédio desapareceu como uma bolha numa fonte, deixando apenas uma cascata de faíscas.

XXXII

A PEÇA

Foi somente após a visão daquele grande edifício suspenso e depois desaparecendo acima da cidade que eu soube que tinha começado a amar Dorcas. Caminhamos pela estrada — pois havíamos encontrado uma nova estrada logo no topo da colina — na escuridão. E como nossos pensamentos tratavam inteiramente do que tínhamos visto, nossos espíritos se abraçaram sem impedimentos, cada um passando por aqueles poucos segundos de visão como se por uma porta nunca antes aberta, e que nunca mais tornará a se abrir.

Não sei exatamente por onde andamos. Lembro-me de uma estrada sinuosa descendo a encosta, uma ponte em arco ao fundo, e outra estrada, margeada em torno de uma légua por uma cerca de madeira vagabunda. Por onde quer que tenhamos ido, sei que não falamos nem um pouco a respeito de nós mesmos, apenas sobre o que tínhamos visto e qual poderia ser o significado daquilo. E, sei que no início daquela caminhada olhava para Dorcas como se ela não passasse de uma companheira encontrada ao acaso, por mais desejável que fosse, por mais pena que inspirasse. E, no final, eu amava Dorcas de um jeito que nunca amei outro ser humano. Não a amava porque passara a amar Thecla menos — ao contrário, ao amar Dorcas, amei Thecla ainda mais, pois Dorcas era um outro eu (como Thecla viria a se tornar de uma forma tão terrível quanto a outra era bela), e se eu amava Thecla, Dorcas também a amava.

— Você acha — perguntou ela — que alguém viu aquilo além de nós?

Eu não tinha pensado nisso, mas disse que, embora a suspensão do edifício tivesse durado apenas um momento, havia ocorrido acima da maior das cidades; e que ,se milhões e dezenas de milhões, não tivessem conseguido ver aquilo, ainda assim, centenas deviam ter visto.

— Não é possível que tenha sido uma visão destinada apenas a nós?

— Eu nunca tive uma visão, Dorcas.

— E eu não sei se já tive uma ou não. Quando tento me lembrar do tempo antes de ajudar você a sair da água, só me lembro de estar eu mesma na água. Tudo antes disso é como uma visão despedaçada, apenas pequenos pedaços brilhantes, um dedal que vi uma vez colocado em veludo e o som de um cachorrinho latindo do lado de fora de uma porta. Nada como isso. Nada parecido com o que vimos.

O que ela disse me fez lembrar do bilhete que eu estava procurando quando meus dedos tocaram a Garra, e isso, por sua vez, sugeriu o livro marrom, que estava na prega do meu sabretache próximo a ele. Perguntei a Dorcas se ela não gostaria de ver o livro que outrora pertencera a Thecla, quando encontrássemos um lugar onde pudéssemos parar.

— Sim — disse ela. — Quando estivermos novamente sentados perto do fogo, como estivemos por um momento naquela estalagem.

— Ter encontrado aquela relíquia, que, é claro, terei que devolver antes que possamos deixar a cidade, e também o que temos dito, me lembra de algo que li uma vez ali. Você sabe qual é a chave do universo?

Dorcas riu baixinho.

— Não, Severian, eu, que mal sei meu nome, não sei coisa alguma sobre a chave do universo.

— Eu não expliquei tão bem quanto deveria. O que eu quis dizer foi: você está familiarizada com a ideia de que o universo tem uma chave secreta? Uma sentença, ou uma expressão, dizem alguns que até mesmo uma única palavra, que pode ser arrancada dos lábios de uma certa estátua, ou lida no firmamento, ou que um anacoreta em um mundo do outro lado dos mares ensina aos seus discípulos?

— Os bebês sabem disso — disse Dorcas. — Eles sabem disso antes de aprenderem a falar, mas quando têm idade suficiente para falar, já se esqueceram da maior parte. Pelo menos foi o que alguém me disse certa vez.

— É isso que quero dizer, algo assim. O livro marrom é uma coleção de mitos do passado, e tem uma seção listando todas as chaves do universo: todas as coisas que as pessoas disseram ser "O Segredo", depois de conversarem com mistagogos em mundos distantes, ou estudarem o *Popol Vuh* dos mágicos, ou jejuarem nos troncos das árvores sagradas. Thecla e eu costumávamos lê-las e conversar sobre elas, e uma delas era que tudo, aconteça o que acontecer, tem três significados. O primeiro é o significado prático, aquilo que o livro chama de "a coisa que o lavrador vê". A vaca comeu um bocado de grama, e é grama de verdade, e uma vaca de verdade: esse significado é tão importante e verdadeiro quanto qualquer um dos outros. O segundo é o que o mundo reflete sobre isso. Todo objeto está em contato com todos os outros, e assim o sábio pode aprender sobre os outros observando o primeiro. Isso pode ser chamado de significado dos adivinhos, porque é aquele que as pessoas usam quando profetizam um encontro feliz nos rastros das serpentes ou confirmam o resultado de um caso de amor, colocando o eleitor de uma solicitação no topo da padroeira de outro.

— E o terceiro significado? — perguntou Dorcas.

— O terceiro é o significado transubstancial. Como todos os objetos têm sua origem última no Pancriador, e tudo foi posto em movimento por ele, então todos devem expressar sua vontade: que é a realidade superior.

— Você está dizendo que o que vimos foi um sinal.

Balancei a cabeça em negativa.

— O livro está dizendo que tudo é um sinal. O poste daquela cerca é um sinal, assim como a forma com que a árvore se inclina sobre ela. Alguns sinais podem trair o terceiro significado mais prontamente do que outros.

Durante uns cem passos, talvez, ficamos ambos em silêncio. Então, Dorcas disse:

— Me parece que, se o que diz o livro da Castelã Thecla for verdade, então as pessoas entenderam tudo ao contrário. Vimos uma grande estrutura saltar no ar e cair no nada, não foi?

— Eu só a vi suspensa sobre a cidade. Ela saltou?

Dorcas assentiu. Eu podia ver o brilho de seu cabelo claro ao luar.

— Me parece que o que você chama de terceiro significado é muito claro. Mas o segundo significado é mais difícil de encontrar, e o primeiro, que deveria ser o mais fácil, é impossível.

Eu estava prestes a dizer que a entendia — pelo menos no que dizia respeito ao primeiro significado — quando ouvi a certa distância um rugido estrondoso que poderia ter sido um longo trovejar. Dorcas exclamou:

— O que foi isso? — E pegou minha mão na sua, pequena e quente, o que achei muito agradável.

— Não sei, mas acho que veio do bosque mais à frente.

Ela assentiu.

— Agora ouço vozes.

— Sua audição é melhor do que a minha, então.

O estrondo soou novamente, mais alto e prolongado; e dessa vez, talvez apenas porque estivéssemos um pouco mais perto, pensei ter visto o brilho de luzes através dos troncos do bosque de faias jovens à nossa frente.

— Ali! — exclamou Dorcas, e apontou em uma direção um pouco ao norte das árvores. — Aquilo não pode ser uma estrela. Está muito baixa e muito clara, e se move muito rápido.

— É um lampião, eu acho. Em uma carroça, quem sabe, ou carregada na mão de alguém.

O estrondo veio mais uma vez, e dessa vez eu sabia o que era, o rufar de um tambor. Eu mesmo podia ouvir vozes agora, muito fracamente, e, em particular, uma voz que soava mais profunda do que o tambor e quase tão alta.

Ao contornarmos a beira do bosque, vimos cerca de cinquenta pessoas reunidas em torno de uma pequena plataforma. Nela, entre tochas acesas, estava um gigante que segurava um tambor debaixo do braço, como um tantã. Um homem muito menor, ricamente vestido, estava à sua direita, e à sua esquerda, quase nua, a mulher mais linda e sensual que já vi.

— Todo mundo está aqui — dizia o homenzinho, em voz alta e muito rápido. — Todo mundo está aqui. O que vocês querem? Amor e beleza? — Ele apontou para a mulher. — Força? Coragem? — Acenou com a vara que carregava em direção ao gigante. — Engodo? Mistério? — Ele bateu no próprio peito. — Vício? — Apontou para o gigante outra vez. — E olhem aqui: vejam quem acabou de chegar! É nosso velho inimigo, a Morte, que sempre chega mais cedo ou mais tarde. — Com isso, ele apontou para mim, e todos os rostos na plateia se viraram para olhar.

Eram o Dr. Talos e Baldanders; assim que os reconheci, sua presença pareceu inevitável. Até onde sabia, nunca tinha visto a mulher.

— Morte! — disse o Dr. Talos. — A Morte chegou. Eu duvidei de você nesses últimos dois dias, velho amigo; deveria ter pensado melhor.

Eu esperava que o público risse desse humor sombrio, mas isso não aconteceu. Alguns murmuraram para si mesmos, e uma velha cuspiu na palma da mão e apontou dois dedos em direção ao chão.

— E quem é que ele traz consigo? — O Dr. Talos se inclinou para a frente a fim de espiar Dorcas à luz das tochas. — Inocência, acredito que sim. Sim, é a Inocência. Agora, todo mundo está aqui! O espetáculo começará em um momento ou dois. Não é para os fracos! Vocês nunca viram nada parecido, absolutamente nada! Todo mundo está aqui agora.

A bela mulher havia desaparecido, e tamanho era o magnetismo da voz do doutor que eu não notei quando ela saiu.

Se eu fosse, agora, descrever a peça do Dr. Talos conforme me pareceu (um participante), o resultado só poderia ser confusão. Quando a descrevo como pareceu à plateia (como pretendo fazer em um ponto mais apropriado deste relato), talvez ninguém acredite em mim. Num drama com um elenco de cinco, dos quais dois, nessa primeira noite, não haviam aprendido seus papéis, exércitos marcharam, orquestras tocaram, neve caiu e Urth tremeu. O Dr. Talos exigia muito da imaginação com narração, maquinaria simples, porém inteligente, sombras projetadas em telas, projetores holográficos, ruídos gravados, cenários reflexivos e todos os outros truques concebíveis; e, no geral, ele teve um sucesso admirável, conforme evidenciado pelos soluços, gritos e suspiros que flutuavam em nossa direção de vez em quando, vindos da escuridão.

Triunfando em tudo isso, ele, ainda assim, falhou. Pois o seu desejo era comunicar, contar uma grande história que estava apenas em sua mente e não poderia ser reduzida a palavras comuns; mas ninguém que já tenha testemunhado uma apresentação — e muito menos nós, que atravessamos o palco e falamos a seu pedido — jamais saiu dali, eu acho, com qualquer compreensão clara do que era aquela história. Só poderia (disse o Dr. Talos) ser expressa no toque de sinos e no trovão das explosões, e, às vezes, pelas posturas do ritual. No entanto, como se provou no final, ela não pôde ser expressa nem mesmo por estes. Houve uma cena em que o Dr. Talos lutava com Baldanders até o sangue escorrer pelos rostos de ambos; e outra na qual Baldanders procurava por uma Jolenta aterrorizada (era esse o nome da mulher mais linda do mundo) num aposento de um palácio subterrâneo, e por fim se sentava pela última vez no baú onde ela estava escondida. Na parte final, eu estava no centro do palco, presidindo uma câmara de inquérito na qual Baldanders, o Dr. Talos, Jolenta e Dorcas estavam presos a vários aparelhos. Enquanto a plateia assistia, eu infligia os tormentos mais bizarros e ineficazes (se tivessem sido reais) em cada um, individualmente. Nessa cena, não pude deixar de notar quão estranhamente o público começava a murmurar conforme eu me preparava para arrancar, ao que parecia, as pernas de Dorcas dos seus encaixes. Embora eu não soubesse, a eles era permitido ver que Baldanders estava se libertando. Várias mulheres gritaram quando sua corrente caiu no palco; olhei secretamente Dara o dr. Talos a fim de obter instruções, mas ele já estava saltando em direção ao público, tendo se libertado com muito menos esforço.

— Tableau — gritou. — Tableau, pessoal. — Congelei na minha posição, porque já tinha aprendido que era isso o que ele queria dizer. — Gente graciosa, vocês assistiram s nosso pequeno espetáculo com atenção admirável. Agora pedimos um pouco de seus bolsos e também do seu tempo. Na conclusão da peça, vocês verão o que ocorre agora, no momento em que o monstro finalmente se libertou. — O Dr. Talos estendia seu chapéu ao alto para a plateia, e ouvi várias moedas tilintarem dentro dele. Insatisfeito, saltou do palco e começou a andar entre as pessoas. — Lembrem-se de que, quando ele estiver livre, nada se interpõe entre ele e a consumação de seus desejos brutais. Lembrem-se de que eu, seu algoz, estou preso agora e à mercê dele. Lembrem-se de que vocês ainda não descobriram... obrigado, *sieur*... a identidade da figura misteriosa que a condessa viu pelas cortinas das janelas. Obrigado. Que acima da masmorra vocês veem agora a estátua chorando... obrigado... ainda cava sob o freixo da montanha. Vamos lá, vocês têm sido muito generosos com seu tempo. Pedimos apenas que não sejam mesquinhos com seu dinheiro. Alguns, verdadeiramente, nos trataram bem, mas não vamos atuar somente para alguns. Onde estão os reluzentes asimi que já deveriam ter caído no meu pobre chapéu há muito tempo, do resto de vocês? Uns poucos não pagarão pela multidão! Se vocês não têm asimis, então oricalcos; se não têm nenhum, certamente não há ninguém aqui sem um aes!

No fim, uma quantia suficiente foi reunida e o Dr. Talos pulou de volta ao seu lugar e habilmente reafixou as amarras que pareciam prendê-lo em um abraço de espinhos. Baldanders rugiu e estendeu seus longos braços como se para me agarrar, permitindo ao público observar que uma segunda corrente, despercebida anteriormente, ainda o constrangia.

— Veja-o — incentivou o Dr. Talos *sotto voce* para mim. — Mantenha-o afastado com um dos *flambeaux*.

Fingi descobrir pela primeira vez que os braços de Baldanders estavam livres e arranquei uma das tochas do encaixe no canto do palco. Imediatamente ambas as tochas diminuíram de intensidade; as chamas, que tinham sido de um amarelo claro acima do escarlate, agora queimavam em azul e verde-claro, cuspindo faíscas e crepitando, dobrando e triplicando de tamanho com um silvo assustador, apenas para afundar imediatamente como se estivessem a ponto de se apagar. Empurrei a que havia arrancado para cima de Baldanders, gritando, instigado outra vez pelo Dr. Talos:

— Não! Não! Volte! Volte! — Baldanders respondeu rugindo mais furiosamente do que nunca. Ele esticou a corrente de uma maneira que fez a parede do cenário à qual estava amarrado ranger e estalar, e sua boca começou literalmente a espumar, um líquido branco e espesso escorrendo dos cantos dos lábios para enfeitar seu queixo enorme e manchar suas roupas pretas velhas como se fosse neve. Alguém na plateia gritou e a corrente se quebrou com um estrondo como o estalar do chicote de um tropeiro. A essa altura, o rosto do gigante estava horrível em sua loucura, e eu não teria tentado ficar em seu caminho assim como não tentaria impedir uma avalanche; mas, antes que eu pudesse dar um passo para escapar dele, ele arrancou a tocha de mim e me derrubou com sua haste de ferro.

Levantei a cabeça a tempo de vê-lo tirar a outra tocha do lugar e ir na direção do público com ambas. Os gritos agudos dos homens abafaram os gritos estridentes das mulheres:

parecia que nossa guilda estava exercitando uma centena de clientes ao mesmo tempo. Eu me levantei e estava prestes a agarrar Dorcas e correr para a cobertura do bosque quando vi o dr. Talos. Ele parecia cheio do que só posso chamar de um bom humor maligno, e embora estivesse se libertando de suas amarras, não estava com nenhuma pressa de fazer isso. Jolenta também estava se libertando, e se havia alguma expressão naquele rosto perfeito, era de alívio.

— Muito bem! — exclamou o Dr. Talos. — Muito bem mesmo. Pode voltar agora, Baldanders. Não nos deixe no escuro.

E, para mim:

— Gostou da sua experiência inaugural no tablado, Mestre Torturador? Para um ator iniciante sem ensaio, você se saiu muito bem.

Consegui assentir.

— Exceto quando Baldanders derrubou você. Você precisa perdoá-lo, ele podia ver que você não sabia o suficiente para cair. Venha comigo agora. Baldanders tem seus talentos, mas um bom olho para minúcias perdidas na grama não é um deles. Eu tenho algumas luzes nos bastidores, e você e Inocência vão nos ajudar a pegá-las.

Não entendi o que ele queria dizer, mas em poucos momentos as tochas estavam de volta ao lugar e estávamos caçando com lampiões escuros pela área pisoteada em frente ao palco.

— É uma proposta de jogo — explicou o Dr. Talos. — E confesso que amo essas coisas. O dinheiro no chapéu é uma coisa certa... ao final do primeiro ato já consigo prever ao ponto de um oricalco quanto renderá. Mas os perdidos! Pode não haver mais do que duas maçãs e um nabo, ou tanto quanto a imaginação puder abranger. Um dia, achamos um porquinho. Delicioso, foi o que Baldanders me disse quando o comeu. Achamos um bebê, um bebê mesmo. Achamos uma bengala com castão de ouro, e eu a guardei comigo. Broches antigos. Sapatos... Frequentemente achamos sapatos de todos os tipos. E agora mesmo acabei de encontrar uma sombrinha de mulher. — Ele a ergueu. — Esta será a coisa mais apropriada para proteger a nossa bela Jolenta do sol quando formos passear amanhã.

Jolenta se endireitou como fazem as pessoas que se esforçam para não andar curvadas. Acima da cintura, sua amplitude cremosa era tal que sua coluna devia ser curvada para trás a fim de equilibrar o peso.

— Se vamos para uma estalagem hoje à noite, eu gostaria de ir agora — disse ela. — Estou muito cansada, doutor.

Eu também estava exausto.

— Uma estalagem? Esta noite? Um desperdício criminoso de fundos. Veja desta forma, minha cara: a mais próxima fica a pelo menos uma légua de distância, e Baldanders e eu levaríamos uma vigília para embalar os cenários e as propriedades, mesmo com a ajuda deste amigável Anjo do Tormento. A esse ritmo, quando chegássemos à estalagem, o horizonte estaria sob o sol, os galos estariam cantando, e provavelmente mil idiotas estariam se levantando, batendo suas portas e jogando seus restos.

Baldanders grunhiu (pensei que em confirmação), depois bateu com a bota como se tivesse achado alguma coisa venenosa na grama.

O Dr. Talos abriu os braços para abraçar o universo.

— Enquanto aqui, minha cara, sob estrelas que são propriedade pessoal e estimada do Incriado, temos tudo o que alguém poderia desejar para o descanso mais salubre. O ar está frio o suficiente esta noite tão somente para deixar os que dormem gratos pelo quentinho de suas cobertas e calor do fogo, e não há nenhum sinal de chuva. Aqui vamos acampar, aqui vamos interromper nosso jejum pela manhã, e daqui caminharemos renovados nas horas alegres quando o dia for jovem.

Eu disse:

— Você mencionou algo sobre desjejum. Tem comida agora? Dorcas e eu estamos com fome.

— Claro que tem. Vejo que Baldanders acabou de apanhar uma cesta de inhame.

Vários membros do nosso antigo público deviam ter sido agricultores voltando de um mercado com qualquer produto que não tivessem conseguido vender. Além dos inhames, acabamos comendo um par de pombos e vários talos de cana-de-açúcar verde. Não havia muita roupa de cama, mas havia alguma, e o próprio Dr. Talos não usou nada, dizendo que iria se sentar e observar o fogo, e talvez cochilar, mais tarde, na cadeira que fora o trono do Autarca e o banco do Inquisidor pouco tempo antes.

XXXIII

Cinco pernas

Por talvez uma vigília, fiquei acordado. Logo percebi que o Dr. Talos não dormiria, mas me agarrei à esperança de que ele nos deixasse a sós, por um motivo ou outro. Ele ficou sentado durante um tempo, como se estivesse imerso em pensamentos, depois se levantou e começou a andar de um lado para o outro diante do fogo. Seu rosto estava imóvel, porém expressivo: um leve movimento de uma sobrancelha ou a inclinação da cabeça poderiam mudar tudo completamente, e enquanto ele passava de um lado para o outro em frente aos meus olhos semicerrados, vi tristeza, alegria, desejo, tédio, resolução e uma série de outras emoções que não têm nome cintilar naquela máscara vulpina.

Enfim, ele começou a balançar a bengala nas flores silvestres. Em pouco tempo, havia decapitado todas que estavam a uma dúzia de passos da fogueira. Esperei até não conseguir mais ver sua figura ereta e enérgica, ouvindo apenas vagamente os assobios de sua bengala. Então, lentamente, retirei a pedra.

Era como se eu segurasse uma estrela, uma coisa que ardia na luz. Dorcas estava dormindo, e embora eu tivesse esperado que pudéssemos examiná-la juntos, evitei acordá-la. O brilho azul gelado aumentou até que eu tivesse medo de que o Dr. Talos a visse, por mais longe que estivesse. Segurei a gema diante dos olhos com uma ideia infantil de ver o fogo através dela, como se fosse uma lente, então a guardei rapidamente: o mundo familiar de grama e gente adormecida havia se tornado não mais do que uma dança de faíscas, cortadas por uma lâmina de cimitarra.

Não sei que idade eu tinha quando Mestre Malrubius morreu. Foi muitos anos antes de eu me tornar capitão, então eu devia ser um menino bem pequeno. Lembro-me muito bem, entretanto, do que aconteceu quando Mestre Palaemon o sucedeu como mestre de aprendizes; Desde que eu soube que tal coisa existia, Mestre Malrubius havia sempre ocupado essa posição, e por semanas, talvez meses, pareceu-me que Mestre Palaemon (embora eu também gostasse dele tanto quanto ou mais) não poderia ser nosso verdadeiro mestre no sentido que Mestre Malrubius havia sido. A atmosfera de deslocamento e irrealidade foi agravada pelo conhecimento de que Mestre Malrubius não estava morto ou mesmo ausente... ele estava, na verdade, apenas deitado em sua cabine, deitado na mesma cama em que dormira todas as noites, quando ainda estava nos ensinando e disciplinando. Há um ditado que diz que aquilo que não é visto é como se não existisse; mas, nesse caso, era de outra forma: não sendo visto, Mestre Malrubius estava mais palpavelmente presente do que nunca. Mestre Palaemon se recusava a afirmar que ele nunca mais voltaria, e, assim, cada ato era pesado em duas medidas: "*Mestre Palaemon permitiria isso?*" e "*O que diria Mestre Malrubius?*".

(No fim das contas, ele não disse nada. Torturadores não vão para a Torre da Cura, não importa o quão doentes estejam; existe uma crença — se é verdadeira ou não, não sei dizer — de que velhas disputas são acertadas lá.)

— Se eu estivesse escrevendo esta história a fim de entreter ou mesmo de instruir, não ficaria aqui divagando a respeito de Mestre Malrubius, que devia, no momento em que voltei a esconder a Garra, ter se tornado pó havia muitos anos. Mas numa história, assim como em outras coisas, existem necessidades e necessidades. De estilo literário, sei pouco; mas aprendi, à medida que progredi, e acho que essa arte não é tão diferente da minha antiga quanto se poderia pensar.

Muitas dezenas e, às vezes, muitas centenas de pessoas vêm assistir a uma execução; vi varandas caindo de suas paredes pelo peso dos espectadores, matando mais em seu único acidente do que eu em toda a minha carreira. Essas dezenas e centenas podem ser comparadas aos leitores de um relato escrito.

Mas há outros, além desses espectadores, que devem ficar satisfeitos: a autoridade em cujo nome o carnifex atua; aqueles que lhe deram dinheiro para que o condenado pudesse ter uma morte fácil (ou difícil); e o próprio carnifex.

Os espectadores ficarão satisfeitos se não houver grandes atrasos, se os condenados tiverem permissão para falar brevemente e o fizerem bem, se a lâmina erguida brilhar no sol por um momento antes de descer, dando-lhes assim tempo para recuperar o fôlego e cutucar uns aos outros, e se a cabeça cair com um jorro satisfatório de sangue. Da mesma forma, você, que algum dia irá mergulhar na biblioteca do Mestre Ultan, exigirá de mim que não me demore muito; há personagens aos quais é permitido falar apenas brevemente, mas que o façam bem; certas pausas dramáticas deverão sinalizar para você que algo de importante está prestes a ocorrer; excitação; e uma quantidade saciante de sangue.

As autoridades para as quais o carnifex atua, os quiliarcas ou arcontes (se me permitem prolongar minha figura de linguagem), não reclamarão muito se o condenado for impedido de escapar ou de inflamar demasiadamente a turba; tampouco se ele estiver inegavelmente morto no final do processo. Essa autoridade, como me parece, na minha escrita é o impulso que me leva à minha tarefa. Seus requisitos são que o tema deste trabalho permaneça central — não escapando para prefácios ou índices ou para outra obra inteiramente; que a retórica não possa dominá-lo; e que ele seja levado a uma conclusão satisfatória.

Aqueles que pagaram ao carnifex para tornar o ato indolor ou doloroso podem ser comparados às tradições literárias e aos modelos aceitos aos quais sou obrigado a me curvar. Lembro-me de, em um dia de inverno, quando a chuva fria batia contra a janela da sala onde nos dava aulas, Mestre Malrubius — talvez por ter percebido que estávamos desanimados demais para um trabalho sério, talvez apenas porque ele próprio estivesse desanimado — ter nos contado sobre um certo Mestre Werenfrid de nossa guilda que antigamente, estando em grande necessidade, aceitava remuneração dos inimigos do condenado e também de seus amigos; e que, posicionando um grupo à direita do quarteirão e outro à esquerda, com sua grande habilidade, fazia com que parecesse a cada um que o resultado era inteiramente satisfatório. Somente assim os grupos rivais da tradição atraem os escritores de histórias. Sim, mesmo os autarcas. Um deseja facilidade; o outro, riqueza de experiência na execução... da escrita. E devo tentar, no mesmo dilema do Mestre Werenfrid, mas sem suas destrezas, satisfazer cada um. Isso eu tentei fazer.

Resta o próprio carnifex; eu sou ele. Não basta que ganhe elogios de todos. Não basta, inclusive, que desempenhe sua função de maneira que saiba ser inteiramente digna de crédito e estar de acordo com os ensinamentos de seus mestres e das tradições antigas. Além de tudo isso, para que ele se sinta completamente satisfeito no momento em que o Tempo levanta pelos cabelos a própria cabeça decepada, ele precisa adicionar à execução algum recurso, por menor que seja, que seja inteiramente seu e que ele nunca repetirá. Só assim ele poderá se sentir um artista livre.

Quando dividi a cama com Baldanders, tive um sonho estranho; e ao compor esta história não hesitei em relatá-lo, por ser a relação com os sonhos algo inteiramente da tradição literária. Na época em que escrevo agora, quando Dorcas e eu dormimos sob as estrelas com Baldanders e Jolenta, e o Dr. Talos se sentou ali perto, experimentei o que pode ter sido menor ou maior do que um sonho; e isso está fora dessa tradição. Aviso a você, que mais tarde lerá este relato, que isso pouco interfere no que acontecerá em breve; conto isso apenas porque me intrigou na época e porque me dará satisfação relatá-lo. No entanto, pode ser que, na medida em que entrou em minha mente e lá permaneceu desde então, tenha afetado minhas ações durante a última parte da minha narrativa.

Com a Garra escondida em segurança, fiquei ali esticado sobre um cobertor velho perto do fogo. Dorcas estava deitada com a cabeça perto da minha; Jolenta com os pés perto dos meus; Baldanders de costas no lado oposto do fogo, suas botas de solado grosso entre as brasas. A cadeira do Dr. Talos estava perto da mão do gigante, mas voltada para longe do fogo. Se ele se sentou ou não com o rosto voltado para a noite não sei dizer; durante partes do tempo que vou relatar, eu parecia consciente da sua presença na cadeira, outras vezes senti que ele estava ausente. O céu estava ficando mais claro, creio eu, do que quando permanecia totalmente escuro.

Passos chegavam aos meus ouvidos, mas praticamente não perturbaram meu descanso, um tamborilar pesado, porém suave; depois o som da respiração, o fungar de um animal. Se eu estava acordado, meus olhos estavam abertos; mas eu ainda estava tão próximo do sono que não virei a cabeça. O animal se aproximou de mim e cheirou minhas roupas e meu rosto. Era Triskele, e Triskele se deitou com a coluna pressionada contra o meu corpo. Naquele momento, não pareceu estranho que ele tivesse me encontrado, embora eu me lembre de ter sentido um certo prazer em vê-lo novamente.

Mais uma vez ouvi passos, agora os passos lentos e firmes de um homem; eu soube na hora que era Mestre Malrubius: lembro-me de seus passos nos corredores sob a torre nos dias em que fazíamos a ronda das celas; o som era o mesmo. Ele entrou no círculo da minha visão. Sua capa estava empoeirada, como sempre estava, salvo nas ocasiões mais formais; ele a puxou sobre si da velha maneira, ao se sentar em uma caixa de adereços.

— Severian. Nomeie para mim os sete princípios de governança.

Foi um esforço falar, mas consegui (no meu sonho, se é que era um sonho):

— Não me lembro de termos estudado tal coisa, Mestre.

— Você sempre foi o mais descuidado dos meus meninos — disse ele, e ficou em silêncio.

Um pressentimento tomou conta de mim; senti que, se não respondesse, alguma tragédia ocorreria. Por fim, comecei fracamente:

— Anarquia...

— Isso não é governança, mas a falta dela. Eu lhe ensinei que isso precede toda governança. Agora, liste os sete tipos.

— Apego à pessoa do monarca. Apego a uma linhagem ou a outra sequência de sucessão. Apego ao estado real. Anexo a um código que legitime o Estado governante. Apego apenas à lei. Apego a um conselho eleitoral maior ou menor, como legisladores. Apego a uma abstração concebida a partir da inclusão do corpo dos eleitores, outros corpos dando origem a eles, e numerosos outros elementos, em grande parte ideais.

— Tolerável. Dessas, qual é a forma mais antiga e qual a mais elevada?

— O desenvolvimento está na ordem dada, Mestre — falei. — Mas não me lembro do senhor algum dia ter perguntado qual delas era a mais elevada.

Mestre Malrubius se inclinou para a frente, seus olhos brilhando mais do que as brasas do fogo.

— Qual é a mais elevada, Severian?

— A última, Mestre?

— Você quer dizer: apego a uma abstração concebida a partir da inclusão do corpo de eleitores, outros órgãos que os originam e numerosos outros elementos, em grande parte ideais?

— Sim, Mestre.

— De que tipo, Severian, é o seu apego à Entidade Divina?

Eu não disse nada. Pode ter sido porque eu estava pensando; mas se assim foi, minha mente estava muito sonolenta para ter consciência de seu pensamento. Em vez disso, tornei-me profundamente consciente do meu ambiente físico. O céu em toda a sua grandeza acima do meu rosto parecia ter sido feito exclusivamente para meu benefício, e para ser apresentado para minha inspeção agora. Deitei-me no chão como se me deitasse sobre uma mulher, e o próprio ar que me rodeava parecia algo tão admirável quanto cristal e tão fluido quanto vinho.

— Responda, Severian.

— Do primeiro, se tenho que escolher algum.

— À pessoa do monarca?

— Sim, porque não há sucessão.

— O animal que descansa ao seu lado agora morreria por você. De que tipo é o apego dele a você?

— Do primeiro?

Não havia ninguém lá. Eu me sentei. Malrubius e Triskele haviam desaparecido, mas a lateral do meu corpo estava levemente quente.

XXXIV

Manhã

— Você está acordado — disse o Dr. Talos. — Espero que tenha dormido bem.

— Tive um sonho estranho. — Fiquei de pé e olhei em volta.

— Não há ninguém aqui além de nós. — Como se estivesse tranquilizando uma criança, Dr. Talos gesticulou na direção de Baldanders e das mulheres adormecidas.

— Sonhei que meu cachorro… que já perdi há anos… voltou e se deitou ao meu lado. Eu ainda podia sentir o calor do corpo dele quando acordei.

— Você estava deitado ao lado de uma fogueira — ressaltou o Dr. Talos. — Não havia cachorro nenhum aqui.

— Um homem, vestido como eu.

O Dr. Talos balançou a cabeça em negativa.

— Eu não teria como deixar de vê-lo.

— Você pode ter cochilado.

— Só no início da noite. Estive acordado nas últimas duas vigílias.

— Vou vigiar o palco e as propriedades para você — falei — se quiser dormir agora. — A verdade é que tive medo de me deitar novamente.

Dr. Talos pareceu hesitar, depois disse:

— É muito gentil de sua parte. — E se abaixou rígido sobre meu cobertor, agora encharcado de orvalho.

Peguei sua cadeira, virando-a para poder observar o fogo. Por algum tempo, fiquei sozinho com meus pensamentos, que primeiro eram sobre o sonho, depois sobre a Garra, a poderosa relíquia que o acaso fizera cair em minhas mãos. Fiquei muito feliz quando Jolenta começou a se mexer e finalmente se levantou, esticando seus membros exuberantes contra o céu raiado de escarlate.

— Tem água? — perguntou. — Quero me lavar.

Eu disse a ela que achava que Baldanders tinha trazido a água para o nosso jantar da direção do bosque, e ela assentiu e saiu em busca de um riacho. Sua aparência, pelo menos, distraiu meus pensamentos; eu me peguei olhando de sua figura recuando para a figura deitada de Dorcas. A beleza de Jolenta era perfeita. Nenhuma outra mulher que já vi poderia sequer chegar perto dela: a imponência majestosa de Thecla a fazia parecer grosseira e masculina em comparação, a delicadeza loura de Dorcas, tão escassa e infantil quanto a de Valeria, a garota esquecida que eu tinha encontrado no Átrio do Tempo.

No entanto, eu não me sentia atraído por Jolenta como me sentira por Ágia; não a amava como amara Thecla; e não desejava ter com ela a intimidade de pensamento e sentimento que havia surgido entre Dorcas e eu, nem achava isso possível. Como todo homem que já a viu, eu a desejava, mas a queria tal qual alguém que deseja uma mulher em uma pintura. E, mesmo enquanto a admirava, não pude deixar de notar (como havia acontecido no palco na noite anterior) quão desajeitadamente ela andava, ela que parecia tão graciosa em repouso. Aquelas coxas redondas roçavam uma na outra, aquela carne admirável pesando-a até que ela carregasse sua voluptuosidade como outra mulher teria carregado uma criança na barriga. Quando ela voltou do bosque com gotas de água límpida brilhando nos cílios e o rosto tão puro e perfeito quanto a curva do arco-íris, eu ainda me senti quase como se estivesse sozinho.

— … eu disse que tem fruta se você quiser. O doutor me fez guardar algumas ontem à noite para que tivéssemos algo para o café da manhã. — Sua voz estava rouca e ligeiramente sem fôlego. Ouvia-se como se fosse música.

— Desculpe — respondi. — Eu estava pensando. Sim, eu gostaria de algumas frutas. É muito gentileza sua.

— Eu não vou pegar para você, você vai ter que buscar sozinho. Estão ali, atrás daquele suporte de armadura.

A armadura para a qual ela apontou era, na verdade, feita de tecido esticado sobre uma moldura de arame e pintado de prata. Atrás dela encontrei um velho cesto contendo uvas, uma maçã e uma romã.

— Eu também gostaria de alguma coisa — disse Jolenta. — Essas uvas, eu acho.

Dei-lhe as uvas, e considerando que Dorcas provavelmente preferiria a maçã, coloquei-a perto da mão dela e peguei a romã para mim.

Jolenta ergueu as uvas.

— Cultivadas sob vidro pelo jardineiro de algum exultante: é muito cedo para as naturais. Não acho que essa vida de passeio vai ser tão ruim. E ainda recebo um terço do dinheiro.

Perguntei se ela já havia excursionado com o doutor e seu gigante antes.

— Você não se lembra de mim, não é? Achei que não se lembraria. — Ela atirou uma uva na boca e, até onde pude ver, engoliu-a inteira. — Não, não viajei com eles antes. Tive um ensaio, embora com aquela garota enfiada na história tão de repente tenhamos tido que mudar tudo.

— Eu devo ter perturbado as coisas mais do que ela. Ela ficou muito menos tempo no palco.

— Sim, mas você tinha que estar lá. O Dr. Talos assumiu os papéis de vocês tão bem quanto o dele próprio, quando ensaiamos, e me dizia o que vocês deveriam dizer.

— Ele dependia que eu o encontrasse, então.

O próprio doutor se sentou ao ouvir isso, quase num piscar de olhos. Parecia bem desperto.

— É claro, é claro. Nós lhe dissemos onde estaríamos quando tomamos o desjejum, e se você não tivesse aparecido ontem à noite, teríamos apresentado "Grandes Cenas de" e esperado mais um dia. Jolenta, você não receberá um terço das receitas agora, mas um quarto. É justo que compartilhemos com a outra mulher.

Jolenta deu de ombros e engoliu outra uva.

— Acorde-a agora, Severian. Devemos partir. Vou despertar Baldanders e podemos dividir o dinheiro e fazer as malas.

— Eu não vou com vocês — falei.

Dr. Talos olhou para mim com curiosidade.

— Tenho que voltar para a cidade. Tenho assuntos a tratar com a Ordem das Pelerinas.

— Você pode permanecer conosco até chegarmos à estrada principal, então. Será sua rota mais expediente de retorno. — Talvez porque ele se absteve de me questionar, senti que ele sabia mais do que o que indicava.

Ignorando nossa conversa, Jolenta reprimiu um bocejo.

— Vou ter que dormir mais antes de hoje à noite, ou meus olhos não ficarão tão bons quanto deveriam.

Eu disse:

— Eu vou, mas quando chegarmos à estrada, vou precisar partir.

Dr. Talos já havia se virado para acordar o gigante, sacudindo-o e batendo em seus ombros com sua bengala delgada.

— Como quiser — disse, e eu não tinha certeza se ele estava se dirigindo a Jolenta ou a mim. Acariciei a testa de Dorcas e sussurrei que teríamos que seguir em frente agora.

— Gostaria que você não tivesse feito isso. Eu estava tendo um sonho maravilhoso... Muito detalhado, muito real.

— Eu também estava... antes de acordar, quero dizer.

— Você está acordado há muito tempo, então? Esta maçã é minha?

— É tudo o que você vai ter de desjejum.

— É tudo de que preciso. Veja como é redonda, como é vermelha. O que é que eles dizem? "Vermelho como as maçãs de..." Não consigo lembrar. Quer dar uma mordida?

— Já comi. Uma romã.

— Eu deveria saber pelas manchas na sua boca. Pensei que você tivesse sugado sangue a noite toda.

Devo ter parecido chocado quando ela disse isso, porque ela acrescentou:

— Bem, você parecia um morcego preto curvado sobre mim.

Baldanders estava sentado agora, esfregando os olhos com as mãos como uma criança infeliz. Dorcas gritou do outro lado do fogo:

— É terrível ter que acordar tão cedo, não é, bom homem? Você também estava sonhando?

— Sem sonhos — respondeu Baldanders. — Eu nunca sonho. — (O Dr. Talos olhou na minha direção e balançou a cabeça como se dissesse: *Nem um pouco saudável.*)

— Vou te dar alguns dos meus, então. Severian diz que tem muitos.

Embora parecesse completamente acordado, Baldanders a encarou.

— Quem é você?

— Eu sou... — Dorcas se virou para mim, assustada.

— Dorcas — eu disse.

— Sim, Dorcas. Você não se lembra? Nós nos conhecemos atrás da cortina ontem à noite. Você... seu amigo nos apresentou e disse que eu não deveria ter medo de você, porque você apenas fingia machucar as pessoas. No espetáculo. Eu disse que compreendia, porque Severian faz coisas terríveis, mas na verdade é muito gentil.

Dorcas olhou para mim outra vez.

— Você se lembra, não é, Severian?

— Claro. Não acho que você precise se preocupar com Baldanders apenas porque ele esqueceu. Ele é grande, eu sei, mas o tamanho dele é igual às minhas roupas cor de fuligem: faz com que ele pareça muito pior do que é.

Baldanders disse a Dorcas:

— Você tem uma memória maravilhosa. Eu gostaria de poder me lembrar de tudo assim. — Sua voz era como o rolar de pedras pesadas.

Enquanto conversávamos, Dr. Talos sacou a caixa de dinheiro. Ele a tilintou, então, para nos interromper.

— Venham, amigos, prometi a vocês uma justa e equitativa distribuição dos rendimentos do nosso desempenho, e, quando isso for concluído, será hora de irmos andando. Vire-se, Baldanders, e abra as mãos sobre o colo. *Sieur* Severian, senhoras, vocês poderiam se reunir ao meu redor também?

Observei, é claro, que quando o doutor falara anteriormente em dividir as contribuições que havia coletado na noite anterior, havia especificado a divisão em quatro partes; mas presumi que seria Baldanders, que parecia ser seu escravo, que não receberia nada. Agora, porém, depois de vasculhar a caixa, Dr. Talos deixou cair um asimi brilhante nas mãos do gigante, deu outro para mim, um terceiro para Dorcas, e um punhado de oricalcos para Jolenta; então começou a distribuir oricalcos individualmente.

— Vocês vão notar que tudo até agora foi um bom dinheiro — falou. — Lamento informar que há um bom número de moedas duvidosas aqui também. Quando a espécie indubitável estiver esgotada, cada um de vocês terá direito a uma parcela delas.

Jolenta perguntou:

— Você já pegou a sua parte, doutor? Acho que o resto de nós deveria estar presente.

Por um momento, as mãos do Dr. Talos, que passavam de um de nós para o outro enquanto ele contava as moedas, fizeram uma pausa.

— Eu não recebo participação disso — respondeu.

Dorcas olhou para mim como se quisesse confirmar seu julgamento e sussurrou:

— Isso não parece justo.

Eu disse:

— Não é justo. Doutor, o senhor teve um papel tão importante no espetáculo ontem à noite quanto qualquer um de nós, ainda recolheu o dinheiro, e pelo que vi, o senhor forneceu o palco e o cenário também. Na verdade, o senhor deveria receber participação dupla.

— Não fico com nada — disse Dr. Talos lentamente. Foi a primeira vez que o vi envergonhado. — É um prazer dirigir o que hoje posso chamar de companhia. Eu escrevi a peça que representamos, e como... — (Ele olhou em volta como se estivesse à procura de uma símile.) — ... como aquela armadura ali, faço a minha parte. Essas coisas são meu prazer e toda a recompensa de que necessito.

"Agora, amigos, vocês devem ter observado que estamos reduzidos a meros oricalcos, e não há o suficiente para fazer o círculo novamente. Para ser específico, restam apenas dois. Quem desejar pode ter ambos, renunciando à reivindicação dos aes e coisas duvidosas restantes. Severian? Jolenta?

Para minha surpresa, Dorcas anunciou:

— Eu fico com eles.

— Muito bom. Não pretendo julgar entre os demais, simplesmente entregá-los. Aviso a vocês que irão recebê-los, que tenham cuidado ao usá-los. Há penalidades para tais coisas, embora fora da Muralha... O que é aquilo?

Segui a direção de seus olhos e vi um homem vestido de cinza surrado avançando em nossa direção.

XXXV

Hethor

Não sei por que deveria ser humilhante receber um estranho enquanto se está sentado ao chão, só sei que é assim. Ambas as mulheres se levantaram quando a figura cinzenta se aproximou, e eu também. Até mesmo Baldanders se levantou pesadamente, de modo que, quando o recém-chegado estava ao alcance da voz, apenas Dr. Talos, que havia reocupado nossa única cadeira, permanecia sentado.

No entanto, seria difícil imaginar uma figura menos impressionante. Ele tinha estatura baixa, e como suas roupas eram grandes demais para ele, parecia ainda menor. Seu queixo fraco estava coberto de barba por fazer; quando se aproximou, puxou para trás uma touca gordurosa para mostrar uma cabeça na qual o cabelo havia recuado dos dois lados e deixado uma única linha oscilante como a crista de uma borguinhota velha e suja. Eu sabia que já o tinha visto em outro lugar, mas demorei um momento para reconhecer.

— Senhores — disse ele. — Ó, senhores e senhoras da criação, com gorros de seda, mulheres de cabelos sedosos e homens comandando impérios e os exércitos dos Ini-ni-nimigos da nossa Fo-fo-fotosfera! Torre forte como a pedra é forte, forte como o ca-ca-carvalho que produz folhas novas depois do fogo! E meu mestre, mestre das trevas, vitória da morte, vice-rei da no-noite! Há muito tempo que assinei meu compromisso nas naves de vela prateada, as de cem mastros cujos mastros se estendiam para tocar as est-t-trelas, eu, flutuando entre suas bujarronas brilhantes com as Plêiades queimando além do topo do mastro da gá-gá-gávea, mas nunca vi alguém como você! He-he-hethor sou eu, que vim para servi-lo, para raspar a lama do seu manto, afiar a grande espada, ca-ca-carregar a cesta com os olhos de suas vítimas olhando para mim, Mestre, olhos como as luas mortas de Verthandi quando o sol se põe. Quando o sol tiver se p-p-posto! Onde estão eles, então, os jogadores brilhantes? Por quanto tempo as tochas hão de queimar? As mãos co-co-congelantes tateiam em direção a elas, mas as conchas das tochas estão mais frias do que qualquer gelo, mais frias do que as luas de Verthandi, mais frias do que os olhos mortos! Onde está então a força que bate o lago até virar espuma? Onde está o império, onde estão os Exércitos do Sol, de lanças compridas e bandeiras douradas? Onde estão as mulheres de cabelos sedosos que amamos apenas o-o-ontem à noite?

— Presumo que você estivesse em nossa plateia — disse Dr. Talos. — Posso muito bem simpatizar com seu desejo de ver a performance novamente. Mas não seremos capazes de fazer sua vontade até que caia a noite, e até lá esperamos estar a alguma distância daqui.

Hethor, que eu havia conhecido fora da prisão de Ágilus junto com o homem gordo, a mulher de olhos famintos e os outros, não pareceu tê-lo ouvido. Olhava fixo para mim, com olhares ocasionais para Baldanders e Dorcas.

— Ele feriu você, não foi? Se contorcendo, se contorcendo. Eu vi você com o sangue escorrendo, vermelho como pentecostes. Q-q-que honra para você! Você também o serve, e seu chamado é mais elevado do que o meu.

Dorcas balançou a cabeça e virou o rosto. O gigante ficou apenas olhando. Dr. Talos falou:

— Certamente você entende que o que viu foi uma performance teatral. — (Lembro-me de ter pensado que, se a maior parte do público tivesse entendido essa ideia com mais firmeza, teríamos nos encontrado num dilema embaraçoso quando Baldanders saltou do palco.)

— Entendo mais do que você pensa, eu, o velho capitão, o velho tenente, o c-c-cozinheiro em sua antiga cozinha, cozinhando sopa, cozinhando caldo para os bichinhos moribundos! Meu mestre é real, mas onde estão seus exércitos? Real, e onde estão seus impérios? Sa-sangue falso escorrerá de uma ferida verdadeira? Onde está sua força q-q-quando o sangue se foi, onde está o brilho do cabelo sedoso? Eu vou p-p-pegá-lo com um copo de vidro, eu, o velho capitão do velho navio claudicante, com sua tripulação preta contra as velas prateadas, e o saco de c-c-carvão atrás dela.

Talvez eu deva dizer aqui que prestei pouca atenção às palavras apressadas e atabalhoadas de Hethor naquele momento, embora minha memória inerradicável me permita recriá-las no papel agora. Ele falava num tom cantado e gorgolejante, com um jato fino de saliva voando pelas frestas entre os dentes. Com seu jeito lento, pode ser que Baldanders o tenha compreendido. Tenho certeza de que Dorcas sentiu repulsa demais por ele para ouvir muito do que dizia. Ela se virou como alguém que se afasta dos murmúrios e ossos quebrados quando um alzabo destroça uma carcaça, e Jolenta não ouvia nada que não fosse de seu interesse.

— Você pode ver por si mesmo que a jovem está ilesa. — Dr. Talos se levantou e guardou a caixa do dinheiro. — É sempre um prazer falar com alguém que apreciou nosso desempenho, mas temo que tenhamos trabalho a fazer. Precisamos fazer as malas. Se nos der licença?

Agora que a conversa havia se voltado exclusivamente para Dr. Talos, Hethor tornou a colocar o capuz, puxando-o para baixo até quase cobrir os olhos.

— Armazenar? Não há ninguém melhor para isso do que eu, o velho su-supercargo, o velho fornecedor de provisões e despenseiro, o velho esti-tivador. Quem mais colocará os grãos de volta na espiga, colocará o fi-filhote no ovo de novo? Quem dobrará as asas solenes da ma-mariposa, com a-asas cada qual como est-t-têncil, no casulo quebrado que ficou pendurado como um aassa-sarcófago? E pelo amor do M-mestre, eu farei isso, pelo bem do M-mestre, eu farei isso. E hei de se-se-segui-lo para qualquer lugar, qualquer lugar aonde ele for.

Balancei a cabeça, sem saber o que dizer. Nesse momento, Baldanders — que aparentemente havia percebido as referências a embrulhos, ainda que não tivesse percebido mais nada — pegou um pano de fundo do palco e começou a enrolá-lo no mastro. Hethor saltou com agilidade inesperada para dobrar o cenário da câmara do Inquisidor e enrolar os fios do projetor. Dr. Talos se virou para mim como se dissesse: *Ele é sua responsabilidade, afinal de contas, assim como Baldanders é minha.*

— Há muitos deles — falei. — Encontram prazer na dor e querem se associar a nós assim como um homem normal gostaria de estar por perto de Dorcas e Jolenta.

O doutor assentiu.

— Eu me perguntei isso. Pode-se imaginar um servo ideal que sirva por puro amor ao mestre, tal como um rústico ideal que permanece um cavador de valas por amor à natureza, ou uma fricatriz ideal que abre as pernas uma dezena de vezes por noite, por amor à cópula. Mas ninguém nunca encontra essas criaturas fabulosas na realidade.

Em cerca de uma vigília estávamos na estrada. Nosso pequeno teatro cabia de modo bastante ordenado em um enorme carrinho de mão formado por partes do palco, e Baldanders, que conduzia a engenhoca, também carregava algumas bugigangas nas costas. Dr. Talos, com Dorcas, Jolenta e eu atrás, ia na frente, e Hethor seguia Baldanders a uma distância de talvez cem passos.

— Ele é como eu — disse Dorcas, olhando para trás. — E o doutor é como Ágia, só que não tão mau. Você se lembra? Ela não conseguiu me fazer ir embora, e depois de um tempo você a fez parar de tentar.

Eu me lembrei, e perguntei por que ela havia nos seguido com tanta determinação.

— Vocês eram as únicas pessoas que eu conhecia. Eu tinha mais medo de ficar sozinha do que de Ágia.

— Então você *estava* com medo de Ágia.

— Sim, muito. Ainda estou. Mas... não sei onde estive, mas acho que estava sozinha, onde quer que fosse. Por muito tempo. Eu não queria mais aquilo. Você não vai entender isso... nem gostar... mas...

— Sim?

— Se você me odiasse tanto quanto Ágia, eu teria seguido você de qualquer maneira.

— Não acho que Ágia odiasse você.

Dorcas olhou fixo para mim, e ainda consigo ver aquele rosto pungente agora, como se estivesse refletido no poço tranquilo de tinta vermelha. Ele estava talvez um pouco franzido e pálido, infantil demais para uma grande beleza; mas os olhos eram pedaços do firmamento azul-celeste de algum mundo oculto à espera do Homem; eles poderiam ter competido com o próprio mundo de Jolenta.

— Ela me odiava — disse Dorcas com suavidade. — E me odeia mais agora. Você se lembra de como ficou atordoado depois da luta? Você não olhou para trás quando eu te levei embora. Eu olhei e vi o rosto dela.

Jolenta estava reclamando com Dr. Talos porque precisava andar. A voz profunda e monótona de Baldanders veio agora de nossas costas.

— Eu te carrego.

Ela olhou para ele.

— Como assim? Montada em cima de todo o resto?

Ele não respondeu.

— Quando digo que quero cavalgar, não quero dizer, como você parece pensar, como uma boba da corte numa flagelação.

Na minha imaginação, vi o aceno de cabeça triste do gigante.

Jolenta tinha medo de parecer tola, e o que vou escrever agora irá parecer de fato tolice, por mais que seja verdade. Você, meu leitor, pode se divertir às minhas custas. Ocorreu-me então o quão afortunado eu era e o quão afortunado tinha sido desde que havia deixado a Cidadela. Dorcas, eu sabia que era minha amiga — mais do que uma amante, uma verdadeira companheira, embora estivéssemos juntos havia apenas alguns dias. Os passos pesados do gigante atrás de mim me lembraram de quantos homens vagam por Urth inteiramente sós. Eu soube então (ou achei que sabia) por que Baldanders escolhera obedecer ao Dr. Talos, empregando sua poderosa força para qualquer tarefa que o ruivo lhe desse.

Um toque em meu ombro me tirou do meu devaneio. Era Hethor, que devia ter surgido silenciosamente de sua posição na retaguarda.

— Mestre — começou ele.

Eu lhe disse para não me chamar assim e expliquei que eu era apenas um oficial de minha guilda e provavelmente nunca alcançaria a maestria.

Ele assentiu humildemente. Por entre seus lábios abertos, pude vislumbrar os incisivos quebrados.

— Mestre, para onde vamos?

— Para fora do portão — respondi, e disse a mim mesmo que havia falado isso porque queria que ele seguisse o Dr. Talos, e não a mim; a verdade é que eu estava pensando na beleza sobrenatural da Garra e em como seria doce levá-la para Thrax comigo em vez de refazer meus passos até o centro de Nessus. Gesticulei em direção à Muralha, que agora se erguia ao longe como os muros de uma fortaleza comum deviam se erguer diante de um rato. Era escura como nuvens de tempestade e mantinha certas nuvens cativas em seu cume.

— Eu carrego sua espada, Mestre.

A oferta pareceu ser honesta, embora tenha me lembrado que a trama que Ágia e seu irmão conceberam contra mim nascera do desejo deles pela *Terminus Est*. Com o máximo de firmeza que pude, respondi:

— Não. Nem agora, nem nunca.

— Sinto pena do senhor, Mestre, vendo o senhor andar com ela no ombro. Deve ser muito pesada.

Eu estava explicando, com toda a sinceridade, que não era tão pesada quanto parecia quando contornamos a encosta de uma colina suave e vimos a meia légua de distância uma estrada reta que seguia em direção a uma abertura na Muralha. Estava lotada de carroças, vagões e tráfego de todos os tipos, todos ofuscados pela Muralha e pelo portão imponente, até que as pessoas parecessem ácaros, e os animais, formigas puxando migalhas. Dr. Talos se virou até andar para trás e acenou para a Muralha com tanto orgulho quanto se ele próprio a tivesse construído.

— Alguns de vocês, acho, nunca viram isso. Severian? Senhoras? Já estiveram tão perto assim antes?

Até Jolenta balançou a cabeça e disse:

— Não. Passei a vida tão perto do meio da cidade que a Muralha não era mais do que uma linha escura no horizonte norte, quando olhávamos do quarto com telhado de vidro no alto da nossa torre. Estou impressionada, admito.

— Os antigos construíam bem, não é? Pense: depois de tantos milênios, toda a área aberta pela qual passamos hoje ainda permanece para o crescimento da cidade. Mas Baldanders está balançando a cabeça. Você não vê, meu querido paciente, que todos estes bosques e prados agradáveis entre os quais viajamos esta manhã, um dia serão substituídos por edifícios e ruas?

Baldanders disse:

— Eles não eram para o crescimento de Nessus.

— É claro, é claro. Tenho certeza de que você estava lá e sabe tudo a respeito. — O doutor piscou para o resto de nós. — Baldanders é mais velho do que eu e por isso acredita que sabe tudo. Às vezes.

Logo estávamos a cerca de cem passos da estrada, e a atenção de Jolenta se concentrou no tráfego.

— Se houver uma liteira disponível, o senhor precisa alugá-la para mim — disse ela ao Dr. Talos. — Não poderei me apresentar esta noite se for preciso caminhar o dia todo.

Ele balançou a cabeça.

— Você esquece que eu não tenho dinheiro. Se enxergar uma liteira e desejar contratá-la, é claro que você é livre para fazê-lo. Se não puder aparecer esta noite, sua substituta assumirá seu papel.

— Minha substituta?

O doutor gesticulou na direção de Dorcas.

— Tenho certeza de que ela está ansiosa para experimentar o papel principal, e o fará lindamente. Por que acha que eu permiti que ela se juntasse a nós e compartilhasse dos lucros? Será necessário reescrever menos do que se eu tiver duas mulheres.

— Ela irá com Severian, seu idiota. Ele não disse esta manhã que estava voltando para procurar... — Jolenta se virou rapidamente para mim, mais bonita do que nunca por estar com raiva. — Como você as chamou? Pelissas?

— Pelerinas — respondi. E com isso um homem montando um *merychip* na beira da uma multidão de pessoas e animais puxou as rédeas de sua diminuta montaria.

— Se procuram pelas pelerinas — disse ele —, seu caminho é junto ao meu. Saindo pelo portão, não em direção à cidade. Elas passaram por esta estrada ontem à noite.

Acelerei o passo até conseguir agarrar o canote da sela e perguntei se ele tinha certeza de suas informações.

— Meu descanso foi perturbado quando os outros clientes da minha pousada correram para a estrada para receber a bênção delas — disse o homem do merychip. — Olhei pela janela e vi sua procissão. Seus servos carregavam deesis iluminados com velas, mas invertidos, e as próprias sacerdotisas haviam rasgado seus hábitos. — O rosto dele, que era comprido, vincado e bem-humorado, abriu-se num sorriso irônico. — Não sei o que houve de errado, mas acredite, a partida delas foi impressionante e inconfundível: isso foi o que o urso disse, você sabe, sobre as pessoas que faziam piquenique.

Dr. Talos sussurrou para Jolenta:

— Acho que o anjo da agonia ali e sua substituta vão permanecer conosco por mais algum tempo.

Como ficou provado, ele estava meio errado. Sem dúvida você, que talvez já tenha visto a Muralha muitas vezes e talvez tenha passado muitas vezes por um ou outro de seus portões, ficará impaciente comigo; mas antes de continuar este relato da minha vida, descubro que preciso, para minha própria paz, dizer algumas palavras sobre ela.

Já falei da altura. Existem poucos tipos de pássaros, eu acho, que conseguiriam voar acima dela. A águia e o grande teratornis da montanha, e possivelmente os gansos selvagens e seus aliados; mas poucos outros. No momento em que chegamos à base, minha expectativa era sobre sua altura: a Muralha estava à vista havia muitas léguas, e ninguém que a via, com as nuvens se movendo em sua face como ondulações em um lago, podia deixar de perceber sua altitude. Ela é feita de metal preto, como as muralhas da Cidadela, e por esse motivo me pareceu menos terrível do que teria sido de outra forma — os edifícios que eu tinha visto na cidade eram de pedra ou tijolo, e chegar agora ao material que eu conhecia desde a mais tenra infância não foi nada desagradável.

No entanto, passar pelo portão era como entrar numa mina, e não consegui reprimir um arrepio. Notei também que todos ao meu redor, exceto Dr. Talos e Baldanders, pareceram sentir o mesmo que eu. Dorcas apertou minha mão com mais força e Hethor abaixou a cabeça. Jolenta pareceu considerar que o doutor, com quem ela havia discutido um momento antes, poderia protegê-la; mas como ele não prestou atenção nela quando tocou seu braço e continuou a avançar e bater na calçada com sua bengala, exatamente como havia feito à luz do sol, ela o deixou e, para minha surpresa, agarrou-se na alça do estribo do homem no *merychip*.

As laterais do portão erguiam-se altas bem acima de nós, perfuradas em grandes intervalos por janelas de algum material mais espesso, porém mais transparente do que o vidro. Atrás dessas janelas, podíamos ver as figuras em movimento de homens e mulheres e de criaturas que não eram homens nem mulheres. Os cacogênios, eu acho, estavam lá, seres para os quais o averno não era mais do que uma calêndula ou uma margarida são para nós. Outros pareciam feras com muitos dos homens neles, de modo que cabeças com chifres nos observavam com olhos muito sábios e bocas, que pareciam falar, mostravam dentes iguais a pregos ou ganchos. Perguntei ao Dr. Talos o que eram aquelas criaturas.

— Soldados — respondeu ele. — Os panduros do Autarca.

Jolenta, cujo medo a fez pressionar a lateral de um seio farto contra a coxa do homem no *merychip*, sussurrou:

— Cujo suor é o ouro de seus súditos.

— Dentro da própria Muralha, doutor?

— Como ratos. Embora seja de imensa espessura, ela é vazada como uma colmeia por toda parte: assim me foi dado a entender. Em suas passagens e galerias habita uma inumerável soldadesca, pronta para defendê-la assim como os cupins defendem seus ninhos de terra da altura de bois nos pampas do norte. Esta é a quarta vez que Baldanders e eu passamos por ela, pois uma vez, como dissemos, viemos para o sul, entrando em Nessus por este portão e saindo um ano depois pelo portão chamado Lamentação. Só recentemente voltamos do sul com o pouco que tínhamos auferido ali, passando pelo outro portão sul, o do Louvor. Em todas essas passagens, vimos o interior da Muralha como você o vê agora, e os rostos desses escravos do Autarca olharam para nós. Não duvido que existam entre eles muitos que procuram algum malfeitor em particular e que, se vissem aquele que procuram, sairiam e o agarrariam.

Ao ouvir isso, o homem do *merychip* (cujo nome era Jonas, como descobri mais tarde) falou:

— Peço perdão, optimate, mas não pude deixar de ouvir o que o senhor disse. Posso esclarecer melhor, se desejar.

Dr. Talos olhou para mim com os olhos brilhando.

— Ora, isso seria agradável, mas devemos fazer uma ressalva. Falaremos apenas da Muralha e daqueles que nela habitam. O que significa que não lhe faremos perguntas a seu respeito. E você, da mesma forma, nos retribuirá essa cortesia.

O estranho empurrou para trás o chapéu surrado e vi que, no lugar da mão direita, ele usava um dispositivo articulado de aço.

— O senhor me entendeu melhor do que eu queria, como disse o homem quando se olhou no espelho. Admito que esperava perguntar por que o senhor viajava com o carnifex, e por que esta dama, a mais linda que já vi, está andando na terra.

Jolenta soltou a alça do estribo e disse:

— Você é pobre, bom homem, pelo seu aspecto, e não é mais jovem. Não lhe convém fazer perguntas a meu respeito.

Mesmo à sombra do portão, vi o fluxo de sangue invadindo as bochechas do estranho. Tudo o que ela dissera era verdade. Suas roupas estavam gastas e manchadas pela viagem, embora não tão sujas quanto as de Hethor. Seu rosto estava enrugado e endurecido pelo vento. Durante talvez uma dezena de passos ele não respondeu, mas finalmente começou. Sua voz era monótona e nem alta, nem profunda, mas possuidora de um humor seco.

— Antigamente, os senhores deste mundo não temiam ninguém além de seu próprio povo. E, para se defender deles, construíram uma grande fortaleza no topo de uma colina ao norte da cidade. Na época ela não se chamava Nessus, pois o rio não estava envenenado.

— Muitas pessoas ficaram zangadas com a construção daquela cidadela, sustentando que era o direito delas matar seus senhores sem impedimentos se assim o desejassem. Mas outras partiram nas naves que navegam entre as estrelas, retornando com tesouros e conhecimento. Com o tempo, retornou uma mulher que não havia ganhado nada entre eles a não ser um punhado de feijões pretos.

— Ah — falou Dr. Talos. — Você é um contador de histórias profissional. Gostaria que tivesse nos informado desde o início, pois nós, como você deve ter visto, somos algo parecido.

Jonas balançou a cabeça.

— Não, esta é a única história que conheço... ou quase. — Ele olhou para Jolenta. — Posso continuar, mais maravilhosa das mulheres?

Minha atenção foi distraída pela visão da luz do dia à nossa frente e pela perturbação entre os veículos que obstruíam a estrada enquanto muitos tentavam dar meia-volta, agitando suas parelhas e tentando abrir caminho com seus chicotes.

— ... ela exibiu os feijões aos senhores dos homens e disse-lhes que, a menos que fosse obedecida, os lançaria ao mar e assim poria fim ao mundo. Eles a agarraram e a fizeram em pedaços, pois eram cem vezes mais competentes em seu domínio do que nosso Autarca.

— Que ele viva para ver o Novo Sol — murmurou Jolenta.

Dorcas apertou ainda mais meu braço e perguntou:

— Por que eles estão com tanto medo? — Então gritou e enterrou o rosto nas mãos quando a ponta de ferro de um chicote roçou sua bochecha. Acelerei ultrapassando o *merychip*, agarrei o tornozelo do carroceiro que a golpeara e o arranquei do assento. A essa altura, todo o portão ressoava com gritos e palavrões, e os gritos dos feridos, e os rugidos de animais assustados; e, se o estranho continuou sua história, não consegui ouvir.

O condutor que derrubei deve ter morrido imediatamente. Como eu queria impressionar Dorcas, esperava realizar a tortura que chamamos de *dois damascos*; mas ele havia caído sob os pés dos viajantes e as pesadas rodas das carroças. Até seus gritos se perderam.

Aqui, faço uma pausa, tendo carregado você, leitor, de portão em portão — do portão trancado e envolto em neblina de nossa necrópole até este portão com seus fios enrolados de fumaça, este portão que é, talvez, o maior que existe, talvez, o maior que algum dia existiu. Foi ao passar por aquele primeiro portão que coloquei os pés na estrada que me trouxe a este segundo. E certamente, quando passei por este segundo portão, comecei, mais uma vez, a trilhar uma nova estrada. Daquele grande portão em diante, por muito tempo, ela estaria fora da Cidade Imperecível e em meio às florestas e pastagens, às montanhas e selvas do norte.

Aqui, faço uma pausa. Se não quiser mais caminhar comigo, leitor, não posso culpar você. Não é uma estrada fácil.

Apêndice

Nota sobre a tradução para o inglês

Ao traduzir este livro — originalmente composto numa língua que ainda não alcançou a existência — para o inglês, eu poderia facilmente ter me poupado um grande trabalho recorrendo a termos inventados; em nenhum caso fiz isso. Assim, em muitas ocasiões, fui forçado a substituir conceitos por seus equivalentes mais próximos do século xx. Palavras como *peltasta*, *andrógino* e *exultante* são substituições desse tipo e destinam-se a ser sugestivas, e não definitivas. *Metal* é geralmente, mas nem sempre, empregado para designar uma substância do tipo que essa palavra sugere às mentes contemporâneas.

Quando o manuscrito faz referência a espécies animais resultantes de manipulação biogenética ou à importação de reprodutores extrassolares, o nome de uma espécie extinta semelhante foi substituído livremente. (Na verdade, Severian, às vezes, parece presumir que uma espécie extinta foi restaurada.) A natureza dos animais de montaria e de tração empregados é frequentemente obscura no texto original. Tive escrúpulos em chamar essas criaturas de cavalos, pois tenho certeza de que a palavra não é estritamente correta. Os "*destriers*" do *Livro do Novo Sol* são inquestionavelmente animais muito mais rápidos e resistentes do que aqueles que conhecemos, e a velocidade daqueles utilizados para fins militares parece permitir a entrega de cargas de cavalaria contra inimigos apoiados por armamento de alta energia.

O latim é empregado uma ou duas vezes para indicar que inscrições e similares estão numa linguagem que Severian parece considerar obsoleta. Qual pode ter sido a verdadeira linguagem, isso não tenho como dizer.

Àqueles que me precederam no estudo do mundo pós-histórico, e particularmente àqueles colecionadores — numerosos demais para serem mencionados aqui — que me permitiram examinar artefatos que sobreviveram a tantos séculos de futuridade, e muito especialmente àqueles que me permitiram visitar e fotografar os poucos edifícios existentes da época, minha verdadeira gratidão.

— gw

Sobre o autor

Gene Wolfe nasceu na cidade de Nova York e foi criado em Houston, Texas. Passou dois anos e meio na Universidade A&M do Texas, depois desistiu e foi convocado para o serviço militar. Foi premiado com o Distintivo de Infantaria de Combate durante a Guerra da Coreia; na sequência, frequentou a Universidade de Houston com a GI Bill, obtendo um diploma em Engenharia Mecânica. Sua carreira de engenheiro culminou no cargo de editor da revista acadêmica *Plant Engineering*, que manteve até sua aposentadoria, em 1984.

Wolfe ganhou destaque como escritor de ficção científica pela primeira vez ao escrever *The Fifth Head of Cerberus* (1972); em 1973, *The Death of Doctor Island* ganhou o prêmio Nebula de melhor novela. Seu romance *Peace* conquistou o Chicago Foundation for Literature Award em 1977; e em 1978, seu poema "The Computer Iterates the Greater Trumps" recebeu o prêmio Rhysling de poesia longa na categoria de ficção científica.

Sua obra em quatro volumes *O Livro do Novo Sol* rapidamente o estabeleceu como um clássico na área. O primeiro volume, *A sombra do torturador* (1980), ganhou o World Fantasy Award e o British SF Association Award; o segundo, *A garra do conciliador* (1981), ganhou o prêmio Nebula; o terceiro, *A espada do Lictor* (1982), ganhou o prêmio Locus; o quarto, *A Cidadela do Autarca* (1983), ganhou o John W. Campbell Memorial Award e o Prix Apollo. Um encerramento da série, *The Urth of the New Sun*, foi lançado em 1987.

Entre outros romances, publicou *Operation Ares* (1970); *The Devil in a Forest* (1976); *Free Live Free* (1984); *Soldier in the Mist* (1986) e *Soldier of Arete* (1989); *There Are Doors* (1988); *Pandora by Holly Hollander* (1990); e *Castleview* (1990). Gene Wolfe continuou o chamado Ciclo Solar com a série de quatro volumes *The Book of the Long Sun*, que compreende *Nightside the Long Sun* (1993), *Lake of the Long Sun* (1994), *Caldé of the Long Sun* (1994) e *Exodus from the Long Sun* (1996), além da trilogia *The Book of the Short Sun*, composta pelos volumes *On Blue's Waters* (1999), *In Green's Jungles* (2000) e *Return to the Whorl* (2001).

Além do Ciclo Solar, Gene Wolfe publicou a duologia *The Wizard Knight* (2004) e os romances *Pirate Freedom* (2007), *An Evil*

Guest (2008), *The Sorcerer's House* (2010), *Home Fires* (2011), *The Land Across* (2013) e *A Borrowed Man* (2015).

Sua coleção de contos de 1988 *Storeys from the Old Hotel* ganhou o World Fantasy Award; outras coleções incluem *The Island of Doctor Death and Other Stories* (1980), *Endangered Species* (1989), *Castle of Days* (1995, que também inclui ensaios), *Strange Travelers* (2001), *Innocents Abroad* (2005) e *Starwater Strains* (2006).

Gene Wolfe morreu de doença cardiovascular em sua casa em Peoria, Illinois, em 14 de abril de 2019, aos 87 anos. Até o momento desta publicação, mais três livros foram lançados postumamente: *Interlibrary Loan* (2020, continuação de *A Borrowed Man*), *The Dead Man and Other Horror Stories* (2023) e *The Wolfe at the Door* (2023).

Impressão e Acabamento | Gráfica Viena
www.graficaviena.com.br